Nora Roberts est le plus grand auteur de littérature féminine contemporaine. Ses romans ont reçu de nombreuses récompenses et sont régulièrement classés parmi les meilleures ventes du *New York Times*. Des personnages forts, des intrigues originales, une plume vive et légère… Nora Roberts explore à merveille le champ des passions humaines et ravit le cœur de plus de quatre cent millions de lectrices à travers le monde. Du thriller psychologique à la romance, en passant par le roman fantastique, ses livres renouvellent chaque fois des histoires où, toujours, se mêlent suspense et émotions.

Le dahlia bleu

NORA ROBERTS

Le secret des fleurs – 1
Le dahlia bleu

Traduit de l'anglais (États-Unis) par Sophie Pertus

Titre original
BLUE DAHLIA

Éditeur original
Jove Book, published by arrangement with the author

Pour Dan et Jason.
Vous avez beau être des hommes,
vous resterez toujours mes garçons.

Si les racines sont très comprimées,
il faudra les libérer doucement.
Une fois plantées, elles devront se déployer
et non continuer à pousser en une masse serrée.

Treasury of Gardening,
sur la transplantation des plantes en pot

Et je crois que chaque fleur
Aime l'air qu'elle respire.

WORDSWORTH

Prologue

Août 1892, Memphis, Tennessee

Donner naissance à un bâtard ne faisait pas partie de ses projets. Lorsqu'elle avait appris qu'elle portait l'enfant de son amant, le choc et la panique avaient bientôt fait place à la colère.

Oh, il existait bien des moyens de régler le problème. Une femme dans sa situation avait des contacts, des possibilités. Mais elle avait peur. Oui, elle avait presque aussi peur des avorteuses que de ce qui grandissait en elle sans qu'elle l'eût désiré.

La maîtresse d'un homme comme Reginald Harper ne pouvait se permettre d'être enceinte.

Cela faisait près de deux ans maintenant qu'il l'entretenait, et qu'il l'entretenait bien. Certes, elle savait qu'il en entretenait d'autres – dont sa femme –, mais cela lui était parfaitement indifférent.

Elle était jeune encore, et belle. La jeunesse et la beauté étaient des biens qui pouvaient se monnayer. C'était ce qu'elle faisait depuis près d'une dizaine d'années avec un cœur et une âme d'airain. Oui, elle avait tiré beaucoup d'avantages de ces atouts auxquels elle avait ajouté la grâce et le charme appris en observant et en imitant les belles dames qui venaient en visite dans la grande maison au bord du fleuve où sa mère travaillait.

Elle avait reçu un peu d'instruction. Mais, plus encore que la littérature ou la musique, c'était l'art de la séduction qu'elle avait appris.

Elle s'était vendue pour la première fois à l'âge de quinze ans. Cette expérience lui avait appris autant qu'elle lui avait rapporté. Mais la prostitution n'était pas son objectif, pas plus qu'un emploi de domestique ou d'ouvrière, à trimer jour après jour pour un salaire de misère. Elle connaissait la différence entre une prostituée et une maîtresse. Une prostituée vendait des étreintes rapides et froides et était oubliée avant même que l'homme ait refermé sa braguette.

Alors qu'une maîtresse... Une maîtresse intelligente ne se contentait pas de vendre ce qu'elle avait entre les jambes ; elle offrait surtout du charme, de la sophistication, de la conversation et de la gaieté. C'était une compagne capable d'écouter et un fantasme sexuel. Une maîtresse ambitieuse savait ne jamais rien demander pour obtenir beaucoup.

Amelia Ellen Connor était ambitieuse.

Et elle avait atteint presque toutes ses ambitions.

Elle avait sélectionné Reginald avec le plus grand soin. Il n'était ni beau ni particulièrement brillant. En revanche, ses recherches lui avaient appris qu'il était très riche et très infidèle à son épouse maigre et comme il faut qui régnait sur Harper House.

Il avait une maîtresse à Natchez et, disait-on, une autre à La Nouvelle-Orléans. Comme ses moyens lui permettaient de s'en offrir une autre, Amelia avait jeté son dévolu sur lui. Elle avait tout fait pour lui plaire et elle l'avait conquis.

À vingt-quatre ans, elle vivait dans une jolie maison de la rue principale et avait trois domestiques à son service. Sa garde-robe regorgeait de jolies robes et son coffret à bijoux étincelait de mille feux.

Certes, elle n'était pas reçue par les grandes dames qu'elle enviait autrefois. Cependant, dans le demi-monde, une femme de sa condition était la bienvenue. Elle était même enviée. Elle donnait de grandes fêtes, elle voyageait. Elle *vivait*.

Mais voilà que, à peine un an après que Reginald l'avait installée dans cette jolie maison, son univers si habilement, si intelligemment conçu s'effondrait.

Elle aurait voulu cacher son état à Reginald le temps de trouver le courage de se rendre chez une faiseuse d'anges du quartier des prostituées pour y mettre fin. Mais il l'avait surprise malade. Il avait scruté son visage de ses yeux sombres et perspicaces, et il avait compris.

Non seulement il avait été ravi, mais il lui avait interdit d'avorter. À sa grande stupéfaction, il lui avait même offert un bracelet de rubis et diamants pour fêter son état.

Elle avait alors commencé à entrevoir ce que cet enfant pourrait lui apporter. En tant que mère de l'enfant – légitime ou non – de Reginald Harper, son avenir était assuré pour toujours. Il se lasserait peut-être de venir dans son lit lorsqu'elle perdrait l'éclat de la jeunesse et que sa beauté se fanerait, mais il les aiderait financièrement, l'enfant et elle.

Sa femme ne lui avait pas donné de fils : elle le ferait.

Tout l'hiver, jusqu'au printemps, elle porta l'enfant en songeant à la vie qu'elle aurait désormais.

C'est alors qu'il se produisit une chose étrange. Elle le sentit bouger en elle. Des battements, des tressaillements, de petits coups de pied… Le bébé dont elle n'avait pas voulu devint *son* bébé.

Il continua de grandir en elle telle une fleur qu'elle seule voyait, qu'elle seule sentait, qu'elle seule connaissait. Et avec lui grandit un amour aussi fort que terrible.

Durant les chaleurs moites et étouffantes de l'été, elle s'épanouit. Pour la première fois de sa vie, elle connut une passion pour autre chose qu'elle-même et son propre confort.

Cet enfant, son fils, avait besoin d'elle. Elle ferait tout pour le protéger.

Les mains posées sur son gros ventre, elle supervisa la décoration de la nursery. Elle avait choisi des murs vert pâle et des rideaux de dentelle blanche, un cheval à bascule importé de Paris et un berceau fait main en Italie.

Elle rangea les tout petits vêtements dans l'armoire miniature – de la dentelle irlandaise et bretonne, de la soie française. Tous étaient marqués du monogramme de son fils brodé de façon exquise. Il s'appellerait James Reginald Connor.

Elle allait avoir un fils. Enfin quelque chose à elle. Enfin quelqu'un à aimer. Ils voyageraient ensemble, elle et son beau petit garçon. Elle lui montrerait le monde. Il fréquenterait les meilleures écoles. Il serait, il était déjà sa fierté, sa joie, son cœur. Et si, au cours de cet été accablant, Reginald vint de moins en moins chez elle, c'était aussi bien.

Il n'était qu'un homme ; ce qui grandissait en elle était un fils.

Elle ne serait plus jamais seule.

Aux premiers élancements du travail, elle n'eut pas peur. Durant ces longues heures de souffrance moite, elle ne pensa qu'à une chose. Son James. Son fils. Son enfant.

Elle avait la vue brouillée par la fatigue et la chaleur, ce monstre pire encore que la douleur.

Elle voyait le médecin et l'infirmière échanger des regards sombres. Mais elle était jeune et en bonne santé. Elle allait y arriver.

Les heures défilèrent, interminables. Les lampes à gaz faisaient danser de longues ombres dans la pièce. Alors qu'elle touchait le fond de l'épuisement, elle entendit un petit cri.

— Mon fils, dit-elle dans un souffle tandis que des larmes roulaient sur ses joues. Mon fils.

La sage-femme la maintint allongée en répétant à voix basse :

— Ne vous agitez pas... Restez étendue... Buvez un peu... Reposez-vous...

Amelia but une gorgée pour apaiser sa gorge en feu et sentit le goût du laudanum. Elle n'eut pas le temps de protester qu'elle sombrait dans le sommeil.

Lorsqu'elle se réveilla, il faisait sombre. Les rideaux étaient tirés. Quand elle bougea, le médecin se leva de son fauteuil et vint lui soulever la main pour prendre son pouls.

— Mon fils... mon bébé. Je veux voir mon bébé.

— Je vais vous faire apporter du bouillon. Vous avez dormi longtemps.

— Mon fils. Il doit avoir faim. Dites qu'on me l'amène.

— Madame, répondit-il en s'asseyant au bord du lit, l'air troublé, je suis désolé. L'enfant était mort-né.

Les serres brûlantes du désespoir et de la peur lui broyèrent le cœur.

— Je l'ai entendu crier, protesta-t-elle. C'est un mensonge ! Pourquoi me dites-vous une chose aussi atroce ?

— Elle n'a jamais crié, affirma-t-il en lui prenant les mains avec douceur. Votre travail a été long et difficile. À la fin, vous déliriez. Je suis désolé, madame. Vous avez accouché d'une fille – mort-née.

Elle refusait de le croire. Elle se mit à hurler, à pleurer. On lui administra un sédatif mais, dès son réveil, elle se remit à hurler et à pleurer.

Elle n'avait pas voulu de cet enfant. Et ensuite, elle n'avait voulu que lui.

Son chagrin dépassait les mots et la raison.

Il la rendait folle.

1

Septembre 2001, Southfield, Michigan

Elle avait brûlé la sauce à la crème. Stella se rappellerait toujours ce petit détail irritant, tout comme elle se rappellerait le grondement de tonnerre de cet orage de fin d'été et le bruit des voix de ses enfants qui se chamaillaient dans le salon.

Elle se rappellerait la forte odeur de brûlé, le soudain hurlement des détecteurs de fumée et le geste automatique qu'elle avait fait pour ôter la casserole du feu et la jeter dans l'évier.

Sans avoir rien d'un cordon-bleu, elle était d'ordinaire une cuisinière méticuleuse. Pour fêter le retour de Kevin, elle avait prévu de lui préparer l'un de ses plats préférés, un poulet Alfredo, et de l'accompagner de mesclun et de pain frais bien croustillant.

Dans la cuisine bien rangée de sa jolie maison de banlieue, elle avait aligné tous les ingrédients et glissé son livre de cuisine dans son support de Plexiglas pour protéger les pages.

Elle portait un tablier bleu marine sur son pantalon et son chemisier propres et avait attaché sa masse de cheveux roux bouclés pour qu'ils ne la gênent pas.

Elle s'y mettait plus tard qu'elle ne l'avait espéré, mais elle avait passé une journée complètement folle au travail. À la jardinerie, toutes les fleurs d'automne étaient soldées, et la douceur du temps attirait des foules de clients.

Cela ne la dérangeait nullement, d'ailleurs. Elle adorait son travail de directrice de la pépinière. Elle était heureuse d'avoir repris le travail à plein temps et de se trouver de nouveau au cœur de l'action maintenant que Luke était assez grand pour le jardin d'enfants et que Gavin allait à l'école primaire. Dire que son bébé était déjà en CP ! Elle n'avait pas vu le temps passer.

Et bientôt, ce serait au tour de Luke...

Kevin et elle devraient songer un peu plus sérieusement à faire ce troisième enfant dont ils parlaient de temps à autre. « Ce soir, peut-être », songea-t-elle en souriant. Lorsqu'ils en seraient à la dernière étape très personnelle du programme de bienvenue qu'elle lui avait concocté.

Tandis qu'elle pesait les ingrédients, elle entendit un fracas suivi d'un hurlement dans la pièce voisine. « Tu dois être masochiste, songea-t-elle en abandonnant ce qu'elle faisait pour se précipiter à côté. Tu penses à un troisième enfant alors que les deux que tu as déjà te rendent folle ! »

Elle ouvrit la porte du salon où ils jouaient. Ses petits anges. Gavin, le blond au regard de démon, était assis par terre et, d'un air de parfaite innocence, faisait se heurter deux petites voitures. Luke, qui avait hérité des cheveux roux de Stella, hurlait devant des cubes éparpillés.

Inutile d'avoir assisté à la scène pour savoir ce qui s'était passé : Luke avait construit, Gavin avait détruit. Chez eux, c'était devenu une espèce de rituel.

— Gavin, dit-elle. Pourquoi ? Là, mon bébé, poursuivit-elle en prenant Luke dans ses bras et en lui tapotant le dos. Ce n'est pas grave. Tu vas pouvoir en construire une autre.

— Ma maison ! Ma maison !

— C'était un accident, affirma Gavin, sans se départir de cet air malicieux qui donnait envie de rire à Stella. C'est la voiture qui l'a démolie.

— Bien sûr que c'est la voiture – parce que tu l'as dirigée vers la maison. Pourquoi ne pouvez-vous pas jouer gentiment ? Luke ne t'embêtait pas.

— Moi, je jouais. Lui, c'est qu'un bébé.

— C'est vrai, concéda-t-elle avec un regard qui fit baisser les yeux à Gavin. Et si tu veux faire le bébé toi aussi, tu n'as qu'à aller faire le bébé dans ta chambre. Tout seul.

— Ce n'était qu'une maison débile.

— Non-on ! protesta Luke en prenant le visage de Stella entre ses deux mains et en plongeant ses yeux baignés de larmes dans les siens. Elle était très belle, maman.

— Tu vas pouvoir en construire une autre encore plus belle, d'accord ? Gavin, laisse-le tranquille. Je ne plaisante pas. Je suis occupée dans la cuisine et papa va bientôt rentrer. Tu veux être puni le soir de son retour ?

— Non. J'ai rien le droit de faire !

— Quel dommage ! C'est vraiment triste. Allez, Luke, dit-elle en reposant son cadet. Reconstruis ta maison. Et toi, Gavin, ne touche pas à ses cubes. Si je dois revenir, je t'assure que ça ne va pas te plaire.

— J'ai envie d'aller dehors, lança-t-il d'un ton boudeur dans son dos.

— Eh bien, il pleut, alors tu ne peux pas. Tu es coincé ici et tu as intérêt à bien te tenir.

Énervée, Stella retourna dans la cuisine et s'efforça de s'éclaircir les idées. D'un geste irrité, elle alluma le petit poste de télévision. Kevin lui manquait. Depuis quatre jours qu'il était en voyage d'affaires, elle courait partout comme une folle. Entre la maison, les enfants, son travail et les courses, elle ne savait plus où donner de la tête.

Et pourquoi les appareils électroménagers faisaient-ils exprès d'attendre que Kevin s'absente pour se mettre en grève ? Le lave-linge était tombé en panne hier, et pas plus tard que ce matin, c'était le grille-pain qui avait rendu l'âme.

Tout se passait si bien quand ils étaient ensemble ! Ils se répartissaient les tâches et partageaient l'éducation des enfants – les moments de jeu et de plaisir comme ceux où il fallait se montrer plus sévère. S'il avait été là ce soir, il aurait pu s'asseoir dans le salon pour jouer avec les garçons et arbitrer leurs disputes pendant qu'elle faisait la cuisine.

Mieux, il aurait fait la cuisine pendant qu'elle se serait occupé des enfants.

Son odeur, lorsqu'il s'approchait d'elle par-derrière et posait la joue contre la sienne, lui manquait. Se blottir contre lui dans leur lit le soir et parler dans le noir de leurs projets, rire de quelque chose que les garçons avaient fait dans la journée, tout cela lui manquait.

« On dirait qu'il est parti depuis des mois, et non depuis quatre jours », songea-t-elle.

Tout en tournant la sauce à la crème et en regardant par la fenêtre les tourbillons de feuilles soulevées par le vent, elle écouta d'une oreille distraite Gavin qui tentait de convaincre Luke de construire un gratte-ciel pour qu'ils puissent le détruire tous les deux.

Une fois que Kevin aurait obtenu sa promotion, il voyagerait beaucoup moins. C'était pour bientôt, se rappela-t-elle. Il avait travaillé si dur ces derniers mois qu'il était sur le point d'y arriver. Et l'augmentation qui accompagnerait cette promotion serait elle aussi la bienvenue – surtout lorsqu'ils auraient un troisième enfant. Peut-être une fille, cette fois...

Et puis, entre cette promotion et le fait qu'elle ait repris un plein-temps, ils pourraient emmener les enfants quelque part, cet été. À Disney World, par exemple. Ils adoreraient, c'était sûr. Et même si elle était enceinte, ce serait possible. Elle avait mis de l'argent de côté pour la cagnotte vacances – et pour la cagnotte nouvelle voiture. Racheter un lave-linge allait certes grever leur budget urgences, mais ils se débrouilleraient.

Lorsqu'elle entendit les garçons rire, ses épaules se détendirent de nouveau. Vraiment, la vie était belle. Parfaite, même. Exactement comme elle l'avait toujours rêvée. Elle était mariée avec un homme merveilleux pour lequel elle avait eu le coup de foudre à l'instant où elle l'avait vu pour la première fois. Kevin Rothchild, avec son lent sourire si doux et si séduisant.

Ils avaient deux fils magnifiques, une jolie maison dans un quartier agréable, des métiers qui leur plaisaient et des projets d'avenir. Et lorsqu'ils faisaient l'amour, c'était encore avec la passion du début.

Elle imaginait déjà sa réaction quand, une fois les enfants couchés, elle mettrait la lingerie sexy pour laquelle elle avait craqué en son absence. Un peu de vin, quelques bougies et...

Entendant un nouveau fracas, elle leva les yeux au ciel. Au moins, cette fois, le bruit fut suivi de cris de joie et non de pleurs.

— Maman ! Maman ! s'écria Luke en venant la rejoindre, les yeux brillants de joie. On a fait tomber tout l'immeuble ! On peut avoir un gâteau ?

— Pas si tard. C'est presque l'heure de dîner.

— Allez, s'il te plaît... S'il te plaît !

Maintenant, il tirait sur son pantalon comme pour essayer de grimper le long de sa jambe. Stella posa sa cuillère en bois et le repoussa doucement pour l'éloigner du fourneau.

— Pas de gâteaux avant le dîner, Luke, lui rappela-t-elle.

— On meurt de faim, intervint Gavin en heurtant ses voitures l'une contre l'autre. Comment ça se fait qu'on n'ait pas le droit de manger quand on a faim ? Et puis, pourquoi on est obligé de manger ce *fredo* nul ?

— Parce que.

Enfant, elle détestait cette réponse. Aujourd'hui, elle la trouvait bien commode.

— Nous allons dîner tous les quatre ensemble quand votre père sera rentré, expliqua-t-elle.

Mais, comme elle craignait que l'avion de Kevin n'ait du retard, elle ajouta :

— Tenez, vous pouvez partager une pomme.

Elle en prit une dans le compotier sur le plan de travail et attrapa un couteau.

— J'aime pas la peau, se plaignit Gavin.

— Je n'ai pas le temps de l'éplucher, répliqua-t-elle en tournant rapidement la sauce. De toute façon, la peau, c'est bon pour la santé.

C'était vrai, non ?

— Et je peux avoir quelque chose à boire ?

— Je peux avoir quelque chose à boire aussi ? demanda Luke en tirant sans relâche sur sa jambe de pantalon. J'ai soif.

— Seigneur ! Vous voulez bien me laisser cinq minutes ? Cinq minutes. Allez donc construire quelque chose. Ensuite, je vous donnerai des tranches de pomme et du jus de fruits.

Le tonnerre gronda. Gavin se mit à bondir dans tous les sens et à crier :

— Tremblement de terre !

— Ce n'est pas un tremblement de terre, rectifia-t-elle.

Mais, le visage rosi d'excitation, il tourna sur lui-même avant de sortir de la cuisine en courant.

— Tremblement de terre ! Tremblement de terre !

Luke l'imita en hurlant lui aussi.

Stella porta les doigts à ses tempes. Elle sentait monter une migraine. Les enfants faisaient un bruit ahurissant mais, avec un peu de chance, ils allaient la laisser finir de préparer le dîner sans la déranger.

Elle se remit au travail et entendit vaguement l'annonce d'un bulletin d'informations. Il filtra à travers son mal de tête, et elle se tourna comme un automate vers le poste de télévision.

— Un avion assurant un vol intérieur entre Lansing et Detroit Metro s'est écrasé. Dix passagers à bord.

La cuillère lui tomba de la main. Elle eut l'impression que son cœur sortait de son corps.

Kevin. Kevin.

Ses enfants poussaient des cris de peur et de joie mêlées. Le tonnerre grondait de plus en plus fort. Dans la cuisine, Stella se laissa glisser sur le sol tandis que son univers volait en éclats.

On vint lui dire que Kevin était mort. Des inconnus sur le pas de la porte, la mine solennelle. Elle ne comprenait pas. Ce n'était pas possible. Elle n'y croyait pas. Pourtant, elle savait. Elle avait su à l'instant où elle avait entendu la voix du journaliste de la télévision.

Kevin ne pouvait pas être mort. Il était jeune, en bonne santé. Il rentrait. Ils allaient avoir du poulet Alfredo pour dîner.

Mais elle avait laissé brûler la sauce. La fumée avait déclenché les alarmes, et c'était devenu l'enfer dans sa jolie maison.

Elle avait dû envoyer ses enfants chez les voisins pour qu'on puisse lui expliquer.

Comment expliquer l'impossible, l'impensable ?

Une erreur. L'orage, un éclair, et tout avait changé pour toujours. Il avait suffi d'un instant pour que l'homme qu'elle aimait, le père de ses enfants, cesse de vivre.

— Y a-t-il quelqu'un que vous souhaitiez appeler ?

Qui appeler, hormis Kevin ? C'était lui, sa famille, son ami, sa vie.

Ils lui parlèrent de détails qui firent comme un bourdonnement dans son esprit, d'arrangements, d'aide psychosociale. Ils lui présentèrent leurs condoléances.

Ils partirent, et elle se retrouva seule dans la maison que Kevin et elle avaient achetée quand elle attendait Luke. La maison pour laquelle ils avaient fait des économies, la maison qu'ils avaient peinte et décorée ensemble. La maison avec un jardin qu'elle avait dessiné elle-même.

L'orage était passé. Le calme était revenu. Un calme inhabituel. Elle entendait les battements de son propre cœur et le ronronnement de la chaudière, les gouttes de pluie qui tombaient des gouttières.

Puis elle entendit ses propres gémissements et s'effondra sur le sol devant la porte d'entrée, se roula en boule. Elle ne pleurait pas. Pas encore. Les larmes formaient comme un nœud en elle. Sa douleur était si profonde qu'elles ne l'atteignaient pas. Elle ne pouvait que rester ainsi, à pousser ces cris d'animal blessé.

Il faisait sombre quand elle se releva. Elle tanguait. La tête lui tournait. Elle avait la nausée. Kevin. Dans un coin de son esprit, elle se répétait automatiquement son nom, encore et encore.

Il fallait qu'elle aille chercher les enfants. Il fallait qu'elle les ramène à la maison. Il fallait qu'elle leur dise, qu'elle dise à ses bébés ce qui était arrivé.

Oh ! Seigneur, Seigneur… Comment pourrait-elle le leur dire ?

Elle ouvrit la porte à l'aveuglette et sortit dans la nuit froide, la tête vide. Elle laissa la porte ouverte derrière elle et passa entre les chrysanthèmes et les asters, près des azalées que Kevin et elle avaient plantées par une belle journée de printemps.

Elle traversa la rue sans regarder, en marchant dans les flaques qui trempèrent ses chaussures, puis elle marcha sur la pelouse humide vers la lumière allumée sous le porche de ses voisins.

Comment s'appelait sa voisine, déjà ? C'était curieux : elle la connaissait depuis quatre ans. Elles s'arrangeaient pour partager les conduites à l'école, faisaient parfois leurs courses ensemble, mais elle n'arrivait pas à se rappeler son nom…

Ah, oui. Bien sûr. Diane. Diane et Adam Perkins, et leurs enfants Jessie et Wyatt. « Gentille famille, songea-t-elle, comme anesthésiée. Gentille famille normale. » Ils avaient fait un barbecue ensemble deux semaines plus tôt. Kevin avait fait griller du poulet. Il adorait les barbecues. Ils avaient bu du bon vin, ils avaient bien ri. Les enfants avaient joué. Wyatt était tombé et s'était écorché le genou.

Bien sûr qu'elle se rappelait.

Mais elle restait devant la porte sans trop savoir ce qu'elle faisait là.

Ses enfants. Oui, ses enfants. Elle était venue les chercher. Il fallait qu'elle leur dise…

« Ne pense pas, s'ordonna-t-elle en se raidissant. Ne pense pas encore. Si tu penses, tu vas te briser en un million de morceaux qu'on ne pourra jamais recoller. »

Ses bébés avaient besoin d'elle, maintenant. Ils n'avaient plus qu'elle.

Elle sonna et vit Diane comme à travers un écran d'eau. Elle ondulait, elle n'était pas vraiment là. Stella l'entendait à peine. Elle la sentit l'enlacer pour la soutenir, lui faire part de sa sympathie.

« Sauf que toi, ton mari est vivant, songea-t-elle. Ta vie à toi n'est pas finie. Ton univers est le même qu'il y a cinq minutes. Alors, tu ne peux pas savoir. Tu ne peux vraiment pas savoir. »

Quand elle sentit qu'elle commençait à trembler, elle se dégagea.

— Pas maintenant, s'il te plaît, dit-elle. Je ne peux pas maintenant. Il faut que je ramène les garçons à la maison.

— Je peux venir avec toi, proposa Diane en lui caressant les cheveux, le visage baigné de larmes. Tu veux que je vienne, que je reste avec toi ?

— Non. J'ai besoin… des garçons.

— Je vais les chercher. Entre, Stella.

Elle secoua la tête en guise de réponse.

— D'accord, dit Diane. Ils sont dans le salon. Je vais les chercher. Stella, si tu as besoin de quelque chose, de quoi que ce soit, n'hésite pas à m'appeler. Vraiment. Je suis désolée. Je suis tellement désolée…

Stella resta dehors dans la nuit, à attendre en regardant la lumière.

Elle entendit des protestations, des plaintes, puis des bruits de pas. Et elle vit ses fils. Gavin, qui avait les cheveux dorés de son père. Luke, qui avait la bouche de son père.

— On ne veut pas partir maintenant, déclara Gavin. On joue à un jeu. On peut finir la partie ?

— Pas maintenant. Il faut rentrer à la maison.

— Mais j'étais en train de gagner ! Ce n'est pas juste et…

— Gavin, il faut rentrer à la maison.

— Papa est arrivé ?

Elle regarda le petit visage heureux et innocent de Luke et faillit craquer.

— Non, parvint-elle à articuler en le soulevant dans ses bras. Allez, rentrons.

Elle prit Gavin par la main et se dirigea vers sa maison vide.

— Si papa était là, il me laisserait finir la partie, protesta-t-il en pleurant. Je veux papa.

— Je sais, mon chéri. Moi aussi.

— On peut avoir un chien ? demanda Luke en lui prenant le visage entre ses mains pour le tourner vers le sien. On peut demander à papa ? On peut avoir un chien comme Jessie et Wyatt ?

— Nous parlerons de ça plus tard.

— Je veux papa, répéta Gavin un ton plus haut.

« Il sait, comprit Stella. Il sait qu'il s'est passé quelque chose. Quelque chose de terrible. Je dois leur dire. Tout de suite. »

— Il faut que nous allions nous asseoir.

Lentement, précautionneusement, elle referma la porte derrière elle et porta Luke jusqu'au canapé. Elle s'assit et l'installa sur ses genoux avant de passer un bras autour des épaules de Gavin.

— Si j'avais un chien, déclara Luke avec le plus grand sérieux, je m'occuperais de lui. Papa rentre quand ?

— Il ne peut pas rentrer.

— À cause de son travail ?

— Il...

Seigneur, comment leur dire ?

— Il y a eu un accident, reprit-elle. Papa a eu un accident.

— Comme quand les autos se rentrent dedans ? demanda Luke.

Gavin ne disait pas un mot, mais son regard la brûlait, pénétrait en elle.

— C'était un accident très grave et papa a dû aller au Ciel.

— Mais ensuite, il va revenir.

— Il ne peut pas. Il ne peut plus revenir. Il doit rester au Ciel, maintenant.

— Je ne veux pas qu'il soit au Ciel, jeta Gavin en tentant de se dégager.

Elle le retint contre elle.

— Je veux qu'il revienne, poursuivit-il. Tout de suite.

— Moi non plus, mon bébé, je ne veux pas qu'il soit au Ciel. Mais il ne peut pas revenir, même si nous en avons très, très envie.

Les lèvres de Luke tremblèrent.

— Il est fâché contre nous ?

— Non, non, mon chéri. Bien sûr que non.

Elle enfouit le visage dans ses cheveux, le cœur brisé.

— Non, assura-t-elle, il n'est pas fâché contre nous. Il nous aime. Il nous aimera toujours.

— Il est mort.

Il y avait de la fureur dans la voix de Gavin, de la rage sur son visage. Puis il s'effondra et ne fut plus qu'un petit garçon en pleurs dans les bras de sa mère.

Elle les serra contre elle jusqu'à ce qu'ils s'endorment, puis les porta dans son lit pour qu'ils ne se réveillent pas seuls. Comme elle l'avait fait si souvent, elle leur ôta leurs chaussures et les enveloppa dans des couvertures.

Elle laissa une lampe allumée dans la chambre pendant que, dans un état second, elle faisait le tour de la maison pour verrouiller les portes et fermer les volets. Quand elle sut qu'ils étaient bien en sécurité, elle s'enferma dans la salle de bains. Elle se fit couler un bain si chaud que la vapeur embua la pièce.

Ce ne fut qu'une fois entrée dans la baignoire, une fois immergée, qu'elle laissa le nœud de larmes se rompre. Ses fils endormis, le corps tremblant dans l'eau brûlante, elle pleura, pleura, pleura.

Elle tint le coup. Certains amis lui suggérèrent de prendre des calmants, mais elle ne voulait pas refouler ses sentiments, ni, surtout, avoir l'esprit brouillé alors qu'elle devait penser à ses enfants.

Elle choisit la simplicité ; c'était ce qu'aurait voulu Kevin. Elle régla elle-même tous les détails du service funèbre – la musique, les fleurs, les photos. Les cendres seraient recueillies dans une urne en argent, puis elle les disperserait sur le lac. C'était sur le lac qu'il l'avait demandée en mariage, dans une barque de location, par un après-midi d'été.

Elle s'habilla en noir pour la cérémonie, jeune veuve de trente et un ans avec deux petits garçons et un emprunt, et le cœur brisé au point qu'elle se demandait si ses éclats continueraient à lui transpercer l'âme pour le restant de ses jours.

Elle garda ses enfants auprès d'elle et prit des rendez-vous pour eux trois avec un psychologue.

Les détails, cela allait. Elle parvenait à s'en occuper. Tant qu'il y avait quelque chose de précis à faire, elle tenait le coup. Elle arrivait à être forte.

Des amis vinrent la voir avec leur compassion, leurs plats qu'elle n'avait plus qu'à réchauffer et leurs yeux embués de larmes. Elle leur était plus reconnaissante de la distraction qu'ils lui apportaient que de leurs condoléances – à quoi pouvaient-elles lui servir ?

Son père et sa belle-mère vinrent de Memphis, et elle s'autorisa à s'appuyer sur eux. Elle laissa Jolene, la femme de son père, s'occuper d'elle, réconforter et câliner les enfants tandis que sa propre mère ne faisait que se plaindre d'avoir à se trouver dans la même pièce que « cette femme ».

Après la cérémonie, quand ses amis furent partis, quand elle se fut raccrochée à son père et à Jolene jusqu'à ce qu'ils reprennent l'avion, elle se força à quitter sa robe noire. Elle la fourra dans un sac pour la donner à un foyer ou à une association caritative. Elle ne voulait plus jamais la voir.

Sa mère resta. Stella lui avait demandé de passer quelques jours chez elle. Dans sa situation, elle avait tout de même le droit de se faire un peu materner, non ? Les frictions qu'il y avait toujours eues entre elles ne comptaient plus en face de la mort de son mari.

Elle se rendit dans la cuisine, où elle trouva sa mère en train de faire du café. Elle traversa la pièce pour aller l'embrasser sur la joue.

— Merci, dit-elle. Bonne idée. J'en ai assez du thé.

— Je ne pouvais pas me retourner sans trouver cette femme en train de faire du thé, répliqua sa mère. C'est une manie, chez elle.

— Elle cherchait seulement à se rendre utile, protesta Stella. Et puis, je ne sais pas si j'aurais supporté le café ces jours-ci.

Carla se retourna. C'était une femme mince aux courts cheveux blonds. Au fil des ans, elle avait lutté contre les outrages du temps en multipliant les opérations de chirurgie esthétique. Résultat, elle paraissait certes plus jeune que son âge, pourtant son visage avait quelque chose d'artificiel et de dur, songea Stella. Elle faisait peut-être quarante ans, mais cela ne lui donnerait jamais l'air heureuse.

— Tu es toujours de son côté, se plaignit Carla.

— Je ne suis pas du côté de Jolene, maman.

Stella s'assit avec lassitude. Il n'y avait plus de détails à régler, réalisa-t-elle. Il n'y avait plus rien à faire.

Comment allait-elle tenir ?

— Je ne vois pas pourquoi j'ai été forcée de la tolérer.

— Je suis désolée que cela t'ait été désagréable, mais elle a été très gentille. Papa et elle sont mariés depuis… quoi ? Environ vingt-cinq ans. Tu aurais dû t'y faire, depuis le temps.

— Je ne supporte pas de l'avoir sous les yeux. Je ne supporte pas sa voix nasillarde et vulgaire.

Stella ouvrit la bouche et la referma. Jolene n'avait pas la voix nasillarde et encore moins vulgaire, mais à quoi bon le dire ? À quoi bon rappeler à sa mère que c'était elle qui avait demandé le divorce, que c'était elle qui était partie ? À quoi bon lui rappeler qu'elle-même s'était remariée deux fois depuis ?

— Eh bien, elle est partie, maintenant, dit-elle pour l'apaiser.

— Bon débarras.

Stella prit une profonde inspiration pour se calmer. Pas de dispute, se répétait-elle, l'estomac noué. Elle était trop fatiguée pour se disputer.

— Les enfants dorment, reprit-elle. Ils sont épuisés. Demain… Bah, on verra bien.

Elle laissa tomber sa tête en avant et ferma les yeux.

— Je n'arrête pas de me dire que c'est un mauvais rêve, que je vais me réveiller d'une seconde à l'autre. Que Kevin sera là. Je ne… je n'arrive pas à imaginer la vie sans lui. Je ne supporte pas de l'imaginer.

Les larmes se remirent à couler sur son visage.

— Maman, je ne sais pas ce que je vais faire…

— Il était bien assuré, non ?

Stella cligna des yeux et regarda, incrédule, Carla qui posait une tasse de café devant elle.

— Quoi ?

— Une assurance-vie. Il en avait une ?

— Oui, mais…

— Tu devrais voir un avocat pour faire un procès à la compagnie aérienne. Mieux vaut commencer à penser aux aspects pratiques, lui conseilla-t-elle en s'asseyant avec une tasse de café. De toute façon, c'est ce que tu fais le mieux.

— Maman, Kevin est mort, articula lentement Stella.

— Je le sais bien, et je suis désolée, affirma Carla en lui caressant la main. J'ai tout laissé tomber pour venir ici te donner un coup de main, non ?

— Si.

Elle ne devait pas l'oublier. Elle devait lui en être reconnaissante.

— Je ne comprends pas ce monde dans lequel un homme de son âge meurt sans raison. Quel gâchis !

— Oui, murmura Stella en sortant un mouchoir de sa poche pour s'essuyer les yeux. Moi non plus, je ne comprends pas.

— Je l'aimais bien, reprit sa mère. N'empêche que tu es dans le pétrin. Tu as des factures à payer, des enfants à élever. Te voilà veuve avec deux jeunes garçons. Et il n'y a pas beaucoup d'hommes qui sont prêts à prendre en charge une famille toute faite, je peux te le dire.

— Enfin, maman, je ne veux pas qu'un homme nous prenne en charge !

— Un jour ou l'autre, c'est ce que tu voudras, affirma Carla. Suis mon conseil et assure-toi que le prochain aura de l'argent. Ne commets pas les mêmes erreurs que moi. Tu as perdu ton mari, et c'est dur. Vraiment très dur. Mais des femmes perdent leur mari tous les jours. Et crois-moi, mieux vaut le perdre de cette façon qu'avoir à subir un divorce.

— Maman, le service funèbre a eu lieu ce matin, bon sang ! J'ai encore les cendres de Kevin dans ma chambre !

— Tu veux que je t'aide, lui rappela sa mère en pointant sa petite cuillère vers elle. Eh bien, je m'efforce de le faire. Traîne la compagnie aérienne en justice, ça te fera un bon petit pécule. Et ne te mets pas avec un minable comme j'ai le chic pour le faire à chaque fois. Le divorce est aussi très dur à vivre, crois-moi. Je sais de quoi je parle, j'en ai vécu deux. Et autant te le dire, je vais vers le troisième. J'en ai ma claque de ce salaud. Tu n'as aucune idée de ce qu'il me fait subir. Non seulement il n'a aucun égard pour moi et il braille sans arrêt mais, en plus, je le soupçonne de me tromper.

Elle se leva de table, fouilla dans les placards et se servit une part de gâteau.

— S'il croit que je vais tolérer cela, poursuivit-elle, il se trompe. J'aimerais bien être là pour voir sa tête quand il recevra les papiers du divorce. Aujourd'hui.

— Je suis navrée que ton troisième mariage ne marche pas, répondit Stella avec raideur. Mais j'ai un peu de mal à compatir à tes problèmes dans la mesure où tu as choisi librement de te marier – et de divorcer – une troisième fois. Kevin est mort. Mon mari est mort. Et crois-moi, cela, ce n'est pas moi qui l'ai choisi.

— Tu crois vraiment que ça me fait plaisir de revivre cela ? Tu crois que ça me fait plaisir de venir ici t'aider et de me retrouver nez à nez avec la bimbo de ton père ?

— C'est sa femme, rectifia Stella. Elle s'est montrée plus que correcte vis-à-vis de toi et m'a toujours traitée avec beaucoup de gentillesse.

— Tu ne sais pas ce qu'elle dit de toi dans ton dos, rétorqua Carla en enfournant une bouchée de gâteau. Tu crois être la seule à avoir des problèmes ? À avoir de la peine ? Tu verras, quand tu approcheras de la cinquantaine et que tu devras affronter la vie seule !

— Je te rappelle que tu as dépassé la cinquantaine, maman. Et encore une fois, c'est toi qui as choisi d'être seule.

La colère assombrit et durcit le regard de Carla.

— Je n'apprécie pas ce ton, Stella. Je n'ai pas à supporter cela.

— Non, c'est vrai. Tout compte fait, je pense qu'il vaudrait mieux pour nous deux que tu t'en ailles. Tout de suite. Ce n'était pas une bonne idée de te demander de rester. Je ne sais pas ce qui m'a pris.

— Tu veux que je parte ? Très bien, répondit sa mère en se levant. J'aime autant rentrer chez moi et reprendre le cours de ma vie. Tu n'as jamais été capable de la moindre gratitude, tu as toujours eu quelque chose à me reprocher. La prochaine fois que tu voudras pleurer sur l'épaule de quelqu'un, appelle donc ta péquenaude de belle-mère.

— Oh, je n'y manquerai pas, murmura Stella tandis que Carla sortait de la cuisine. Crois-moi.

Elle se leva pour aller poser sa tasse dans l'évier et, cédant à une envie subite, la fracassa. Elle voulait tout briser comme elle avait été brisée. Elle voulait faire des ravages à l'échelle de ceux qu'elle avait subis.

Au lieu de cela, elle se cramponna au bord de l'évier et pria pour que sa mère fasse ses valises et s'en aille au plus vite. Elle voulait qu'elle parte. Pourquoi avait-elle cru avoir besoin de sa présence ? Entre elles, les relations avaient toujours été ainsi, acerbes et tendues. Aucun lien, aucun point commun ne les rapprochait.

Dieu sait, pourtant, qu'elle aurait eu besoin d'une épaule pour pleurer, ne fût-ce que pour un soir. Dès le lendemain, elle se remettrait à faire ce qu'il y avait à faire. Mais ce soir, elle aurait voulu que quelqu'un la serre dans ses bras et la réconforte.

Les mains tremblantes, elle ramassa les éclats de sa tasse dans l'évier et les jeta à la poubelle en pleurant. Puis elle appela un taxi pour sa mère.

Elles ne se reparlèrent pas. Cela valait mieux, estima Stella. Elle referma la porte et écouta le taxi s'éloigner.

Une fois seule, elle alla vérifier que ses fils dormaient, les borda et déposa très doucement un baiser sur leur front.

Elle n'avait plus qu'eux, désormais. Et ils n'avaient plus qu'elle.

Elle allait être une meilleure mère, elle en faisait le serment. Elle serait plus patiente. Et jamais, non, jamais, elle ne leur ferait faux bond. Elle ne s'en irait jamais quand ils auraient besoin d'elle.

Et quand ils auraient besoin de son épaule, elle la leur offrirait. Toujours. Quoi qu'il arrive.

— Vous êtes ma priorité, chuchota-t-elle. Vous serez toujours ma priorité.

Dans sa chambre, elle se déshabilla et sortit la vieille robe de chambre de flanelle de Kevin de la penderie. Elle s'enveloppa dedans, dans son odeur familière et déchirante.

Elle se pelotonna dans le lit, resserra la robe de chambre autour d'elle, ferma les yeux et pria pour que le matin arrive vite. Pour que la suite arrive vite.

2

Janvier 2004, Southfield, Michigan

Elle ne pouvait pas se permettre de se laisser intimider par la maison ni par la maîtresse des lieux. Et l'une comme l'autre avaient la réputation d'en imposer.

On disait la maison ancienne et élégante, avec des jardins dignes de l'Eden. Eh bien, on n'exagérait pas, constata Stella.

On disait la femme intéressante, plutôt solitaire et peut-être un peu « difficile ». Un mot imprécis qui pouvait désigner aussi bien un fort caractère qu'une personnalité franchement détestable.

Quoi qu'il en soit, cela ne devait pas lui faire peur, se rappela-t-elle en résistant à l'envie de se lever pour arpenter la pièce. Elle avait connu pire.

Elle avait besoin de cet emploi, et pas uniquement pour le salaire, au demeurant fort généreux. Elle avait besoin du défi que ce travail représentait. Elle avait besoin de faire quelque chose de nouveau, de sortir du train-train quotidien dans lequel elle était tombée.

Il lui fallait une vraie vie. Elle n'en pouvait plus de regarder défiler les heures et de voir son salaire englouti par les factures. Cela faisait un peu livre de développement personnel, mais elle voulait un travail qui lui demande un effort et qui lui permette en même temps de s'épanouir.

Rosalind Harper était épanouie, Stella n'en doutait pas. Il y avait de quoi l'être lorsque l'on habitait une magnifique demeure ancestrale et que l'on possédait une entreprise prospère. Qu'est-ce que cela faisait de se réveiller chaque matin en connaissant parfaitement sa place dans ce monde, en sachant où l'on allait ?

S'il y avait une chose qu'elle souhaitait conquérir et transmettre à ses enfants, c'était bien celle-ci. Car elle craignait de l'avoir complètement perdue de vue à la mort de Kevin. Pour ce qui était d'agir, aucun problème : si on lui donnait une tâche à accomplir, un défi à relever et les moyens de le faire, elle était dans son élément. En revanche, elle n'avait jamais complètement recouvré cette connaissance profonde de soi qui lui avait été arrachée ce jour de septembre 2001.

Ce retour dans le Tennessee, ce dernier entretien *de visu* avec Rosalind Harper étaient sa façon de prendre un nouveau départ. Si elle ne décrochait pas ce poste, eh bien, elle en décrocherait un autre. Personne ne pouvait l'accuser de ne pas connaître son métier, ni d'être incapable de gagner sa vie et celle de ses enfants.

Mais elle avait terriblement envie de *ce* travail.

Elle se redressa et s'efforça d'ignorer les murmures de doute qui s'insinuaient dans son esprit. Elle allait obtenir cet emploi.

Elle s'était habillée avec soin pour ce rendez-vous, choisissant un tailleur bleu marine et un chemisier blanc – une tenue sérieuse et sobre qu'elle avait complétée par des chaussures et un sac élégants. Des bijoux simples. Rien de trop voyant. Un maquillage subtil pour faire ressortir le bleu de ses yeux. Elle avait enfermé ses cheveux dans une barrette sur sa nuque. Avec un peu de chance, ses boucles indomptables ne s'échapperaient pas avant la fin de l'entretien...

Rosalind la faisait attendre. Ce devait être une manœuvre psychologique, conclut-elle en jouant nerveusement avec sa montre, que de la laisser mariner dans ce beau salon, à admirer les objets anciens et les tableaux, la vue sur le jardin. Ce style rêveur et plein de grâce du Sud lui rappelait avec force qu'elle était un poisson yankee hors de l'eau.

Les choses se faisaient plus lentement, ici, se rappela-t-elle. Il ne faudrait pas qu'elle oublie que le rythme, la culture étaient différents de ceux dont elle avait l'habitude.

La cheminée était sans doute une Adams, devina-t-elle. Et cette lampe, là, certainement une Tiffany originale. Et ces voilages de dentelle... Était-ce un héritage familial ?

Seigneur... Elle n'aurait pu être moins dans son élément. Que faisait une veuve des classes moyennes du Michigan dans cette splendeur du Sud ?

Elle se reprit et s'efforça d'afficher une expression neutre en entendant des pas dans le couloir.

— Je vous apporte du café.

Ce n'était pas Rosalind Harper, mais le jeune homme souriant qui lui avait ouvert et l'avait conduite dans ce salon.

Il devait avoir trente ans, estima Stella. Il était de taille moyenne, très mince. Ses cheveux bruns et brillants ondulaient autour de son visage digne d'un acteur de cinéma, où brillaient des yeux bleus pétillants. Quoique vêtu de noir, il n'avait rien d'un maître d'hôtel. Il était bien trop élégant, il faisait trop artiste. Il lui avait dit s'appeler David.

Il posa sur la table basse le plateau garni d'une cafetière et de tasses de porcelaine, de petites serviettes en tissu, de cookies, d'un pot de crème, d'un sucrier et d'un bouquet de violettes.

— Roz a été retenue, mais elle arrive, annonça-t-il. Alors, détendez-vous et profitez de votre café. Vous êtes bien installée ?

— Oui, très bien.

— Je peux vous apporter autre chose pendant que vous l'attendez ?

— Non, merci.

— Mettez-vous à l'aise, insista-t-il en lui servant une tasse de café. Rien de tel qu'un feu de cheminée en janvier, vous ne trouvez pas ? On en oublie que, il y a quelques mois, on étouffait de chaleur. Comment prenez-vous votre café, chérie ?

Jamais un inconnu ne l'avait appelée « chérie » en lui servant du café dans un salon magnifique. Encore moins un inconnu qui avait probablement quelques années de moins qu'elle.

— Avec un peu de crème, c'est tout.

Elle dut se rappeler à l'ordre pour ne pas fixer son visage du regard. Il était… comment dire… délicieux, avec sa bouche bien pleine, ses yeux saphir, ses pommettes marquées et cette fossette si sexy au menton.

— Vous travaillez chez Mme Harper depuis longtemps ? s'enquit-elle.

— Depuis toujours, répondit-il avec un sourire charmant, en lui tendant une tasse de café. Pour mon plus grand bonheur. Répondez de façon directe à une question directe et ne vous laissez pas faire. Elle ne supporte pas les gens qui rampent devant elle. Vous savez, chérie, j'adore vos cheveux.

— Oh, fit-elle en les touchant instinctivement. Merci.

— Le Titien savait ce qu'il faisait en peignant cette couleur. Bonne chance avec Roz, conclut-il en se dirigeant vers la porte. Très belles chaussures, au fait.

Stella soupira dans sa tasse. Il avait remarqué ses cheveux *et* ses chaussures ; il lui avait fait compliment des deux. Il devait être gay. Dommage pour la gent féminine...

Le café était délicieux, et David avait raison : un feu en janvier, c'était bien agréable. Dehors, l'air était humide et glacial, le ciel couvert. Ce ne serait pas difficile de s'habituer à passer des heures d'hiver au coin du feu, à boire du bon café dans... Qu'était-ce ? Du Meissen ? Du Wedgwood ? Curieuse, elle souleva sa tasse pour voir la marque du fabricant.

— C'est du Staffordshire, apporté d'Angleterre au milieu du XIXe siècle par une épouse Harper.

« Inutile de se maudire, songea Stella. Inutile d'avoir envie de rentrer sous terre en rougissant d'embarras. » Elle se contenta de reposer sa tasse et de regarder Rosalind Harper droit dans les yeux.

— C'est un très beau service, commenta-t-elle.

— Je suis bien de cet avis, confirma son hôtesse en se laissant tomber dans le fauteuil voisin du sien et en se servant une tasse de café.

L'une d'elles s'était trompée sur le code vestimentaire de cet entretien, nota Stella.

Rosalind avait vêtu sa longue silhouette élancée d'un grand pull olive et d'un pantalon de travail effrangé couleur de boue. Elle ne portait pas de chaussures mais de grosses chaussettes de laine marron qui laissaient deviner des pieds assez grands mais fins – c'était sans doute pour cela que Stella ne l'avait pas entendue arriver. Ses cheveux noirs étaient coupés court.

Jusqu'à présent, elles n'avaient communiqué que par téléphone, fax et e-mail ; cependant, Stella avait fait une recherche sur elle sur Google. Elle voulait en savoir un peu plus long sur celle qui allait peut-être devenir son employeuse – et voir quelle tête elle avait.

Les coupures de magazines et de journaux n'avaient pas manqué. Elle s'était intéressée à la Rosalind enfant, jeune fille, jeune femme... Elle avait admiré les photos de la mariée de dix-huit ans ravissante et délicate. Elle avait compati à la douleur de la veuve pâle et stoïque de vingt-cinq ans.

Il y en avait des pages et des pages : des extraits de la presse mondaine, des commérages et des spéculations sur un éventuel remariage. Suivaient des articles assez nombreux sur la création de la pépinière et de la jardinerie, sur ses jardins, sur sa vie amoureuse, son court second mariage et son divorce.

Stella s'était représenté une femme intelligente, qui savait ce qu'elle voulait. En revanche, elle avait attribué son époustouflante beauté à l'angle des prises de vue, à l'éclairage et au maquillage.

Elle s'était trompée.

À quarante-quatre ans, Rosalind Harper était une rose pleinement épanouie. Non pas une rose de serre chaude, mais une rose qui avait résisté aux éléments saison après saison pour refleurir toujours plus forte et plus belle.

Elle avait un visage fin à l'ossature bien dessinée et des yeux couleur de whisky. Sa bouche aux lèvres pleines et aux contours nettement marqués n'était pas maquillée. Pas plus que le reste de son ravissant visage, remarqua l'œil exercé de Stella. Les légères rides qui commençaient à se creuser au coin de ses yeux ne diminuaient en rien sa beauté.

« J'aimerais tant vous ressembler, plus tard, ne put s'empêcher de songer Stella. Enfin, je préférerais m'habiller un peu mieux, si cela ne vous dérange pas. »

— Je vous ai fait attendre, non ?

Une réponse directe, se rappela-t-elle.

— Un peu, reconnut-elle donc. Mais attendre dans cette pièce en buvant du délicieux café dans du Staffordshire n'a rien de pénible.

— David aime s'affairer. J'étais dans la salle de multiplication. J'ai été retenue.

Elle parlait d'un ton vif, mais pas sec – c'était impossible avec l'accent du Tennessee. Elle allait droit au but, elle était pleine d'énergie.

— Vous paraissez plus jeune que je ne m'y attendais. Vous avez trente-trois ans, n'est-ce pas ?

— Oui.

— Et vos fils ont... six et huit ans ?

— C'est cela.

— Vous ne les avez pas amenés ?

— Non. Ils sont avec mon père et sa femme.

— J'apprécie beaucoup Will et Jolene. Comment vont-ils ?

— Très bien. Ils sont heureux d'avoir leurs petits-enfants.

— J'imagine. Votre père me montre parfois des photos d'eux ; il déborde de fierté.

— C'est l'une des raisons pour lesquelles je souhaite m'installer ici. Je voudrais qu'ils puissent passer plus de temps ensemble.

— C'est une bonne raison. Moi aussi, j'aime beaucoup les jeunes garçons. Depuis qu'il n'y en a plus à la maison, ça me manque. Le fait que vous en ayez deux a beaucoup joué en votre faveur. Bien entendu, votre CV, le fait que vous soyez recommandée par votre père et la lettre de votre ancien employeur n'ont pas fait de mal.

Elle prit un cookie sur le plateau et croqua dedans sans quitter Stella des yeux.

— J'ai besoin d'une bonne organisatrice, de quelqu'un de créatif et de travailleur, qui présente bien et qui soit infatigable. J'aime que les gens qui travaillent pour moi soient capables de me suivre, et j'imprime un rythme assez soutenu à mon équipe.

— C'est ce qu'on m'a dit, répondit Stella avec une égale vivacité. J'ai un diplôme de gestion de pépinière et de jardinerie. À l'exception des trois ans que j'ai passés à la maison après la naissance de mes enfants – trois ans au cours desquels j'ai dessiné mon jardin et ceux de voisins –, j'ai toujours travaillé dans ce domaine. Depuis la mort de mon mari, il y a plus de deux ans, j'élève seule mes deux enfants tout en travaillant à l'extérieur, toujours dans ma branche. Avec succès dans les deux cas. Alors, je peux suivre votre rythme, madame. Je peux suivre le rythme de n'importe qui.

Peut-être, répondit Roz *in petto*. Peut-être...

— Montrez-moi vos mains, lui demanda-t-elle.

Stella obtempéra, irritée. Roz posa sa tasse de café et prit ses deux mains dans les siennes. Elle les retourna, paumes vers le haut, et passa les pouces dessus.

— Vous savez travailler, commenta-t-elle.

— Oui.

— Votre tailleur de banquière m'a déroutée, expliqua Roz. Il est ravissant, cela dit, ajouta-t-elle en finissant son cookie. Il a plu ces jours-ci. Voyons si je peux vous trouver des bottes pour ne pas abîmer ces jolies chaussures. Je vais vous faire visiter.

Les bottes étaient trop grandes et le caoutchouc d'un vert militaire pas très flatteur. Mais le sol humide et les graviers auraient détruit ses escarpins neufs.

De toute façon, l'apparence de Stella comptait peu comparé à ce que Rosalind Harper avait créé.

Côté Jardin, la jardinerie, occupait la partie ouest du domaine et faisait face à la route. Les espaces de verdure à l'entrée et autour des parkings étaient idéalement aménagés. Même en janvier, Stella se rendait compte du soin et de la créativité avec lesquels les arbres d'ornement et les plantes à feuilles persistantes avaient été choisis et disposés. Elle devinait que les hauteurs paillées se couvriraient plus tard des couleurs des bulbes et des plantes vivaces, puis des plantes annuelles, du printemps à l'automne.

Elle ne voulait plus de ce travail : elle en rêvait. Elle en avait tellement envie que des nœuds d'inquiétude et de désir se formaient dans son estomac, comme en face d'un amant.

— J'ai fait en sorte que la partie vente ne soit pas trop près de la maison, précisa Roz en garant son pick-up. Je ne voulais pas voir l'aspect commercial des choses par la fenêtre du salon. Les Harper ont toujours eu le sens des affaires. Même à l'époque où il y avait des champs de coton à la place des maisons.

La bouche trop sèche pour parler, Stella se contenta de hocher la tête. En effet, on ne voyait pas la maison principale d'ici. Un bois la cachait et empêchait sans doute les dépendances basses, la jardinerie elle-même et la plupart des serres de gâcher la vue qu'on avait de Harper House sur le parc.

Et ce marronnier rouge ! Quelle splendeur...

— Cette zone est ouverte au public douze mois par an. Nous proposons tous les produits dérivés que vous pouvez imaginer, ainsi, bien entendu, que des plantes d'intérieur et des livres de jardinage. Mon fils aîné m'aide à diriger cette partie même s'il est plus heureux dans les serres ou dehors. Nous avons actuellement deux vendeurs à temps partiel ; il nous en faudra plus d'ici quelques semaines.

« Concentre-toi un peu », s'ordonna Stella.

— La période de grande activité doit commencer en mars, dans la région, dit-elle.

— Exact, confirma Roz.

Elle emprunta un chemin goudronné qui menait à un bâtiment blanc assez bas au porche luisant de propreté.

À l'intérieur, Stella remarqua deux comptoirs longs et larges de part et d'autre de la porte. Grâce à un bon éclairage, la pièce était gaie. Elle contenait des étagères garnies d'adjuvants pour le sol, d'engrais et de pesticides, des tourniquets de sachets de graines. Sur d'autres étagères étaient disposés des livres et des jardinières d'appui de fenêtre colorés, mais aussi des carillons éoliens, des plaques de jardin et autres accessoires.

Une femme aux cheveux d'un blanc de neige époussetait un présentoir de photophores. Elle portait un cardigan bleu pâle brodé de roses et un chemisier blanc très amidonné.

— Ruby, voici Stella Rothchild, annonça Roz. Je lui fais faire une petite visite.

— Je suis ravie de vous rencontrer.

À la façon dont la femme l'évalua du regard, Stella comprit qu'elle savait qu'elle était là pour un entretien d'embauche. Toutefois, son sourire resta parfaitement cordial.

— Vous êtes la fille de Will Dooley, n'est-ce pas ?

— Oui, répondit-elle.

— Et vous venez... du Nord.

Elle avait dit cela d'un ton méfiant qui amusa Stella.

— Du Michigan, oui, précisa-t-elle. Mais je suis née à Memphis.

— Ah, oui ? dit la femme, dont le sourire se fit un peu plus chaleureux. Eh bien, c'est déjà quelque chose. Vous avez déménagé quand vous étiez petite, c'est ça ?

— Oui, avec ma mère.

— Et maintenant, vous envisagez de revenir au pays ?

— Je suis revenue ; c'est fait, rectifia Stella.

— Bien, dit Ruby sur un ton qui laissait entendre que qui vivrait verrait. Il fait un temps de chien, aujourd'hui. C'est un jour à rester dedans. Regardez tout ce que vous voulez.

— Merci. Je ne vois pas où je serais mieux que dans une jardinerie !

— Alors, vous êtes au bon endroit. Roz, Marilee Booker est passée et a acheté le dendrobium. Je n'ai pas pu l'en empêcher.

— Zut ! Il sera mort d'ici une semaine.

— Les dendrobium ne sont pourtant pas d'un entretien très difficile, observa Stella.

— Pour Marilee, si. On ne peut pas avoir la main moins verte qu'elle. Cette femme devrait avoir l'interdiction de s'approcher d'une plante à moins de trois mètres.

— Je suis désolée, Roz. Enfin, je lui ai fait promettre de le rapporter s'il commençait à avoir l'air de s'étioler.

— Ce n'est pas de votre faute, assura Roz avant de s'avancer vers une grande ouverture.

Ce secteur abritait des plantes d'intérieur, des plus exotiques aux plus classiques, et des pots de toutes tailles. On y trouvait également des éléments de décoration plus volumineux tels que des dalles, des treillages, des tonnelles en kit, des fontaines de jardin ou des bancs.

— Je compte sur mes employés pour en savoir un peu sur tous les sujets. Et s'ils ignorent la réponse à une question que leur pose un client, ils doivent savoir où la trouver. Nous ne sommes pas très grands si l'on nous compare aux pépinières en gros ou aux magasins d'outillage d'aménagement paysager. Et nous ne pratiquons pas les mêmes prix que les grandes jardineries ou les hypermarchés. Alors, nous nous attachons à proposer des plantes plus rares à côté des incontournables et à offrir un véritable service à notre clientèle. Nous faisons même des visites à domicile.

— Y a-t-il quelqu'un en particulier dans votre équipe qui s'en charge ?

— Lorsqu'il s'agit d'un client qui a des problèmes avec une plante achetée ici ou qui souhaite des conseils personnalisés, Harper ou moi nous en chargeons en général.

Roz glissa les mains dans les poches de son pantalon et se balança d'avant en arrière sur les talons de ses bottes boueuses.

— Hormis cela, j'ai un architecte paysagiste. J'ai dû le payer une fortune pour l'arracher à un concurrent, et il m'oblige à lui donner carte blanche, ou presque. Mais c'est le meilleur, et je voudrais développer ce secteur.

— Quel est le cahier des charges ?

Roz se retourna vers Stella en haussant les sourcils. Une lueur amusée passa dans son regard perspicace.

— Voilà. C'est exactement de quelqu'un comme vous que j'ai besoin. Quelqu'un qui puisse dire « cahier des charges » sans sourciller. Voyons, laissez-moi réfléchir...

Elle balaya du regard la zone bien approvisionnée dans laquelle elles se trouvaient avant d'ouvrir les grandes portes de verre qui donnaient sur la serre adjacente.

— C'est ici que nous entreposons la plupart de nos plantes annuelles et les paniers suspendus à partir de mars, expliqua-t-elle. Donc, pour revenir au cahier des charges, comme vous dites, il consisterait d'une part à servir les jardiniers amateurs – des débutants qui en sont à leur première tentative aux plus expérimentés qui savent ce qu'ils veulent ou souhaitent essayer quelque chose de nouveau ou d'original –, à offrir à tous ces clients de bons produits, de bons services et de bons conseils. Et d'autre part, il consisterait à servir les clients qui ont de l'argent mais pas le temps ou l'envie de mettre les mains dans la terre. Moyennant finances, nous nous rendrons sur place, concevrons un plan, fournirons les plantes et engagerons la main-d'œuvre.

— Très bien, fit Stella en étudiant les longues tables roulantes, les têtes d'arrosage du système d'irrigation et les drains ménagés dans le sol bétonné légèrement en pente.

— Lorsque la saison commencera, nous disposerons des tables de plantes annuelles et vivaces le long de ce bâtiment, de façon à ce que les gens qui entrent ou qui passent simplement devant puissent les voir. Nous avons bien entendu un coin ombragé pour celles qui ont besoin d'ombre, poursuivit-elle en faisant le tour de la serre. Là, nous conservons les fines herbes, et de l'autre côté, c'est la réserve de pots, de godets en plastique et d'étiquettes. Derrière, il y a des serres pour les porte-greffes, les semis, les plants et des zones de préparation. Ces deux-là seront ouvertes au public ; elles contiendront des plantes annuelles vendues par plateau.

Elles ressortirent et empruntèrent une allée goudronnée bordée de buissons et d'arbres ornementaux. Roz désigna un secteur où les plantes qui passaient l'hiver dehors étaient protégées des intempéries.

— De l'autre côté, dans une partie fermée au public, il y a les zones de multiplication, de bouturage et de greffage. Nous faisons surtout des plantations en godets, mais j'ai réservé un demi-hectare environ pour les plantations en extérieur. Il y a un étang au fond, si bien que l'arrosage n'est pas un problème.

Tandis qu'elles continuaient à marcher, Stella détaillait tout, calculait, réfléchissait. Il lui fallait ce poste. Plus la visite avançait, plus elle en était convaincue.

Elle pourrait faire quelque chose de formidable, ici. Elle pourrait ajouter sa marque à la remarquable création d'une autre femme. Elle pourrait aider à l'améliorer, à l'agrandir, à la perfectionner.

Cela lui apporterait-il les défis et l'épanouissement qu'elle recherchait ? Sans aucun doute. C'était exactement ce qu'il lui fallait. C'était parfait.

Les serres étaient équipées de tables de travail, de présentoirs, de vélums, de stores, d'arroseurs. Stella les imaginait pleines à ras bord de plantes, bondées de clients. Elle sentait la croissance, les possibilités.

Lorsque Roz ouvrit la porte de la salle de multiplication, Stella ne put retenir un soupir de pur plaisir en sentant l'odeur de la terre et des plantes qui poussaient, la chaleur humide.

L'atmosphère était lourde. Ses cheveux allaient friser comme des fous, mais tant pis. Elle entra.

Des plants germaient dans leurs godets, jeunes pousses qui perçaient le terreau enrichi. Des paniers déjà plantés étaient suspendus à des crochets. Le fond de la pièce abritait les plantes souches, les parents de ces jeunes plants. Des tabliers étaient accrochés à des patères, des outils posés sur les tables ou bien rangés dans des seaux.

Elle parcourut les allées en silence, en remarquant au passage que les godets étaient clairement marqués. Elle était capable d'identifier certaines plantes sans lire les étiquettes. Il y avait des cosmos et des ancolies, des pétunias et des penstemon. Dans ces régions du Sud, d'ici quelques semaines à peine, on pourrait les planter dans des plates-bandes ou dans des pots pour décorer des patios, à l'ombre ou au soleil.

Et elle ? Serait-elle prête à ce moment-là à s'enraciner ici, à s'y épanouir ? Et ses fils ?

Le jardinage comportait des risques, songea-t-elle, mais la vie plus encore. L'attitude intelligente consistait à calculer ces risques, à les minimiser et à travailler pour atteindre ses objectifs.

— J'aimerais bien voir la zone de greffage, les réserves et les bureaux, demanda-t-elle.

— Très bien. De toute façon, nous ferions mieux de sortir d'ici. Votre tailleur risque d'en prendre un sale coup.

Stella regarda sa tenue, et ses yeux tombèrent sur les grosses bottes vertes qu'elle avait chaussées. Elle se mit à rire.

— Moi qui voulais avoir l'air professionnelle... ironisa-t-elle.

Roz salua sa réaction amusée d'un petit signe de tête approbateur.

— Vous êtes une jolie femme et vous avez bon goût en matière de vêtements. C'est le genre d'image qui ne peut pas nuire. Vous vous êtes donné la peine de bien vous habiller pour ce rendez-vous, ce que j'ai négligé de faire. Sachez que j'apprécie.

— C'est vous qui avez toutes les cartes en main, madame, fit remarquer Stella. Vous pouvez vous habiller comme bon vous semble.

— Vous avez raison, répondit Rosalind Harper en tournant les talons pour regagner la porte.

Elles sortirent sous une bruine glaciale.

— Allons dans les bureaux, ajouta-t-elle. Inutile de rester sous la pluie. Alors, dites-moi, pour quelles raisons souhaitez-vous revenir ici ?

— En fait, je n'ai pas trouvé de raison de rester dans le Michigan. Kevin et moi nous y étions installés après notre mariage, pour son travail. J'y suis restée après sa mort par une espèce de loyauté envers lui... à moins que ce ne soit par habitude. Je ne sais pas trop. Disons que je me suis contentée de vivre au jour le jour.

— Vous y avez de la famille ?

— Non, non. Pas dans le Michigan. Il n'y avait que les garçons et moi. Les parents de Kevin sont morts avant notre mariage. Et ma mère habite New York. Je n'ai aucune envie de vivre en ville, encore moins d'y élever mes enfants. Et puis, ma mère et moi avons des... des relations assez compliquées. Comme souvent les mères et les filles.

— Je bénis le Ciel de n'avoir que des garçons.

— Moi aussi, renchérit Stella en riant, tout à fait à l'aise, à présent. Mes parents ont divorcé quand j'étais petite. J'imagine que vous savez tout cela.

— En partie. Comme je vous l'ai dit, j'aime beaucoup votre père. Et Jolene.

— Moi aussi. Alors, au lieu de planter une aiguille au hasard sur la carte, j'ai décidé de venir ici, là où je suis née. Je n'en ai pas vraiment gardé de souvenirs, mais je me suis dit qu'il y aurait un lien entre cette région et moi. J'espérais que ce serait l'endroit où j'aurais envie de vivre.

Elles retraversèrent la zone de vente pour se rendre dans un tout petit bureau dont le désordre consterna l'esprit organisé de Stella.

— Je ne me sers pas beaucoup de cet endroit, avoua Roz. Les papiers sont dispersés entre ce bureau et la maison. Quand je suis ici, je passe mon temps dans les serres ou dans le champ.

Elle ôta des livres de jardinage d'une chaise et fit signe à Stella de s'y asseoir tandis qu'elle-même se perchait sur le bord de la table encombrée.

— Je connais mes points forts, reprit-elle, et je sais faire des affaires. J'ai construit cet endroit à partir de rien, en moins de cinq ans. Quand l'entreprise était plus petite et qu'il n'y avait pour ainsi dire que moi, je pouvais me permettre de me tromper. Maintenant, j'ai jusqu'à dix-huit employés pendant la pleine saison. Des gens dont le salaire dépend de moi. Alors, je ne peux plus faire d'erreurs. Je sais comment planter, ce qu'il faut planter, quels prix pratiquer. Je sais concevoir un jardin, gérer mes stocks et diriger mes employés. Je sais comment me conduire avec les clients – et je sais organiser.

— Je dirais que tout cela est entièrement vrai. Alors, pourquoi avez-vous besoin de moi – ou de quelqu'un comme moi ?

— Parce que, parmi toutes ces choses que je sais faire, il y en a que je n'aime pas faire. Je n'aime pas organiser. Et l'entreprise est devenue trop grande pour que je gère seule les stocks. J'ai besoin d'un œil neuf, d'idées neuves et d'une tête bien faite.

— Je comprends. Vous disiez tenir entre autres choses à ce que le directeur ou la directrice de la pépinière que vous engageriez habite chez vous au moins les premiers mois. Je...

— Ce n'est pas une demande : c'est une condition absolue.

La fermeté avec laquelle elle avait apporté cette précision fit comprendre à Stella pourquoi certains la disaient difficile.

— Nous commençons tôt le matin et nous finissons tard le soir, expliqua Roz. Je veux quelqu'un qui soit disponible pour ainsi dire en permanence, au moins jusqu'à ce que je sois sûre que nous allons au même rythme. Memphis est trop loin, alors à moins que vous ne soyez prête à acheter une maison à moins de quinze kilomètres d'ici, il n'y a pas vraiment le choix.

— J'ai deux jeunes garçons plutôt actifs et un chien...

— J'aime bien les jeunes garçons actifs. Quant au chien, il ne me dérange pas, sauf s'il est du genre à creuser des trous dans mon jardin. Dans ce cas-là, nous aurons un problème. Autrement, la maison est grande. Vos fils et vous aurez toute la place qu'il vous faut. Je vous aurais bien proposé la maison d'amis, mais, même avec de la dynamite, je ne pourrais pas en faire sortir Harper – c'est mon fils aîné. Voulez-vous ce poste, Stella ?

Stella ouvrit la bouche et prit une longue inspiration pour se donner le temps d'une ultime réflexion. N'avait-elle pas déjà calculé tous les risques en venant ici ? Il était temps de tout mettre en œuvre pour atteindre son objectif. Le risque que présentait cette dernière condition ne pouvait l'emporter sur tous les avantages.

— Oui. Oui, madame, j'ai très envie de ce poste.

— Alors, il est à vous, déclara Roz en lui tendant la main. Vous pourrez apporter vos affaires demain – le matin, ce serait mieux –, et nous vous installerons. Vous pouvez prendre un jour ou deux, le temps de vous assurer que vos fils s'adaptent bien.

— Merci. Ils sont très excités, mais ils ont aussi un peu peur.

Et elle aussi, ajouta-t-elle intérieurement.

— Je tiens à être franche avec vous, madame Harper. Si, après un temps d'adaptation raisonnable, mes fils ne sont pas heureux, je me verrai dans l'obligation de m'organiser autrement.

— Si je pensais qu'il n'en serait pas ainsi, je ne vous engagerais pas. Et appelez-moi Roz.

Pour fêter son nouvel emploi, Stella acheta une bouteille de champagne et du cidre en rentrant chez son père. La pluie et le détour la firent tomber dans les embouteillages. Tout compte fait, même si cela devait lui paraître bizarre dans un premier temps, il y aurait des avantages à vivre pour ainsi dire sur son lieu de travail.

Elle avait le poste ! Un poste de rêve, de son point de vue. D'accord, elle ne savait pas quel genre d'employeur était Rosalind Harper, elle allait devoir adapter ses connaissances en matière d'horticulture et de botanique à cette région, et elle ignorait comment les autres employés allaient prendre les ordres d'une étrangère. D'une Yankee. Pourtant, elle brûlait d'impatience de commencer.

Et puis, ses fils auraient plus de place pour se défouler dans la propriété des Harper. Elle ne se voyait pas acheter une maison tant qu'elle n'était pas sûre de rester dans le Tennessee et avant d'avoir pu visiter les environs et rencontrer des gens. Or, ils étaient un peu serrés dans la maison de son père. Jolene et lui avaient beau se montrer extrêmement accueillants et accommodants, ils ne pouvaient pas vivre éternellement à cinq plus un chien dans une maison de quatre pièces. Emménager chez Rosalind Harper était donc la solution la plus pratique, du moins dans un premier temps.

Elle gara son break vieillissant à côté du petit coupé très chic de sa belle-mère, prit les bouteilles et courut sous la pluie jusqu'à la porte.

Elle frappa. Ils lui avaient donné une clé, mais elle n'osait pas entrer sans prévenir.

Jolene vint lui ouvrir. Dans son pantalon de yoga et son haut moulant noirs, elle était si svelte que l'on n'aurait pas cru qu'elle approchait de la soixantaine.

— Désolée, je t'interromps dans ta séance de gym…

— Je viens de finir, Dieu merci, répondit Jolene en s'essuyant le visage avec une petite serviette blanche et en rejetant en arrière son carré blond. Tu as perdu ta clé, ma chérie ?

— Cela me gêne de m'en servir, avoua Stella en entrant. C'est bien calme, ici. Les garçons sont enchaînés dans la cave ?

— Ton père les a emmenés voir la marche des canards du *Peabody Hotel*. J'ai pensé qu'ils seraient contents d'être tous les trois, alors je suis restée ici avec mon DVD de yoga. Et le chien dort sous la véranda. Mais dis-moi, tu as l'air bien satisfaite, ajouta-t-elle en inclinant la tête sur le côté.

— Et comment ! J'ai été engagée.

— J'en étais sûre ! J'en étais sûre ! Félicitations ! s'exclama Jolene en la serrant dans ses bras. Je n'en ai jamais douté une seconde. Roz Harper est une femme intelligente. Elle sait reconnaître les perles rares.

— Tu ne peux pas savoir comme j'étais nerveuse. Je devrais attendre papa et les garçons, mais… Ça te dit, une coupe de champagne un peu en avance pour fêter mon nouvel emploi ? demanda-t-elle en sortant la bouteille.

— Avec plaisir. Oh, ma chérie, je suis si excitée pour toi ! Alors, ajouta Jolene en passant un bras autour des épaules de Stella pour la conduire dans le salon, dis-moi comment tu as trouvé Roz.

— Pas aussi intimidante que je le craignais, répondit Stella en posant la bouteille sur la table basse tandis que Jolene sortait deux coupes du buffet. Assez truculente, directe, sûre d'elle. Et quelle maison !

— Elle est magnifique, n'est-ce pas ? renchérit Jolene, avant de rire quand le bouchon sauta. Mon Dieu, quel son délicieusement décadent en plein après-midi… Harper House est dans la famille de Roz depuis des générations. Son nom de femme mariée – lors de son premier mariage – était Ashby. Elle a repris son nom de jeune fille, Harper, après avoir divorcé de son second mari.

— Raconte-moi tout, Jolene, tu veux bien ? Papa ne le fera pas.

— Tu me fais boire du champagne pour que je parle ? Bravo, ma chérie. Mais avant tout, dit-elle en s'asseyant et en levant son verre, à toi et à ton courageux nouveau départ.

Stella fit tinter son verre contre celui de sa belle-mère et but une gorgée.

— Mmm... que c'est bon ! Allez. Maintenant, raconte.

— Roz s'est mariée jeune. À tout juste dix-huit ans. Ils étaient très bien assortis, comme on dit : bonnes familles, même milieu social. Mais surtout, et c'est le plus important, c'était un mariage d'amour. Cela sautait aux yeux. C'était à peu près à l'époque où j'ai rencontré ton père ; une femme amoureuse reconnaît les gens qui partagent les mêmes sentiments qu'elle. Les parents de Roz l'ont eue tard. Je crois que sa mère n'avait pas loin de quarante ans et que son père approchait de la cinquantaine. Sa mère était de santé fragile – selon certains, alors que, pour d'autres, elle aimait à jouer les frêles épouses. Quoi qu'il en soit, Roz a perdu ses deux parents en deux ans. Elle devait attendre son deuxième fils – voyons... zut... ah, ce doit être Austin – quand John, son mari, et elle ont repris Harper House. Et son troisième marchait à peine lorsque John est mort. Tu es bien placée pour savoir combien cela a dû être dur pour elle.

— Oui.

— Je crois qu'elle n'a pour ainsi dire pas mis le nez hors de chez elle pendant deux ou trois ans. Quand elle a recommencé à sortir, à voir des gens, à recevoir, les gens se sont demandé quand elle allait se remarier, et avec qui. Tu l'as vue : c'est une très belle femme.

— Elle est superbe, oui.

— Et par ici, être issu d'une famille comme la sienne est un atout supplémentaire. Bref, elle aurait pu épouser qui elle voulait : jeune, vieux, entre les deux, célibataire, divorcé, riche, pauvre. Elle avait l'embarras du choix. Mais elle est restée seule. Elle s'est consacrée à l'éducation de ses fils.

« Seule », songea Stella en sirotant son champagne. Elle comprenait parfaitement ce choix.

— À la grande consternation de la bonne société de Memphis, poursuivit Jolene, elle a gardé sa vie privée très privée. L'événement qui a fait le plus de bruit, c'est quand elle a chassé son jardinier – enfin, ses deux jardiniers. La rumeur dit qu'elle les a chassés de la propriété en les poursuivant avec une débroussailleuse.

— C'est vrai ? demanda Stella en ouvrant de grands yeux à la fois surpris et admiratifs.

— C'est ce que j'ai entendu dire, et c'est la version qui est restée. Par ici, on préfère souvent un mensonge divertissant à la vérité nue. Il paraît qu'ils avaient arraché des plantes ou je ne sais quoi. Après cela, Roz n'a plus voulu embaucher personne. Elle a tout fait elle-même. Ensuite, environ cinq ans plus tard, elle a ouvert la jardinerie dans la partie ouest du parc. Elle s'est remariée il y a trois ans et a divorcé dans la foulée. Dis-moi, ma chérie, tu ne veux pas que nous buvions une deuxième coupe un peu en avance ?

— Pourquoi pas ? fit Stella en les resservant. Allez, parle-moi du deuxième mari.

— Mmm... du bagout, assez mielleux. Beau à damner une sainte et plus charmant encore. Bryce Clerk. Il affirme que sa famille est originaire de Savannah, mais, selon moi, il ne faut pas croire un mot de ce qu'il dit. Roz et lui formaient un couple superbe, mais il est apparu qu'il aimait former un couple superbe avec un grand nombre de femmes et que le mariage n'avait en rien freiné ses ardeurs. Alors, elle l'a fichu dehors.

— Elle a eu raison.

— Elle n'est pas du genre à se laisser faire.

— Je m'en suis rendu compte.

— Je dirais que c'est une femme fière mais pas vaniteuse, forte de caractère mais pas dure – enfin pas trop dure, même si je pense que tout le monde ne partage pas mon avis sur ce point. C'est une excellente amie et une redoutable ennemie. Tu sauras très bien t'y prendre avec elle, affirma Jolene. Tu es de taille à affronter tout et tout le monde.

Stella aimait bien que les gens pensent cela d'elle. Mais était-ce dû au champagne ou à la nervosité ? Toujours est-il qu'elle se sentait soudain un peu chancelante.

— On verra bien, répondit-elle.

3

Au volant de sa voiture pleine de bagages, Stella avait à sa droite un porte-documents rempli de notes et de croquis et un chien très mécontent qui avait déjà donné son avis sur le déménagement en vomissant sur le siège passager. Derrière elle, les garçons ne cessaient de se chamailler.

Elle avait déjà dû se garer pour s'occuper du chien et du siège. Malgré le froid de janvier, elle roulait toutes vitres baissées. Affalé sur le sol, Parker, leur Boston terrier, avait l'air de plus en plus pitoyable.

Elle ignorait le motif de la dispute de ses fils. Comme ils n'en étaient pas encore venus aux mains, elle n'intervint pas. Elle le savait, ce nouveau déménagement les inquiétait autant que Parker.

Elle les avait déracinés. Quel que soit le soin avec lequel on procédait, c'était toujours un choc. Maintenant, ils allaient tous être transplantés. Elle pensait qu'ils pousseraient bien dans cette nouvelle terre. Il fallait qu'elle le croie, elle n'avait pas le choix. Sinon, elle serait aussi malade que le chien.

— Je te déteste, espèce de mouche puante, jeta Gavin, huit ans.

— Moi aussi, je te déteste, espèce d'araignée poilue, riposta Luke, six ans.

— Limace gluante !

— Sale cafard !

Stella poussa un soupir et monta le son de la radio.

Elle attendit d'avoir atteint les piliers de brique qui marquaient l'entrée du domaine des Harper et se gara sur le côté de la route. Elle resta quelques instants immobile tandis que les insultes fusaient toujours à l'arrière. Parker lui jeta un regard prudent, avant de sauter sur le siège pour flairer l'air par la vitre ouverte.

Elle éteignit la radio. Derrière elle, les voix s'estompèrent. Après un dernier « De toute façon, je te déteste et c'est tout » murmuré avec dureté, le silence se fit.

— J'ai une idée, annonça-t-elle sur le ton de la conversation. Nous devrions faire une blague à Mme Harper.

— Une blague comment ? demanda Gavin, qui tira sur sa ceinture pour se pencher en avant.

— Une blague très difficile à faire. D'ailleurs, je ne suis pas sûre qu'on puisse y arriver. D'après ce que j'ai vu, Mme Harper est très intelligente. Alors, il va falloir qu'on soit vraiment très, très malins.

— Je peux être malin, assura Luke.

En jetant un coup d'œil dans le rétroviseur, Stella vit que sa colère retombait. Il avait les joues beaucoup moins rouges.

— D'accord. Alors, voilà mon plan.

Elle se retourna pour faire face à ses deux fils. Une fois de plus, elle fut frappée par l'intéressant mélange de Kevin et d'elle que l'on retrouvait chez l'un comme chez l'autre. Luke avait ses yeux bleus, Gavin ceux gris-vert de Kevin. Gavin avait sa bouche, Luke celle de son père. Et Luke avait hérité de ses cheveux roux, le pauvre chéri, tandis que Gavin était du même blond doré que Kevin.

Elle marqua un silence théâtral et constata que les deux garçons fixaient toute leur attention sur elle.

— Non, finit-elle par dire en secouant la tête comme à regret. Je ne crois pas. Finalement, ce n'est pas une bonne idée.

Cette conclusion fut saluée par un concert de protestations et de supplications qui déclenchèrent les aboiements enthousiastes de Parker.

— D'accord, d'accord, fit-elle en levant les mains en signe de reddition. Voilà ce qu'on va faire. Nous allons redémarrer, rouler jusqu'à la maison, sortir de la voiture et aller frapper à la porte. Quand nous serons à l'intérieur et que vous rencontrerez Mme Harper, c'est là qu'il faudra que vous soyez très malins, très rusés.

— On peut le faire ! s'écria Gavin.

— D'accord. Alors, à ce moment-là, il faudra que vous fassiez semblant… C'est très difficile, mais je crois que vous en êtes capables. Il faudra que vous fassiez semblant d'être des garçons polis, sages et bien élevés.

— On peut le faire ! s'exclama Luke avant de se renfrogner. Hé, mais…

— Et moi, il faudra que je fasse semblant de ne pas être surprise d'avoir des fils aussi sages et bien élevés. Vous croyez qu'on va y arriver ?

— Peut-être qu'on ne va pas aimer habiter là, marmonna Gavin.

Une pointe de culpabilité s'ajouta à la nervosité de Stella.

— Peut-être, mais peut-être que si. On verra bien.

— J'aimerais mieux habiter avec papi et mamie Jo dans leur maison, intervint Luke d'une petite voix tremblante qui lui déchira le cœur. On ne peut pas ?

— Non, on ne peut vraiment pas. Mais on ira les voir. Très souvent. Et ils viendront nous voir aussi. Maintenant que nous allons habiter ici, nous pourrons les voir tout le temps. C'est comme une aventure, vous vous souvenez ? Si nous essayons, si nous essayons vraiment, mais que ça ne nous plaît pas, nous essaierons autre chose.

— Les gens parlent bizarrement, ici, se plaignit Gavin.

— Non, ils parlent seulement différemment de ce à quoi vous êtes habitués.

— Et puis, il n'y a pas de neige. Comment on va construire des bonshommes de neige et faire de la luge si cet endroit est trop nul pour avoir de la neige ?

— Là, tu marques un point, reconnut-elle. Mais je te promets qu'il y aura d'autres choses à faire.

Avait-elle donc vécu son dernier Noël blanc ? Pourquoi n'avait-elle pas pensé à cela plus tôt ?

Gavin avança le menton d'un air buté.

— Si elle est méchante, je ne reste pas, décréta-t-il.

— C'est d'accord.

Stella redémarra, prit une profonde inspiration pour se détendre et s'engagea dans l'allée.

Quelques instants plus tard, elle entendit Luke s'exclamer, émerveillé :

— C'est grand !

Cela ne faisait aucun doute, songea-t-elle. Mais comment ses enfants voyaient-ils cette maison, au juste ? Était-ce uniquement la taille de la bâtisse de deux étages qui les impressionnait ou remarquaient-ils aussi les détails ? La pierre d'un jaune si pâle, les majestueuses colonnes, le charme de l'entrée dominée par le double escalier qui menait au premier étage et à la ravissante terrasse qui le ceignait entièrement ?

Ou ne voyaient-ils que la masse de cette demeure trois fois plus grande que leur chère petite maison de Southfield ?

— C'est une très vieille maison, leur expliqua-t-elle. Elle a plus de cent cinquante ans. Et la famille de Mme Harper y a toujours habité.

— Elle a cent cinquante ans aussi ? demanda Luke.

Cette question lui valut un rire moqueur et un coup de coude de son frère.

— Imbécile, elle serait morte si elle avait cent cinquante ans. Les vers de terre seraient en train de la manger.

— Je dois te rappeler que les garçons polis, sages et bien élevés ne traitent pas leur frère d'imbécile. Tu vois cette grande pelouse ? Tu ne crois pas que Parker va adorer se promener dans ce beau jardin ? Et vous avez vu toute la place que vous allez avoir pour jouer ? Mais il faudra faire attention aux plates-bandes, comme à la maison… Comme dans le Michigan, se reprit-elle. Et il faudra que nous demandions à Mme Harper où vous avez le droit d'aller.

— Il y a des très grands arbres, remarqua Luke d'une toute petite voix. Des très, très grands arbres.

— Celui-là, c'est un sycomore, lui apprit-elle. Je parie qu'il est encore plus vieux que la maison.

Elle se gara à côté des autres voitures, admirant au passage l'érable du Japon, le faux cyprès pisifera filifera aurea et les azalées de la pelouse centrale.

Elle fixa la laisse au collier du chien d'une main assurée qui contrastait avec les battements désordonnés de son cœur.

— Gavin, prends Parker. Nous reviendrons chercher nos affaires après avoir vu Mme Harper.

— Elle a le droit de nous commander ?

— Oui. L'horrible destin des enfants est d'être commandés par les grandes personnes. Et comme c'est elle qui paie mon salaire, elle a le droit de me commander, moi aussi. Nous sommes tous les trois dans le même bateau.

— Je ne l'aime pas, décréta Gavin en sortant de la voiture et en prenant la laisse de Parker.

— C'est ça qui me plaît tant chez toi, Gavin, dit-elle en ébouriffant ses cheveux blonds ondulés. Tu es toujours si positif… Allez, on y va.

Elle lui prit la main, puis celle de Luke, et les pressa doucement. Et ils avancèrent tous ensemble vers le porche.

La porte à double battant d'un blanc aussi immaculé que la moulure qui l'entourait s'ouvrit d'un coup.

— Des hommes ! s'exclama David en levant les deux bras. Enfin ! Je vais me sentir moins seul.

— Gavin, Luke, voici monsieur… Désolé, David, j'ignore votre nom de famille.

— Wentworth. Mais tenons-nous-en à David. Et puisque nous allons tous vivre sous le même toit, je crois que nous pourrions nous tutoyer.

Il s'accroupit et regarda Parker, qui s'était mis à aboyer.

— C'est quoi, ton problème, mon vieux ? lui demanda-t-il.

En guise de réponse, le chien planta les pattes avant sur les genoux de David et lui lécha le visage, surexcité.

— Ah, j'aime mieux ça, dit-il. Entrez, entrez. Roz arrive tout de suite. Elle est en haut, au téléphone, en train de passer un savon à un fournisseur au sujet d'une livraison.

Ils pénétrèrent dans l'entrée. Les garçons s'arrêtèrent et ouvrirent de grands yeux ébahis.

— C'est la classe, vous ne trouvez pas ? commenta David.

— C'est comme une église ? demanda Luke.

— Non, assura David en lui souriant. Il y a des pièces chic, mais ce n'est qu'une maison. Je vous ferai visiter. Mais d'abord, vous avez peut-être besoin d'un chocolat chaud pour vous remettre de ce long voyage.

— David fait le meilleur chocolat chaud qui soit, intervint Roz en descendant l'escalier, en tenue de travail comme la veille. Avec plein de crème fouettée, précisa-t-elle.

— Bonjour, madame, dit Stella. Voici mes fils, Gavin et Luke.

— Je suis ravie de faire votre connaissance. Gavin, fit-elle en lui tendant la main.

— Et lui, c'est Parker, déclara le jeune garçon. Notre chien. Il a un an et demi.

— Moi, je suis Luke. J'ai six ans. Je suis en CP et je sais écrire mon nom.

— Même pas vrai, riposta Gavin avec un ricanement de mépris. Il sait seulement écrire en lettres bâtons.

— Il faut bien commencer par le commencement, non ? observa Roz. Je suis très contente de faire ta connaissance, Luke. J'espère que vous allez tous être bien ici.

— Vous n'avez pas l'air très vieille, observa ce dernier.

David s'étrangla de rire.

— Oh, merci beaucoup. Figure-toi que la plupart du temps, je ne me sens pas vieille non plus.

Mal à l'aise, Stella se força à sourire.

— J'ai expliqué aux garçons que la maison était ancienne, précisa-t-elle, et que votre famille avait toujours vécu ici. Je crois qu'ils s'embrouillent un peu.

— Je ne suis pas là depuis aussi longtemps que la maison, assura Roz. David, allons boire ce chocolat chaud. Nous allons nous installer dans la cuisine pour faire connaissance.

— C'est votre mari ? s'enquit Gavin. Pourquoi vous n'avez pas le même nom de famille ?

— Elle ne veut pas se marier avec moi, se plaignit David en les précédant dans le couloir. Elle brise mon pauvre cœur.

— Il te taquine, dit Roz à Gavin. David s'occupe de la maison et... et de tout le reste. Il habite ici.

— Elle te commande aussi ? s'inquiéta Luke en tirant sur la main du jeune homme. Maman dit qu'elle a le droit de tous nous commander.

— C'est ce que je lui fais croire, répondit-il.

Il les fit entrer dans une cuisine aux comptoirs de granit poli et aux meubles de cerisier aux tons chauds. Une banquette de cuir bleu foncé était rangée contre le mur sous une grande fenêtre. Des plantes aromatiques poussaient dans des pots bleus sur un plan de travail. Les casseroles de cuivre rutilaient.

— C'est mon domaine, leur annonça David. C'est moi le chef, ici. Je vous dis ça pour que vous connaissiez tout de suite la hiérarchie. Tu aimes faire la cuisine, Stella ?

— Je ne sais pas si on peut vraiment parler d'aimer. Mais ce qui est sûr, c'est que rien de ce que je sais faire ne mérite une cuisine comme celle-ci.

Les chambres froides, le four double, les mètres de plan de travail semblaient ceux d'une cuisine professionnelle.

Rien ne manquait, jusqu'aux petits détails qui donnaient du charme à cet espace de travail très sérieux, remarqua-t-elle avec un certain soulagement. Un feu crépitait dans la cheminée de brique, le vaisselier d'époque abritait des verres anciens, et des bulbes de tulipes et de jacinthes hâtés commençaient à éclore sur un billot.

— Moi, la cuisine, c'est ma passion, confia-t-il. Et c'est vraiment frustrant de gaspiller mon incroyable talent en faisant la cuisine pour Roz, qui se contenterait aussi bien d'un bol de céréales. Quant à Harper, on ne le voit presque jamais.

— Harper est mon fils aîné, précisa Roz. Il habite dans la maison d'amis. Vous le verrez de temps en temps.

— C'est un savant fou, révéla David en sortant une casserole et une tablette de chocolat.

— Il fabrique des monstres ? Comme Frankenstein ? s'inquiéta Luke en glissant de nouveau la main dans celle de Stella.

— Frankenstein est un personnage inventé, lui rappela-t-elle. Le fils de Mme Harper travaille sur les plantes.

— Peut-être que, un jour, il en fabriquera une géante et qui parlera... suggéra David.

— Mais non, répondit Gavin, aux anges, en se rapprochant de lui.

— « Il y a plus de choses sur la terre et dans le ciel, Horatio... » Approchez donc ce tabouret, mon jeune ami, et vous pourrez regarder le maître préparer le meilleur chocolat chaud du monde.

— J'imagine que vous n'allez pas tarder à aller travailler, dit Stella à Roz. J'ai des notes et des croquis sur lesquels j'ai travaillé hier soir ; j'aimerais vous les montrer quand vous aurez un moment.

— Vous êtes très active, commenta Roz.

— Motivée, rectifia Stella en jetant un coup d'œil à Luke, qui avait lâché sa main pour aller rejoindre son frère près du fourneau. J'ai rendez-vous avec le directeur de l'école ce matin. Les garçons devraient pouvoir commencer demain. Je compte lui demander aussi de m'indiquer quelqu'un de confiance pour les garder avant et après l'école et...

— Hé ! intervint David en fouttant le lait et le chocolat dans la casserole. Ce sont mes gars, maintenant. Je pensais qu'ils resteraient avec moi. Je comptais sur eux pour me tenir compagnie et pour m'aider quand ils ne sont pas en classe.

— Je ne peux pas vous demander de...

— On pourrait rester avec David, assura Gavin. Ça nous irait.

— Je ne...

— Évidemment, il y a certaines conditions, précisa David d'un ton décontracté, en ajoutant un peu de sucre à sa préparation. S'ils n'aiment pas la PlayStation, ce ne sera pas possible.

— J'aime bien la PlayStation, assura Luke.

— En fait, il faut qu'ils adorent la PlayStation.

— Oui ! Oui ! s'écrièrent-ils en chœur en sautant de joie. On adore la PlayStation !

— Stella, proposa Roz, pendant que les hommes s'occupent de la cuisine, voulez-vous que nous commencions à sortir vos affaires de votre voiture ?

— Entendu. Nous en avons pour une minute, les garçons. Parker...

— Le chien ne me dérange pas, dit David.

— Bon. À tout de suite, alors.

Roz attendit qu'elles soient sorties pour dire :

— David est formidable avec les enfants.

— Cela saute aux yeux, répondit Stella qui, se surprenant à jouer nerveusement avec le bracelet de sa montre, se reprit. Ce qu'il y a, c'est que cela m'ennuie de lui imposer ce travail supplémentaire. Je tiens à le payer, bien sûr, mais...

— Vous vous arrangerez tous les deux. Mais, entre mères, vous pouvez lui faire toute confiance pour s'occuper d'eux, les distraire et les empêcher de... Non, rectifia-t-elle, pas pour les empêcher de faire des bêtises. Enfin, les bêtises graves, si, mais pas les petites bêtises courantes.

— Pour cela, il lui faudrait des superpouvoirs.

— Il a pour ainsi dire passé son enfance et son adolescence ici. C'est comme mon quatrième fils.

— Ce serait tellement plus simple ainsi, reconnut Stella. Si je pouvais éviter d'avoir à les trimballer chez une nounou...

Et à leur imposer encore une inconnue, ajouta-t-elle *in petto*.

— Vous n'avez pas l'habitude que les choses soient simples, devina Roz.

— Non, confirma-t-elle.

Des éclats de rire leur parvinrent de la cuisine.

— Mais le plus important, c'est que mes fils soient heureux, ajouta-t-elle. Et là, j'ai l'impression que c'est bien parti.

— Quoi de plus merveilleux que le rire d'un enfant ? Cela m'a beaucoup manqué. Bon, allons chercher vos affaires.

— Il faudra que vous me fixiez des limites, lui demanda Stella. Que vous me disiez où les garçons peuvent et ne peuvent pas aller. Ils ont besoin de tâches à faire et de règles. Ils en avaient, à la maison. Dans le Michigan.

— Je vais y réfléchir. Cela dit, même si c'est moi qui vous « commande » tous, David a déjà sans doute un avis sur la question. Votre chien est très mignon, au fait, ajouta-t-elle en sortant deux valises du coffre. Le mien est mort l'année dernière, et je n'ai pas eu le cœur d'en reprendre un. Cela me fait plaisir qu'il y en ait un à la maison. Excellent nom.

— Parker – à cause de Peter Parker. C'est...

— ... Spider-Man. Je sais. N'oubliez pas que j'ai élevé trois garçons.

— C'est vrai.

Stella attrapa une autre valise et un carton. C'était lourd, songea-t-elle. Pourtant, Roz semblait porter ses deux valises sans effort.

— Je voulais vous demander... Qui d'autre habite ici ? Quels autres employés avez-vous ?

— David, c'est tout.

— Ah ? Quand nous sommes arrivés, il a dit quelque chose qui m'a fait penser qu'il se sentait un peu seul parmi des femmes plus nombreuses...

— Oui. Il y a David, moi et l'Épouse Harper. Notre fantôme, précisa Roz en entrant dans la maison.

— Votre…

— Une maison aussi vieille ne serait pas hantée ? Ce serait bien dommage, selon moi.

— C'est une façon de voir les choses.

Roz devait se servir d'une légende locale pour s'amuser un peu aux dépens de la nouvelle venue. Ce fantôme faisait sans doute partie du folklore familial. Stella choisit de ne pas relever.

— L'aile ouest est à votre disposition. Je pense que les chambres que nous vous avons choisies sont celles qui vous conviendront le mieux. Pour ma part, j'occupe l'aile est. Quant à David, il a un appartement derrière la cuisine. Cela permet à chacun de s'isoler s'il en éprouve le besoin, ce qui me semble vital pour entretenir de bonnes relations.

— C'est la plus belle maison que j'aie jamais vue.

— C'est vrai, reconnut Roz en s'arrêtant un instant pour regarder par la fenêtre qui donnait sur les jardins. Elle est parfois humide en hiver, et nous passons notre temps à appeler le plombier, l'électricien ou le couvreur, mais je l'aime énormément. Certains doivent penser que c'est du gâchis pour une femme seule.

— Elle est à vous, fit remarquer Stella. C'est votre maison de famille.

— Exactement, et je suis bien décidée à faire ce qu'il faut pour qu'elle le reste. Voilà. Vos chambres sont ici. Elles donnent toutes les deux sur la terrasse. Vous déciderez vous-même s'il faut fermer à clé la porte-fenêtre de celle des garçons. Je me suis dit que, à leur âge, ils préféreraient dormir dans la même chambre. Surtout dans une maison qu'ils ne connaissent pas.

— Bien vu, répondit Stella en entrant dans la chambre à la suite de Roz. Oh ! Ils vont adorer. C'est spacieux, et si clair, s'émerveilla-t-elle en posant la valise et le carton sur un des lits jumeaux. Mais ces meubles anciens... Ça me fait un peu peur.

Elle passa la main sur une petite commode.

— Les meubles sont faits pour servir, répondit Roz. Et les belles pièces pour être respectées.

— Je ne manquerai pas de l'expliquer aux garçons, promit Stella, tout en priant intérieurement pour qu'ils ne cassent rien.

— Vous êtes à côté. La salle de bains communique avec les deux chambres. Je me suis dit que, dans un premier temps au moins, vous préféreriez être près d'eux.

— C'est absolument parfait, assura Stella en se rendant dans la salle de bains.

Une grande baignoire ancienne aux pieds griffus trônait sur une estrade de marbre devant la porte-fenêtre qui donnait sur la terrasse. Des stores vénitiens permettaient de préserver l'intimité du baigneur. Les toilettes étaient dissimulées dans un grand placard en pin, et la chasse d'eau à l'ancienne était encore actionnée par une chaîne. Les garçons allaient adorer !

À côté du lavabo sur colonne, un sèche-serviettes en cuivre était déjà garni d'épais draps de bain vert foncé.

Par la porte de communication, elle découvrit sa chambre baignée de lumière hivernale. Un coin salon était ménagé devant la petite cheminée de marbre blanc surmontée d'un tableau représentant le jardin en pleine floraison estivale.

Le lit à baldaquin tendu de gaze blanche et rose pâle était agrémenté d'une généreuse pile de coussins de soie aux tons pastel. La commode et son long miroir étaient en acajou brillant, tout comme la coiffeuse délicieusement féminine et l'armoire sculptée.

— Je commence à me sentir dans la peau de Cendrillon au bal...

— J'espère que la pantoufle de vair vous ira, dit Roz en posant les valises. Je veux que vous soyez bien installés, vos fils et vous, parce que je vais vous faire travailler dur. La maison est grande ; David vous la fera visiter à l'occasion. Nous ne nous rencontrerons que si nous le souhaitons. Je ne suis pas particulièrement sociable, ajouta-t-elle en relevant ses manches. Cependant, j'apprécie la compagnie des gens que j'aime. Je crois que nous allons bien nous entendre, vous et moi. Quant à vos fils, je les aime déjà. Bon, conclut-elle en regardant sa montre, je vais boire ce chocolat – je suis incapable d'y résister – et me mettre au travail.

— J'aimerais bien vous présenter certaines de mes idées, plus tard dans la journée.

— Parfait. Vous n'aurez qu'à venir me chercher.

C'est ce qu'elle fit. Elle avait eu l'intention d'emmener les enfants avec elle après sa réunion à l'école, mais elle n'avait pas eu le cœur de les arracher à la compagnie de David.

Elle avait eu tort de s'inquiéter de leur aptitude à s'adapter à une nouvelle maison et à des inconnus. Tout compte fait, c'était elle qui allait avoir le plus d'efforts d'adaptation à faire.

Cette fois, elle s'habilla de façon plus appropriée. Elle enfila un pull noir, un jean usé et de grosses chaussures de marche qui ne craignaient ni la boue ni les graviers. Puis, armée de son porte-documents, elle prit la direction de l'entrée principale de la jardinerie.

C'était la même femme que la veille qui tenait la caisse mais, aujourd'hui, elle était en train de servir une cliente. Stella remarqua un petit dieffenbachia dans un pot rouge vif et quatre bambous porte-bonheur noués par un lien de chanvre décoratif déjà rangés dans un petit carton. Il restait un sachet de graviers et un vase de verre carré à encaisser.

Parfait.

— Roz est là ? s'enquit Stella.

— Oh, elle doit être dans les parages, répondit Ruby avec un geste vague.

— A-t-elle un talkie-walkie sur elle ? demanda Stella en remarquant celui qui était posé à côté de la caisse.

L'idée sembla beaucoup amuser Ruby.

— Je ne crois pas, non.

— Bon. Eh bien, je vais partir à sa recherche. Excellente idée, dit-elle à la cliente en désignant les bambous. Sans prétention et original. Ils vont très bien aller dans ce vase.

— Je pensais les poser sur le comptoir de ma salle de bains pour faire quelque chose d'un peu décalé et de joli à la fois.

— Absolument parfait. Cela peut aussi faire un cadeau pour une maîtresse de maison plus inventif que les fleurs habituelles.

— C'est vrai, je n'y avais pas pensé. Tiens, je me demande si je ne vais pas prendre un second assortiment.

— Vous ne pouvez pas vous tromper, assura Stella avec un grand sourire.

Puis elle se dirigea vers les serres, en se félicitant intérieurement de son intervention.

Elle n'était pas pressée de trouver Roz. Elle voulait profiter de cette occasion pour fouiner un peu par elle-même, examiner le matériel, les stocks, les étalages, les circuits. Et pour prendre encore des notes.

Elle resta un long moment dans la zone de multiplication, à étudier les semis, les plants, les boutures, le type des plantes souches, leur état.

Elle y passa près d'une heure avant de se rendre dans la salle de greffage. De la musique – les Corrs, lui semblait-il – s'échappait de la serre.

Elle regarda à l'intérieur. De longues tables bordaient les grands côtés et deux autres étaient regroupées au centre. Cela sentait la chaleur, la vermiculite et la tourbe.

Des dizaines de pots étaient alignés. Certains contenaient des plantes, greffées ou en cours de greffage. Des porte-blocs à pince étaient fixés au bord des tables comme des feuilles de température dans un hôpital. Un ordinateur était fourré dans un coin. Des taches colorées dansaient sur l'écran au rythme de la musique. Des bistouris, des couteaux, de petits ciseaux, des ligatures, du mastic à greffer et autres outils étaient disposés sur des plateaux.

Elle repéra Roz au bout de la serre. Elle se tenait debout, les mains sur les hanches, derrière un homme assis sur un tabouret. Il était penché sur son travail.

— Cela ne prendra pas plus d'une heure, Harper. Cet endroit est autant à toi qu'à moi et il faut que tu la rencontres, que tu écoutes ce qu'elle a à dire.

— Oui, oui, d'accord. Mais, bon sang, je suis en plein boulot ! C'est toi qui veux une directrice, eh bien, qu'elle dirige. Je m'en fiche.

— Et la politesse ? lâcha Roz, exaspérée. Je te demande de faire semblant, d'être bien élevé pendant une heure seulement.

Cette remarque rappela à Stella ce qu'elle-même avait dit à ses fils ce matin-là. Elle ne put retenir un éclat de rire, mais fit de son mieux pour le masquer derrière une quinte de toux feinte en empruntant l'étroite allée entre les tables.

— Désolée de vous déranger, j'étais...

Elle s'arrêta devant un pot et considéra la tige greffée et les feuilles naissantes.

— Je n'arrive pas à identifier cette plante, remarqua-t-elle.

— Un daphné, répondit le fils de Roz en lui accordant à peine un regard.

— La variété à feuilles persistantes, devina-t-elle alors. Et vous avez pratiqué une greffe en placage.

Il marqua un temps d'arrêt et fit pivoter son tabouret. Stella retrouva les traits de sa mère sur son visage ; il avait ses yeux, son ossature à la fois fine et marquée. En revanche, il avait les cheveux nettement plus longs qu'elle. Suffisamment, même, pour se faire un catogan avec un brin de raphia. Comme Roz, il était mince et tout en jambes. Et comme elle, il portait une tenue décontractée – un jean déchiré et un sweat-shirt de l'université de Memphis taché de terre.

— Vous connaissez quelque chose au greffage ?

— J'ai seulement quelques bases. J'ai greffé un camélia, une fois. Il a très bien pris. Mais, en général, je m'en tiens aux boutures. Je suis Stella. Ravie de faire votre connaissance, Harper.

Il s'essuya la main sur son jean avant de serrer la sienne.

— Maman me dit que vous allez prendre en main l'organisation de l'entreprise.

— C'est ce qui est prévu. Et j'espère que ce ne sera douloureux pour aucun d'entre nous. Sur quoi travaillez-vous, actuellement ? s'enquit-elle en s'approchant.

— Une gypsophile. J'essaie d'obtenir du bleu, en plus du rose et du blanc.

— Du bleu… Ma couleur préférée. Je vous laisse travailler. Je ne veux pas vous faire perdre votre temps. J'espérais que nous pourrions nous installer quelque part pour que je vous présente certaines de mes idées, ajouta-t-elle à l'adresse de Roz.

— Retournons dans la serre des plantes annuelles. Le bureau est impraticable. Harper ?

— D'accord, d'accord. Allez-y. Je vous rejoins dans cinq minutes.

— Harper.

— OK, dix.

En riant, Roz lui donna une petite tape derrière la tête.

— Ne m'oblige pas à revenir te chercher ici, le prévint-elle.

— Pourquoi me casses-tu sans arrêt les pieds ? demanda-t-il, mais en souriant.

Dehors, Roz laissa échapper un soupir.

— Quand il prend racine ici, il faut lui piquer les fesses avec une fourche pour le faire bouger. C'est le seul de mes fils à s'intéresser à l'entreprise. Austin est journaliste, il travaille à Atlanta. Quant à Mason, il est médecin ou sur le point de l'être : il fait son internat à Nashville.

— Vous devez être fière d'eux.

— Oui, mais je ne les vois pas assez, ni les uns ni les autres. Même Harper, qui est pourtant sur place. Il faut que je lui coure après pour avoir la moindre conversation avec lui. Alors, demanda-t-elle en s'asseyant au bord d'une table, qu'est-ce que vous avez à me montrer ?

— C'est fou ce que Harper vous ressemble.

— Il paraît. Moi, c'est lui que je vois, pas la ressemblance. Vos fils sont avec David ?

— Ils n'ont pas voulu le lâcher, répondit Stella en ouvrant son porte-documents. Voilà quelques notes que j'ai tapées.

Roz regarda l'épaisse liasse et se retint de faire la grimace.

— Eh bien, dites donc… commenta-t-elle.

— Et j'ai aussi fait quelques croquis pour vous montrer comment nous pourrions changer la disposition de la boutique de façon à améliorer les ventes et à mettre en avant les autres produits que les plantes. La jardinerie est idéalement située, le dessin des jardins et la signalisation sont excellents, l'entrée très attrayante…

— Je devine qu'il y a un mais…

— Mais, dit effectivement Stella, en s'humectant les lèvres du bout de la langue, votre première zone de vente au détail n'est pas très bien organisée. Certaines modifications permettraient un passage plus fluide dans la seconde zone et jusqu'aux serres où sont exposées la plupart des plantes. Donc, un plan d'organisation fonctionnel…

— Un plan d'organisation fonctionnel. Oh ! mon Dieu…

— Ne vous inquiétez pas, ça ne fait pas mal. Ce qu'il vous faut, c'est une chaîne de responsabilités pour la zone fonctionnelle. À savoir les ventes, la production, la multiplication. Manifestement, vous êtes particulièrement douée pour la multiplication mais, au stade où vous en êtes, vous avez besoin de moi pour diriger la production et les ventes. Si nous augmentons le volume des ventes comme je le montre ici…

— Vous avez fait des courbes, dit Roz avec un étonnement teinté d'émerveillement. Et des graphiques. J'ai… j'ai un peu peur, tout à coup.

— Mais non, assura Stella en riant. Si vous regardez cet organigramme, vous voyez la directrice de la pépinière – c'est-à-dire moi – et vous, bien entendu, puisque c'est vous qui dirigez tout. Pour la multiplication, vous et, je suppose, Harper. Directrice de la production, moi. Directrice des ventes, encore moi. Pour l'instant, en tout cas. Il faut que vous déléguiez et/ou que vous engagiez quelqu'un pour se charger de la production en godets et/ou en plein air. Et cette section traite du personnel, des descriptions des postes et des responsabilités.

— D'accord.

Le souffle un peu court, Roz se massa la nuque.

— Avant que je me fatigue les yeux à lire tout cela, laissez-moi vous dire que si je suis prête à envisager d'embaucher d'autres gens, Logan, mon paysagiste, gère très bien la production en plein air pour l'instant. Quant à moi, je peux continuer à diriger la production en godets. Je n'ai pas créé cette entreprise pour m'asseoir et regarder travailler les autres.

— Parfait. Alors, à un moment ou un autre, j'aimerais bien rencontrer Logan pour que nous puissions coordonner nos points de vue.

Roz esquissa un sourire un brin malicieux.

— Voilà qui promet d'être intéressant…

— En attendant, puisque nous sommes là toutes les deux, vous voulez bien que nous emportions mes notes dans la première zone de vente pour les consulter sur place ? Vous verrez mieux ce que j'ai en tête, et ce sera plus simple à expliquer.

Plus simple ? se demanda Roz en sautant à terre. Elle ne voyait pas en quoi les choses allaient être plus simples maintenant.

En revanche, ce qui était sûr, c'était qu'elles n'allaient pas être ennuyeuses.

4

Tout était parfait. Elle faisait de longues journées de travail dont la majeure partie se passait, à ce stade, en organisation. Or, Stella n'aimait pour ainsi dire rien tant qu'organiser. Sauf, peut-être, ranger. Elle voyait mentalement comment les choses pourraient et devraient être.

Certains considéraient peut-être comme un défaut cette tendance à tout planifier, même – et surtout – lorsque les autres ne voyaient pas où elle voulait en venir, ne comprenaient pas la façon dont elle se représentait les choses.

Elle n'était pas de cet avis. Selon elle, la vie était plus simple quand chaque chose était à sa place.

Elle avait tout fait pour se simplifier la vie et elle y était parvenue, jusqu'à la mort de Kevin. Son enfance avait été un labyrinthe de contradictions, de désordre et de sources d'irritation. D'une certaine façon, elle avait perdu son père à l'âge de trois ans, lorsque le divorce avait fait éclater sa famille.

Son seul souvenir clair de son départ de Memphis, c'était qu'elle avait réclamé son père en pleurant tout le voyage. Elle avait l'impression qu'à partir de ce moment, sa mère et elle n'avaient cessé de s'affronter sur tous les sujets, de la couleur dont elles voulaient peindre les murs aux questions financières en passant par le choix des vacances.

Certains pensaient sans doute que c'était ce qui arrivait quand deux femmes au caractère bien trempé vivaient sous le même toit. Mais Stella savait que cela n'expliquait pas tout. Autant elle était organisée et avait un grand sens pratique, autant sa mère était dispersée et spontanée. D'où ses quatre mariages et autant de divorces.

Sa mère aimait la lumière, le bruit et les amours tumultueuses. Stella préférait le calme, la stabilité et l'engagement.

Non qu'elle ne fût pas romantique, d'ailleurs. Seulement, elle conservait la raison.

Tomber amoureuse de Kevin avait été à la fois romantique et raisonnable. Il était chaleureux, adorable, posé. Ils aspiraient aux mêmes choses : un foyer, une famille, un avenir. Il l'avait rendue heureuse. Avec lui, elle s'était sentie en sécurité, aimée. Seigneur ! Comme il lui manquait…

Qu'aurait-il pensé de sa venue ici, de ce nouveau départ ? Il lui aurait fait confiance. Il avait toujours cru en elle. Ils avaient cru l'un en l'autre.

Il avait été pour elle un roc, le roc sur lequel elle avait pu se construire après une enfance faite de perturbations et de mécontentement.

Puis le destin avait fait s'écrouler ce roc sur lequel elle s'appuyait. Elle avait perdu sa base, son amour, son meilleur ami et le seul être au monde qui aimât ses enfants autant qu'elle les aimait.

Souvent, au cours des mois qui avaient suivi la mort de Kevin, elle avait désespéré de jamais retrouver son équilibre.

Maintenant, c'était à elle d'être le roc sur lequel ses fils pourraient s'appuyer. Elle ferait tout ce qu'il faudrait pour leur offrir une bonne vie.

Une fois les garçons couchés, tandis qu'un bon feu crépitait dans la cheminée – c'était décidé, elle en ferait installer une dans sa chambre dans sa prochaine maison –, elle s'installa sur le lit avec son ordinateur portable.

Ce n'était pas une façon de travailler très sérieuse, mais elle ne se voyait pas demander à Roz de transformer pour elle une autre chambre en bureau – pas tout de suite, du moins.

Elle pouvait se débrouiller ainsi pour l'instant. D'ailleurs, cela lui permettait de se détendre tout en préparant la journée du lendemain dans ce lit ancien aussi beau que confortable.

Elle avait la liste des numéros de téléphone des fournisseurs qu'elle voulait appeler, ainsi que le projet de réorganisation des accessoires de jardinage et des plantes d'intérieur. Elle voulait aussi mettre en place son nouveau système d'affichage des prix selon un code couleurs et installer un nouveau logiciel de facturation.

Il fallait qu'elle parle à Roz de l'emploi des saisonniers, et il lui restait encore à coincer l'architecte paysagiste. En une semaine, il aurait tout de même pu trouver le temps de la rappeler ! Elle tapa « Logan Kitridge » en gras souligné.

Elle regarda la pendule et songea qu'elle serait plus efficace le lendemain si elle passait une bonne nuit. Elle éteignit son ordinateur, alla le poser sur la coiffeuse et le brancha pour recharger la batterie. Il allait vraiment lui falloir un bureau dans sa future maison.

Comme tous les soirs avant de se coucher, elle se démaquilla soigneusement et examina son visage dans le miroir pour voir si cette journée y avait creusé de nouvelles rides. Puis elle mit sa crème contour des yeux, sa pommade pour les lèvres et sa crème de nuit, dont les flacons étaient alignés sur le comptoir dans l'ordre où elle les appliquait. Après s'être passé de la crème sur les mains, elle consacra plusieurs minutes à traquer les cheveux blancs. Le temps se montrait parfois sournois.

Elle aurait voulu être plus jolie, avoir des traits plus réguliers, des cheveux plus lisses et d'une couleur raisonnable. Une fois, elle avait tenté de les teindre en brun, mais ç'avait été un vrai désastre. Alors, elle s'était résignée à vivre avec ses cheveux roux.

Elle se surprit à fredonner et fronça les sourcils dans le miroir. Qu'est-ce que c'était que cette chanson ? Comment se faisait-il qu'elle l'ait en tête alors qu'elle ne la connaissait même pas ?

C'est alors qu'elle se rendit compte qu'elle ne l'avait pas en tête, qu'elle ne la chantonnait pas, mais qu'elle l'*entendait*. C'était un chant très doux, qui venait de la chambre des garçons.

Tout en se demandant quelle mouche avait piqué Roz de venir chanter une berceuse à ses fils à 23 heures, Stella posa la main sur la poignée de la porte de communication.

Quand elle l'ouvrit, la voix se tut. À la lueur de la veilleuse Harry Potter, elle vit ses fils couchés chacun dans leur lit.

— Roz ? chuchota-t-elle en entrant.

Elle frissonna. Pourquoi faisait-il aussi froid ? Elle s'approcha en silence de la porte-fenêtre, qu'elle trouva parfaitement fermée. Tout comme les fenêtres et la porte du couloir, constata-t-elle en fronçant de nouveau les sourcils.

Elle aurait pourtant juré qu'elle avait entendu quelque chose. Qu'elle avait senti quelque chose. Mais le froid s'était déjà dissipé, et il n'y avait d'autre bruit dans la chambre que le souffle paisible des garçons endormis.

Elle les reborda, comme tous les soirs, les embrassa légèrement sur le front et alla se coucher.

En laissant les portes de communication ouvertes.

Le lendemain matin, elle n'y pensait plus. Luke ne trouvait pas sa chemise porte-bonheur et, en sortant Parker, Gavin s'était roulé par terre avec lui, si bien qu'il devait se changer complètement. Résultat, elle eut à peine le temps d'avaler la tasse de café et le muffin que David insista pour qu'elle prenne.

— Tu pourras dire à Roz que je suis partie plus tôt ? lui demanda-t-elle. Je voudrais avoir fini la zone d'entrée avant l'ouverture à 10 heures.

— Roz est partie il y a une heure, répondit-il.

— Il y a une heure ? répéta Stella en regardant sa montre.

Sa mission était de suivre le rythme de Roz – et pour l'instant, elle n'y arrivait pas.

— Elle dort, quelquefois ? demanda-t-elle.

— Disons qu'elle est un peu lève-tôt…

— C'est le moins que l'on puisse dire. Bon, excuse-moi, mais il faut que je file. David, ajouta-t-elle en s'arrêtant sur le pas de la porte, tout se passe bien avec les enfants ? Tu me le dirais, hein, si ce n'était pas le cas ?

— Absolument. Nous nous amusons comme des fous. Aujourd'hui, après l'école, nous allons nous entraîner à courir avec des ciseaux, puis nous verrons avec quels objets nous pouvons nous bagarrer pour nous arracher les yeux. Et ensuite, nous passerons aux produits inflammables.

— Merci. Me voilà rassurée. Surveille bien ce garçon, dit-elle à Parker, à qui elle donna une dernière caresse.

Logan Kitridge était pressé. La pluie avait fait prendre du retard à son projet personnel. Mais il savait que lorsqu'on travaillait avec Dame Nature, c'était elle qui commandait. Elle était capricieuse, difficile, mais elle ne cessait de le fasciner.

Elle le forçait à rester constamment sur ses gardes, souple, prêt à accepter des compromis et à s'adapter à ses humeurs. Quiconque faisait des projets définitifs avec elle s'exposait à d'éternelles frustrations. Et selon lui, les motifs de frustration étaient suffisamment nombreux : inutile de s'en créer d'autres.

Comme Dame Nature avait daigné lui accorder une belle journée claire, il allait en profiter pour s'occuper de son projet personnel. Cela signifiait qu'il allait devoir travailler seul, ce qu'il préférait de toute façon, et trouver le temps de passer voir les deux hommes qui constituaient son équipe sur le chantier en cours.

Cela signifiait aussi qu'il devait passer chez Roz chercher les arbres qu'il avait choisis pour son projet personnel, les emporter chez lui et les planter avant midi.

Ou 13 heures. 14 heures au plus tard.

Enfin, il verrait bien comment les choses se passeraient.

En tout cas, s'il y avait bien une chose à laquelle il n'avait pas de temps à consacrer, c'était cette nouvelle directrice que Roz avait engagée. Il ne comprenait même pas ce qui lui avait pris d'embaucher une directrice. Une Yankee, qui plus est. Selon lui, Rosalind Harper savait très bien gérer son entreprise et n'avait nul besoin d'une étrangère au débit rapide pour semer la pagaille dans le système bien rodé qu'elle avait établi.

Il aimait travailler avec Roz. C'était une femme efficace qui ne se mêlait pas plus que nécessaire du travail de Logan. Elle aimait son métier autant que lui et y excellait grâce, entre autres, à un instinct très sûr. Si bien que lorsqu'elle faisait une suggestion, on l'écoutait et on la prenait en compte.

En outre, elle le payait bien et ne lui cassait pas les pieds à propos des moindres détails.

Alors que cette directrice… Il avait le pressentiment qu'elle allait continuellement lui mettre des bâtons dans les roues.

La preuve ? Elle n'arrêtait pas de lui laisser des messages où il était question de gestion des horaires, de système de facturation et d'inventaire du matériel.

Il se fichait pas mal de ce genre de choses – et cela ne risquait pas de changer.

Roz et lui fonctionnaient très bien ensemble. Le travail était fait et les clients satisfaits. Pourquoi changer une équipe qui gagnait ?

Il manœuvra son grand pick-up sur le parking entre les tas de paillis et de sable et les piquets de clôture jusqu'à la zone de chargement des marchandises.

Il avait déjà choisi et marqué ce qu'il voulait, mais il allait d'abord jeter un coup d'œil. Il y avait quelques arbustes à fleurs persistantes dans le champ et deux sapins du Canada dans la zone des arbres en tontine qui pourraient lui servir.

Harper lui avait greffé des saules, ainsi que des pivoines en arbre pour faire une haie. Il pourrait les planter au printemps, de même que les boutures et les marcottages que Roz l'avait aidé à faire.

Il fit quelques pas entre les rangées d'arbres avant de tourner les talons et de revenir sur ses pas.

Quelque chose clochait. Rien n'était à sa place. Tout avait changé. Où étaient passés ses cornouillers ? Et les rhododendrons, les lauriers des montagnes qu'il avait étiquetés ? Et son magnolia, bon sang ?

Il regarda un saule blanc en fronçant les sourcils et se mit à chercher méthodiquement dans toute la zone.

Oui, tout avait changé. Les arbres et arbustes n'étaient plus rangés selon ce qu'il considérait comme un mélange intéressant et éclectique de types et d'espèces mais alignés comme des soldats. Par ordre alphabétique, en plus. Et avec leur nom latin. Les arbustes étaient mis à part et classés de façon aussi maniaque.

Il finit tout de même par retrouver ses arbres et, bouillant de rage, les porta jusqu'à son pick-up en marmonnant. Il décida d'aller déterrer les arbres qu'il voulait dans le champ. Manifestement, ils seraient plus en sécurité chez lui.

Mais avant, il allait chercher Roz pour régler ce problème.

Juchée sur un escabeau, armée d'un seau d'eau savonneuse et d'un chiffon, Stella s'attaqua à l'étagère du haut qu'elle avait libérée. Après un bon nettoyage, elle serait prête à accueillir la nouvelle présentation qu'elle avait concoctée. Elle la voyait déjà couverte de cache-pots aux couleurs chatoyantes, certains garnis de plantes. Elle y ajouterait d'autres accessoires, des liens de raphia, des cônes irrigateurs décoratifs, etc. L'ensemble serait du meilleur effet. Et ainsi disposé près des caisses, il ne manquerait pas de générer des achats impulsifs.

Elle déplaça les terreaux, engrais et répulsifs à animaux contre un mur. Pour atteindre ces produits de base, les clients devraient passer devant les carillons éoliens qu'elle allait accrocher, ainsi que devant le banc et la grande jardinière de béton qu'elle comptait rentrer. Ces changements, et d'autres qu'elle projetait d'effectuer, se combineraient parfaitement pour attirer les clients dans la zone des plantes d'intérieur, puis dans celle des meubles de jardin et des pots destinés à la décoration des patios, avant d'arriver aux plantes à repiquer.

Il restait une heure et demie avant l'ouverture. Une fois que Harper l'aurait aidée à déplacer les choses les plus lourdes, elle aurait fini.

En entendant des pas qui venaient du fond, elle souffla sur ses cheveux pour les écarter de son visage.

— Ça avance, assura-t-elle. Je sais que ça ne se voit pas encore vraiment, mais...

Elle s'interrompit en le voyant.

Même juchée sur un escabeau, elle se sentit minuscule. Il devait faire au moins un mètre quatre-vingt-dix. Son jean taché d'eau de Javel sur une jambe laissait deviner un homme mince et musclé. Il portait une chemise de flanelle ouverte sur un tee-shirt blanc et des boots agonisantes. Ses cheveux ondulés un peu longs et en bataille étaient exactement de la couleur qu'elle avait cherché à obtenir le jour où elle avait teint les siens.

Elle n'aurait pas dit qu'il était beau, car il y avait une certaine rudesse dans ses traits anguleux, la ligne dure de sa bouche, ses pommettes un peu saillantes, son nez viril, son regard. Il avait les yeux verts, mais pas comme ceux de Kevin. Non, les siens étaient ténébreux et profonds. Ils semblaient brûler sous ses épais sourcils.

Alors, beau, peut-être pas, mais saisissant, assurément, dans un genre grand, fort, très masculin. Il semblait si musclé qu'un coup de poing devait rebondir sur lui en faisant plus de mal à celui qui le donnait qu'à celui qui le recevait.

Elle sourit, tout en se demandant nerveusement où était Roz. Ou Harper. Ou n'importe qui d'autre.

— Je suis désolée, dit-elle, mais nous ne sommes pas encore ouverts. Je peux faire quelque chose pour vous ?

Logan reconnut aussitôt cette voix sèche et froide. C'était celle qui lui avait laissé tous ces messages exaspérants à propos de plans d'organisation fonctionnelle et d'objectifs de production.

Il s'était attendu que son physique soit à l'image de sa voix, mais il n'y avait rien de sec ni de froid dans sa crinière rousse qu'elle s'efforçait de dompter avec ce foulard ridicule, ni dans la méfiance que trahissaient ses grands yeux bleus.

— Vous avez déplacé mes arbres, jeta-t-il d'un ton accusateur.

— Pardon ?

— Oui, vous avez raison de me demander pardon. Ne recommencez pas.

— Je ne vois pas du tout de quoi vous parlez.

Sans lâcher son seau – on ne savait jamais –, Stella descendit de l'escabeau.

— Vous avez commandé des arbres ? demanda-t-elle. Si vous voulez bien me donner votre nom, je vais voir si je trouve votre commande. Nous sommes en train de mettre en place un nouveau système, alors…

— Je n'ai pas à commander quoi que ce soit, coupa-t-il, et je n'aime pas votre nouveau système. Bon sang, qu'est-ce que vous avez fabriqué ? On ne retrouve plus rien !

Elle pensait reconnaître l'accent de la région dans sa voix, avec une dose d'impatience des plus désagréables.

— Je crois qu'il vaudrait mieux que vous reveniez tout à l'heure. En hiver, nous ouvrons à 10 heures. Si vous me laissez votre nom…

Tout en parlant, elle s'approchait doucement du comptoir et du téléphone.

— Kitridge. Vous devriez le savoir : vous me harcelez depuis près d'une semaine.

— Je ne… Ah, Kitridge, fit-elle en se détendant un peu. L'architecte paysagiste. Je ne vous harcèle pas, protesta-t-elle en reprenant ses esprits. J'essaie de vous contacter pour organiser une réunion, et jusqu'à présent, vous n'avez pas eu la courtoisie de me rappeler. J'espère au moins que vous n'êtes pas aussi grossier avec les clients qu'avec vos collègues.

— Grossier ? Vous ne savez pas ce que c'est que la grossièreté, ma pauvre !

— J'ai deux fils, répliqua-t-elle. Je sais très bien ce que c'est. Roz m'a engagée pour mettre de l'ordre dans son entreprise, pour la soulager d'une partie du poids du système, pour…

— Le poids du système ? répéta-t-il en levant les yeux au ciel. Seigneur ! Vous parlez toujours comme ça ?

Stella prit une profonde inspiration pour se calmer.

— Monsieur Kitridge, j'ai un travail à faire. Un travail qui concerne en partie la branche des aménagements paysagers. Il se trouve que c'est une branche très importante et rentable.

— Exact. Et c'est ma branche, figurez-vous.

— Eh bien, elle est terriblement désorganisée et, semble-t-il, gérée n'importe comment. J'ai trouvé toute la semaine des commandes et des factures – si on peut appeler cela ainsi – gribouillées à la main sur des bouts de papier.

— Et alors ?

— Alors, si vous vous étiez donné la peine de me rappeler pour que nous fixions un rendez-vous, j'aurais pu vous expliquer comment cette branche de la société allait fonctionner, désormais.

— Ah, oui ? fit-il avec une note de douceur dangereuse dans la voix. Vous allez me l'expliquer ?

— Oui. Le système que je suis en train de mettre en place vous permettra en fin de compte de gagner beaucoup de temps, grâce à l'informatisation des factures et des inventaires, des listes de clients et des plans, des…

Logan la jaugea et conclut qu'il devait faire au moins une tête et quelques dizaines de kilos de plus qu'elle. En revanche, elle avait la langue bien pendue.

— Je voudrais bien savoir comment le fait de passer la moitié de mon temps penché sur un ordinateur va me faire gagner quoi que ce soit, riposta-t-il.

— Ce sera le cas une fois que toutes les données seront rentrées. Pour l'instant, vous semblez conserver presque toutes les informations dans votre poche, ou dans votre tête.

— Et alors ? Si c'est dans ma poche, je le retrouve. Et si c'est dans ma tête aussi. Je n'ai pas de problèmes de mémoire.

— Peut-être. Mais demain, vous pouvez vous faire renverser par un camion et passer cinq ans dans le coma, fit-elle valoir avec un sourire acerbe. Dans ce cas, où seront ces informations ?

— Si je suis dans le coma, ce sera le cadet de mes soucis. Venez.

Il lui prit la main et l'entraîna vers la porte.

— Hé ! parvint-elle à protester. Hé !

— C'est pour le travail, dit-il en ouvrant la porte et en continuant à la tirer à sa suite. Je ne vous emmène pas dans une caverne.

— Alors, lâchez-moi.

Il s'éloigna du bâtiment à si grandes enjambées que, pour le suivre, elle dut adopter un trottinement qui manquait cruellement de dignité.

— Regardez ça.

Il désigna d'un grand geste la zone des arbres et arbustes tandis qu'elle s'efforçait de reprendre son souffle.

— Eh bien, qu'est-ce qu'il y a ?

— C'est la pagaille.

— Absolument pas, rétorqua-t-elle. J'ai passé presque une journée entière sur cette zone.

D'ailleurs, elle avait encore des courbatures pour le prouver.

— Maintenant, poursuivit-elle, elle est arrangée de façon cohérente. Ainsi, si un client cherche un arbre d'ornement, il – ou un employé – pourra le trouver facilement. S'il veut un arbuste qui fleurit au printemps ou...

— Ils sont alignés comme des soldats. Vous vous êtes servie de quoi ? D'un niveau ? D'un cordeau ? Comment les gens peuvent-ils se faire une idée de ce qui va bien avec quoi ?

— Ça, c'est le rôle de l'équipe. Nous sommes là pour aider le client, l'orienter dans ses choix, l'aider à définir exactement ce qu'il veut. S'il passe un temps fou à chercher un hortensia...

— Il pourra tomber sur une spirée ou un camélia qui le tentera aussi.

Il n'avait pas tort. Comme elle n'était pas idiote, elle réfléchit à son argument.

— Mais il pourra aussi repartir les mains vides parce qu'il n'aura pas trouvé ce qu'il cherchait, répliqua-t-elle. Des vendeurs attentifs et bien formés seront capables de diriger le client, de chercher avec lui. Les deux solutions ont leurs avantages et leurs inconvénients, mais il se trouve que je préfère celle-ci. Et c'est moi qui décide. Maintenant, conclut-elle en s'écartant, si vous avez le temps, il faut que...

— Non, coupa-t-il en tournant les talons pour regagner son pick-up.

— Attendez ! lança-t-elle en lui courant après. Il faut que nous parlions des nouveaux formulaires de commandes et du système de facturation.

— Envoyez-moi un mémo. Ça a l'air d'être votre genre.

— Je ne veux pas vous envoyer de mémo. Et que faites-vous avec ces arbres ?

— Je les emporte chez moi, répondit-il en ouvrant la portière et en s'installant au volant.

— Comment cela, vous les emportez chez vous ? Je n'ai aucun document administratif à ce sujet.

— Eh bien, moi non plus.

Après avoir claqué la portière, il baissa sa vitre de deux centimètres.

— Reculez, lui conseilla-t-il. Je ne voudrais pas vous rouler sur les pieds.

— Écoutez, vous ne pouvez pas piocher dans les stocks quand cela vous chante.

— Allez le dire à Roz – si c'est encore elle la patronne. Sinon, appelez les flics.

Il mit le moteur en route, et elle eut tout juste le temps de s'écarter avant qu'il ne démarre.

Rouge de colère, elle regagna la jardinerie d'un pas furieux. Elle relevait la tête, ses yeux lançant des éclairs, quand Roz ouvrit la porte.

— C'était le pick-up de Logan ? demanda-t-elle.

— Il travaille directement avec les clients ?

— Bien sûr, pourquoi ?

— Vous avez de la chance que personne ne vous ait fait de procès. Il débarque sans crier gare et il ne fait que râler. La vache, la vache, la vache, marmonna-t-elle en passant à côté de Roz pour rentrer. Il n'aime pas ceci, il n'aime pas cela. Pour autant que je sache, il n'aime rien. Et pour couronner le tout, il s'en va avec un camion plein d'arbres.

Roz se massait le lobe de l'oreille d'un air pensif.

— Il a ses humeurs, admit-elle.

— Ses humeurs ? Je n'en ai vu qu'une, et je peux vous dire qu'elle ne m'a pas plu, lança-t-elle en arrachant le foulard qu'elle avait noué sur ses cheveux et en le jetant sur le comptoir.

— Il vous a mise en colère, on dirait.

— Hors de moi, oui. J'essaie de faire ce pour quoi vous m'avez engagée, Roz.

— Je sais. Et jusqu'à maintenant, je ne crois pas avoir émis de commentaires ni de plaintes qui puissent justifier un « la vache, la vache, la vache ».

— Non ! s'exclama Stella en la regardant, horrifiée. Bien sûr que non. Je ne voulais pas dire... Mon Dieu !

— Nous sommes dans ce qu'on pourrait appeler une période d'adaptation. Et certains s'adaptent plus facilement que d'autres. La plupart de vos idées me plaisent. Quant aux autres, je suis prête à leur donner une chance. Logan a l'habitude de faire les choses comme il l'entend, et cela m'a toujours convenu.

— Mais il s'est servi dans les stocks. Comment puis-je tenir un inventaire si je ne sais pas ce qu'il prend ni pourquoi ? J'ai besoin de documents, Roz.

— J'imagine qu'il a pris ce qu'il avait réservé et étiqueté pour son usage personnel. S'il a emporté d'autres choses, il me le fera savoir. Je sais bien que ce n'est pas ainsi que vous procédez, ajouta-t-elle sans laisser le temps à Stella de protester. Je lui parlerai, mais il faudra peut-être que vous vous adaptiez aussi. Vous n'êtes plus dans le Michigan. Bon, je vous laisse vous remettre au travail.

Pour sa part, songea Roz, elle allait retourner à ses plantes. Elles lui donnaient généralement moins de fil à retordre que les gens.

— Roz ? Je sais que je peux être casse-pieds, mais j'ai vraiment envie de vous aider à développer votre entreprise, dit Stella.

— J'ai déjà eu l'occasion de m'en rendre compte. De me rendre compte des deux points.

Restée seule, Stella bouda une bonne minute. Puis elle reprit son seau et remonta sur l'escabeau. L'irruption de Logan l'avait mise en retard sur son programme.

— Je ne l'aime pas, déclara Logan, assis dans le salon de Roz, une bière à la main. Elle est autoritaire, rigide, suffisante et hystérique.

Comme Roz haussait les sourcils d'un air interrogateur, il haussa les épaules.

— D'accord, pas hystérique, concéda-t-il. Pour l'instant. Mais je maintiens le reste.

— Moi, je l'aime bien, répondit Roz. J'apprécie son énergie et son enthousiasme. Et j'ai besoin de quelqu'un pour prendre en charge les détails, Logan. L'entreprise est devenue trop grande pour que je puisse m'occuper de tout seule. Je vous demande seulement à tous les deux de trouver un terrain d'entente.

— Je ne crois pas que ce soit possible avec elle. Elle est trop extrême. Et je ne fais pas confiance aux femmes extrêmes.

— Pourtant, tu as confiance en moi, fit Roz.

C'était vrai, songea-t-il en buvant sa bière sans rien dire. S'il n'avait pas eu confiance en Roz, il ne serait pas venu travailler chez elle, quelque salaire et quelque avantages qu'elle ait pu lui faire miroiter.

— Elle va nous faire remplir des formulaires en trois exemplaires et inscrire de combien de centimètres nous taillons le moindre buisson, protesta-t-il.

— Je ne pense pas que nous en arrivions là, assura Roz en posant les pieds sur la table basse, avant de boire une gorgée de sa bière.

— Si tu tenais vraiment à embaucher une directrice, Roz, pourquoi n'as-tu pas pris quelqu'un de la région ? Quelqu'un qui comprenne comment les choses fonctionnent ici ?

— Parce que je ne voulais pas « quelqu'un de la région ». C'est elle que je voulais. Quand elle descendra, nous boirons un verre gentiment, comme des gens civilisés, avant de dîner gentiment, comme des gens civilisés. Je me moque que vous ne vous aimiez pas, conclut-elle, mais vous allez devoir apprendre à vous entendre.

— C'est toi la patronne.

— En effet, confirma-t-elle en lui donnant une tape amicale sur la cuisse. Harper vient dîner aussi. Je l'ai persécuté jusqu'à ce qu'il accepte.

— Vraiment, tu l'aimes bien ? demanda-t-il au bout d'un moment.

— Oui, vraiment. Et la compagnie des femmes me manque. De femmes qui ne soient pas idiotes ni ennuyeuses, en tout cas. Et Stella n'est ni l'un ni l'autre. Elle a subi un coup très dur, Logan, en perdant son mari aussi jeune. Je sais ce que c'est. Et elle ne s'est pas brisée, ça ne l'a pas fragilisée. Alors, oui, je l'aime bien.

— Dans ce cas, je la supporterai. Mais uniquement pour toi.

— Flatteur, dit-elle en riant et en se penchant vers lui pour l'embrasser sur la joue.

— Je ne dis ça que parce que je suis fou de toi.

Stella arriva sur le pas de la porte à temps pour voir Logan prendre la main de Roz dans la sienne.

Zut, zut et re-zut ! Elle s'était pris le bec avec l'amant de sa patronne, elle l'avait insulté.

L'estomac noué par la crainte, elle poussa ses fils en avant, puis entra à son tour en se forçant à sourire.

— J'espère que nous ne sommes pas en retard, dit-elle avec entrain. Nous avons eu un petit problème avec les devoirs. Bonsoir, monsieur Kitridge. Je vous présente mes fils, Gavin et Luke.

— Comment ça va ? leur demanda-t-il.

Ils avaient l'air plutôt normaux, constata-t-il. Il se serait attendu qu'une femme comme Stella ait des enfants névrosés.

— J'ai une dent qui bouge, annonça Luke.

— Ah, oui ? Voyons un peu ça.

Logan posa sa bière pour examiner sérieusement la dent que Luke faisait jouer avec sa langue.

— Super, dit-il. Tu sais, j'ai une pince dans ma boîte à outils. Il suffirait de tirer un bon coup pour t'arracher ça.

En entendant un petit son horrifié derrière lui, Logan se retourna et adressa un petit sourire crispé à Stella.

— M. Kitridge plaisante, assura-t-elle au petit garçon fasciné. Ta dent tombera toute seule quand elle sera prête.

— Quand elle tombera, la petite souris viendra et j'aurai un dollar.

Logan émit un petit sifflement admiratif.

— Un dollar, tu dis ? Bonne affaire.

— Ça va saigner quand elle tombera, mais je n'ai pas peur.

— Madame Roz, intervint Gavin, on peut aller voir David dans la cuisine ? Maman a dit qu'il fallait vous demander, précisa-t-il en jetant un coup d'œil à sa mère.

— Bien sûr. Allez-y.

— Pas de bonbons, lança Stella alors qu'ils sortaient du salon en courant.

— Logan, tu veux bien servir un verre de vin à Stella ?

— J'y vais, dit-elle. Ne bougez pas.

Tout compte fait, il n'avait pas l'air aussi infâme et dominateur que cela, décida-t-elle. Maintenant qu'il avait pris une douche et qu'il s'était changé, il n'était pas mal. Elle voyait ce que Roz lui trouvait. Du moins si on aimait le genre très viril.

— Vous avez dit que Harper se joignait à nous ? demanda-t-elle à Roz.

— Oui, il va venir, confirma Roz en faisant un geste avec sa bière. Bien, voyons si nous parvenons à ne pas nous énerver. Finissons-en vite avec le travail pour pouvoir profiter sans arrière-pensée du bon dîner que David nous prépare. Stella est responsable des ventes et de la production, ainsi que de la gestion de l'entreprise au jour le jour. Pour l'instant au moins, elle et moi allons partager la direction du personnel, tandis que Harper et moi dirigerons la multiplication.

« Logan est à la tête des aménagements paysagers sur place et à l'extérieur. En cette qualité, il est autorisé à effectuer des commandes spéciales, à se procurer les plantes et à acheter ou louer le matériel nécessaire à la réalisation de ses travaux extérieurs. Les changements que Stella a déjà mis en place ou proposés et que j'ai approuvés seront maintenus ou exécutés. Sauf si, après coup, j'estime qu'ils ne marchent pas ou qu'ils ne me plaisent pas. Tout est clair jusque-là ?

— Parfaitement, répondit Stella calmement.

Logan se contenta de hausser les épaules.

— Cela signifie que vous devez collaborer et faire ce qu'il faut pour assurer le bon fonctionnement des domaines que vous supervisez respectivement. J'ai construit Côté Jardin à partir de rien et je suis capable de le diriger seule si nécessaire. Mais ce n'est pas ce que j'ai décidé de faire. J'ai choisi de vous confier des responsabilités à tous les deux, ainsi qu'à Harper. Disputez-vous autant que vous voulez : les disputes ne me dérangent pas. Mais débrouillez-vous pour que le travail soit fait.

Elle finit sa bière avant de demander :

— Des questions ? Des commentaires ?

Après un instant de silence, elle se leva.

— Bien, conclut-elle. Alors, à table.

5

Tout compte fait, la soirée était plutôt agréable. Ses fils ne jetaient pas de nourriture et ne faisaient pas de bruits de déglutition audibles. Pour Stella, c'était toujours cela de gagné. La conversation était polie et même animée – surtout depuis que les garçons avaient appris le prénom de Logan Kitridge, le même que celui du Wolverine des X-Men.

Cela lui avait instantanément valu un statut de héros qui avait pris un lustre supplémentaire quand il était apparu que Logan partageait la passion de Gavin pour les magazines de bandes dessinées.

D'ailleurs, le fait que Logan semblât préférer parler avec ses fils plutôt qu'avec elle n'était pas non plus pour déplaire à Stella.

— Vous savez, disait justement Gavin, si, par exemple, Hulk et Spider-Man se battaient... eh bien, je crois que ce serait Spider-Man qui gagnerait.

Logan secoua la tête en coupant un morceau de son rôti saignant.

— Spider-Man est plus rapide et plus agile, c'est vrai. Mais si jamais Hulk l'attrapait, il serait cuit.

Gavin transperça une petite pomme de terre nouvelle avec sa fourchette et la leva comme une tête tranchée au bout d'une pique.

— S'il était sous l'influence d'un méchant comme...

— Comme M. Hyde, peut-être ?

— Oui, c'est ça ! M. Hyde. Eh bien, alors, Hulk serait forcé d'attaquer Spider-Man. Mais je crois que ce serait quand même Spider-Man qui gagnerait.

— Il est extraordinaire, confirma Logan. Mais Hulk est incroyable aussi. Il faut plus que des muscles pour combattre le mal.

— Oui, il faut être intelligent et courageux et tout.

— C'est Peter Parker le plus intelligent, affirma Luke en imitant son frère avec une pomme de terre.

— Bruce Banner n'est pas bête non plus, reprit Logan. Il arrive toujours à trouver de nouveaux habits quand il redevient lui-même après avoir été Hulk.

— S'il était vraiment si intelligent que cela, intervint Harper, il trouverait un moyen pour que ses habits s'étirent et grandissent avec lui.

— Ah, ce que vous pouvez être terre à terre, vous, les scientifiques... fit Logan en lui souriant.

Après le dîner, Stella se servit de l'excuse de l'heure du coucher des enfants pour monter à l'étage. Il y avait les bains à donner, mille questions auxquelles répondre et toute cette énergie de la fin de journée à dépenser - ce que ses fils faisaient généralement en courant tout nus d'une chambre à l'autre.

Puis vint le moment qu'elle préférait, celui où elle installait une chaise entre leurs lits pour leur lire une histoire tandis que Parker commençait à ronfler à ses pieds. Comme elle s'y attendait, quand elle referma le livre, les garçons protestèrent et la supplièrent de continuer encore un tout petit peu.

— Demain, répondit-elle. Parce que, maintenant, je crois que c'est l'heure des bisous baveux.

— Non ! s'écria Gavin en roulant sur le ventre pour enfouir le visage dans son oreiller. Pas ça ! Pas de bisous baveux !

— Si, affirma-t-elle. Tu n'y échapperas pas.

Elle couvrit l'arrière de sa tête et sa nuque de baisers, ce qui lui donna le fou rire.

— Et maintenant, déclara-t-elle en se tournant vers Luke en se frottant les mains, passons à ma seconde victime.

— Attends ! Attends ! dit-il en levant un bras pour parer l'attaque. Tu crois que ma dent va tomber demain ?

— Regardons ça encore une fois...

Elle s'assit au bord de son lit et examina sa dent avec le plus grand sérieux tandis qu'il la faisait bouger du bout de la langue.

— Je crois que c'est possible, finit-elle par dire.

— Je pourrai avoir un cheval ?

— Il ne tiendrait pas sous ton oreiller.

Il rit, et elle l'embrassa sur le front et sur ses joues si douces. Puis elle se leva et éteignit la lampe, mais leur laissa la lueur de la veilleuse.

— Faites de beaux rêves, mes chéris.

— Je vais rêver que j'ai un cheval parce que, quelquefois, les rêves arrivent en vrai, déclara Luke.

— Oui, confirma-t-elle, tu as raison. Bonne nuit, maintenant.

Elle regagna sa chambre accompagnée par les murmures de ses fils, qui faisaient désormais partie du rituel du coucher, ce rituel qui était devenu le leur depuis deux ans qu'ils n'étaient plus que trois, le soir, au lieu de quatre. Il était bien établi, désormais, songea-t-elle avec satisfaction, en entendant de petits rires ponctuer les chuchotements.

Elle ne savait pas exactement quand, mais elle avait cessé de souffrir tous les soirs et tous les matins en songeant à *avant*. Et elle s'était mise à profiter du présent et à le chérir.

Elle jeta un coup d'œil à son ordinateur portable et songea au travail qu'elle avait prévu de faire ce soir.

Au lieu de s'y mettre, elle s'approcha de la porte-fenêtre. Il faisait encore trop frais pour s'installer sur la terrasse, mais elle avait besoin d'un peu d'air et du calme de la nuit.

C'était fou. Elle était dehors, la nuit, en janvier, et elle ne gelait même pas ! La météo avait beau annoncer une autre dépression, le ciel était parsemé d'étoiles. Un croissant de lune éclairait un camélia en fleurs. Des fleurs en hiver… Décidément, il y avait bien des avantages à vivre dans le Sud.

Elle serra les bras contre sa poitrine et songea au printemps, quand il ferait doux et que l'air serait chargé des parfums du jardin…

Elle voulait être là au printemps. Elle voulait le voir, participer au réveil de la nature. Par-dessus tout, elle voulait conserver son emploi. Elle n'en avait pas eu pleinement conscience avant le sermon ferme et carré de Roz avant le dîner.

Elle n'était pas là depuis plus d'une semaine qu'elle était déjà emballée par son travail. Peut-être un peu trop, admit-elle intérieurement. C'était son éternel problème. Il fallait toujours qu'elle aille au bout de ce qu'elle commençait.

Mais là, il y avait autre chose. Elle était tombée amoureuse de cet endroit. C'était une erreur, elle le savait, mais elle aimait déjà la pépinière et rêvait de ce qu'elle pourrait en faire. Elle voulait voir les tables couvertes de feuillages verts et de fleurs colorées, des plantes tomber en cascade de paniers suspendus le long des allées. Elle voulait voir les clients admirer et acheter, remplir des chariots et des plateaux de godets.

Bien sûr, une partie d'elle aurait voulu les accompagner un à un pour leur montrer exactement comment chaque chose devait être plantée. Une envie qu'elle parvenait heureusement à contrôler.

Et puis, s'avoua-t-elle, elle souhaitait aussi mettre en place son système de classement, ses tableaux, ses listes d'inventaire hebdomadaires.

Par ailleurs, que cela lui plaise ou non, elle comptait bien se rendre sur les sites où Logan travaillait actuellement, afin de se faire une idée du fonctionnement de cette branche de l'entreprise.

À condition, bien sûr, qu'il ne pousse pas Roz à la licencier...

Certes, il s'était fait rappeler à l'ordre lui aussi, se rappela-t-elle. Cependant, il avait un avantage sur elle : il jouait sur son terrain.

Quoi qu'il en soit, elle savait qu'elle serait incapable de travailler, de se détendre ou de penser à quoi que ce soit d'autre tant qu'elle n'aurait pas mis les choses au clair.

Elle allait descendre, sous prétexte de se faire une tisane. Si le pick-up de Logan n'était plus là, elle essaierait de dire un mot à Roz.

Au rez-de-chaussée, tout était calme. Ils devaient être montés se coucher, songea-t-elle avec une pointe d'angoisse. Elle ne voulait pas les imaginer au lit. Elle traversa le salon sur la pointe des pieds pour aller regarder par la fenêtre, mais ne vit pas le pick-up de Logan. Toutefois, songea-t-elle, cela ne voulait rien dire, car elle ne savait pas où il l'avait garé en arrivant, ni même s'il était venu avec.

Elle verrait cela demain matin. Cela valait mieux. Elle demanderait un rendez-vous à Roz à la première heure pour faire une mise au point. D'ici là, la nuit lui porterait conseil, l'aiderait à trouver ce qu'elle voulait dire et comment le dire.

Puisqu'elle était en bas, elle décida d'aller tout de même se préparer une tisane qu'elle remonterait boire dans sa chambre en travaillant. Tout allait mieux quand elle se concentrait sur son travail.

Sans faire de bruit, elle se rendit dans la cuisine et poussa un cri en découvrant une silhouette dans la pénombre. La silhouette cria à son tour et appuya sur l'interrupteur à côté de la cuisinière.

— La prochaine fois, dégainez et tirez directement, fit Roz en portant la main à son cœur.

— Désolée. Vous m'avez fait une de ces peurs ! Sachant que David sortait ce soir, je pensais qu'il n'y avait personne en bas.

— Sauf moi. Je me faisais un café.

— Dans le noir ?

— La lumière de la hotte était allumée, et je connais bien la cuisine. Vous êtes venue dévaliser le réfrigérateur ?

— Pardon ? Non. Bien sûr que non !

Stella n'était pas très à l'aise ici, dans la maison d'une autre femme.

— Non, répéta-t-elle, j'étais seulement descendue me faire une tisane avant de remonter travailler un peu.

— Faites comme chez vous. À moins que vous ne vouliez une tasse de café.

— Si je bois du café après le dîner, je ne ferme pas l'œil de la nuit.

Stella éprouvait un sentiment étrange, à se trouver seule avec Roz dans la maison si calme. Ce n'était pas sa maison, se répétait-elle, ce n'était pas sa cuisine. Elle avait l'impression que même le calme n'était pas à elle. Elle n'était pas l'invitée de Roz, elle était son employée. Et même si Roz était on ne peut plus aimable et accueillante, tout, ici, était à elle.

— M. Kitridge est parti ? s'enquit Stella.

— Appelez-le Logan, Stella. Autrement, on a l'impression que vous cherchez à être désagréable.

— Désolée. Ce n'était pas mon intention.

Enfin, peut-être un tout petit peu, admit-elle en son for intérieur, avant de poursuivre :

— Nous sommes partis du mauvais pied, c'est tout, et je... Oh, merci, fit-elle quand Roz lui passa la bouilloire. Enfin, je me rends compte que je n'aurais pas dû me plaindre de lui, conclut-elle.

Elle remplit la bouilloire en regrettant de ne pas avoir réfléchi à ce qu'elle voulait dire.

— Parce que ? demanda Roz.

— Eh bien, il ne me semble pas très constructif de la part de votre directrice et de votre architecte paysagiste de se disputer dès leur première rencontre, et moins encore de venir râler auprès de vous.

— Voilà une réaction intelligente, répondit Roz. Vous faites preuve de maturité.

Elle s'appuya au plan de travail en attendant que le café soit prêt. Stella était jeune, se rappela-t-elle. Il ne fallait pas qu'elle oublie que, même si elles avaient certaines expériences en commun, la jeune femme avait une bonne dizaine d'années de moins qu'elle.

— Je m'y efforce, assura Stella en mettant de l'eau à bouillir.

— Moi aussi, je m'y suis efforcée, à une époque. Et puis, un jour, j'ai décidé que ça suffisait comme ça – et j'ai monté mon entreprise.

Stella repoussa ses cheveux en arrière. Comment cette femme parvenait-elle à paraître élégante même dans la lumière crue de la cuisine ? se demanda-t-elle en observant Roz. Cette femme qui parlait avec une grande franchise sans jamais se départir de sa voix et de son accent de jeune fille bien élevée du Sud et qui portait de vieilles chaussettes de laine en guise de chaussons.

— Vous êtes une énigme, avoua-t-elle. Je ne vous comprends pas.

— C'est essentiel, pour vous, de comprendre les choses et les gens, n'est-ce pas ? devina Roz en se retournant pour prendre des tasses dans le placard derrière elle. C'est une qualité quand on doit diriger une entreprise et une équipe. En revanche, sur le plan personnel, cela peut se révéler agaçant.

— Vous ne seriez pas la première à vous en plaindre, confirma Stella. Et puisque nous en sommes au plan personnel, je vous dois des excuses d'un autre ordre. Je n'aurais pas dû vous dire ce que je vous ai dit sur Logan. D'abord parce qu'il est malvenu de se plaindre d'un autre employé, mais aussi parce que je ne savais pas que vous étiez liés.

— Ah, bon ? Et vous vous en êtes rendu compte quand...

— Quand les garçons et moi sommes descendus, avant le dîner. Je ne voulais pas être indiscrète mais, sans le faire exprès, j'ai vu...

— Oui, confirma Roz, Logan et moi sommes liés. Il travaille pour moi... même s'il ne voit pas les choses tout à fait de cette façon, précisa-t-elle avec un sourire amusé. De son point de vue, c'est plutôt *avec* moi qu'il travaille. Cela ne me dérange pas, du moment que le travail est fait, que l'argent rentre et que les clients sont satisfaits. Nous sommes également amis. Je l'aime beaucoup. Mais nous ne couchons pas ensemble. Nous sommes liés, mais nous n'avons pas, n'avons jamais eu et n'aurons jamais de liaison.

— Oh ! s'exclama Stella. Quelle gaffeuse je fais...

— Je ne me sens pas du tout insultée, assura Roz. Je suis même plutôt flattée. Mais je n'ai jamais vu Logan comme un amant potentiel.

— Pourquoi ?

Roz se servit une tasse de café.

— Il a dix ans de moins que moi.

— Et alors ?

L'espace d'un instant, la surprise se peignit sur le visage de Roz, avant de laisser place à l'humour.

— Vous avez raison, reconnut-elle, cela n'entre pas – ou ne devrait pas entrer – en ligne de compte. Mais j'ai déjà été mariée deux fois. Une fois très, très bien. Et une fois très, très mal. Je ne cherche pas à nouer une nouvelle relation amoureuse. C'est beaucoup trop compliqué. Même lorsque tout se passe bien, un homme demande beaucoup de temps, d'efforts et d'énergie. Or, je préfère consacrer ce temps, ces efforts et cette énergie à moi-même.

— Vous ne vous sentez jamais seule ?

— Si. Si, bien sûr. Mais il fut un temps, quand j'élevais mes enfants et que la vie n'était qu'un tourbillon, où je pensais ne jamais pouvoir m'offrir le luxe de la solitude.

Elle balaya la cuisine du regard et parut presque surprise de la trouver calme, sans le bruit et les dégâts causés par de jeunes garçons.

— Pourtant, lorsque j'élevais mes garçons – on n'a jamais vraiment terminé, bien sûr, mais il y a un moment où l'on doit s'effacer –, je pensais vouloir partager ma vie, ma maison, me partager, moi, avec quelqu'un. C'était une erreur, précisa-t-elle d'un ton léger et agréable que démentait la dureté de sa voix. Je l'ai corrigée.

— Je ne m'imagine pas remariée, dit Stella. Un mariage même très réussi est un numéro d'équilibre, n'est-ce pas ? Surtout lorsqu'on ajoute dans la balance une carrière et une famille.

— Je n'ai jamais eu à jongler avec tous ces paramètres à la fois, expliqua Roz. Du vivant de John, j'avais la maison, les enfants et lui. Ma vie était centrée sur ma famille. Et quand il a disparu, elle s'est encore plus centrée sur les garçons. Je ne le regrette pas, précisa-t-elle en buvant une gorgée de café. C'est ainsi que je voulais faire les choses. Quant à mon métier, ma carrière, je m'y suis mise sur le tard. J'admire les femmes qui arrivent à gérer tout cela à la fois.

— Je crois que j'y parvenais assez bien, quand Kevin était là, déclara Stella avec un serrement de cœur. C'était épuisant, mais il me semble – en tout cas, je l'espère – que je réussissais à tout mener de front. Mais maintenant... je crois que je n'en serais plus capable. Non, je ne me vois pas avec quelqu'un tous les jours, fit-elle en secouant la tête. J'ai toujours pu m'imaginer avec Kevin, dans toutes les étapes d'une vie à deux. Je n'arrive pas à m'imaginer avec un autre homme.

— Peut-être est-ce parce que cet autre homme n'est pas encore entré dans votre champ de vision, suggéra Roz.

— Peut-être, admit Stella avec un petit haussement d'épaules. Mais Logan et vous, je vous imaginais très bien ensemble.

— C'est vrai ?

L'exclamation de Roz était lourde de sous-entendus. Stella en oublia sa gêne et rit.

— Non, non, rectifia-t-elle, pas comme cela – ou alors, si j'ai commencé, je me le suis vite interdit. Simplement, je trouvais que vous formiez un beau couple, que vous aviez l'air bien ensemble. C'est agréable d'être bien avec quelqu'un.

— Et Kevin et vous étiez bien ensemble, comprit Roz.

— Oui. Nous étions portés par le même courant.

— J'ai remarqué que vous ne portiez pas d'alliance.

— Non, confirma Stella en regardant son annulaire gauche. Je l'ai enlevée il y a environ un an, quand j'ai recommencé à sortir. Je ne trouvais pas bien de la porter lorsque j'étais avec un autre homme. Je ne me sens plus mariée ; cela s'est passé progressivement, je crois.

— Je vois très bien ce que vous voulez dire.

— À un moment donné, j'ai cessé de me demander ce que Kevin penserait de telle ou telle chose, ce qu'il ferait, ce qu'il voudrait. Alors, j'ai enlevé mon alliance. Cela a été dur, je le reconnais. Presque aussi dur que de le perdre.

— J'ai enlevé la mienne le jour de mon quarantième anniversaire, murmura Roz, quand j'ai compris que je ne la portais plus en hommage à mon mari mais plutôt comme bouclier pour éviter d'autres relations. À un moment donné, conclut-elle avec un demi-sourire, si l'on n'avance pas, on finit par dépérir.

— La plupart du temps, je suis trop occupée pour me soucier de cela. D'ailleurs, je n'avais pas l'intention de vous parler de tout cela. Je voulais simplement vous présenter mes excuses.

— Elles sont acceptées. Bon, je vais monter avec mon café. À demain matin.

— Entendu. Bonne nuit.

Stella finit de préparer sa tisane. Elle se sentait mieux. Elle repartirait du bon pied le lendemain matin, décida-t-elle en montant à son tour avec sa tasse. Elle continuerait à avancer dans la réorganisation et parlerait avec Harper et Roz des boutures qu'il faudrait ajouter à l'inventaire. Et elle trouverait un moyen de s'entendre avec Logan.

Elle était au bout du couloir lorsqu'elle entendit le chant triste et doux. Son cœur fit un bond dans sa poitrine ; sa tasse et sa soucoupe tremblèrent sur le plateau quand elle pressa le pas. Elle arriva devant la porte de la chambre de ses fils en courant presque.

Il n'y avait personne, rien que le même courant d'air froid. Elle posa sa tisane et regarda sous les lits, dans l'armoire. Rien.

Elle s'assit par terre entre les lits jumeaux et attendit que son pouls retrouve un rythme normal. Le chien s'étira et monta sur ses genoux pour lui lécher la main.

Elle resta là à le caresser, assise entre ses fils endormis.

Le dimanche, Stella se rendit chez son père pour un brunch. Elle se laissa faire sans protester quand Jolene lui fourra un cocktail entre les mains et la chassa de la cuisine. C'était son premier vrai jour de congé depuis qu'elle avait commencé à travailler chez Côté Jardin, et il était prévu avant tout qu'elle se détende.

Pendant que les enfants couraient dans le petit jardin avec Parker, elle s'assit pour parler avec son père.

— Raconte-moi tout, lui demanda-t-il.

— Si tu veux que je te raconte vraiment tout, nous en avons au moins jusqu'à demain matin.

— Donne-moi les grandes lignes, alors. Qu'est-ce que tu penses de Rosalind ?

— Je l'aime beaucoup. Elle parvient à être à la fois directe et insaisissable. Je ne sais jamais très bien ce qu'elle pense ni où j'en suis avec elle, mais ce qui est sûr, c'est que je l'apprécie.

— Elle a de la chance de t'avoir. Et comme c'est une femme intelligente, elle le sait.

— Tu es sûr de ne pas être un peu partial ?

— Peut-être un tout petit peu, concéda-t-il.

Son père l'avait toujours aimée, Stella le savait. Même lorsqu'ils étaient restés des mois sans se voir après le divorce. Il y avait toujours eu des coups de téléphone, des lettres, de petits cadeaux envoyés par la poste pour le lui prouver.

Il vieillissait bien, songea-t-elle en le regardant. Alors que sa mère menait une lutte amère et acharnée contre les années, lui, Will Dooley, avait conclu une trêve avec elles. Le gris dominait désormais dans ses cheveux roux, son corps autrefois svelte devenait un peu bedonnant, et des rides d'expression s'étaient creusées au coin de ses yeux. Passionné de jardinage et de golf, il avait le visage tanné par le soleil.

— Les garçons ont l'air heureux, commenta-t-il.

— C'est vrai, confirma-t-elle. Quand je pense au souci que je me suis fait ! Ils se sont si bien adaptés qu'on dirait qu'ils ont toujours vécu ici.

— Ma chérie, tu sais bien que te faire du souci pour une chose ou une autre est chez toi une seconde nature.

— Cela m'agace, mais tu as raison. Quoi qu'il en soit, c'est encore un peu difficile à l'école. Ce n'est pas facile d'être « les nouveaux ». En revanche, ils adorent la maison, et avoir tout cet espace à leur disposition leur fait beaucoup de bien. Et puis, ils sont fous de David. Tu connais David Wentworth ?

— Oui. Il fait pour ainsi dire partie de la maison de Roz depuis qu'il est gamin. Et maintenant, c'est lui qui la fait tourner.

— Il est génial avec les enfants. Cela me soulage d'un poids considérable de savoir que, après l'école, ils sont avec quelqu'un qu'ils aiment. Harper aussi est très sympathique, même si je ne le vois pas beaucoup.

— Il a toujours été du genre solitaire. Il est plus heureux avec ses plantes. Beau garçon, ajouta-t-il.

— C'est vrai, papa, mais nous nous en tenons au sujet des boutures et des greffes, d'accord ?

— Tu ne peux pas reprocher à un père de vouloir voir sa fille s'installer.

— Mais je suis installée.

Plus qu'elle ne l'aurait cru possible, réalisa-t-elle en en parlant.

— Plus tard, ajouta-t-elle, j'aurai envie d'avoir un chez-moi. Pour l'instant, je suis trop occupée et je ne veux pas faire de vagues avec Roz. Mais cela fait partie de mes projets. Il faudra que je trouve une maison dans le même secteur scolaire, le moment venu. Je ne veux pas imposer encore un changement aux garçons.

— Tu trouveras ce que tu cherches, affirma son père. Tu arrives toujours à tes fins.

— Enfin, rien ne presse. En attendant, je suis dans la réorganisation jusqu'au cou. Non, j'exagère. Je suis dans l'organisation jusqu'au cou. Gestion des stocks, tâches administratives, étalages…

— Et tu t'éclates.

— Oui, reconnut-elle en riant, je m'éclate. Oh, papa, c'est un endroit génial… Et tout ce potentiel inexploité ! J'aimerais trouver quelqu'un de vraiment doué pour la vente et les relations avec la clientèle pour lui confier cette partie pendant que je me concentrerai sur la rotation des stocks, les mises à jour administratives et la réalisation de certaines de mes idées. Je ne me suis même pas encore penchée sur la branche des aménagements paysagers – sauf le temps d'une prise de bec avec le type qui la dirige.

— Kitridge ? fit Will en souriant. J'ai dû le rencontrer une ou deux fois, il me semble. J'ai entendu dire qu'il était du genre ombrageux.

— C'est le moins que l'on puisse dire.

— Mais il travaille bien. Sinon, Roz l'aurait déjà renvoyé. Il s'est occupé de la propriété d'un de mes amis il y a deux ans, je crois. Une maison ancienne qu'il fallait réhabiliter entièrement. Le parc n'était plus qu'une espèce de jungle. Mon ami a pris Kitridge pour le refaire, et aujourd'hui, c'est un endroit de rêve. Il y a même eu un article dessus dans un magazine.

— Tu connais son histoire ? À Logan, je veux dire.

— C'est un garçon du pays. Il est né par ici et y a presque toujours vécu, sauf qu'il me semble qu'il est parti quelque temps dans le Nord. Il s'est marié.

— Je ne savais pas qu'il était marié.

— Il ne l'est plus, précisa Will. Ça n'a pas marché. Je ne connais pas les détails. Demande à Jo, elle saura peut-être. Elle est bien plus au courant que moi de ce genre de choses. En tout cas, il est revenu il y a six ou sept ans. Il a travaillé un temps pour une grosse entreprise en banlieue avant que Roz ne le débauche. Jo ! Qu'est-ce que tu sais de ce Kitridge qui travaille chez Roz ?

— Logan ? fit Jolene en passant la tête dans l'encadrement de la porte. Il est très sexy.

— Je ne crois pas que ce soit ce que Stella veut savoir, objecta-t-il.

— Il est vrai qu'elle peut s'en rendre compte par elle-même. Elle a des yeux – et du sang dans les veines. Voyons… poursuivit-elle en se tapotant la joue de l'index d'un air pensif. Il y a deux ou trois ans, les parents de Logan sont partis s'installer dans le Montana. Ah, oui ! Il a une sœur aînée qui habite à Charlotte. Il est sorti une ou deux fois avec la fille de Marge Peters, Terri. Tu te souviens de Terri, Will ?

— Non, je ne vois pas.

— Bien sûr que si. Elle a été reine du bal de promo de son lycée, puis Miss Comté de Shelby et première dauphine de Miss Tennessee.

Stella s'appuya au dossier de son fauteuil et écouta avec plaisir Jo raconter les détails du concours. Elle n'en revenait pas qu'on puisse savoir tout cela – ni qu'on puisse s'y intéresser, pour commencer. Pour sa part, elle ne se rappelait même pas qui avait été la reine du bal à l'époque où elle était en terminale, alors que Jo était capable d'évoquer une élection de

Miss Tennessee qui devait dater d'une dizaine d'années.

Ce devait être une spécialité du Sud.

— Quoi qu'il en soit, conclut Jolene, Terri a dit qu'il était trop sérieux pour elle. Mais n'importe qui serait trop sérieux pour elle.

Elle retourna dans la cuisine et haussa le ton pour reprendre :

— Logan a épousé une Yankee et est parti avec elle à Philadelphie ou Boston ou je ne sais plus où. Il est revenu deux ans plus tard, sans elle. Pas d'enfants.

Elle revint avec un autre cocktail pour Stella et un pour elle.

— J'ai entendu dire qu'elle aimait la vie dans les grandes villes, contrairement à lui, et que c'était pour cela qu'ils avaient rompu, mais il y avait certainement autre chose – il y a toujours autre chose. Mais Logan n'est pas du genre à se confier, si bien qu'on ne sait pas ce qu'il en est au juste. Il a travaillé un temps pour Fosterly Landscaping, une entreprise qui réalise surtout des projets dans le monde du commerce et des affaires – elle refait une beauté à des immeubles de bureaux, des centres commerciaux, etc. Il paraît que Roz lui a fait un pont d'or pour l'attirer chez elle.

— Je t'avais dit qu'elle saurait te donner des détails, fit Will avec un clin d'œil à Stella.

— *Tous* les détails, renchérit celle-ci en souriant.

Jo laissa échapper un petit rire avant de poursuivre :

— Il a acheté l'ancienne maison des Morris, au bord du fleuve, il y a deux ou trois ans. Il est en train de la retaper ou de la faire retaper. J'ai aussi entendu dire qu'il avait entrepris un chantier pour Tully Scopes. Tu ne connais pas Tully, Will, mais je suis avec sa femme Mary au club de jardinage. Elle est du genre à se plaindre que le ciel est trop bleu ou la pluie trop mouillée. Jamais contente de rien. Tu veux un autre Bloody Mary, mon chéri ? demanda-t-elle à Will.

— Ce n'est pas de refus.

— En un mot, j'ai entendu dire que Tully avait demandé à Logan de redessiner le jardin et de créer un massif d'arbustes pour une propriété qu'il voulait transformer.

Toute en continuant à parler, Jolene retourna dans la cuisine préparer le cocktail de Will. Stella et son père échangèrent un grand sourire.

— Tous les jours, Tully était sur son dos, à râler, à demander des changements, à se plaindre de ceci et de cela. Jusqu'à ce que Logan lui dise d'aller se faire voir ou quelque chose de ce genre.

— Je me doutais qu'il n'était pas très doué pour les relations avec la clientèle, commenta Stella.

— Il a même laissé tomber le chantier, ajouta Jolene. Il a refusé de remettre les pieds dans la propriété ou de laisser son équipe planter ne serait-ce qu'une marguerite jusqu'à ce que Tully promette de ne plus s'en mêler. Cela répond à ta question ?

— Il me semble que oui, répondit Stella en levant son verre en direction de Jolene pour la remercier.

— Tant mieux. Bon, c'est presque prêt. Je crois que tu peux appeler les garçons.

Forte des informations révélées par Jolene, Stella échafauda un plan. Le lundi matin, à la première heure, armée de sa carte et d'un itinéraire imprimé sur Internet, elle prit la direction du chantier sur lequel Logan devait travailler.

Elle allait se montrer follement aimable, coopérative et souple. Jusqu'à ce qu'il voie les choses à sa façon.

En roulant dans ce quartier de la périphérie de la ville, elle remarqua les charmantes maisons plus proches les unes des autres que de la route, les jolies pelouses en pente douce, les superbes vieux arbres. Les chênes et les érables procureraient une ombre agréable quand leurs feuilles auraient poussé ; les cornouillers et les pyrus calleryana fleuriraient pour fêter l'arrivée du printemps.

Elle s'imagina ici, avec ses fils, dans l'une de ces ravissantes maisons, avec un jardin élégant et raffiné. Oui, elle s'y voyait bien. Ils seraient heureux dans un endroit comme celui-ci. Ils s'entendraient bien avec les voisins. Ils organiseraient des dîners, des barbecues, des sorties...

Sauf que, bien entendu, ce n'était pas dans ses prix. Même en rassemblant toutes ses économies et le capital que lui avait rapporté la vente de la maison du Michigan, elle n'aurait certainement pas les moyens d'acheter une maison dans ce quartier. Et puis, cela obligerait les garçons à changer d'école encore une fois, et elle mettrait trop longtemps pour se rendre au travail.

Néanmoins, rêver ainsi quelques instants de leur vie future avait été bien agréable...

Stella remarqua le pick-up de Logan et un autre camion devant une maison de brique de deux étages. Elle se rendit compte aussitôt qu'elle n'était pas aussi bien tenue que la plupart de celles du voisinage. La pelouse sèche était parsemée de taches brunâtres. Les plantations, qui manquaient manifestement d'entretien, avaient besoin d'un sérieux nettoyage, et les plates-bandes étaient pour certaines envahies par la végétation, pour d'autres de plaques de terre nue et craquelée.

De la musique country à plein volume rivalisait avec le vrombissement d'une tronçonneuse. En contournant la maison, elle découvrit que le pignon était couvert de lierre. Il faudrait l'arracher, songeat-elle. Et abattre cet érable avant qu'il ne tombe, tout comme cette barrière qui disparaissait sous les ronces et le chèvrefeuille.

Au fond du jardin, elle repéra Logan, soutenu par un baudrier, à mi-hauteur d'un chêne mort dont il coupait les branches à la tronçonneuse. Malgré la température relativement fraîche, le soleil et l'effort physique faisaient perler des gouttes de sueur sur son visage – et dans son dos, à en juger par la tache plus sombre sur son tee-shirt.

Il était sexy, d'accord. N'importe quel homme au corps athlétique en train d'effectuer un travail manuel était sexy, de toute façon.

Mais là n'était pas la question.

La question, c'était son travail et leur dynamique de travail collective. Elle resta à l'écart tant qu'il était occupé et en profita pour examiner le reste du jardin.

Il avait dû être ravissant à une époque ; aujourd'hui, à l'abandon, il était la proie d'une végétation livrée à elle-même, surabondante ici, desséchée ou morte là. Au fond, dans un coin, un abri de jardin s'affaissait contre une clôture recouverte de plantes grimpantes.

Le terrain devait faire un peu plus de mille mètres carrés, estima-t-elle. Un grand Noir très musclé apportait les branches à un petit homme blanc maigrichon qui faisait fonctionner une déchiqueteuse.

La beauté de ce jardin n'était pas perdue, songea Stella. Elle était seulement cachée. Mais il faudrait de l'imagination et du talent pour la faire renaître.

Les deux hommes ayant vu qu'elle les regardait, elle s'approcha d'eux.

— Bonjour, madame. Je peux vous aider ? demanda le Noir.

Elle lui tendit la main en souriant.

— Je suis Stella Rothchild, annonça-t-elle. Je travaille pour Mme Harper.

— Bonjour. Moi, c'est Sam, et lui, c'est Dick.

Le plus petit avait le visage frais et piqueté de taches de rousseur d'un gamin de douze ans. Sa petite barbiche clairsemée semblait avoir poussé sur son menton par erreur.

— J'ai entendu parler de vous, déclara-t-il avec un sourire chargé de sous-entendus en direction de Kitridge.

— C'est vrai ? fit-elle en s'efforçant de conserver un ton amical, alors que son sourire se crispait malgré elle. Je me suis dit qu'il serait utile que je visite un ou deux chantiers, pour voir comment le travail se passe.

Elle parcourut de nouveau le jardin du regard, en évitant soigneusement de poser les yeux sur Logan, toujours dans son arbre.

— Vous avez du pain sur la planche, ici, commenta-t-elle.

— Il y a beaucoup de débroussaillage et de déblayage, confirma Sam. Enfin, on a vu pire.

— Y a-t-il déjà une prévision par extrapolation des heures de travail ?

— Une prévision par extrapolation, répéta Dick en gloussant et en donnant un coup de coude à Sam.

— Pour ça, il faut demander au patron, répondit ce dernier. C'est lui qui s'en occupe.

— D'accord. Merci. Eh bien, je vous laisse vous remettre au travail.

Stella s'éloigna, sortit de son sac un petit appareil numérique et commença à prendre des photos.

Il savait qu'elle était là, en bas, à s'affairer, sanglée dans son tailleur impeccable, ses cheveux domptés et rassemblés en chignon, ses grands yeux bleus cachés derrière des lunettes noires.

Il s'était demandé quand elle viendrait lui casser les pieds sur un chantier – car il lui semblait bien que casser les pieds des gens était la mission qu'elle s'était fixée dans la vie. Au moins, elle était assez raisonnable pour ne pas l'interrompre.

Évidemment. Elle était raisonnable jusqu'au bout des ongles.

Enfin, elle allait peut-être le surprendre. Il aimait bien les surprises, et il en avait eu une bonne quand il avait rencontré ses fils. Il s'était attendu à trouver deux petits robots polis, du genre à regarder leur mère dominatrice avant d'oser ouvrir la bouche. Au lieu de cela, il avait découvert des enfants normaux, intéressants et drôles. Élever deux garçons actifs comme eux devait demander une certaine imagination... Si cela se trouvait, elle n'était infernale qu'au travail.

Eh bien, lui aussi, songea-t-il avec un petit sourire, en coupant une branche.

Il allait la faire attendre un peu, le temps de finir son boulot. Cela lui prit une demi-heure pendant laquelle il mit un point d'honneur à l'ignorer. Il la vit tout de même sortir de son sac un appareil photo et un bloc-notes. Il la vit aussi aller parler à ses hommes et remarqua que Dick lui jetait de temps en temps un coup d'œil à la dérobée.

Dick ne savait pas se comporter en société, en particulier avec les femmes. En revanche, c'était un travailleur infatigable que même les tâches les plus ingrates ne rebutaient pas. Sam, qui avait incomparablement plus de bon sens que lui, était, par chance, un homme tolérant.

Ils se connaissaient depuis le lycée, ce qui convenait parfaitement à Logan : après s'être côtoyés une vingtaine d'années, ils n'avaient pas besoin de parler des heures pour se comprendre.

Expliquer les mêmes choses une demi-douzaine de fois l'exaspérait. Car, il voulait bien le reconnaître, il n'était guère patient.

À eux trois, ils travaillaient bien. Souvent très, très bien. Et grâce à la force de Sam et à l'énergie de Dick, il n'avait que très rarement besoin de faire appel à d'autres bras.

Cela aussi lui convenait parfaitement. Il préférait les petites équipes qui, selon lui, permettaient un travail plus personnel. Car il voyait chaque chantier qu'il entreprenait comme un travail personnel. Il y mettait son imagination, sa sueur et même son sang. Et c'était son nom qui restait associé à ce qu'il avait créé.

Cette Yankee pouvait lui rebattre les oreilles avec ses formulaires et ses c… de système autant qu'elle le voulait : la terre s'en fichait pas mal. Et lui aussi.

Il héla ses hommes pour les prévenir avant d'étêter le vieux chêne mort. Puis il se laissa glisser à terre, déboucla son baudrier et prit une bouteille d'eau. Il en but la moitié sans reprendre son souffle.

— Monsieur… commença Stella.

Non, corrigea-t-elle intérieurement, plus amical. Elle sourit plus chaleureusement, avant de reprendre :

— Beau travail. Je ne savais pas que vous vous chargiez vous-même de l'élagage.

— Ça dépend. Celui-ci n'était pas difficile. Vous vous baladez ?

— Non, même si c'est un plaisir de venir dans ce quartier. Il est ravissant. Cette maison a dû l'être aussi, ajouta-t-elle. Que s'est-il passé ?

— Un couple y a vécu une cinquantaine d'années. Lui est mort il y a un moment, et elle n'a pas réussi à l'entretenir seule. Leurs enfants n'habitent pas dans le coin. Puis la propriétaire est tombée malade, son état s'est aggravé, et ses enfants ont fini par la placer dans une maison de retraite.

— C'est dur. Quelle triste histoire.

— Oui. La vie est souvent dure et triste. La maison a été vendue, et les nouveaux propriétaires ont décidé de faire refaire le jardin. Par nous.

— À quoi pensez-vous ?

Il but une autre gorgée d'eau. Stella se rendit compte que la déchiqueteuse s'était arrêtée. Logan n'eut qu'à jeter un coup d'œil impérieux par-dessus son épaule pour qu'elle redémarre.

— Je pense à beaucoup de choses.

— Mais en ce qui concerne ce travail en particulier ?

— Pourquoi cette question ?

— Parce que cela m'aiderait à faire mon travail d'en savoir un peu plus sur le vôtre. Manifestement, vous allez abattre ce chêne et, j'imagine, l'érable devant.

— Oui. Bon, voilà ce qui est prévu. Nous allons enlever tout ce qui ne peut ou ne doit pas être sauvé. Resemer du gazon. Refaire une clôture. Abattre le vieil abri et en reconstruire un. Les nouveaux propriétaires veulent beaucoup de couleurs, alors nous allons redonner forme aux azalées et planter un prunus devant. Remplacer l'érable. Des lilas par ici et un magnolia de ce côté. Des pivoines là-bas et des rosiers grimpants le long de la clôture. Et vous voyez cette petite butte au fond, à droite ? Au lieu de la niveler, nous allons la planter.

Il continua de lui décrire le projet rapidement, avec force gestes, en alternant termes latins et noms usuels, s'interrompant de temps à autre pour boire une longue gorgée d'eau. Il voyait, comme toujours, le jardin fini, se représentait les grandes lignes comme les plus petits détails d'un bel ensemble.

Il se représentait aussi parfaitement chaque étape du travail à faire, car il appréciait presque autant le processus que le résultat final. Il aimait mettre les mains dans la terre. Tout en parlant, il regarda les mains de Stella Rothchild et eut un sourire narquois en découvrant ses ongles manucurés et vernis d'un rose brillant.

« Paperassière », songea-t-il. Elle ne devait pas être capable de reconnaître une digitaire d'un sumac.

Comme il voulait l'abrutir d'explications pour ne plus l'avoir sur le dos, il se tourna vers la maison et lui parla du patio qu'il comptait construire et des plantations destinées à le mettre en valeur.

Quand il se rendit compte qu'il avait plus parlé en une demi-heure que normalement en une semaine, il finit sa bouteille d'eau. Puis il haussa les épaules. Elle n'avait sans doute pas tout suivi, mais elle ne pourrait pas lui reprocher de ne pas coopérer.

— C'est fantastique, commenta-t-elle. Et la platebande le long de la maison, au sud ?

Il fronça les sourcils, perplexe.

— Nous allons arracher le lierre et la préparer. Les clients veulent s'essayer à la planter eux-mêmes.

— Encore mieux. Ils s'investiront d'autant plus dans ce jardin s'ils ont un peu gratté la terre eux-mêmes.

Comme Logan était d'accord avec elle, il ne dit rien.

— Personnellement, je verrais plutôt des fusains au lieu des ifs autour de l'abri, ajouta-t-elle. Les feuilles panachées et la forme irrégulière iraient bien, je pense.

— Peut-être.

— Vous travaillez à partir d'un plan ou vous avez tout en tête ?

— Cela dépend.

Malgré son envie de l'étrangler, Stella parvint à garder le sourire.

— C'est juste que j'aimerais bien voir l'un de vos projets sur papier, à un moment ou un autre. Ce qui m'amène à une idée que j'ai eue.

— Mais vous en avez à la pelle.

— Ma patronne m'a dit d'être bonne joueuse, répondit-elle avec une certaine froideur. Et vous ?

— Je disais ça comme ça.

— Pour en revenir à mon idée, grâce à la nouvelle organisation que je suis en train de mettre en place, je pourrai vous aménager un bureau au centre.

Il lui jeta le même regard que celui qu'il avait lancé à ses hommes par-dessus son épaule. Une autre, moins solide qu'elle, aurait sans doute flanché, songea Stella.

— Je ne travaille pas dans un bureau, déclara-t-il.

— Je ne suggère pas que vous y passiez tout votre temps, précisa-t-elle. Je vous propose seulement un endroit pour vos tâches administratives – vous pourrez y passer vos coups de fil, ranger vos dossiers.

— C'est à ça que me sert mon pick-up.

— Essayez-vous de créer des problèmes ?

— Non. J'y arrive sans même essayer. Pas vous ?

— Vous ne voulez pas de bureau ? Très bien. Oublions le bureau.

— C'est déjà fait.

— Formidable. Mais moi, j'ai besoin d'un bureau. Et j'ai besoin de savoir exactement ce qu'il vous faut comme arbres, comme plantes et comme matériel pour ce chantier. Un érable rouge, dit-elle en ressortant son bloc-notes. Un magnolia. Quelle variété de magnolia ?

— Du Sud. Grandiflora gloriosa.

— Bon choix pour cet endroit. Un prunus, poursuivit-elle.

Logan fut surpris et quelque peu admiratif de l'entendre réciter tout le plan qu'il lui avait exposé. D'accord, concéda-t-il *in petto*, tout compte fait, elle s'y connaissait peut-être un peu en horticulture.

— Ifs ou fusains ? demanda-t-elle.

Il se retourna vers l'abri et visualisa les deux options. C'était elle qui avait raison, bon sang ! Mais rien ne l'obligeait à le lui dire tout de suite.

— Je vous le ferai savoir.

— Sans faute, insista-t-elle. Et je veux le nombre exact et le type de toutes les plantes et de tous les arbres que vous prendrez, au fur et à mesure.

— Et je vous trouverai… dans votre bureau ?

— Débrouillez-vous pour me trouver, c'est tout.

Sur ces mots, elle tourna les talons et s'éloigna.

— Hé, Stella !

Quand elle se retourna, il sourit.

— J'ai toujours eu envie de dire cette réplique d'*Un tramway nommé Désir*, fit-il.

Les yeux de Stella lancèrent des éclairs, mais elle tourna la tête sans rien dire et se remit à marcher.

— D'accord, d'accord. Oh, là là, un peu d'humour, dit-il en se lançant à sa poursuite. Ne partez pas fâchée.

— Mais surtout, partez, c'est ça ?

— Oui, mais inutile de nous disputer. Je ne déteste pas les disputes en règle générale…

— Je ne m'en serais jamais doutée !

— Mais nous n'avons aucune raison de nous disputer maintenant. Je fais mon travail et vous le vôtre. Roz croit avoir besoin de vous, et moi, j'attache beaucoup d'importance à ce que pense Roz.

— Moi aussi.

— Je l'ai compris. Alors, essayons de ne pas trop nous taper sur les nerfs mutuellement.

Elle inclina la tête et haussa les sourcils d'un air méfiant.

— C'est votre façon d'être aimable ? demanda-t-elle.

— Disons que oui. Je m'efforce de l'être pour que nous puissions tous les deux faire ce que Roz attend de nous. Et parce que votre fils a l'album numéro cent vingt et un de *Spider-Man*. Si vous êtes en colère contre moi, vous ne le laisserez pas me le montrer.

Cette fois, elle fit descendre ses lunettes noires sur le bout de son nez et le regarda par-dessus ses verres.

— Maintenant, vous me faites votre numéro de charme, n'est-ce pas ?

— Non. Je suis sincère. J'ai vraiment envie de voir cet album. Si je voulais vous faire du charme, je vous garantis que vous seriez déjà à mes pieds. J'ai un pouvoir si terrible sur les femmes que je n'en use qu'avec parcimonie.

— Je n'en doute pas un instant.

Stella s'était efforcée de garder un ton sérieux et digne, mais elle ne put s'empêcher de sourire en remontant dans sa voiture.

6

Hayley Phillips roulait dans les vapeurs d'essence avec, de surcroît, une transmission agonisante. Heureusement, l'autoradio marchait encore. Elle avait mis une cassette des Dixie Chicks à fond pour se donner de l'énergie.

Tout ce qu'elle possédait était entassé dans cette Pontiac Grandville plus vieille qu'elle, et surtout beaucoup plus caractérielle. Elle n'avait pas grand-chose, d'ailleurs : elle avait vendu tout ce qui pouvait l'être. Se montrer sentimentale ne lui aurait servi à rien. L'argent permettait de rouler beaucoup plus longtemps que les sentiments.

Oh, elle n'était pas sans ressources. Ce qu'elle avait sur son compte lui permettrait de faire face aux coups durs. Et s'il y avait plus de coups durs que prévu, elle gagnerait davantage d'argent. Elle n'était pas non plus sans but. Elle savait où elle allait. Ce qu'elle ne savait pas, c'était ce qui se passerait quand elle arriverait à destination.

Mais ce n'était pas grave. Si l'on savait toujours tout à l'avance, on n'aurait jamais de surprises.

Peut-être était-elle fatiguée, peut-être avait-elle poussé sa vieille guimbarde un peu au-delà de ce qu'elle pouvait faire en une journée, mais il fallait qu'elles tiennent toutes les deux encore quelques kilomètres. Alors, elles auraient droit à une pause.

On ne la ficherait sans doute pas à la porte. Et si jamais c'était le cas, eh bien, elle aviserait à ce moment-là.

La région était belle, d'autant qu'elle avait contourné l'enchevêtrement de routes nationales qui entouraient Memphis. Elle était maintenant au nord de la ville, dans une région un peu vallonnée. De temps à autre, elle voyait un tronçon du fleuve bordé de falaises escarpées. Les maisons étaient jolies, qu'elles soient sagement alignées dans les banlieues qui partaient en éventail des limites de la ville ou, comme maintenant, plus grandes, plus cossues, plus espacées. Il y avait beaucoup de gros arbres et, malgré quelques murs de pierre ou de brique, l'endroit semblait accueillant. Amical, même.

En voyant la pancarte de Côté Jardin, elle ralentit pour regarder le bâtiment éclairé par des lumières de sécurité – elle n'osait pas s'arrêter, de peur que la vieille Pontiac refuse de redémarrer. Puis elle inspira plusieurs fois, lentement, à fond, en continuant à rouler. Elle était presque arrivée. Elle avait réfléchi à ce qu'elle voulait dire, mais elle ne cessait de changer d'avis.

Certains auraient pu dire que changer d'avis faisait partie de son problème. Elle ne le croyait pas. Seuls les imbéciles ne changeaient pas d'avis.

Elle allait s'engager dans l'allée quand sa voiture se mit à hoqueter et à tousser.

— Allez, allez, la supplia-t-elle, encore un peu. D'accord, si j'avais été un peu plus attentive, j'aurais pensé à te redonner de l'essence plus tôt.

Mais elle tomba en panne sèche entre les deux piliers qui marquaient l'entrée.

Elle donna une petite tape au volant, mais le cœur n'y était pas. C'était de sa faute. D'ailleurs, cela jouerait peut-être en sa faveur. Il serait plus difficile de la flanquer dehors si sa voiture immobilisée barrait la route.

Elle sortit sa brosse de son sac à main pour se recoiffer. Après toutes sortes d'expériences, elle était revenue à son châtain naturel. Du moins pour l'instant. Elle avait eu raison d'aller chez le coiffeur avant de partir. Elle aimait bien l'élégance décontractée de son dégradé. Ainsi coiffée, elle avait l'air à l'aise, gaie, sûr d'elle.

Elle remit du rouge à lèvres et se poudra le visage.

— Allez, se dit-elle à voix haute pour s'encourager. C'est parti.

Elle sortit de sa voiture et, son sac en bandoulière, remonta à pied la longue allée. Il fallait de l'argent pour construire une maison aussi loin de la route, songea-t-elle. Celle dans laquelle elle avait passé son enfance était si près de la rue qu'elle aurait presque pu serrer la main aux passants.

Cela ne l'avait jamais dérangée. Elle avait aimé y vivre, et une partie d'elle avait été triste de la vendre. Mais cette petite maison de la banlieue de Little Rock appartenait au passé. Et maintenant, elle marchait vers son avenir.

Elle s'arrêta à mi-chemin. Ce n'était pas une simple maison, se dit-elle, bouche bée, en découvrant Harper House. C'était pratiquement un château. Jamais elle n'avait vu de demeure aussi grande ni aussi belle, sauf peut-être dans les magazines. C'était le Tara d'*Autant en emporte le vent* et le Manderley de *Rebecca* fondus en une seule bâtisse à la fois gracieuse, féminine et forte.

Des lumières étaient allumées à l'intérieur et à l'extérieur, comme pour l'accueillir. Mais, même si ce n'était pas le cas, même si on la mettait à la porte, elle aurait vu cette maison de près. Cela suffisait à justifier le voyage.

Elle se remit en marche, en inspirant profondément l'air du soir, chargé de senteurs de pin et de feu de cheminée.

Elle croisa les doigts pour se porter bonheur et alla directement à la porte d'entrée. Là, elle souleva le lourd heurtoir de cuivre et donna trois coups secs.

À l'intérieur, Stella descendait l'escalier avec Parker – c'était son tour de le sortir.

— J'y vais ! lança-t-elle.

Parker aboyait déjà quand elle ouvrit la porte.

Elle découvrit une jeune fille aux cheveux châtains dégradés en une coupe à la mode et au visage un peu anguleux dominé par d'immenses yeux bleu clair. L'inconnue sourit et se pencha pour caresser le chien, qui reniflait ses chaussures.

— Bonsoir, dit-elle.

— Bonsoir.

D'où sortait-elle ? se demanda Stella. Il n'y avait pas de voiture garée dans la cour. Elle semblait très jeune. Et elle était visiblement enceinte.

— Je cherche Rosalind Ashby. Rosalind Harper Ashby, rectifia-t-elle. Est-elle chez elle ?

— Oui, elle est en haut. Entrez.

— Merci. Je m'appelle Hayley. Hayley Phillips. Mme Ashby et moi sommes cousines – cousines éloignées à la façon un peu compliquée du Sud.

— Stella Rothchild. Venez vous asseoir dans le salon. Je vais chercher Roz.

— Merci beaucoup.

Hayley suivit Stella dans le salon en tournant la tête à droite et à gauche pour tout voir.

— Waouh, fit-elle, émerveillée. C'est magnifique.

— C'est exactement l'effet que cela m'a fait la première fois que je suis venue. Voulez-vous boire quelque chose ?

— Non, merci. Je ferais mieux d'attendre que...

Au lieu de s'asseoir, Hayley s'approcha de la cheminée. Elle se serait crue dans un film.

— Vous travaillez ici ? s'enquit-elle. Vous êtes... la gouvernante ?

— Non, je travaille à la jardinerie de Roz. J'en suis la directrice. Bon, je vais chercher Roz. Vous devriez vous asseoir.

— Ça va, assura Hayley en passant la main sur son ventre rond. Nous sommes restés longtemps assis.

— Je reviens tout de suite, promit Stella en sortant, Parker sur ses talons.

Elle monta l'escalier quatre à quatre et se dirigea vers l'aile de Roz. Elle n'y avait mis les pieds qu'une fois, quand David lui avait fait visiter toute la maison, mais elle se laissa guider par le son de la télévision et finit par trouver la maîtresse des lieux dans son salon.

Un vieux film en noir et blanc défilait sur l'écran. Au demeurant, Roz ne le regardait pas vraiment. Assise devant un secrétaire ancien, vêtue d'un vieux jean et d'un sweat-shirt bien larges, elle dessinait sur un carnet de croquis. Elle était pieds nus, et Stella eut la surprise de découvrir que ses ongles de pieds étaient ornés d'un vernis rose bonbon.

Elle frappa à l'encadrement de la porte ouverte.

— Mmm ? Oh, Stella. Vous tombez bien. J'étais en train de griffonner un projet de jardin de fleurs à couper le long du côté nord-ouest de la jardinerie. Je me suis dit que cela pourrait inspirer les clients. Venez jeter un coup d'œil.

— Ce serait avec plaisir, mais il y a quelqu'un en bas pour vous. Hayley Phillips. Elle dit être une cousine.

— Hayley ? répéta Roz en fronçant les sourcils. Je n'ai pas de cousine Hayley. Du moins, à ma connaissance...

— Elle est jeune. On dirait presque une adolescente. Jolie. Cheveux châtains. Yeux bleus. Plus grande que moi. Elle est enceinte.

— Eh bien, ça alors, fit Roz en se massant la nuque. Voyons... Phillips... Phillips... La sœur de la grand-mère de mon premier mari – à moins que ce ne soit une cousine – avait épousé un Phillips. Il me semble.

— Elle a dit que vous étiez cousines éloignées à la façon un peu compliquée du Sud.

— Phillips, répéta Roz en fermant les yeux et en se tapotant le front de l'index. Ce doit être la fille de Wayne Phillips. Il est mort l'année dernière. Bon, je ferais bien d'aller voir de quoi il s'agit, décida-t-elle en se levant. Vos fils sont couchés ?

— Oui, tout juste.

— Alors, venez avec moi.

— Vous ne croyez pas que vous devriez...

— Vous êtes intelligente, pondérée et vous gardez votre sang-froid. Votre avis risque de m'être utile. Alors, venez.

Stella souleva Parker et, tout en espérant que la vessie du chien tiendrait encore un moment, descendit avec Roz.

Hayley se retourna quand elles entrèrent dans le salon.

— Cette pièce est absolument extraordinaire, dit-elle. On y est si bien... Rien que d'y être, on se sent privilégié. Je suis Hayley, la fille de Wayne Phillips. Mon père était apparenté à votre premier mari, par sa mère. Vous m'avez envoyé une très gentille lettre de condoléances quand il est mort l'année dernière.

— Je m'en souviens. J'avais rencontré Wayne une fois ou deux ; je l'appréciais.

— Merci. J'étais très proche de lui. Je suis vraiment désolée de débarquer ainsi sans prévenir.

Je ne pensais pas arriver aussi tard. J'ai eu des problèmes de voiture.

— Ce n'est pas grave. Asseyez-vous, Hayley. De combien de mois êtes-vous enceinte ?

— Bientôt six. Le bébé est prévu pour fin mai. Et je vous dois aussi des excuses parce que je suis tombée en panne d'essence au beau milieu de l'entrée.

— Nous pourrons nous occuper de cela plus tard. Voulez-vous manger quelque chose ?

— Non, merci. Je me suis arrêtée sur la route pour dîner. Mais j'ai oublié de faire le plein. Ce n'est pas que je n'aie pas d'argent, s'empressa-t-elle de préciser. Ne croyez pas que je sois fauchée, ni que je sois venue vous demander la charité.

— D'accord, fit Roz. Je crois que nous devrions boire une tasse de thé. La soirée est fraîche, cela nous fera du bien.

— Si ce n'est pas trop compliqué… Et si vous avez du thé déthéiné, ajouta Hayley en posant la main sur son ventre, ou de la tisane. La théine, la caféine : c'est ce qui me manque le plus depuis que je suis enceinte.

— Je m'en occupe, dit Stella. Ce ne sera pas long.

— Merci, Stella. Alors, reprit Roz en se tournant vers Hayley, vous avez fait toute la route depuis… Little Rock, c'est ça ?

— Oui. J'aime bien conduire – surtout quand la voiture est en bon état de marche, mais on fait ce qu'on peut avec ce qu'on a…

Elle se racla la gorge avant d'ajouter :

— J'espère que vous allez bien, cousine Rosalind.

— Très bien, merci. Et vous ? Le bébé et vous allez bien ?

— Nous sommes en pleine forme, a dit le médecin. Et je me sens très bien. J'ai l'impression de devenir énorme, mais cela ne me dérange pas. Enfin, pas trop. C'est assez intéressant. Et vos enfants... vos fils ? Ils vont bien aussi ?

— Oui, merci. Ils sont adultes, maintenant. Harper, l'aîné, vit ici dans la maison d'amis. Il travaille avec moi à la jardinerie.

— Je suis passée devant – devant la jardinerie – en arrivant.

Hayley se surprit à se frotter les mains sur son jean et se força à s'arrêter.

— Elle a l'air immense, commenta-t-elle. Beaucoup plus grande que je ne m'y attendais. Vous devez en être bien fière.

— Oui. Et vous, que faites-vous à Little Rock ?

— Je travaillais dans une librairie. J'aidais à la gérer quand je suis partie. Une petite librairie-salon de thé indépendante.

— Gérante ? À votre âge ?

— J'ai vingt-quatre ans. Je sais que je ne les fais pas, ajouta Hayley en souriant. Mais je peux vous montrer mon permis de conduire. Je suis allée à l'université avec une bourse partielle. J'ai travaillé tous les étés pendant mes études à partir du lycée. J'ai été embauchée à la librairie parce que mon père connaissait le propriétaire, mais, s'il m'a gardée, c'est parce que j'étais compétente.

— Vous dites que vous *travailliez* dans une librairie. Ce n'est plus le cas ?

— Non.

Elle l'écoutait, songea Hayley. Elle posait les bonnes questions. C'était déjà quelque chose.

— J'ai démissionné il y a quinze jours, expliqua-t-elle, mais j'ai une lettre de recommandation du propriétaire. J'ai décidé de quitter Little Rock.

— Cela ne paraît pas être le moment idéal pour quitter votre maison, votre ville et un emploi stable...

— J'ai eu l'impression qu'il était temps de partir.

Elle se tourna vers Stella, qui revenait avec la table roulante.

— On dirait une scène tout droit sortie d'un film ! s'exclama-t-elle. Ça fait un peu péquenaud de dire ça, mais je n'ai pas pu m'en empêcher.

— Je me suis dit exactement la même chose en préparant la tisane, avoua Stella en riant. J'ai fait de la camomille.

— Merci, Stella, intervint Roz. Hayley était en train de me dire qu'elle avait quitté sa maison et son emploi. J'espère qu'elle va nous expliquer pourquoi le moment lui a semblé bien choisi pour des changements aussi drastiques.

— Je n'irais pas jusqu'à les qualifier de drastiques, rectifia l'intéressée. De grands changements, c'est tout. J'ai fait cela à cause du bébé. Enfin, à cause de nous deux. Comme vous l'avez sans doute deviné, je ne suis pas mariée.

— Et votre famille ne vous soutient pas ? s'étonna Stella.

— Ma mère est partie quand j'avais environ cinq ans. Vous ne vous en souvenez peut-être pas, dit Hayley à l'adresse de Roz, à moins que vous ne l'ayez pas mentionné par politesse. Et mon père est mort l'année dernière. J'ai encore mes deux grands-mères, des oncles et des tantes, des cousins. Certains vivent dans la région de Little Rock. Les avis sont… partagés au sujet de ma situation actuelle. Merci, dit-elle en prenant la tasse de tisane que Stella lui tendait.

« Ce qu'il y a, c'est que j'ai été horriblement triste quand mon père est mort. Il a été renversé par une voiture en traversant la rue. Un de ces accidents que l'on ne comprend pas et qui paraissent tellement injustes. Je n'étais pas préparée à le perdre aussi subitement, mais sans doute ne l'est-on jamais.

Elle but une gorgée de tisane, qui l'apaisa profondément. Elle ne s'était pas rendu compte qu'elle était aussi fatiguée.

— J'étais triste, en colère et seule, poursuivit-elle. Et il y avait ce garçon… Cela n'a pas été une aventure d'un soir ni rien de ce genre. Nous nous entendions bien. Il venait souvent à la librairie, il flirtait avec moi – et moi avec lui. Quand je me sentais trop seule, il me réconfortait. Il était gentil. Bref, une chose en a entraîné une autre et… Il était étudiant en droit. Au bout de quelque temps, il est retourné à la fac. Quelques semaines plus tard, j'ai découvert que j'étais enceinte. Je ne savais pas ce que j'allais faire, ni comment le lui dire. Du coup, j'ai encore attendu quelques semaines.

— Et ensuite ?

— Je me suis dit qu'il fallait que je le lui annonce en face. Il ne venait plus à la librairie comme avant. Alors, je suis allée le trouver à l'université. Et j'ai découvert qu'il était tombé amoureux d'une autre fille. Il a été un peu gêné de me voir. Mais ce n'était pas comme si on s'était promis quoi que ce soit. On s'entendait bien, c'est tout. Ce n'était pas une histoire d'amour. Et quand il a parlé de cette fille, il rayonnait littéralement. J'ai vu qu'il était fou d'elle. Alors, je ne lui ai pas parlé du bébé.

Elle hésita avant de prendre l'un des biscuits que Stella avait disposés sur une assiette.

— Je ne peux pas résister aux gâteaux, avoua-t-elle. Enfin, après réflexion, j'ai compris que lui dire que j'étais enceinte ne serait bon pour aucun de nous.

— Cela a dû être une décision très difficile à prendre, commenta Roz.

— Pas tant que cela. Je me disais seulement qu'il avait le droit d'être au courant. Je ne voulais pas me marier avec lui ni rien. À l'époque, je ne savais même pas si j'allais garder le bébé.

Elle croqua dans son biscuit en caressant doucement son ventre rond.

— Je crois que c'est l'une des raisons pour lesquelles je suis allée le voir : pas seulement pour le mettre au courant, mais pour savoir ce qu'il pensait que nous devrions faire. Mais en l'écoutant parler de cette fille…

Elle s'interrompit et secoua la tête avant de reprendre :

— Lui annoncer ma grossesse n'aurait servi qu'à l'ennuyer, le mettre en colère ou lui faire peur. Et à lui gâcher la vie alors qu'il n'avait fait que me soutenir dans un moment difficile.

— Du coup, vous vous êtes retrouvée seule, intervint Stella.

— Même si je le lui avais dit, j'aurais été seule. Lorsque j'ai décidé de garder le bébé, j'ai de nouveau envisagé de le prévenir. J'ai demandé à des gens ce qu'il devenait. Il sortait toujours avec cette fille ; ils parlaient même de mariage. Alors, je crois que j'ai fait ce qu'il fallait. Mais lorsque cela a commencé à se voir, il y a eu pas mal de ragots et de questions, des regards curieux, des murmures. C'est à ce moment-là que je me suis dit qu'il était temps pour moi de prendre un nouveau départ. J'ai vendu la maison et presque tout ce qu'elle contenait – et me voilà.

— En quête d'un nouveau départ, donc, conclut Roz.

— Je cherche un emploi, expliqua Hayley, avant de s'interrompre pour s'humecter les lèvres du bout de la langue. Je suis compétente et travailleuse. Mais je sais aussi que beaucoup de gens reculeraient devant la perspective d'embaucher une femme enceinte de six mois. Pour tout vous avouer, je me suis dit que la famille, même éloignée, se montrerait peut-être plus compréhensive.

Comme Roz ne disait rien, elle se racla la gorge avant de poursuivre :

— J'ai étudié la littérature et le commerce à l'université. J'ai eu mon diplôme avec mention. J'ai un bon CV. Je n'ai pas beaucoup d'économies parce que ma bourse partielle ne couvrait pas tous mes frais de scolarité et que mon père, qui était enseignant, ne gagnait pas énormément d'argent. Mais j'ai tout de même de quoi vivre un moment, payer un loyer et ce qu'il faut pour le bébé. Cependant, je dois trouver un emploi. N'importe quel emploi. Vous avez une entreprise et une grande maison. Il doit vous falloir pas mal de personnel pour les faire tourner. Ce que je vous demande, c'est de me donner une chance d'en faire partie.

— Vous connaissez quelque chose aux plantes, au jardinage ?

— Mon père et moi plantions des fleurs tous les ans. Nous nous partagions le travail. Et ce que je ne sais pas, je suis prête à l'apprendre. J'apprends vite.

— Vous ne préféreriez pas travailler dans une librairie ? À Little Rock, Hayley gérait une librairie-salon de thé, précisa Roz à l'intention de Stella.

— Vous ne possédez pas de librairie, fit remarquer Hayley. Je suis prête à faire deux semaines d'essai sans être payée.

— Les gens qui travaillent pour moi sont payés, répliqua Roz. Je vais embaucher des saisonniers d'ici peu. En attendant… Stella, vous pourriez avoir besoin d'elle ?

— Mmm…

Comment aurait-elle pu regarder ce jeune visage, ce ventre qui s'arrondissait, et dire non ?

— Quelles étaient vos responsabilités en tant que gérante ? demanda-t-elle.

— Je n'étais pas officiellement gérante, précisa Hayley. Mais, en pratique, c'est la fonction que je remplissais. Comme c'était un petit magasin, je faisais un peu tout : les inventaires, les achats, les relations avec la clientèle, les plannings, la vente, la publicité. Pour la librairie uniquement ; il y avait une autre équipe pour le salon de thé.

— Quels sont vos points forts, selon vous ?

Hayley dut prendre une profonde inspiration pour se détendre. Il était vital qu'elle se montre claire et concise, elle le savait. Et sa fierté lui interdisait de supplier.

— Les relations avec la clientèle, dit-elle, et donc la vente. Je prends autant de temps que nécessaire pour satisfaire les demandes des clients. Lorsqu'ils sont contents, ils reviennent, et ils achètent. Il suffit souvent d'un petit effort et d'un service personnalisé pour s'assurer la fidélité du client.

Stella hocha la tête.

— Et vos points faibles ? s'enquit-elle.

— Les achats, répondit Hayley sans hésiter. Si cela n'avait tenu qu'à moi, j'aurais toujours tout acheté. Il fallait sans arrêt que je me rappelle que ce n'était pas mon argent que je dépensais. Mais parfois je ne m'écoutais pas.

— Nous sommes en pleine réorganisation – réorganisation qui s'accompagne d'une certaine expansion. J'aurais bien besoin d'aide pour mettre le nouveau système en place. Il va y avoir pas mal de saisie informatique – souvent fastidieuse – à faire.

— Je sais me servir d'un clavier. PC ou Mac.

— Nous allons donc commencer par deux semaines, décida Roz. Vous serez payée, mais nous considérerons ces quinze jours comme une période d'essai pour tout le monde. Et si cela ne marche pas ici, je ferai mon possible pour vous aider à trouver un autre emploi.

— Je ne pouvais pas espérer mieux ! Merci, cousine Rosalind.

— Roz, rectifia celle-ci. Je vais chercher de l'essence dans l'atelier. Puis nous amènerons votre voiture dans la cour pour que vous puissiez rentrer vos affaires.

— Rentrer mes affaires ? Ici ?

Hayley posa sa tasse en secouant la tête.

— Je vous ai dit que je n'étais pas venue vous demander la charité. Je vous suis très reconnaissante de m'offrir un emploi – ou, du moins, une période d'essai. Vous n'avez pas à m'héberger.

— Les membres de ma famille, même éloignée, sont les bienvenus ici. Et cela nous donnera l'occasion de faire connaissance, de voir comment nous nous entendons.

— Vous habitez ici ? demanda Hayley à Stella.

— Oui. Avec mes deux fils de six et huit ans. Ils sont en haut. Ils dorment.

— Sommes-nous aussi cousines ?

— Non.

— Je vais chercher l'essence, annonça Roz en se levant.

— Je tiens à vous payer un loyer, déclara Hayley en se levant à son tour et en posant instinctivement la main sur son ventre.

— Nous adapterons votre salaire en conséquence.

Restée seule avec Stella, Hayley poussa un long soupir.

— Je la croyais plus vieille, avoua-t-elle. Et plus intimidante. Enfin, je parie qu'elle peut se montrer très impressionnante si elle le juge nécessaire. On ne peut pas construire ce qu'elle a construit et le développer sans être capable de faire peur.

— Vous avez raison. Moi aussi, je peux faire peur quand il s'agit du travail.

— Je m'en souviendrai.

— Mais, en attendant, je crois que nous pouvons nous tutoyer.

— D'accord. Vous… Tu viens du Nord ?

— Oui, du Michigan.

— Ce n'est pas la porte à côté. Tu es seule avec tes fils ?

— Mon mari est mort il y a deux ans et demi.

— Je suis désolée. C'est dur de perdre quelqu'un qu'on aime. Je crois que nous sommes bien placées toutes les trois pour le savoir. Il me semble que cela peut rendre aigri si l'on n'a pas quelque chose, quelqu'un d'autre à aimer. Heureusement que j'ai le bébé.

— Tu sais si c'est un garçon ou une fille ?

— Non. On n'a pas pu le voir à la dernière échographie. Bon, je ferais bien d'aller aider Roz.

— Je viens avec toi. Nous allons nous occuper de cela ensemble.

Une heure plus tard, Roz et Stella installaient Hayley dans une chambre d'amis de l'aile ouest. Hayley avait conscience d'ouvrir de grands yeux, de bredouiller quand elle ne restait pas bouche bée, mais elle n'y pouvait rien. Elle n'avait jamais vu de maison aussi belle. Alors, si on lui avait dit qu'elle aurait l'occasion d'y entrer, et même, pour un temps, d'y vivre !

Elle rangea ses affaires en caressant du bout des doigts le bois ciré de la commode et de l'armoire, les abat-jour de verre taillé et la tête de lit sculptée.

Un jour, elle posséderait d'aussi belles choses, décida-t-elle en prenant un bon bain chaud. Elle s'en faisait la promesse. Elle en faisait la promesse à son bébé. Ils le méritaient tous les deux.

Elle sortit de l'eau, se sécha et se mit de la crème sur le ventre et les seins. Elle n'avait pas peur de l'accouchement. Elle était capable de travailler dur pour atteindre un objectif. En revanche, elle espérait bien échapper aux vergetures.

Sentant un petit courant d'air froid, elle se hâta de mettre sa chemise de nuit. Du coin de l'œil, elle crut voir un mouvement, une ombre dans le miroir.

Elle se frotta les bras pour se réchauffer et retourna dans la chambre. Elle ne vit rien ni personne, et la porte du couloir était fermée, comme elle l'avait laissée.

C'était la fatigue, conclut-elle en se frottant les yeux. Le voyage du passé à l'avenir avait été long.

Elle prit un livre dans sa valise – il y en avait d'autres, ceux qu'elle n'avait pu se résoudre à vendre, dans le coffre de sa voiture – et se glissa sous la couette.

Elle ouvrit le volume à la page marquée et s'apprêta, comme presque tous les soirs, à lire une heure.

Elle s'endormit la lumière allumée avant d'avoir fini la première page.

À la demande de Roz, Stella revint dans le salon et s'assit. Roz leur servit un verre de vin à chacune.

— Votre impression ? lui demanda-t-elle. Franchement.

— Jeune, intelligente, fière. Honnête. Elle aurait pu nous raconter un mélo, nous dire qu'elle avait été trahie par le père du bébé, vous supplier de la recueillir en se servant de sa grossesse comme excuse. Au lieu de cela, elle assume ses responsabilités et cherche du travail. Je vais tout de même vérifier ses références, bien sûr.

— Bien sûr. Elle n'a pas l'air d'avoir peur, pour le bébé.

— Ce n'est qu'une fois qu'ils sont nés qu'on apprend à avoir peur de tout.

— C'est vrai, approuva Roz. Je vais passer quelques coups de fil pour en savoir un peu plus sur cette branche des Ashby. Pour être franche, je ne m'en souviens pas très bien. Même du vivant de mon mari, nous n'avions pas beaucoup de contacts avec eux. Je me rappelle tout de même le scandale que cela a fait quand la femme de Wayne Phillips est partie en le laissant seul avec la petite. À voir Hayley, j'ai l'impression – et vous aussi, je crois – qu'elle s'en est très bien tirée.

— Son expérience de gérante pourrait être un atout important.

— Encore une gérante… fit Roz en levant les yeux au ciel en un geste qui n'était qu'à moitié humoristique. Dieu me protège !

7

Il ne fallut pas deux semaines. Au bout de deux jours, Stella savait que Hayley était la réponse à ses prières. Jeune, enthousiaste et énergique, elle comprenait et appréciait l'efficacité au travail.

Elle savait créer des tableurs, il suffisait de lui dire les choses une fois pour qu'elle les comprenne et applique les règles, et elle respectait les codes couleurs. Si elle était aussi compétente avec la clientèle qu'en classement, ce serait une perle.

S'agissant des plantes, elle connaissait tout juste l'essentiel. En gros, elle savait faire la différence entre un géranium et une pensée. Mais elle pourrait apprendre.

Stella s'était déjà préparée à supplier Roz d'offrir à Hayley un poste à temps partiel à la fin de sa période d'essai.

— Hayley ? appela-t-elle en passant la tête dans le bureau désormais bien rangé et organisé. Tu veux bien venir avec moi ? Nous avons près d'une heure avant l'ouverture. On pourrait faire une petite leçon sur les plantes d'ombre dans la serre numéro trois.

— Super. Nous en sommes au H des plantes vivaces, annonça Hayley. Je n'en connais pas la moitié, mais je me documente le soir. Je ne savais pas que les tournesols s'appelaient aussi des héli... attends... helianthus.

— Ce sont plutôt les helianthus dont une des variétés est le tournesol. Les variétés vivaces peuvent être divisées ou multipliées par semis, au printemps, ou par boutures à la fin du printemps. Les graines des helianthus annuels, ou tournesols, peuvent être récoltées dans ce gros cœur brun à la fin de l'été ou au début de l'automne... Et voilà que je te fais un cours !

— Ne t'inquiète pas, j'ai l'habitude. J'ai été élevée par un professeur. Et j'aime bien apprendre.

Alors qu'elles passaient par les caisses pour sortir, Hayley jeta un coup d'œil par la baie vitrée.

— Un pick-up vient de se garer à côté des pavés de jardin. Mmm... et regarde un peu qui en sort. Grand, ténébreux, musclé juste comme il faut... Qui est ce canon ?

Stella prit sur elle pour ne pas grimacer et haussa les épaules d'un air détaché.

— Ce doit être Logan Kitridge, l'architecte paysagiste de Roz. C'est vrai qu'il n'est pas mal physiquement.

— Il me plaît bien, en tout cas.

Devant la mine de Stella, Hayley posa la main sur son ventre en riant.

— Je suis enceinte, mais cela ne m'empêche pas d'être sensible au charme d'un bel homme. Ce n'est pas parce que je ne cherche pas que je ne peux pas regarder. Surtout un spécimen aussi alléchant. C'est le type même du beau ténébreux un peu dur. Comment se fait-il que les beaux ténébreux un peu durs aient toujours un tel effet sur les femmes ?

— Aucune idée. Qu'est-il en train de faire ?

— Il a l'air de charger des pavés. S'il faisait moins frais, il enlèverait son blouson, et je parie que nous verrions des muscles dignes d'un athlète. Mmm... ce n'est pas désagréable de se rincer l'œil.

— Méfie-toi, tu risques de te brûler la rétine, marmonna Stella. Ce n'était pas prévu, les pavés. Il ne les a pas commandés. Bon sang !

Hayley haussa les sourcils d'un air surpris en voyant Stella sortir en claquant la porte. Elle se rapprocha de la vitre pour ne rien rater de la suite.

— Excusez-moi ?

— Mmm ? fit-elle d'un ton absent, en écarquillant les yeux.

Mais, presque aussitôt, elle s'écarta de la baie vitrée, gênée – espionner était une chose, se faire prendre en était une autre. Elle se retourna en affichant son sourire le plus innocent et vit qu'elle avait encore de quoi se rincer l'œil.

L'homme qui se tenait devant elle n'était pas grand et ténébreux mais plutôt longiligne, avec un air rêveur. Et tout aussi séduisant. Il fallut une seconde à Hayley pour reprendre ses esprits.

— Bonjour ! finit-elle par dire. Vous devez être Harper : c'est fou ce que vous ressemblez à votre mère. Je n'ai pas encore eu l'occasion de vous rencontrer – on dirait que nous ne sommes jamais au même endroit au même moment. Je suis Hayley. La cousine Hayley de Little Rock. Votre mère vous a peut-être dit que je travaillais ici.

— Oui, oui.

Harper ne trouva rien d'autre à dire. Il parvenait tout juste à penser. Il se sentait stupide. Il avait l'impression d'avoir été foudroyé sur place.

— Vous ne trouvez pas ça super de travailler ici ? Moi, j'adore déjà. Il y a tant de choses à faire, les clients sont si aimables... Et Stella ! Elle est incroyable. Votre mère est une vraie fée de m'avoir offert une telle chance.

— Oui. Elles sont géniales. C'est génial.

C'était de pire en pire, songea-t-il. Pourtant, d'ordinaire, il savait s'y prendre avec les femmes. Mais celle-ci l'avait complètement ébranlé, dès le premier regard.

— Vous... euh... vous avez besoin de quelque chose ? demanda-t-il.

— Non, répondit-elle avec un sourire surpris. Je pensais que c'était vous qui aviez besoin de quelque chose.

— Moi ? De quoi ?

— Je ne sais pas, dit-elle en posant la main sur le fascinant renflement de son ventre et en laissant échapper un délicieux petit rire de gorge. C'est vous qui êtes venu me trouver.

— Exact, exact. Non, rien. Pour l'instant. Plus tard. Je dois y aller.

Il fallait qu'il sorte, qu'il respire.

— J'ai été ravie de faire votre connaissance, Harper.

— Moi aussi.

Il jeta un coup d'œil par-dessus son épaule en s'éloignant et vit qu'elle s'était déjà retournée vers la baie vitrée.

Dehors, Stella traversa le parking à grandes enjambées. Elle appela Logan deux fois ; la seconde, il répondit par un rapide coup d'œil et un geste distrait. La colère de Stella montait à mesure qu'elle avançait. Elle la libéra d'un coup dès qu'elle atteignit les piles de pavés.

— Non, mais qu'est-ce que vous fabriquez ? lança-t-elle.

— Je joue au tennis, rétorqua-t-il. D'après vous, qu'est-ce que j'ai l'air de faire ?

— Vous prenez du matériel que vous n'avez pas commandé et que vous n'êtes pas autorisé à emporter.

— C'est pas vrai ? fit-il en continuant à se servir.

Une forte secousse agita le pick-up quand il y laissa tomber un lot de pavés.

— Hé ! ajouta-t-il en se penchant vers elle, à sa grande surprise. Vous avez changé de shampooing. Pas mal.

— Arrêtez de me renifler, protesta-t-elle en reculant d'un pas.

— Ce n'est pas de ma faute, vous êtes juste devant moi. Et j'ai un nez.

— Il me faut les papiers concernant ce matériel.

— Oui, oui. D'accord, d'accord, d'accord. Je viens m'en occuper dès que j'ai fini de charger.

— Vous êtes censé vous en occuper avant de charger.

Il se retourna et braqua ses yeux verts sur elle.

— Vous êtes vraiment casse-pieds, vous savez.

— Normal, répliqua-t-elle, je suis la directrice.

Cette repartie arracha un sourire à Logan.

— Et vous êtes faite pour ce poste, dit-il. Mais permettez-moi de vous faire remarquer que les pavés sont sur le chemin du bureau. En chargeant avant, je suis plus efficace.

Son sourire se fit narquois.

— Il serait important, je crois, que nous fassions une prévision par extrapolation des heures de travail.

Il s'adossa un instant au pick-up, sans cesser de la regarder. Puis il chargea un autre lot de pavés.

— En restant là à me regarder sans rien faire, vous perdez du temps, observa-t-il. Du temps que vous prenez sur vos heures de travail.

— Si vous ne venez pas remplir les papiers, Kitridge, c'est moi qui irai vous chercher, menaça-t-elle.

Il prit son temps, mais il y alla.

Il réfléchissait au moyen de continuer à énerver Stella. Ses yeux prenaient le bleu des lupins du Texas quand elle était en colère. Mais, en entrant dans le bâtiment, ce ne fut pas elle qu'il vit en premier.

— Bonjour, dit-il à la jeune femme enceinte.

— Bonjour, répondit-elle en souriant. Je suis Hayley Phillips, une parente du premier mari de Roz. Je travaille ici, maintenant.

— Logan, se présenta-t-il. Ravi de faire votre connaissance. Ne laissez pas la Yankee vous faire peur, ajouta-t-il avec un signe de tête en direction de Stella. Où sont les formulaires sacrés et le couteau rituel, que je puisse me couper une veine et signer de mon sang ?

— Dans mon bureau.

— Mmm, fit-il en restant sur place au lieu de la suivre. Le bébé est prévu pour quand ? demanda-t-il à Hayley.

— Mai.

— Tout va bien ?

— Nous sommes en pleine forme, assura-t-elle.

— Tant mieux. La boîte est sympa, assura-t-il. C'est agréable de travailler ici... en règle générale. Bienvenue à bord.

Sur ce, il se rendit d'un pas nonchalant dans le bureau de Stella. Elle était déjà assise à son ordinateur. Un formulaire était affiché sur l'écran.

— Cette fois, je vais le saisir directement, ça gagnera du temps, décida-t-elle. Pour la suite, il y en a toute une pile dans ce dossier. Servez-vous. Il vous suffira de les remplir, de les dater, de les signer ou de les parapher et de les déposer ici.

— OK.

Il balaya la pièce du regard. La table avait été dégagée. Il n'y avait plus de cartons ni de livres par terre et sur les sièges. Dommage. Il aimait bien le chaos d'avant.

— Où sont passés tous les trucs qu'il y avait ici ? demanda-t-il.

— À leur place. C'étaient bien des pavés ronds de quarante centimètres, référence A-23 ? s'enquit-elle.

— Oui. Des ronds de quarante centimètres.

Il prit sur son bureau la photo de ses fils avec leur chien.

— Ils sont mignons, commenta-t-il.

— Oui. Ces pavés sont pour votre usage personnel ou pour un chantier ?

— Hé, ça vous arrive de vous détendre un peu ?

— Non. Nous autres Yankees, nous ne nous détendons jamais.

— Mmm, fit-il en se passant la langue sur les dents.

— Vous savez à quel point j'en ai assez d'être « la Yankee », comme si c'était une espèce étrangère ou une maladie ? La moitié des clients qui viennent ici me regardent comme si je débarquais d'une autre planète ou que j'avais des intentions belliqueuses. Il faut que je leur dise que je suis née ici, pourquoi je suis partie, pourquoi je suis revenue, qui sont « les miens » avant de pouvoir les conseiller ou leur vendre quoi que ce soit. Bon sang ! Je viens du Michigan, pas de la Lune ! Et la guerre de Sécession est finie depuis un bout de temps.

Oui, remarqua Logan, exactement la couleur des lupins du Texas.

— Vous savez quoi ? J'aime bien quand vous vous mettez en colère, ma jolie.

— Oh, arrêtez. Et ne m'appelez pas « ma jolie ». Alors, ces pavés. Usage personnel ou professionnel ?

— Eh bien, tout dépend du point de vue où on se place. C'est pour une amie. Je lui fais un chemin. Sur mon temps libre, donc pas d'heures facturées. Je lui ai dit que je prendrais les matériaux et que je lui apporterais une facture de la jardinerie.

— Je vais considérer que c'est un usage personnel et appliquer votre réduction employé, décida-t-elle en se mettant à taper sur le clavier. Combien de pavés ?

— Vingt-deux.

Stella entra le prix par pavé avant et après réduction.

Impressionné malgré lui, Logan pointa l'écran du doigt.

— Vous avez un supermatheux enfermé là-dedans ?

— Les merveilles du XXIe siècle. Sachez que cela va beaucoup plus vite que de compter sur ses doigts.

— Pas sûr. J'ai des doigts très rapides, fit-il en tambourinant sur sa cuisse d'un air impassible. Il me faut aussi trois pins blancs.

— Pour cette même... amie ?

— Non.

Il sourit. Si elle comprenait « petite amie » quand il disait « amie », il ne voyait pas pourquoi il lui dirait que les pavés étaient pour Mme Kingsley, son professeur d'anglais de seconde.

— Les pins sont pour un client, Roland Guppy. Il doit figurer quelque part dans vos mystérieux fichiers. Nous avons fait un travail pour lui à l'automne dernier.

Comme il y avait une cafetière à moitié pleine sur la table contre le mur, il alla se servir une tasse.

— Faites comme chez vous, dit froidement Stella.

— Merci. Pour revenir aux pins, je les lui avais conseillés comme brise-vent. Il a hésité pendant des mois et il a fini par me passer un coup de fil chez moi hier. Je lui ai dit que je passerais prendre les pins et que je viendrais les planter.

— Il nous faut un autre formulaire pour ça.

Il goûta le café. Pas mauvais.

— Je ne sais pas pourquoi, répondit-il, mais je m'en doutais.

— Les pavés sont tout ce que vous prenez pour usage personnel ?

— Sans doute. Pour aujourd'hui.

Elle imprima ce premier formulaire et en afficha un vierge à l'écran.

— Trois pins blancs, donc, reprit-elle. Quelle taille ?

— Nous en avons des pas mal en deux mètres cinquante.

— En tontine ?

— Oui.

Elle appuya sur quelques touches, et ce fut fait. Elle avait de jolis doigts, remarqua-t-il. Longs et fuselés, joliment rehaussés par ce vernis brillant du rose délicat de l'intérieur d'un pétale de rose.

Elle ne portait pas de bague ni d'alliance.

— Autre chose ?

Il palpa ses poches et sortit un bout de papier.

— C'est le devis que je lui ai fait pour les heures.

Stella ajouta la main-d'œuvre, calcula le total et imprima trois exemplaires du formulaire pendant qu'il buvait son café.

— Un exemplaire pour mes dossiers, un pour vous, un pour le client, expliqua-t-elle. Il ne vous reste plus qu'à signer.

— OK.

Il allait prendre un stylo quand Stella l'arrêta d'un geste.

— Oh, attendez. Je vais chercher le couteau dont vous parliez. Quelle veine souhaitez-vous vous couper ?

— Pas mal, concéda-t-il. Elle non plus, elle n'est pas mal, ajouta-t-il avec un signe de tête en direction de la porte.

— Hayley ? C'est vrai. Mais ellc est beaucoup trop jeune pour vous.

— Je ne dirais pas « beaucoup ». Même si je préfère les femmes un peu plus...

Il s'interrompit en souriant.

— Non, je préfère m'arrêter là. Je tiens à rester en vie.

— Sage décision.

— Ce n'est pas trop dur, pour vos fils, à l'école ?

— Pardon ?

— En tant que Yankees, précisa-t-il. Compte tenu de ce que vous m'avez dit tout à l'heure...

— Ah. Si, peut-être un petit peu. Mais, dans l'ensemble, les autres enfants trouvent cela plutôt intéressant qu'ils viennent du Nord, qu'ils aient habité près de l'un des Grands Lacs. Les deux institutrices ont sorti une carte pour montrer aux autres d'où ils venaient.

Son visage s'était adouci à mesure qu'elle parlait.

— Merci de vous en soucier, ajouta-t-elle.

— Je les aime bien.

Il signa les formulaires et s'amusa de l'entendre gémir – oui, gémir – quand il plia le sien sans ménagement et le fourra dans la poche arrière de son jean.

— La prochaine fois, vous voudrez bien attendre d'être sorti de mon bureau pour faire cela ? lui demanda-t-elle. Ça me fait mal.

— Pas de problème.

Était-ce à cause du ton différent sur lequel ils achevaient leur entretien ou de la douceur et du sourire de Stella quand elle parlait de ses enfants ? Plus tard, il se demanderait ce qui lui avait pris, mais sur le moment, il céda à une impulsion.

— Vous êtes déjà allée à Graceland ?

— Non. Je ne suis pas spécialement fan d'Elvis.

— Chut ! fit-il en ouvrant de grands yeux et en se tournant vivement vers la porte. Il est illégal de dire ce genre de chose par ici. Vous risquez une amende ou même une peine de prison, voire, selon le jury, une flagellation publique.

— Je n'ai pas lu cela dans le guide de Memphis.

— C'est écrit en tout petit. Bon, je vais vous y emmener. Quel est votre jour de repos ?

— Je... Cela dépend. Vous voulez m'emmener à Graceland ?

— Vous ne pourrez pas vraiment être acceptée ici tant que vous n'aurez pas vu Graceland. Choisissez le jour, je m'arrangerai.

— Je voudrais comprendre. Vous me proposez un rendez-vous ?

— Ce n'est pas tout à fait ce que j'avais à l'esprit. Je pensais plutôt à une sortie entre collègues. Réfléchissez-y, conclut-il en posant sa tasse vide sur son bureau, et tenez-moi au courant.

Stella eut beaucoup à faire, mais cela ne l'empêcha pas d'y réfléchir. Elle ne pouvait pas aller à Graceland comme cela. Et même si elle l'avait pu, elle n'y serait certainement pas allée avec Logan.

Ce n'était pas parce qu'elle admirait son travail – et sa plastique, elle devait l'admettre – qu'elle l'appréciait. Ni qu'elle avait envie de passer son précieux temps libre en sa compagnie.

Pourtant, elle ne pouvait s'empêcher de songer à sa proposition. Pourquoi diable l'avait-il invitée ? Peut-être était-ce un piège, une espèce de rite initiatique pour Yankee. On l'emmenait à Graceland, on l'abandonnait au beau milieu d'une forêt d'objets et de souvenirs dédiés à Elvis et on voyait si elle pouvait retrouver la sortie.

À moins qu'il ne se soit fourré dans la tête l'idée saugrenue qu'il contournerait plus facilement le système administratif qu'elle mettait en place en la séduisant qu'en se disputant avec elle.

Mais il n'avait pas eu l'air de chercher à la séduire. Pas vraiment, en tout cas. Il lui avait seulement paru plus amical, plus spontané. Et il lui avait demandé des nouvelles de ses enfants. Il n'y avait pas mieux pour vaincre son agacement et ses défenses que de s'intéresser sincèrement à ses fils.

De toute façon, s'il se montrait aimable, elle devait se montrer aimable en retour. C'était la moindre des politesses.

Comment s'habillait-on pour aller à Graceland, au fait ?

Oh, elle n'avait pas décidé d'y aller. Elle n'irait sans doute pas. Mais mieux valait se préparer, au cas où.

Dans la serre numéro trois, tout en surveillant Hayley, qui arrosait de jeunes plantes annuelles, Stella réfléchit à la situation.

— Tu es déjà allée à Graceland ? s'enquit-elle.

— Oh, bien sûr. Ce sont des impatiens, c'est ça ?

— Oui, confirma Stella en regardant le plateau. Celles-ci sont des impatiens walleriana variegata.

— Et là, ce sont des impatiens de Nouvelle-Guinée, devina Hayley.

— Exactement. Tu apprends vraiment vite.

— Il faut dire que je les reconnais plus facilement parce que j'en ai déjà planté. Pour en revenir à Graceland, j'y suis allée avec des copains quand j'étais à l'université. C'était super. J'ai acheté un marque-page Elvis. Je me demande bien ce que j'en ai fait, tiens… Le nom d'Elvis vient d'Elvin, qui veut dire « ami sage comme un elfe ». C'est fou, non ?

— Le plus fou à mes yeux, c'est que tu saches ce genre de chose.

— Bah, je ne sais plus où j'ai lu ça…

— Bon, alors quel est le code vestimentaire ?

— Mmm ? fit Hayley d'un ton distrait.

Elle essayait d'identifier le plateau suivant grâce aux feuilles des plants, en prenant sur elle pour ne pas regarder l'étiquette.

— Le code vestimentaire, tu dis ? Je crois qu'il n'y en a pas. Les gens s'habillent comme ils veulent. En jean, en général.

— Décontracté, donc.

— Oui. J'aime bien l'odeur de terre humide des serres…

— Dans ce cas, tu as choisi le bon métier.

— C'est vrai que je pourrais en faire un vrai métier, n'est-ce pas ? fit Hayley en fixant ses grands yeux bleus rêveurs sur Stella. Je pourrais apprendre, devenir bonne… Je me suis toujours dit que je me mettrais à mon compte un jour. Je pensais ouvrir ma propre librairie, mais au fond, c'est un peu pareil.

— Comment cela ?

— Eh bien, ici comme dans une librairie, il y a des nouveautés et des classiques, et on classe les choses par genre. Il y a les plantes annuelles, bisannuelles, vivaces. Les arbustes, les arbres et les fleurs. Les plantes d'eau, les plantes d'ombre… Enfin, tu vois.

— Tu as raison. Je n'avais jamais vu les choses sous cet angle.

Encouragée, Hayley continua de parler en avançant dans les allées.

— Et puis, on apprend, on explore, poursuivit-elle. Comme avec les livres. Et nous – enfin, les vendeurs –, nous essayons d'aider les gens à trouver ce qui leur convient le mieux. Planter une fleur, c'est comme ouvrir un livre : dans les deux cas, on commence quelque chose. Et un jardin est comme une bibliothèque. Oui, je crois que je pourrais devenir une bonne horticultrice.

— Je n'en doute absolument pas.

Hayley se tourna vers Stella en souriant.

— Et quand je m'y connaîtrai mieux, cela ne sera plus à mes yeux un simple travail. Enfin, je suis bien contente d'avoir du travail, précisa-t-elle. Mais il faut que cela m'apporte autre chose qu'une paie à la fin de la semaine. Ce n'est pas seulement une question d'argent - même si je veux aussi en gagner, je l'avoue.

Stella hocha la tête.

— Tu veux arriver au même résultat que Roz : avoir un endroit à toi et pouvoir te dire que tu appartiens à cet endroit autant qu'il t'appartient. Tu veux des racines. Des racines à partir desquelles fleurir, conclut-elle en caressant doucement un jeune plant. Je le sais parce que moi aussi, c'est ce que je désire.

— Mais tu as déjà tout cela. Tu es superintelligente et tu sais où tu vas. Tu as deux enfants géniaux et un... un poste fixe ici. Tu as travaillé et tu es arrivée à tout cela. Moi, j'ai l'impression de tout juste commencer.

— Et tu es impatiente d'atteindre ton but. À ton âge, j'étais comme toi.

— C'est vrai que tu es si vieille et ridée, maintenant... plaisanta Hayley.

En riant, Stella rejeta ses cheveux en arrière.

— Je dois avoir une dizaine d'années de plus que toi, observa-t-elle. Beaucoup de choses peuvent arriver, beaucoup de choses peuvent changer - y compris toi - en dix ans. Mais par certains côtés, moi aussi, je commence. Dix ans plus tard que toi. Je me suis transplantée avec mes deux précieux rejetons.

— Cela t'arrive d'avoir peur ?

— Tous les jours, assura Stella en posant la main sur le ventre de Hayley. Ce sont les risques du métier de mère.

— Cela m'aide beaucoup de pouvoir te parler. Je veux dire... toi, tu étais mariée quand tu as vécu tout cela, mais tu... enfin, Roz et toi, vous savez ce que c'est que d'élever seule ses enfants. Alors, votre expérience à toutes les deux m'est précieuse.

C'est merveilleux d'être entourée de femmes qui savent ce que j'ai besoin de savoir.

Son travail achevé, Hayley alla couper l'eau.

— Alors, demanda-t-elle, tu vas à Graceland ?

— Je ne sais pas. Peut-être.

Son équipe installée chez Guppy pour la plantation des pins, Logan se rendit chez son ancien professeur d'anglais. Il n'en avait pas pour longtemps. Quand il aurait fini, il pourrait passer sur ses autres chantiers. Il aimait bien avoir plusieurs choses en cours en même temps. Il avait toujours travaillé ainsi. À ses yeux, faire un chantier d'une traite nuisait à la réflexion et empêchait les inspirations subites.

Il savait prendre ce qui existait et l'améliorer, mélanger l'ancien et le nouveau pour créer quelque chose de différent. Il avait été élevé dans le respect de la terre et des caprices de Dame Nature, mais plutôt d'un point de vue d'agriculteur. Lorsqu'on avait passé son enfance dans une petite ferme, que l'on avait travaillé la terre, que l'on avait lutté avec elle, on savait ce qu'elle représentait. Ou ce qu'elle pouvait représenter.

Son père avait aimé la terre, lui aussi, mais sans doute d'une tout autre façon. Elle avait nourri sa famille, elle lui avait coûté de l'argent, et elle avait fini par lui rapporter une jolie somme quand il avait décidé de vendre.

Logan ne pouvait pas dire que la ferme lui manquât. Il souhaitait faire autre chose de sa vie que cultiver des champs identiques à ceux de son voisin et s'inquiéter du cours des céréales. Mais il voulait travailler la terre. Il en avait besoin.

Peut-être avait-il perdu de cette magie quand il était parti s'installer dans le Nord. Trop d'immeubles. Trop de béton. Trop de limites pour lui. Il n'avait pas réussi à s'adapter au climat, ni à la culture, pas plus que Rae n'avait pu le faire ici.

Cela n'avait pas marché entre eux. Ils avaient eu beau tout faire, l'un et l'autre, pour entretenir ce qu'il y avait entre eux, leur mariage s'était vite flétri.

Alors, il était rentré chez lui, dans le Sud, et finalement, grâce à l'offre de Roz, il avait trouvé sa place ici, tant professionnellement que sur le plan créatif. Et il était satisfait.

Il tendit ses cordeaux et prit sa pelle, qu'il enfonça dans la terre une fois de plus.

Quelle mouche l'avait piqué, bon sang ? se morigéna-t-il. Il avait invité Stella Rothchild à sortir avec lui ! Il pouvait appeler cela comme il voulait, il n'en demeurait pas moins que, quand un homme invitait une femme à sortir avec lui, c'était un rendez-vous.

Or, il n'avait aucunement l'intention d'entamer une relation avec elle. Elle était bien trop rigide et, de toute façon, elle n'était pas son genre.

Bon, d'accord. Si, elle était son genre, concéda-t-il en travaillant le sol entre les cordeaux. Il n'avait jamais rencontré de femme qui ne fût pas son genre.

Il aimait les femmes, voilà. Les jeunes et les moins jeunes, les filles de la campagne et les citadines, les intellectuelles et les manuelles : il leur trouvait quelque chose à toutes.

Il avait bien fini par en épouser une, d'ailleurs. Cela avait été une erreur, certes, mais qui n'en commettait pas ?

Il n'avait encore jamais tellement craqué pour le genre hyperstructuré et autoritaire, mais il y avait un début à tout. Et il aimait bien les débuts. C'était par la suite que les choses se gâtaient.

Il n'en restait pas moins que Stella ne l'attirait pas.

Enfin, si. Un peu. C'était une jolie femme. Bien faite. Et puis, il y avait ses cheveux. Il était séduit par ses cheveux. Il aurait voulu enfouir les mains dedans pour voir s'ils étaient aussi sexy qu'ils en avaient l'air.

Mais tout cela ne signifiait pas qu'il avait envie d'une relation avec elle. Leurs relations professionnelles étaient déjà suffisamment difficiles. Elle semblait avoir une règle, un formulaire ou un système pour tout.

C'était sans doute la même chose au lit, songea-t-il. Elle avait dû imprimer une liste de points importants, de choses à faire et à ne pas faire et un cahier des charges.

Ce dont elle avait besoin, c'était d'un peu de spontanéité. Il fallait que quelqu'un mette un peu de désordre dans sa vie si bien ordonnée. Mais que les choses soient claires : il ne se portait pas volontaire.

Seulement, elle était si jolie ce matin, ses cheveux sentaient si bon... Sans parler de son petit sourire sexy. Résultat, sans bien se rendre compte de ce qu'il faisait, il avait proposé de l'emmener à Graceland.

Bah, il n'y avait pas à s'inquiéter, se dit-il. Elle ne viendrait pas. Ce n'était pas le genre de chose qu'une femme comme elle faisait comme ça, parce que ça lui chantait. Pour autant qu'il sache, elle ne faisait rien comme ça, parce que ça lui chantait.

Alors, ils allaient s'empresser d'oublier tous les deux sa proposition.

Parce que cela lui semblait nécessaire au moins pour ses six premiers mois à Côté Jardin, Stella tenait à rendre compte de son travail à Roz toutes les semaines.

Elle aurait bien aimé fixer le jour, l'heure et le lieu de ces rendez-vous une fois pour toutes ; hélas, avec Roz, c'était difficile.

Elles s'étaient déjà réunies dans la salle de multiplication et dans le champ. Cette fois, Stella coinça

Roz dans le salon, où elle avait peu de chances de lui échapper.

— Je voudrais vous faire mon rapport hebdomadaire, annonça-t-elle.

— Oh. Bon, d'accord, fit Roz en posant le gros volume sur l'hybridation qu'elle était en train de lire et en ôtant ses lunettes de lecture. Le temps passe à une vitesse folle. Le sol se réchauffe déjà.

— C'est vrai. Les jonquilles sont sur le point d'éclore. C'est tellement plus tôt que ce à quoi je suis habituée ! Nous avons déjà vendu beaucoup de bulbes. Dans le Nord, nous en vendions surtout à la fin de l'été et en automne.

— Vous avez le mal du pays ?

— De temps à autre. Mais de moins en moins. Je ne peux pas dire que le Michigan en février me manque tellement. Ils ont eu quinze centimètres de neige hier, et moi, je regarde déjà pointer les jonquilles.

Roz s'appuya au dossier de son fauteuil et croisa les chevilles.

— Il y a un problème ? demanda-t-elle.

— Et moi qui me croyais capable de dissimuler mes émotions sous une façade calme et posée… Non, il n'y a pas vraiment de problème. C'est juste que je viens de passer un coup de fil de politesse à ma mère et que je ne m'en remets pas.

— Ah.

Son ton évasif pouvait être interprété comme un complet manque d'intérêt ou comme une invitation tacite à en dire plus, songea Stella. Comme elle avait besoin de parler, elle choisit la seconde option.

— J'ai passé la quasi-totalité du quart d'heure qu'elle m'a accordé dans son emploi du temps surchargé à l'écouter parler de son petit ami du moment. Car elle appelle les hommes qu'elle fréquente ses petits amis, alors qu'elle a cinquante-huit ans et qu'elle vient de divorcer pour la quatrième fois ! Et quand elle a cessé de se plaindre que ce Rocky – oui, il s'appelle vraiment Rocky – ne fasse pas assez attention à elle et ne l'emmène pas en vacances aux Bahamas cet hiver, ç'a été pour me parler de son prochain peeling chimique et pour me dire combien sa dernière injection de Botox lui avait fait mal. Elle ne m'a pas demandé de nouvelles des garçons, et elle n'a mentionné ma vie ici que pour dire que je devais en avoir assez de voir le pauvre type et sa bimbo – c'est ainsi qu'elle appelle mon père et Jolene.

Essoufflée par sa tirade, Stella s'interrompit et enfouit le visage dans ses mains.

— Bon sang ! conclut-elle.

— Cela fait beaucoup de vacheries, de pleurnicheries et de venin en un quart d'heure, commenta Roz. Elle m'a l'air très douée, dans son genre.

Il fallut une minute à Stella. Une minute pendant laquelle elle laissa retomber ses mains sur ses genoux pour regarder l'expression de Roz. Puis elle rejeta la tête en arrière et se mit à rire à gorge déployée.

— Oh, oui, hoqueta-t-elle. Dans ce domaine, elle a du talent à revendre. Merci.

— Je vous en prie. Moi-même, je n'ai pour ainsi dire connu ma mère qu'en train de se lamenter sur sa santé. Non sans préciser que ce n'était pas pour se plaindre.

— On dirait la mienne, qui répète sans arrêt que, pourtant, elle n'en demande pas tant que ça.

— Et voilà. Son attitude m'a tellement marquée que j'ai pris le pli inverse. On pourrait sans doute me couper un membre qu'on ne m'entendrait pas pousser un gémissement.

— Ma foi, je crois que c'est aussi ce que j'ai fait. Il faudra que je réfléchisse à cela à l'occasion. Bon, maintenant, au travail. Nous avons vendu toutes les jardinières de bulbes assortis que nous avions forcés. Je ne sais pas si vous voulez en faire d'autres si tard dans la saison.

— Peut-être quelques-unes. Certains clients aiment bien les acheter comme cadeaux de Pâques, etc.

— Très bien. Je pourrais montrer à Hayley comment les faire. Je sais que vous vous en chargez généralement vous-même, mais…

— Excellente idée. C'est le genre de travail idéal pour elle. Vous êtes contente d'elle, pour l'instant ?

— Et comment ! On n'a jamais à lui dire les choses deux fois, et elle n'a pas menti en disant qu'elle apprenait vite. Elle est incroyablement curieuse – au bon sens du terme.

— Il y a ici largement de quoi satisfaire sa curiosité.

— Elle est parfaite avec les clients. Toujours aimable, jamais pressée. Elle n'a pas peur de dire qu'elle ne sait pas quelque chose et qu'il faut qu'elle cherche. En ce moment, elle est dehors, en train d'examiner vos plates-bandes et vos arbustes. Elle veut savoir ce qu'elle vend.

En parlant, Stella s'approcha de la fenêtre pour regarder dehors. Il faisait déjà sombre, mais Hayley continuait à promener le chien en étudiant les plantes vivaces.

— À son âge, j'étais en train d'organiser mon mariage, se souvint-elle. J'ai l'impression que c'était il y a des siècles.

— Et moi, à son âge, j'avais déjà deux petits garçons et j'étais enceinte de Mason. C'était aussi il y a des siècles. Et hier.

— Je sors de nouveau du sujet, mais je voulais vous demander si vous aviez réfléchi à ce que vous feriez en mai.

— Ce sera encore la pleine saison pour nous. À cette époque, les gens aiment bien rafraîchir leur jardin pour l'été. Nous vendrons…

— Non, je voulais parler de Hayley. Et du bébé.

— Ah. Eh bien, ce sera à elle de décider, mais je pense que, si elle choisit de rester à la jardinerie, nous lui trouverons un travail assis.

— Ensuite, quand elle sera prête à reprendre le travail, il faudra qu'elle fasse garder son bébé. Et…

— Mmm. Vous voyez très loin.

— Le temps passe vite, fit remarquer Stella.

— Nous trouverons une solution.

Roz se leva et la rejoignit devant la fenêtre. « Quoi de plus beau qu'une femme enceinte dans un jardin, l'hiver ? » songea-t-elle. Elle aussi avait été cette jeune femme rêvant à la tombée du jour et attendant le printemps pour donner la vie…

Oui, le temps passait vite. À une vitesse folle. Il s'évaporait.

— Elle a l'air heureuse, commenta-t-elle, et sûre de ce qu'elle va faire. Mais il se peut que, quand le bébé sera né, elle change d'avis et souhaite reprendre contact avec le père.

Roz regarda Hayley poser la main sur son ventre et tourner les yeux vers l'ouest, en direction du soleil qui descendait derrière les arbres.

— Se retrouver avec un bébé dans les bras ramène brutalement à la réalité. La perspective de l'élever seule risque de l'effrayer. Mais nous verrons bien le moment venu.

— Vous avez raison. De toute façon, nous ne la connaissons pas assez pour savoir ce qu'il y a de mieux à faire. À propos d'enfants, c'est l'heure du bain des miens. Je vous laisse mon rapport hebdomadaire.

— Entendu. J'y jetterai un coup d'œil. Il faut que je vous dise, Stella, que j'aime bien ce que vous avez fait. Autant ce qui se voit, dans les zones commerciales, que ce qui ne se voit pas, dans le bureau. Le printemps va arriver et, pour la première fois depuis des années, je ne suis ni crevée ni débordée. Je ne déteste pas être débordée, mais je ne déteste pas non plus ne pas l'être !

— Même quand je vous casse les pieds avec des détails ?

— Oui. À propos, cela fait plusieurs jours que je ne vous ai pas entendue vous plaindre de Logan. Ni lui de vous. Est-ce moi qui me berce d'illusions, ou avez-vous réussi à vous entendre, tous les deux ?

— Il y a encore quelques à-coups, et j'imagine qu'il y en aura d'autres, mais rien qui doive vous inquiéter. À vrai dire, il a même fait un geste très amical en me proposant de m'emmener à Graceland.

— Logan ? fit Roz en fronçant les sourcils. C'est vrai ?

— Vous trouvez que cela ne lui ressemble pas ?

— Je n'en sais rien. Sauf que, à ma connaissance, il n'a jamais eu de relation avec une collègue jusque-là.

— Il ne s'agit pas d'un rendez-vous, mais d'une sortie.

Intriguée, Roz se rassit. On ne savait jamais ce que l'on pouvait apprendre des gens plus jeunes…

— Quelle est la différence ? demanda-t-elle.

— Eh bien, un rendez-vous, ce serait aller dîner et voir un film, avec, probablement, une note romantique. Alors qu'emmener ses enfants au zoo, c'est une sortie.

Roz s'appuya au dossier de son fauteuil et étendit ses jambes devant elle.

— Les choses changent, n'est-ce pas ? N'empêche que d'après moi, quand un homme et une femme font une sortie ensemble, c'est un rendez-vous.

Comme Roz semblait encline à la conversation, Stella s'assit sur l'accoudoir du fauteuil qui faisait face au sien.

— C'est bien pour cela que j'hésite, avoua-t-elle. J'ai d'abord pensé la même chose que vous. Par ailleurs, son geste m'a paru vraiment amical, et c'est lui qui a choisi ce terme de « sortie ». C'est un peu comme s'il m'avait tendu un rameau d'olivier. Et je me dis que si je l'accepte, nous parviendrons à trouver ce fameux rythme, ou un terrain d'entente – enfin, ce qu'il faut pour arrondir les angles dans notre relation de travail.

— Donc, si je vous suis bien, vous iriez à Graceland avec Logan pour le bien de Côté Jardin.

— En quelque sorte.

— Et pas parce que c'est un homme séduisant, dynamique, extrêmement sexy et célibataire.

— Non. Disons que tout cela serait en prime.

Stella attendit que Roz ait fini de rire pour préciser :

— De toute façon, je n'envisage pas de remettre le pied sur le terrain miné des relations sentimentales.

— À qui le dites-vous ! J'ai passé plus d'années que vous sur ce champ de bataille.

— J'aime bien les hommes, affirma Stella en remontant l'élastique de sa queue de cheval. J'apprécie leur compagnie. Mais les relations amoureuses sont si compliquées, si stressantes…

— Remarquez, cela vaut toujours mieux que franchement barbantes – ce que trop de mes expériences dans ce domaine ont été.

— Quoi qu'il en soit, je préfère nettement l'idée d'une sortie à celle d'un rendez-vous. Écoutez, je sais que Logan et vous êtes amis. Mais j'aimerais tout de même votre avis. Pensez-vous qu'en acceptant son invitation, je ferais une erreur ou je donnerais une fausse impression ? J'enverrais un faux signal ? Ou est-ce que je franchirais la ligne jaune des relations entre collègues ? Ou…

— Voilà bien du stress et des complications pour une simple sortie.

— C'est vrai. Je m'agace moi-même, avoua Stella en secouant la tête et en se levant. Bon, je ferais bien d'aller m'occuper du bain des garçons. Ah, et je mettrai Hayley sur les jardinières de bulbes dès demain.

— Parfait. Stella... Allez-vous faire cette sortie ?

— Peut-être, répondit-elle en se retournant sur le pas de la porte. La nuit porte conseil.

8

Elle rêvait de fleurs. Elle se trouvait au milieu d'un jardin enchanteur en pleine floraison. Un jardin parfait, soigné et ordonné, aux pelouses fraîchement tondues et aux bords tirés au cordeau.

Le dégradé des couleurs était parfait. Les blancs se fondaient dans les roses, les jaunes et les verts argentés chatoyaient avec une élégance subtile sous les rayons dorés du soleil.

Le parfum apaisant des fleurs attirait des papillons très affairés. Un colibri scintillant volait, curieux. Aucune mauvaise herbe ne venait troubler la perfection du jardin. Toutes les fleurs étaient en plein épanouissement, tandis que des dizaines et des dizaines de boutons attendaient leur tour pour éclore.

C'était elle qui avait créé tout cela. Elle se promenait entre les plates-bandes, emplie d'un sentiment de fierté et de satisfaction. Elle avait retourné la terre et l'avait nourrie. Elle avait choisi chaque plante et l'avait plantée exactement au bon endroit. Le jardin correspondait si parfaitement à sa vision que c'était comme une photo de son imagination. Elle avait passé des années à le concevoir, à travailler pour le créer. Mais maintenant, tout ce qu'elle avait rêvé d'accomplir fleurissait là, à ses pieds.

Pourtant, tandis qu'elle regardait le résultat de son travail, une tige poussa, nette et verte, bousculant les autres plantes, perturbant la symétrie de l'ensemble. Elle détonnait, songea-t-elle, plus agacée que surprise de la voir sortir du sol, croître, dérouler ses feuilles.

Un dahlia ? Elle n'avait pas planté de dahlias ici. Leur place était au fond. Oui, elle avait bien planté trois pieds de grands dahlias roses au fond de cette plate-bande, espacés de trente centimètres exactement.

Perplexe, elle inclina la tête et regarda les tiges continuer à pousser et à épaissir, les gros boutons se former. C'était fascinant. Fascinant, et inattendu.

Elle commençait à sourire quand elle entendit – à moins qu'elle ne sentît – un souffle sur sa peau, un murmure dans son esprit.

Il ne va pas là. C'est mal. Il faut l'arracher. Sinon, il prendra tout, tout, jusqu'à ce qu'il ne reste plus rien.

Elle frémit. Soudain, l'air autour d'elle s'était refroidi. Des nuages noirs menaçaient de cacher le soleil.

Elle sentit une boule de peur se loger au creux de son estomac.

Ne le laisse pas pousser. Il va tuer tout ce que tu as créé.

C'était vrai. Bien sûr que c'était vrai. Ce dahlia n'avait rien à faire ici, à pousser les autres fleurs, à troubler l'ordre qu'elle avait établi.

Il fallait qu'elle le déterre et qu'elle le replante ailleurs. Qu'elle réorganise tout alors même qu'elle croyait avoir enfin fini. En plus, constata-t-elle lorsque les boutons du dahlia s'ouvrirent, révélant des pétales bleu sombre, il n'était pas du tout de la bonne couleur. Trop fort. Trop sombre. Trop vif.

Il était magnifique, elle ne pouvait le nier. À vrai dire, elle n'avait jamais vu un aussi beau spécimen. Il semblait si fort, si vigoureux. Il était déjà presque aussi grand qu'elle, avec des fleurs aussi larges que des assiettes.

Il ment. Il ment.

Ce murmure, qu'elle devinait féminin et furieux, s'insinua dans son cerveau endormi. Elle laissa échapper un petit gémissement et se retourna dans son lit glacé.

Tue-le ! Tue-le avant qu'il ne soit trop tard. Dépêche-toi !

Non, elle ne pouvait tuer quelque chose d'aussi beau, d'aussi vivant, d'aussi éclatant. Mais elle ne pouvait pas non plus le laisser là alors qu'il n'était pas à sa place et qu'il dérangeait toute la plate-bande.

Tout ce travail, toute cette préparation, toute cette planification pour en arriver à cela ! Elle allait devoir créer une autre plate-bande pour l'y inclure. En soupirant, elle tendit la main pour passer les doigts sur les pétales bleus. Il faudrait beaucoup travailler, songea-t-elle, se donner du mal, mais...

— Maman.

— Il est joli, n'est-ce pas ? murmura-t-elle. Il est si bleu...

— Maman, réveille-toi.

— Quoi ?

Elle s'arracha à son rêve et au sommeil et ouvrit les yeux. Luke était à genoux sur son lit, à côté d'elle. Il faisait un froid de canard dans la chambre.

— Luke ? fit-elle en le recouvrant instinctivement de la couette. Qu'est-ce qu'il y a ?

— J'ai mal au cœur.

— Ah.

Elle s'assit et posa automatiquement la main sur son front pour voir s'il avait de la fièvre. Il était un peu chaud, estima-t-elle.

— Est-ce que tu as mal au ventre ?

Il secoua la tête. Il avait les yeux brillants, comme s'il était au bord des larmes.

— Non, seulement au cœur. Je peux dormir dans ton lit ?

— D'accord, dit-elle en remontant la couette. Couche-toi bien au chaud, mon bébé. Je ne sais pas pourquoi il fait aussi froid ici. Je vais prendre ta température.

Elle l'embrassa sur le front tandis qu'il enfonçait la tête dans son oreiller. Oui, il était un peu chaud.

Elle alluma la lampe de chevet et se leva pour aller chercher le thermomètre dans la salle de bains.

— Tu avais déjà mal au cœur en te couchant ? demanda-t-elle en lui caressant les cheveux et en glissant l'embout du thermomètre dans son oreille.

— Non, c'est...

Le corps de Luke se crispa, et il émit un petit gémissement.

Elle sut avant lui qu'il allait être malade. Avec toute la rapidité d'une mère, elle le prit dans ses bras et courut dans la salle de bains. Elle arriva juste à temps et le tint au-dessus de la cuvette des toilettes en continuant à lui caresser les cheveux.

Puis il releva son petit visage tout pâle vers le sien.

— J'ai vomi, dit-il.

— Je sais, mon bébé. Je suis désolée. Mais nous allons faire ce qu'il faut pour que ça aille mieux très vite.

Elle lui donna un peu d'eau et lui passa une serviette humide sur le visage pour le rafraîchir, avant de le porter de nouveau dans son lit. C'était bizarre, remarqua-t-elle. Il ne faisait plus froid du tout dans sa chambre.

— Je n'ai plus autant mal au cœur, déclara Luke.

— Tant mieux.

Elle prit tout de même sa température – il n'avait pas vraiment de fièvre – et alla chercher la poubelle de la salle de bains, qu'elle posa à côté du lit.

— Tu as mal quelque part ? demanda-t-elle.

— Non, non. Mais je n'aime pas vomir. Ça fait un mauvais goût dans la gorge. Et puis, j'ai une autre dent qui bouge et peut-être que si je vomis encore, elle va partir et je ne pourrai pas la mettre sous mon oreiller pour la petite souris.

— Ne t'en fais pas : tu pourras mettre ta dent sous ton oreiller, exactement comme l'autre. Maintenant, je vais descendre te chercher du ginger ale. Reste là, je remonte dans deux minutes. D'accord ?

— D'accord.

— Si tu sens que tu vas encore vomir, essaie de te servir de ça, ajouta-t-elle en posant la poubelle à côté de lui sur le lit. Je reviens tout de suite, mon bébé.

Elle descendit en courant en chemise de nuit. L'un des inconvénients d'une grande maison, songea-t-elle, c'était que la cuisine était à des kilomètres des chambres.

Luke serait certainement guéri le lendemain, songea-t-elle en posant sur un plateau une bouteille de ginger ale, une bouteille d'eau et un grand verre avec des glaçons. Sinon, elle appellerait le médecin.

Elle remonta l'escalier quatre à quatre.

— Je vais avoir du ginger ale parce que j'ai été malade, entendit-elle Luke raconter du bout du couloir. Même si je ne suis presque plus malade, je peux quand même en avoir. Toi aussi, tu peux en avoir si tu veux.

— Merci, mon chou, commença Stella, mais...

En entrant dans la chambre, elle vit Luke assis contre les oreillers, dos à la porte. De nouveau, il faisait froid. Si froid qu'elle distinguait la vapeur de son haleine.

— Elle est partie, dit Luke.

Stella sentit un frisson qui n'était pas dû qu'au froid remonter le long de sa colonne vertébrale.

— Qui cela, mon chéri ?

— La dame.

Ses yeux embrumés par le sommeil s'éclairèrent à la vue du ginger ale.

— Elle est restée avec moi pendant que tu étais en bas.

— Quelle dame, Luke ? Tante Roz ? Hayley ?

— Non, non. La dame qui vient nous chanter des chansons. Elle est gentille. Je peux boire tout le ginger ale ?

— Tu peux en boire un peu pour commencer.

Ses mains tremblaient un peu quand elle le servit.

— Où as-tu vu la dame ? demanda-t-elle.

— Ici, répondit-il en désignant le bout du lit, avant de prendre son verre à deux mains. Mmm… c'est bon.

— Tu l'avais déjà vue avant ?

— Oui. Quelquefois, je me réveille, et elle est là. Elle chante la chanson *dilly dilly*.

« Lavande bleue, *dilly dilly*, lavande verte, *dilly dilly*… » C'était la chanson qu'elle avait déjà entendue, songea Stella, en proie à une peur sourde. Celle qu'elle avait cru se surprendre à fredonner.

— Est-ce qu'elle a…

Non, il ne fallait pas lui faire peur, se dit-elle.

— Elle ressemble à quoi ?

— Elle est jolie, je trouve. Elle a des cheveux jaunes. Je crois que c'est un ange. Une dame ange, c'est possible ? Tu te souviens de l'histoire de l'ange garde ?

— L'ange gardien, rectifia-t-elle.

— Mais elle n'a pas d'ailes, poursuivit Luke. Gavin dit que c'est peut-être une sorcière. Mais une gentille, comme dans *Harry Potter*.

— Gavin l'a vue aussi ? demanda-t-elle, la gorge sèche.

— Oui, quand elle vient chanter.

Luke rendit le verre à Stella et se frotta les yeux.

— Je n'ai plus mal au cœur, maintenant, déclara-t-il. Mais j'ai sommeil. Je peux dormir dans ton lit ?

— Bien sûr, mon chaton.

Avant de se coucher à son tour, Stella alluma la lumière de la salle de bains. Elle alla regarder Gavin et lutta contre l'envie de le sortir de son lit et de le porter lui aussi dans le sien. Elle laissa tout de même les portes de communication grandes ouvertes en retournant dans sa chambre.

Puis elle éteignit la lampe de chevet et se glissa entre les draps avec son fils endormi, qu'elle tint serré contre elle tout le reste de la nuit.

Le lendemain matin, Luke semblait en pleine forme. Frais, les joues roses, plein d'énergie, il raconta joyeusement à David, pendant le petit déjeuner, qu'il avait vomi et bu du ginger ale.

Stella se demanda si elle devait ou non le garder à la maison, mais comme il n'avait plus du tout de fièvre ni, à en juger par son appétit, de nausées, elle décida finalement de l'envoyer à l'école.

— Il a l'air tout à fait guéri, commenta David quand les garçons remontèrent se brosser les dents et chercher leur cartable. Il a très bonne mine. On ne peut pas en dire autant de toi… On dirait que tu as passé une sale nuit, conclut-il en lui servant une nouvelle tasse de café.

— C'est vrai. Et pas uniquement parce que Luke a été malade. Après avoir vomi, il s'est recouché et a dormi comme un bébé. Mais, avant, il m'a raconté quelque chose qui m'a empêchée de fermer l'œil pratiquement jusqu'au matin.

David appuya les deux coudes sur le comptoir central et se pencha en avant.

— Raconte tout à oncle David, lui enjoignit-il.

— Il a dit…

Stella baissa la voix, tout en tendant l'oreille pour entendre les garçons quand ils redescendraient.

— Il prétend qu'une dame aux cheveux jaunes vient dans sa chambre la nuit et lui chante des chansons.

— Ah.

— Ne dis pas « ah » avec ce petit sourire idiot, protesta-t-elle.

— Hé ! Je te signale que c'est mon sourire amusé. Il n'a rien d'idiot.

— David.

— Stella, répondit-il avec le même regard sombre qu'elle. Roz t'a dit que nous avions un fantôme, non ?

— Elle m'en a parlé, oui. Mais il y a un petit problème. Les fantômes n'existent pas.

— Alors quoi ? Une blonde s'introduit dans la maison toutes les nuits, va dans la chambre des garçons et se met à chanter ? Cela te paraît plus plausible ?

— Je ne sais pas ce qui se passe. J'ai bien entendu une femme chanter et j'ai senti… Peu importe, reprit-elle en jouant nerveusement avec le bracelet de sa montre. L'idée même d'un fantôme est ridicule. Mais il se passe bel et bien quelque chose autour de mes fils.

— Luke a-t-il peur d'elle ?

— Non. Et moi, j'ai dû rêver que j'entendais quelqu'un chanter. Quant à Luke, il a six ans. Il peut imaginer n'importe quoi.

— Tu en as parlé à Gavin ?

— Non. Luke m'a dit qu'ils l'avaient vue tous les deux, mais…

— Moi aussi.

— Oh, je t'en prie...

— Seulement lorsque j'étais enfant. Pas depuis. Je l'ai vue plusieurs fois quand je passais la nuit ici. La première fois, je peux te dire qu'elle m'a fichu la trouille. Tu n'as qu'à en parler à Harper. Il l'a vue très souvent.

— D'accord. Alors, ce soi-disant fantôme, c'est censé être qui ?

Elle leva une main en entendant le bruit des pas des garçons dans l'escalier.

— Plus tard, dit-elle.

Elle s'efforça de ne plus y penser et y parvint de temps à autre en s'absorbant dans son travail. Mais cela lui revenait sans cesse à l'esprit, s'imposait à elle comme cette berceuse fantomatique.

À midi, elle laissa Hayley en train de s'occuper des jardinières de bulbes et Ruby à la caisse et, armée d'un bloc-notes, se dirigea vers la salle de greffage.

Elle allait faire d'une pierre deux coups.

La musique du jour devait être du Rachmaninov. Ou du Mozart. En tout cas, elle associait cordes passionnées et flûtes.

Stella trouva Harper au fond, à une table de travail sur laquelle étaient disposés une pile de pots de douze centimètres, plusieurs cactus comme plantes souches, des pinces à linge, des élastiques, du raphia, un flacon d'alcool dénaturé et du mastic à greffer.

— Comment procèdes-tu pour greffer les cactus de Noël ? s'enquit-elle.

Sans lever les yeux, il se servit de son couteau pour tailler un greffon. Il avait de belles mains, nota-t-elle. De longs doigts d'artiste.

— Une greffe en fente, alors, conclut-elle en le regardant faire. Pas facile, mais c'est sans doute le mieux à faire avec ce spécimen, à cause de ses tiges plates. Tu veux créer un standard ou un hybride ?

Toujours sans répondre, il fit une fente verticale dans le porte-greffe.

— Je me pose la question parce que...

Elle posa la main sur son épaule. Quand il sursauta en laissant échapper un cri étouffé, elle recula en trébuchant et heurta une table derrière elle.

— M... ! s'écria-t-il.

Il laissa tomber son couteau et se mit à sucer le pouce qu'il s'était coupé, tout en ôtant ses écouteurs de sa main libre.

— Pardon ! Je suis désolée. Tu t'es coupé profondément ? Laisse-moi regarder.

— Ce n'est qu'une égratignure, assura-t-il en essuyant distraitement sa main sur son jean. Beaucoup moins grave que la crise cardiaque que tu as failli me donner.

— Montre-moi ton pouce, lui ordonna-t-elle en lui prenant la main. Maintenant, tu t'es mis de la terre dessus.

En voyant le regard de Stella se porter sur le flacon d'alcool, il se dégagea vivement.

— N'y pense même pas !

— Il faut au moins nettoyer la coupure, protesta-t-elle. Je suis vraiment désolée. Je n'avais pas vu que tu avais ton casque. Je pensais que tu m'entendais.

— Ce n'est pas grave. La musique classique, c'est pour les plantes. Moi, si j'en écoute trop longtemps, je m'endors.

— Ah, oui ? fit-elle en prenant les écouteurs et en les approchant de son oreille. Metallica ? reconnut-elle.

— Oui. Chacun ses classiques. Qu'est-ce qui t'amène ? demanda-t-il en considérant son bloc-notes d'un œil méfiant.

— J'aimerais bien me faire une idée de ce que tu auras de prêt pour notre grande opération de printemps le mois prochain. Et de ce qui est prêt à être transporté dans la serre des stocks.

— Ah. Eh bien… Pas mal de choses, je pense, fit-il en regardant autour de lui. Je n'arrête pas d'entrer des données dans l'ordinateur.

— Encore mieux. Tu pourrais peut-être m'en faire une copie ? Sur disquette, ce serait parfait.

— Oui, d'accord. Attends une seconde.

Il fit pivoter son tabouret face à l'ordinateur.

— Tu n'es pas obligé de le faire tout de suite, assura-t-elle. Tu es occupé avec tes greffes.

— Mieux vaut que je le fasse maintenant, sinon je risque d'oublier.

Il se mit à taper sur le clavier avec dextérité et trouva vite ce qu'il cherchait. Il sortit une disquette neuve qu'il glissa dans le lecteur.

— Écoute, ajouta-t-il, je préférerais que tu ne prennes rien quand je ne suis pas là.

— Pas de problème.

— Et… euh… comment ça se passe avec Hayley ?

— Tout va pour le mieux. C'est exactement la personne qu'il nous fallait.

— C'est vrai ? fit-il en prenant une canette de soda et en en buvant une gorgée. Elle ne porte rien de lourd, j'espère, et elle ne manipule pas de produits toxiques ?

— Absolument pas. Je lui fais faire des jardinières de bulbes, en ce moment.

— Tiens, fit-il en lui tendant la disquette.

— Merci, Harper. Voilà qui me simplifie beaucoup la vie. Je n'ai jamais greffé de cactus de Noël. Je peux te regarder faire ?

— Bien sûr. Tu veux faire une greffe toi-même ? Je te guiderai.

— Avec plaisir.

— Je finis d'abord celle-ci.

Il se remit au travail, patiemment. Une fois de plus, elle admira l'habileté de ses longs doigts.

— Tu es vraiment doué, commenta-t-elle.

— C'est inné. C'est ma mère qui m'a appris à greffer. Nous avons greffé un cerisier ornemental quand j'avais à peu près l'âge de Luke. Allez, à ton tour, dit-il quand il eut fini.

Elle s'assit sur le tabouret qu'il avait libéré et se mit au travail en suivant attentivement ses conseils.

— Tiens, dit-elle au bout d'un moment, David m'a parlé de la légende de la maison, ce matin.

— Très bien, commenta-t-il en gardant les yeux rivés aux mains de Stella. Quelle légende ?

— Tu sais... Hou hou, le fantôme.

— Ah, oui. La blonde aux yeux tristes. Elle me chantait des berceuses quand j'étais petit.

— Allons, Harper...

Il haussa les épaules et but une autre gorgée de soda.

— Tu en veux ? proposa-t-il. J'ai d'autres canettes dans la glacière sous la table.

— Non, merci. Tu dis que le fantôme venait dans ta chambre te chanter des berceuses ?

— Oui, jusqu'à ce que j'aie douze ou treize ans. Elle a fait pareil avec mes frères. Quand nous sommes arrivés à la puberté, elle a arrêté de venir.

Stella s'interrompit un instant et lui jeta un coup d'œil.

— Harper, demanda-t-elle, tu te considères comme un scientifique ?

Il lui sourit d'un air un peu rêveur.

— Pas vraiment. Une partie de mon travail est scientifique et une partie de ce que je fais demande des connaissances scientifiques. Mais, au fond, je suis avant tout un jardinier.

Il jeta sa canette dans la poubelle et se pencha pour en sortir une autre de la glacière.

— Mais si tu me demandes si je trouve les fantômes incompatibles avec la science, reprit-il, je te répondrai encore que non, pas vraiment. La science est avant tout faite d'explorations, d'expérimentations, de découvertes...

— Je ne peux pas te contredire là-dessus, concéda-t-elle en se remettant au travail. Mais...

— Tu veux jouer à l'agent X-Files ?

— C'est une chose de croire aux fantômes et au Père Noël quand on est un petit garçon... commença-t-elle en riant.

— Quoi ? Tu essaies de me dire que le Père Noël n'existe pas ? s'exclama-t-il d'un air horrifié. C'est trop nul.

— Mais, poursuivit-elle sans tenir compte de son interruption, c'en est une autre d'y croire lorsqu'on est un homme adulte.

— Qui traites-tu d'homme adulte ? Je crois que je vais devoir te chasser de mon domaine. Stella, reprit-il plus sérieusement, en posant sa main maculée de terre sur son épaule, j'ai vu ce que j'ai vu et je sais ce que je sais. Cela fait partie des choses que l'on apprend en grandissant dans cette maison. Elle a toujours été... une présence bienveillante, du moins vis-à-vis de mes frères et moi. En revanche, il lui est arrivé d'embêter ma mère.

— Comment cela, de « l'embêter » ?

— Demande-le-lui. Mais je ne vois pas pourquoi cela t'inquiète, puisque tu ne crois pas aux fantômes. Excellente greffe, la félicita-t-il en souriant. D'après la tradition familiale, il s'agirait d'une des épouses Harper, mais elle n'apparaît sur aucun portrait de famille. C'est peut-être une domestique morte ici, conclut-il en haussant les épaules. En tout cas, elle connaît bien la maison.

— Luke m'a dit qu'il l'avait vue.

— Ah, oui ? fit-il en plissant les yeux tandis que Stella étiquetait le pot. Si tu crains qu'elle ne lui fasse du mal, ou qu'elle n'en fasse à Gavin, tu n'as pas à t'inquiéter. Elle est... comment dire... maternelle.

— Parfait. Donc, un fantôme non identifié et néanmoins maternel hante la chambre de mes fils la nuit. Tout est normal.

— Parfaitement. C'est une tradition de la famille Harper.

Après une telle conversation, Stella avait besoin de s'occuper l'esprit à quelque chose de raisonnable. Elle prit un plateau de pensées et des pervenches de Madagascar dans une serre, dénicha deux jardinières de béton aux formes libres dans les stocks et les chargea avec du terreau sur un chariot. Elle prit au passage les outils nécessaires, ainsi que des gants, et sortit le tout devant la jardinerie.

Les pensées n'avaient rien contre un peu de froid. Si jamais il y avait encore quelques gelées, elles n'en souffriraient pas. Et leurs couleurs vives et joyeuses donneraient un air de printemps à l'entrée du magasin.

Après avoir mis les jardinières en place, elle nota tout ce qu'elle avait pris sur son bloc. Elle entrerait ces informations dans l'ordinateur dès qu'elle aurait fini.

Puis elle s'agenouilla pour faire une chose qu'elle aimait, une chose qui n'avait jamais manqué de la réconforter. Une chose qui avait toujours un sens.

Planter des fleurs.

Quand elle eut terminé la première jardinière, elle recula un peu pour contempler les fleurs jaunes et violettes qui se détachaient gaiement sur le gris béton des parois. Maintenant, elle allait faire la seconde jardinière de façon à créer le reflet le plus exact possible de celle-ci.

Elle en était à la moitié quand elle entendit le crissement des graviers sous les pneus d'un véhicule. « Logan », songea-t-elle en se retournant et en reconnaissant son pick-up. Elle le vit amorcer un virage vers la zone des matériaux, puis reculer et rouler vers le bâtiment principal.

Il sortit de son véhicule. Il portait ses boots usés, un vieux jean et des lunettes noires de mauvais garçon.

Stella sentit comme un petit frisson entre ses omoplates.

— Salut, dit-il.

— Bonjour, Logan.

Il resta là un moment, les pouces dans les poches avant de son jean, avant d'annoncer :

— Je viens chercher des piquets de clôture et des bâches noires pour le chantier Dawson. Tiens, c'est joli, ça, ajouta-t-il en s'approchant pour examiner le travail de Stella. Cela pourrait me servir.

— Elles sont destinées à être exposées, protesta-t-elle.

— Vous n'aurez qu'à en faire d'autres. Je vais les apporter à Mme Dawson : je suis sûr qu'elle va se jeter dessus. Une vente est une vente, Stella.

— Bon, d'accord. Mais laissez-moi au moins le temps de les finir. Vous lui direz qu'il faudra remplacer les pensées par autre chose quand il fera chaud. Elles ne supporteront pas l'été. Et si elle met des plantes vivaces, qu'elle couvre les jardinières l'hiver.

— Figurez-vous que je connais moi aussi deux ou trois trucs sur les plantes, plaisanta-t-il.

— Tout ce que je veux, c'est que la cliente soit satisfaite.

Il s'était montré poli, songea-t-elle, et même coopératif. La preuve : il était venu lui donner la liste du matériel qu'il comptait prendre. La moindre des choses était de lui rendre la pareille.

— Si cela tient toujours pour Graceland, je pourrais prendre une partie de la journée de jeudi, dit-elle de son ton le plus détaché, sans quitter les fleurs des yeux. Si cela vous va, bien sûr.

— Jeudi ?

Logan avait préparé toute une liste d'excuses si jamais elle abordait le sujet – il avait beaucoup de travail, ils pourraient faire cela une autre fois...

Mais en la voyant ainsi à genoux sur le sol, avec ses irrésistibles cheveux bouclés éclairés par le soleil et ses yeux bleus, sa voix froide de Yankee, il ne put résister.

— D'accord. Jeudi, c'est parfait. Vous préférez que je passe vous prendre ici ou à la maison ?

— Ici, si cela ne vous dérange pas. Qu'est-ce qui vous arrange le mieux comme heure ?

— Vers 13 heures ? Cela me permettra de travailler le matin.

— Parfait.

Elle se leva, ôta ses gants, les secoua et les posa soigneusement sur le chariot.

— Bon, je vais établir un prix pour ces jardinières et vous faire un bon de commande. Si Mme Dawson n'en veut pas, vous n'aurez qu'à les rapporter.

— Elle les voudra. Allez vous occuper de la paperasse. J'ai noté là-dessus la liste des matériaux que je vais prendre, ajouta-t-il en lui tendant un papier plié et replié. Je vais charger.

— Entendu. Très bien.

Stella rentra dans le bâtiment. Le frisson qu'elle avait ressenti à l'arrivée de Logan était descendu juste en dessous de son nombril.

Ce n'était pas un rendez-vous, se rappela-t-elle. À peine une sortie. C'était surtout un geste, un signe de bonne volonté de part et d'autre.

Et maintenant, songea-t-elle en entrant dans son bureau, ils étaient coincés tous les deux.

9

— Je ne sais pas comment on est arrivé à jeudi.

— Cela vient de Jupiter. Jour de Jupiter. Je sais beaucoup de choses idiotes, ajouta Hayley d'un ton d'excuse, en rentrant la tête dans les épaules d'un air penaud. J'ignore pourquoi.

— Je parlais moins des origines du mot que de la vitesse à laquelle le temps passe, précisa Stella. Jupiter ? répéta-t-elle en se détournant du miroir des toilettes du personnel.

— J'en suis presque sûre, oui.

— Je te crois sur parole. Bon, ajouta-t-elle en écartant les bras, je suis comment ?

— Très jolie.

— Trop jolie ? Je veux dire trop habillée, trop apprêtée ?

— Non, très jolie et très bien.

À vrai dire, Hayley enviait l'allure de Stella dans son pantalon gris et son pull noir tout simples qui mettaient ses courbes en valeur avec élégance. Pour sa part, quand elle n'était pas enceinte, elle était plutôt du genre osseux et n'avait pas beaucoup de poitrine.

— Tu as l'air vraiment bien roulée, dans ce pull, ajouta-t-elle.

— Oh ! mon Dieu !

L'air horrifié, Stella croisa les bras comme pour cacher ses seins.

— Trop bien roulée ? s'inquiéta-t-elle. Du genre « Hé ! Regardez mes seins ! » ?

— Non, affirma Hayley en riant. Du calme. Tu as une très jolie poitrine.

— Je suis nerveuse. C'est ridicule, mais je suis nerveuse. Et je déteste ça.

— Ce n'est qu'une sortie informelle, l'après-midi, lui rappela Hayley en évitant soigneusement le mot de rendez-vous – Stella et elle avaient déjà évoqué ce point. Vas-y et amuse-toi bien !

— Oui. Bien sûr. Je suis idiote. Tu as mon numéro de portable ? ajouta-t-elle.

— Tout le monde a ton numéro de portable, Stella. Je parie que même le maire l'a.

— Surtout, n'hésite pas à m'appeler s'il y a le moindre problème. Et si tu as besoin d'un renseignement et que tu ne trouves ni Roz ni Harper, téléphone-moi.

— Oui, maman. Dis-moi, je peux te demander quelque chose ? Depuis combien de temps n'as-tu pas eu de rendez-vous... je veux dire, depuis quand n'as-tu pas fait de sortie ?

— Pas si longtemps, assura Stella. Quelques mois.

Quand Hayley leva les yeux au ciel d'un air atterré, Stella en fit autant.

— J'ai été très occupée, protesta-t-elle. J'ai eu énormément à faire, avec la vente de la maison, le déménagement, l'installation ici, la recherche d'une école et d'un pédiatre... Je n'ai vraiment pas eu le temps.

— Et tu n'as rencontré personne qui te donne envie de le prendre. De prendre le temps, je veux dire. Ce que tu fais aujourd'hui.

— Ce n'est pas cela. Pourquoi Logan est-il en retard ? demanda Stella en consultant sa montre. Je savais qu'il serait en retard. C'est écrit sur son visage.

Lorsqu'une cliente entra, Hayley tapota affectueusement l'épaule de Stella.

— Allez, il faut que j'aille travailler, dit-elle. Amuse-toi bien.

Stella resta encore quelques minutes dans la jardinerie, le temps de s'assurer que Hayley s'en sortait. Pendant ce temps, Ruby encaissa deux autres clients. Le travail se faisait très bien. Elle n'avait plus qu'à patienter.

Elle décida d'aller attendre dehors et prit sa veste.

Ses jardinières étaient du meilleur effet, remarqua-t-elle. C'était sûrement en grande partie grâce à elles qu'ils avaient vendu tant de pensées ces derniers jours. Cela lui donnait de nouvelles idées. Ils pourraient ajouter d'autres jardinières, des pots suspendus...

Elle commença à se promener en prenant des notes, à choisir les meilleurs endroits, à ajouter mentalement d'autres éléments qui inciteraient les clients à acheter.

Lorsque Logan arriva, à 13 h 15, elle était assise sur les marches, en train de dresser la liste des présentations et des arrangements qu'elle comptait proposer.

Elle se leva au moment où il sortait de son pick-up.

— Désolé, j'ai été retenu, dit-il.

— Pas de problème. J'ai trouvé à m'occuper.

— Cela ne vous dérange pas de rouler en pick-up ?

— Ce ne sera pas la première fois.

Elle grimpa dans la cabine. En bouclant sa ceinture de sécurité, elle étudia la forêt de notes et de pense-bête, de croquis et de calculs collés au tableau de bord.

— C'est votre système de classement ?

— Exact.

Il alluma son lecteur de CD, qui se mit à jouer *Heartbreak Hotel*, le tube d'Elvis.

— Cela me paraît s'imposer, commenta-t-il.

— Vous êtes un grand fan ?

— Il faut respecter le King.

— Combien de fois êtes-vous allé à Graceland ? s'enquit-elle.

— Aucune idée. Chaque fois que des amis qui ne sont pas d'ici viennent me voir, ils veulent y aller. Quand on visite Memphis, Graceland fait partie des incontournables, avec Beale Street, les travers de porc et la marche des canards du *Peabody*.

« Tu pourrais peut-être te détendre un peu », se dit Stella. Après tout, ils ne faisaient que bavarder. Comme des gens normaux.

— Eh bien, je vais pouvoir cocher un premier élément de la liste, répondit-elle.

Il la regarda. Ses yeux avaient beau être dissimulés par des lunettes de soleil, elle devina à l'inclinaison de sa tête qu'il les plissait d'un air surpris.

— Cela doit bien faire un mois que vous êtes là, et vous n'êtes toujours pas allée manger des travers de porc ?

— Non. Je risque la prison pour un tel crime ?

— Vous êtes végétarienne ?

— Non. Et j'aime beaucoup les travers de porc.

— Ma belle, vous ne savez même pas ce qu'est un travers de porc digne de ce nom si vous n'avez pas goûté ceux de Memphis. Vos parents habitent dans le coin, non ? Il me semble que je les ai rencontrés une fois.

— Mon père et ma belle-mère, oui. Will et Jolene Dooley.

— Et vous n'avez pas eu l'occasion de manger des travers de porc ?

— Eh bien, non. Ce sont eux qui risquent la prison, alors ?

— Possible, si cela se sait. Mais je veux bien vous accorder un sursis et me taire pour l'instant.

— Je vous en sais gré.

Heartbreak Hotel fit place à *Shake, Rattle and Roll*. C'était la musique de son père, songea Stella. C'était un peu bizarre, mais pas désagréable, de rouler vers Memphis au rythme de la musique que son père écoutait quand il était adolescent.

— Je vais vous dire ce que vous devriez faire : emmener vos fils manger des travers de porc au *Reunion*, lui conseilla Logan. De là, vous pourrez aller vous promener sur Beale Street pour profiter de l'ambiance. Mais avant le dîner, il faut que vous alliez au *Peabody* pour qu'ils voient les canards. Les enfants doivent voir la marche des canards.

— Mon père les a déjà emmenés.

— Dans ce cas, il va peut-être échapper à la prison.

— Ouf !

Tout était beaucoup plus facile qu'elle ne l'aurait cru. Elle se sentait un peu idiote d'avoir préparé plusieurs sujets de conversation.

— À part à l'époque où vous êtes parti dans le Nord, vous avez toujours habité dans les environs de Memphis ? lui demanda-t-elle.

— Oui.

— Cela me fait drôle de penser que je suis née ici mais que je n'en ai pas de souvenirs. J'aime bien la région, et ça me plaît de me dire que j'y suis chez moi – même si je n'ai pas encore goûté de travers de porc. Et puis, j'aime énormément travailler pour Roz.

— C'est une perle, commenta Logan d'une voix chaleureuse.

— Elle pense la même chose de vous, déclara Stella en se tournant vers lui. Pour tout vous dire, au début, j'ai pensé que vous deux…

— Sans blague ? fit-il avec un sourire amusé.

— Elle est belle et intelligente, et vous avez beaucoup de choses en commun.

— C'est vrai. Notre relation ne s'est jamais posée en ces termes, mais merci tout de même.

— Je l'admire tant… Je l'apprécie beaucoup, aussi, mais j'ai énormément d'admiration pour tout ce qu'elle a accompli, toute seule. Élever une famille, entretenir sa maison, créer une entreprise à partir de rien. Et tout cela à sa façon, comme elle le désirait.

— Est-ce ce que vous voudriez faire ?

— Je n'ai pas envie de monter mon entreprise. J'y ai pensé un temps, mais je ne me vois pas faire un tel saut sans parachute avec deux enfants. Roz est plus courageuse que moi. Et, de toute façon, ce n'est pas vraiment ce que j'aime faire. J'aime travailler pour quelqu'un d'autre, intervenir pour régler les problèmes, élaborer des plans créatifs pour améliorer ou étendre une entreprise existante. Gérer et diriger, c'est ce que je fais le mieux.

Elle marqua une pause avant de remarquer :

— Cela ne me vaut même pas un commentaire sarcastique ?

— Je le garde pour moi ; je m'en resservirai la prochaine fois que vous me casserez les pieds.

— J'ai presque hâte d'y être. Bref, pour vous donner un exemple, j'aime bien créer un jardin à partir de rien, mais j'aime encore mieux en prendre un qui ne soit pas très bien fait, qui ait besoin d'être amélioré, et le redessiner, le faire repartir du bon pied, si on peut dire.

Elle s'interrompit de nouveau et fronça les sourcils.

— Tiens, c'est drôle. Je viens de me souvenir d'un rêve que j'ai fait il y a quelques jours, à propos d'un jardin. Un rêve vraiment bizarre avec… je ne sais pas… quelque chose d'un peu inquiétant. Je ne me rappelle pas exactement ce qui se passait, sauf qu'il y avait un énorme dahlia bleu, magnifique. J'aime particulièrement les dahlias, et le bleu est ma couleur préférée. Pourtant, il n'aurait pas dû être là. Il n'était pas à sa place. Je ne l'avais pas planté. Mais il était là. Bizarre.

— Qu'en avez-vous fait, de ce dahlia ?

— Je ne me souviens pas. Luke m'a réveillée, si bien que mon jardin et cet étrange dahlia se sont évanouis d'un coup.

Et puis, il y avait eu ce froid, se souvint-elle. Ce froid dans la chambre.

— Luke ne se sentait pas bien, précisa-t-elle. Il avait mal au cœur.

— Il est guéri ?

— Oui, merci.

« Un bon point pour Logan », songea-t-elle.

— Et sa dent ?

Oh, oh. Encore un bon point. Il se souvenait que son petit chéri avait une dent qui bougeait.

— La petite souris est venue la prendre et lui a laissé un billet d'un dollar tout neuf. Il en a une deuxième qui n'est pas loin de tomber. Du coup, il zozote un peu, en ce moment. C'est mignon.

— Est-ce que son grand frère lui a déjà appris à cracher par le trou ?

— Pas que je sache, fit-elle avec une grimace.

— Ce qu'on ne sait pas ne peut pas nous blesser... Je parie qu'il est toujours là, ce dahlia extraordinaire. Qu'il fleurit au pays des rêves.

— Jolie image...

Tue-le. Seigneur ! D'où cela était-il sorti ? se demanda-t-elle en réprimant un frisson.

— Il était tout à fait spectaculaire.

Logan pénétra dans un parking, et Stella regarda autour d'elle.

— C'est là ?

— En face, de l'autre côté de la route. Ici, c'est en quelque sorte le centre des visiteurs, avec la boutique et le guichet. On achète les billets à l'intérieur, et ils emmènent de petits groupes en navette.

ourna pour la regarder.
ollars que vous serez
ant.
ais je n'ai rien contre lui.
s achèterez au moins un

t qu'elle ne l'avait imaginé.
une immense demeure, un
de Harper House. Au lieu de
e maison de dimensions rela-
des pièces – du moins celles
es aussi plutôt petites.
un groupe d'autres touristes en
écouteurs qui lui avaient été
ment des souvenirs et des obser-
rie Presley.
xe devant les tissus plissés drapés
plafond de la salle de jeu exiguë,
scade, les gravures d'animaux sau-
ots, le plafond et la moquette à longs
'on appelait la « pièce de la jungle ».
ait vécu ici, songea-t-elle, dans cet
Une icône, un homme au talent et à
ceptionnels. C'était touchant d'écouter
était encore une enfant quand elle avait
r de père parler de l'homme dont elle
et qu'elle aimait.
disques d'or et de platine accrochés aux
ouloirs… remarqua-t-elle, impressionnée.
nt chanter dans le casque, elle admira ses
ntempla sa multitude de tenues de scène
et tape-à-l'œil. Puis elle se laissa charmer
hotos de lui, les affiches de cinéma et les
d'interviews.

On en apprenait beaucoup sur les gens
Graceland avec eux, songea Logan. C
moquaient de la décoration datée et d'un
fois douteux. D'autres tombaient dans une
larmoyante du King disparu. D'autres enc
saient les pièces à toute vitesse ou bavarda
blement pressés d'en finir pour pouvoir se
la boutique de souvenirs et rentrer che
disant qu'ils avaient « fait » Graceland.

Stella, elle, regardait tout. Et elle écout
beaucoup d'attention, la tête légèrement incl
le côté. Il était sûr qu'elle faisait tout ce que l
l'enregistrement, qu'elle appuyait sur le bon
au bon moment.

Pour tout dire, c'était très mignon.

Quand ils sortirent pour faire le petit pèl
jusqu'à la tombe d'Elvis, elle ôta ses écouteur
la première fois.

— Je ne savais pas tout cela, dit-elle. Je co
sais à peine l'essentiel. Plus d'un milliard de di
vendus ! C'est fou. Je n'arrive même pas à ima
ce que cela doit être d'accomplir tout cela
Qu'est-ce qui vous fait sourire ?

— Je parie que si vous deviez répondre à un q
tionnaire sur Elvis maintenant, vous feriez un s
faute.

— Oh, taisez-vous, répliqua-t-elle tout en se m
tant à rire.

Elle recouvra son sérieux en traversant avec lui
Jardin de la méditation jusqu'à la tombe du King

Il y avait des fleurs – des fleurs coupées qui fl
trissaient au soleil et des fleurs en plastique qui pe
daient leurs couleurs. À côté de la piscine, la tomb
semblait à la fois excentrique et à sa place. Autou
d'eux, les gens prenaient des photos. Elle entendi
quelqu'un sangloter discrètement.

— Il y a des gens qui disent avoir vu son fantôme là-bas, remarqua Logan. Enfin, s'il est bien mort...

— Vous ne croyez tout de même pas à cela ?

— Oh, non. Il est sans doute mort.

— Je veux dire au fantôme.

— Eh bien, si le fantôme du King doit hanter un lieu, c'est bien celui-ci.

Ils firent demi-tour et se dirigèrent vers la navette.

— Par ici, les gens parlent des fantômes comme s'il n'y avait rien de plus naturel, observa Stella.

Logan mit quelques instants à comprendre.

— Ah. L'Épouse Harper. Ça y est, vous l'avez vue ?

— Non. Mais c'est peut-être tout simplement parce qu'elle n'existe pas, riposta-t-elle. Vous n'allez tout de même pas me dire que vous, vous l'avez vue !

— Non. Beaucoup de gens disent l'avoir vue, mais certains affirment aussi avoir vu Elvis manger un sandwich au beurre de cacahuète et à la banane dans une cafétéria dix ans après sa mort.

— Exactement !

Dans sa joie de le voir aussi sensé, elle lui donna une petite tape amicale sur le bras.

— Les gens voient ce qu'ils ont envie de voir, poursuivit-elle. Ou ce qu'on leur a appris à voir. Ou ce qu'ils s'attendent à voir. L'imagination galope, surtout dans des conditions ou une atmosphère propices. Ils devraient faire un peu plus pour les jardins, ici, vous ne trouvez pas ?

— Ne me lancez pas sur ce sujet.

— Vous avez raison. Ne parlons pas de travail. En tout cas, je tiens à vous remercier de m'avoir amenée ici. Je ne sais pas si je l'aurais fait de moi-même.

— Alors, qu'en dites-vous ?

— Que c'est à la fois triste, beau, touchant et fascinant.

Elle rendit ses écouteurs avant de monter dans la navette.

— La décoration de certaines pièces est… disons… unique.

Dans la navette, les sièges étaient étroits. Leurs bras se frôlaient, se touchaient, se pressaient. Les cheveux de Stella glissèrent sur l'épaule de Logan. Au grand regret de ce dernier, elle les rejeta en arrière.

— Je connais un type qui est un grand fan d'Elvis, raconta-t-il. Il s'est mis dans la tête de reproduire Graceland chez lui. Il a trouvé du tissu comme celui que vous avez vu dans la salle de jeu et en a recouvert ses murs et son plafond.

Elle se tourna vers lui en ouvrant des yeux ronds.

— Vous plaisantez ?

— Je suis on ne peut plus sérieux. Il est allé jusqu'à faire à son billard la même éraflure que sur celui d'Elvis. Quand il a commencé à parler de moquette verte, sa femme en a eu assez. Elle lui a dit que c'était Elvis ou elle.

Stella sourit, et il cessa d'entendre le bavardage des autres passagers. Il y avait quelque chose dans son sourire qui le touchait au plus profond de lui-même.

— Et qu'a-t-il choisi ? s'enquit-elle.

— Pardon ?

— Qu'a-t-il choisi ? Sa femme ou Elvis ?

— Eh bien…

Il étendit les jambes sans vraiment pouvoir s'écarter d'elle. Le soleil qui tapait à travers la vitre faisait briller ses cheveux roux.

— Il a accepté de limiter ses travaux au sous-sol. Enfin, la dernière fois que je lui ai parlé, il espérait la convaincre de le laisser créer un modèle réduit du Jardin de la méditation dans leur cour.

Elle rit. Un rire absolument délicieux, découvrit Logan. Quand elle rejeta la tête en arrière contre son dossier, ses cheveux chatouillèrent de nouveau son épaule.

— Si jamais elle accepte, j'espère qu'il fera appel à nous, plaisanta-t-elle.

— Vous pouvez y compter : c'est mon oncle.

Le rire de Stella redoubla.

— Eh bien, finit-elle par dire, à bout de souffle, vous avez l'air d'avoir une famille intéressante. Il faut que je vous avoue une chose, ajouta-t-elle en se tournant vers lui. Si je suis venue aujourd'hui, c'est pour ne pas dire non à un geste de bonne volonté de votre part. Mais je ne m'attendais pas à m'amuser.

— C'était moins un geste de bonne volonté qu'un coup de tête. Vos cheveux sentaient bon, et cela a obscurci mon jugement.

— Et c'est tout ? Je vous signale que vous êtes censé dire que vous vous êtes aussi amusé.

— À vrai dire, oui.

Lorsque la navette s'arrêta, il se leva et s'effaça pour la laisser passer.

— Remarquez, vos cheveux sentent bon aujourd'hui encore, précisa-t-il. C'est peut-être pour cela.

Elle lui lança un sourire par-dessus son épaule, et il sentit ce drôle de nœud au creux de son ventre. Il ne savait pas trop pourquoi mais, avec elle, ce nœud qui, d'ordinaire, laissait présager de bons moments et du plaisir annonçait plutôt des ennuis.

Mais bon, sa mère lui avait appris à aller au bout des choses. Elle serait choquée, horrifiée si elle découvrait qu'il n'avait pas invité une femme avec qui il avait passé l'après-midi à dîner ou, au moins, à boire un verre.

— Vous avez faim ? lui demanda-t-il en descendant derrière elle.

— Oh… Eh bien, il est un peu tôt pour le dîner et trop tard pour le déjeuner. Et je devrais vraiment…

— Faites une folie : mangez entre les repas.

Il la prit par la main, et elle fut si surprise qu'elle ne songea même pas à résister quand il l'entraîna vers l'un des restaurants du site.

— Il ne faut pas que je traîne, finit-elle par protester. J'ai dit à Roz que je serais de retour vers 16 heures.

— Roz n'a pas d'horloge dans la serre. De toute façon, cela ne prend pas très longtemps de manger un hot dog.

— Non, mais...

Elle ne s'était pas attendue à le trouver aussi sympathique. Pas plus qu'elle ne s'était attendue à sentir ce petit frisson sur sa peau au contact de sa grande main rugueuse sur la sienne. Cela faisait bien longtemps qu'elle n'avait pas apprécié la compagnie d'un homme. Pourquoi y mettre fin aussi vite ?

— D'accord, dit-elle, tout en sachant que son assentiment était inutile puisqu'il l'avait déjà entraînée à l'intérieur du restaurant. Et pendant qu'on est là, j'aimerais bien aller jeter un coup d'œil à la boutique.

Il commanda deux hot dogs, deux Cocas et se contenta de la regarder en souriant.

— OK, petit malin, fit-elle en ouvrant son sac. Voilà cinq dollars. Je vais effectivement acheter un CD. Un Coca light, pour moi, s'il vous plaît.

Elle mangea son hot dog, but son soda et acheta le CD, sans traîner dans le magasin en regardant tout, comme d'autres femmes l'auraient sans doute fait. Elle fit ce qu'elle avait à faire rapidement et efficacement.

Tandis qu'ils regagnaient le pick-up, il vit qu'elle regardait l'écran de son portable. Encore une fois.

— Un problème ? demanda-t-il.

— Non, répondit-elle en remettant son téléphone dans son sac. Je vérifiais juste que je n'avais pas de message.

Mais apparemment, tout le monde s'était très bien débrouillé sans elle cet après-midi...

À moins qu'il n'y ait un problème de téléphone ou de réseau. Ou qu'ils n'aient perdu son numéro. Ou...

— La jardinerie a peut-être été attaquée par un psychopathe fétichiste des pétunias, suggéra Logan, comme s'il lisait dans ses pensées, en lui ouvrant la portière côté passager. En ce moment même, les employés sont peut-être tous ligotés et bâillonnés dans la salle de multiplication.

Stella referma soigneusement la fermeture Éclair de son sac.

— Vous ne trouverez pas ça drôle si nous découvrons en arrivant que c'est justement ce qui est arrivé.

— Si.

Il contourna le véhicule et s'installa au volant.

— J'ai une personnalité obsessionnelle, linéaire, avec de fortes tendances organisationnelles.

— Je suis soulagé que vous me disiez cela, répondit-il. J'avais l'impression d'être le seul à le penser.

— Bon, assez parlé de moi. Pourquoi...

— Pourquoi faites-vous toujours cela ?

— Quoi donc ? demanda-t-elle, les mains dans les cheveux.

— Pourquoi vous enfoncez-vous sans arrêt des épingles dans les cheveux ?

— Parce qu'ils n'arrêtent pas de se défaire...

Muette de surprise, elle le vit lui ôter ses épingles une à une et les jeter sur le sol du pick-up.

— Dans ce cas, pourquoi en mettez-vous ? demanda-t-il.

— Non, mais dites donc ! s'exclama-t-elle, indignée, en jetant un regard noir aux épingles éparses sur le sol du véhicule. On ne vous a jamais dit que vous étiez arrogant et dominateur ?

— Si. Je ne sais pas combien de fois. Mais vous avez des cheveux très sexy, ajouta-t-il en sortant du parking et en s'engageant dans la circulation. Vous devriez les laisser libres.

— Merci infiniment pour ce conseil beauté.

— D'habitude, les femmes ne boudent pas quand un homme leur fait un compliment, observa-t-il.

— Je ne boude pas, répliqua-t-elle. Et d'ailleurs, vous n'avez pas dit que j'étais sexy : vous avez dit que mes cheveux l'étaient.

Il quitta la route des yeux, le temps de la détailler de haut en bas et de bas en haut.

— Le reste n'est pas mal non plus, déclara-t-il.

Quelque chose devait clocher chez elle pour qu'un compliment aussi nul fasse naître cette douce chaleur au creux de son ventre. Mieux valait revenir à des sujets de conversation moins dangereux.

— Pour revenir à la question que j'allais vous poser quand vous m'avez si bizarrement interrompue, pourquoi êtes-vous devenu architecte paysagiste ?

— Ça a commencé par un petit boulot d'été, puis j'ai continué.

Elle attendit une seconde, puis deux. Et même trois.

— Vraiment, Logan, fit-elle comme il n'ajoutait rien, vous êtes vraiment obligé de me casser les oreilles avec tous ces détails ?

— Désolé. Quand je commence à parler, je ne sais plus m'arrêter. J'ai été élevé dans une ferme, reprit-il.

— C'est vrai ? Et vous aimiez ou vous détestiez ?

— Disons surtout que j'étais habitué. J'aime travailler dehors et je ne crains pas l'effort physique.

— Quel moulin à paroles vous faites ! railla-t-elle quand il retomba dans le silence.

— Il n'y a pas grand-chose de plus à en dire. Je ne voulais pas devenir agriculteur et, de toute façon, mon père a vendu la ferme il y a quelques années. Cependant, j'aime travailler la terre. Et je sais bien le faire.

— Comment avez-vous su que vous étiez bon dans ce domaine ?

— D'abord, parce que je ne me suis pas fait virer.

Il ne voyait pas en quoi cela pouvait l'intéresser mais puisqu'elle insistait, cela allait passer le temps.

— À l'école, expliqua-t-il, les cours d'histoire, par exemple, rentraient par une oreille et ressortaient par l'autre. Je les retenais juste le temps de passer les examens. En revanche, au travail, lorsque le patron disait de mettre des cotonéasters ici ou une rangée d'épines-vinettes là, je me souvenais toujours de ce que c'était, de ce qu'il leur fallait. J'aimais les planter. C'est satisfaisant de creuser un trou, de préparer le sol, de changer l'aspect des choses pour les rendre plus agréables à l'œil.

— C'est vrai, confirma-t-elle. Croyez-moi ou non, mais je ressens la même chose avec mes fichiers.

Il lui jeta un regard sceptique.

— Si vous le dites... Enfin bon, il m'arrivait parfois de penser que ces cotonéasters iraient mieux à un autre endroit ou que des faux cyprès mettraient mieux le jardin en valeur que les épines-vinettes. Alors, je me suis tourné vers la conception.

— J'ai pensé un temps devenir architecte paysagiste, moi aussi. Mais je n'étais pas si bonne que cela. Je me suis rendu compte que j'avais du mal à adapter ma vision à celle de l'équipe ou du client. Et puis, je finissais par être obsédée par le côté mathématique et scientifique du travail, si bien que je m'enlisais complètement quand il s'agissait du côté artistique.

— Qui avait fait votre jardin, dans le Nord ?

— Moi. Lorsque j'avais en tête quelque chose qui nécessitait des machines ou plus de force que Kevin et moi n'en avions, je faisais une liste. Une liste très détaillée et explicite, précisa-t-elle en souriant. Avec un plan sur du papier millimétré. Et bien sûr, je surveillais. Je suis très bonne pour surveiller.

— Et personne ne vous a jetée dans un trou pour vous y enterrer ?

— Non. Mais il faut dire que je suis très charmante et aimable. Peut-être que, quand j'aurai trouvé une maison, je pourrai vous consulter pour le dessin du jardin...

— Je ne suis ni charmant ni aimable.

— Je l'avais remarqué.

— Ce n'est pas une décision un peu hâtive pour une personne aussi obsessionnelle et maniaque que vous ? Vous n'avez vu qu'un de mes chantiers, et encore, à un stade préliminaire, lui rappela-t-il.

— Je préférerais « qui a le souci du détail » à « maniaque », objecta-t-elle. Et pour votre gouverne, j'ai vu plusieurs de vos chantiers terminés. J'ai trouvé des adresses dans nos archives et je suis allée faire un tour... C'est le genre de chose que je fais, expliqua-t-elle quand il s'arrêta à un stop et la regarda d'un air surpris. J'ai passé un certain temps à observer le travail de Harper, de Roz, des employés. Je suis donc aussi allée voir certaines de vos réalisations. J'aime bien votre travail.

— Et si ça n'avait pas été le cas ?

— Je n'aurais rien dit. C'est l'entreprise de Roz et, à l'évidence, elle aime ce que vous faites. Cependant, j'aurais fait de discrètes recherches sur d'autres architectes paysagistes et je lui aurais montré leur travail. Ça fait partie de mon job.

— Et moi qui croyais que vous étiez là uniquement pour diriger la jardinerie et m'enquiquiner avec des formulaires...

— C'est le cas. Mais mon rôle de directrice consiste en partie à m'assurer que tous les employés, sous-traitants, fournisseurs non seulement conviennent à Côté Jardin mais soient aussi les meilleurs que Roz puisse avoir pour son budget. Vous êtes cher, conclut-elle, mais votre travail justifie votre salaire.

Comme il fronçait les sourcils, elle lui donna un petit coup dans le bras du bout de l'index.

— Je vous signale que, d'habitude, les hommes ne boudent pas quand une femme leur fait compliment de leur travail.

— Les hommes ne boudent jamais. Ils broient du noir.

En réalité, elle n'avait pas tort. Il se rendait compte qu'elle en savait beaucoup sur lui – et des choses aussi personnelles que le montant de ce qu'il gagnait. À bien y réfléchir, cela le mettait un peu mal à l'aise.

— Mon travail, mon salaire et mes tarifs, c'est une affaire entre Roz et moi, déclara-t-il.

— Plus maintenant, répondit-elle gaiement. Bien sûr, c'est elle qui a le dernier mot, mais je suis là pour gérer la jardinerie. Selon moi, Roz a fait preuve de prévoyance et d'un grand sens des affaires en vous embauchant. Elle vous paie très bien parce que vous le valez. Pourquoi ne pouvez-vous pas prendre cela comme un compliment et arrêter de faire la tête ?

— Je ne sais pas. Et vous, elle vous paie combien ?

— Ah, c'est entre elle et moi. Mais vous êtes tout à fait libre de lui poser la question.

La musique de *Star Wars* retentit dans son sac à main.

— C'est Gavin qui l'a choisie, expliqua-t-elle en sortant son téléphone, qui affichait le numéro de la maison. Excusez-moi. Allô ? Bonjour, mon chaton.

Bien qu'encore un peu contrarié, il la regarda. Soudain, son visage et tout son être semblèrent s'éclairer.

— C'est vrai ? s'exclama-t-elle. Tu es extraordinaire. Oh, oui. Et comment ! À tout à l'heure.

Elle referma son portable et le glissa dans son sac.

— Gavin n'a fait aucune faute à son contrôle d'orthographe, annonça-t-elle.

— Super !

— Oh, vous ne vous doutez pas à quel point c'est super, fit-elle en riant. Il faut que je passe prendre des pizzas au chorizo en rentrant, du coup. Dans notre famille, lorsqu'il faut récompenser les troupes ou simplement les soudoyer, une seule solution : la pizza au chorizo.

— Vous soudoyez vos enfants ?

— Souvent. Et sans le moindre scrupule.

— Alors, ça se passe bien à l'école ?

— Oui. Quand je pense au souci que je me suis fait ! Cela a été un grand changement, pour eux : une nouvelle maison, une nouvelle école, de nouveaux visages. Luke se fait facilement des amis, mais Gavin est parfois un peu timide.

— Ce n'est pas l'impression qu'il m'a donnée. C'est un sacré gamin. Ce sont de sacrés gamins tous les deux.

— Les BD, ça crée des liens, commenta-t-elle. Les amis de Spider-Man et des autres sont leurs amis. Enfin, tout se passe bien pour eux. Alors, je peux barrer « Traumatiser mes enfants en les arrachant à leurs copains » de ma liste de soucis.

— Je parie que vous en avez vraiment une.

— Comme toutes les mères.

Elle poussa un long soupir de satisfaction quand ils franchirent la grille de la jardinerie.

— J'ai passé un excellent après-midi, dit-elle. Cet endroit est vraiment formidable, vous ne trouvez pas ? Regardez ça. Actif, attrayant, efficace, accueillant... J'envie sa réussite à Roz. Sans parler de son courage.

— Vous ne donnez pas l'impression d'en manquer, fit-il valoir.

— Est-ce un compliment ?

— Une constatation, répondit-il en haussant les épaules.

Elle aimait bien donner l'impression d'être courageuse, aussi ne lui avoua-t-elle pas qu'elle avait si souvent peur. L'ordre et la routine étaient en quelque sorte des murs qu'elle avait érigés autour d'elle pour se protéger de la peur.

— Eh bien, merci – pour cette constatation et cet après-midi. J'ai beaucoup apprécié les deux, déclara-t-elle en ouvrant la portière et en sautant du pick-up.

Logan descendit à son tour de voiture et la rejoignit de son côté, sans trop savoir pourquoi. Par habitude, sans doute. Ou à cause des bonnes manières que sa mère avait si solidement enracinées en lui depuis l'enfance. Pourtant, ce n'était pas le genre de situation où l'on raccompagnait la fille à sa porte et où on l'embrassait pour lui souhaiter une bonne nuit.

Stella songea à lui tendre la main, mais cela lui parut bien guindé – et franchement ridicule. Alors, elle se contenta de lui sourire.

— Je ferai écouter le CD aux garçons. On verra ce qu'ils en diront.

— OK. À bientôt.

Il tourna les talons et commença à faire le tour du pick-up. Puis il jura à mi-voix, jeta ses lunettes de soleil sur le capot et revint vers elle.

— Autant faire les choses jusqu'au bout, lâcha-t-il.

Stella n'était ni idiote, ni naïve. Elle devina ce qu'il allait faire alors qu'il était encore au moins à un mètre d'elle. Pourtant, elle resta figée, incapable de bouger.

Elle s'entendit émettre un curieux son qui n'était pas vraiment un mot, puis elle sentit la main de Logan dans ses cheveux, derrière sa tête. Elle vit ses yeux. Ils étaient verts, mais pailletés d'or.

Puis tout devint flou quand sa bouche dure et brûlante se plaqua sur la sienne.

Il n'y avait rien d'hésitant ni de particulièrement amical dans son geste. Son baiser était exigeant, avec une note d'irritation. « Comme lui », songea-t-elle confusément. Il faisait ce qu'il avait prévu de faire, décidé à aller au bout des choses, mais sans en être particulièrement content.

Cela n'empêchait pas le cœur de Stella de cogner dans sa poitrine. Sa gorge était si nouée qu'elle pouvait à peine respirer. Elle avait posé la main sur son épaule en un vague réflexe de défense qui s'était changé en une pression instinctive. Elle la laissa glisser le long de son bras quand il releva la tête.

— Bon sang, lâcha-t-il, la main toujours dans ses cheveux.

Il l'attira de nouveau contre lui en l'enlaçant de l'autre bras, de façon à ce qu'elle se hisse sur la pointe des pieds. Lorsqu'il reprit possession de ses lèvres, elle perdit le peu de raison qu'il lui restait.

Il n'aurait pas dû l'embrasser, se reprocha Logan. Il était dans de beaux draps, maintenant. Il était prisonnier de ses cheveux rebelles, de son parfum sexy, de ses lèvres si douces.

Quand il l'embrassa plus profondément, elle laissa échapper un petit gémissement incroyablement craquant. Comment ne pas la désirer ?

Ses cheveux formaient un nuage de boucles folles et soyeuses, et son corps aux courbes parfaites frémissait contre le sien. Plus il la tenait contre lui, plus il la goûtait, moins il entendait les sonnettes d'alarme qui résonnaient dans son esprit et lui rappelaient qu'il ne voulait pas se frotter à elle. Sur aucun plan.

Lorsqu'il parvint enfin à la lâcher, à se détacher d'elle, il vit qu'elle avait les joues roses. Cela faisait paraître ses yeux plus bleus, plus grands. Il aurait voulu la soulever, l'emmener là où ils pourraient finir ce que ce baiser avait amorcé. Pour lutter contre cette envie qui devenait douloureuse, il recula encore d'un pas.

— Bon, fit-il d'un ton qu'il espérait calme. À plus tard.

Il remonta dans son pick-up, remit le contact et recula. Il s'arrêta de nouveau, le soleil dans les yeux.

Sans bouger, il regarda Stella ramasser ses lunettes de soleil, qui étaient tombées du capot dans les graviers. Il baissa sa vitre quand elle les lui tendit et les prit sans détacher les yeux des siens.

— Merci, dit-il.

— Je vous en prie.

Il remit ses lunettes, acheva sa marche arrière et sortit du parking.

Restée seule, Stella laissa échapper un long soupir saccadé, puis inspira à fond, avant d'expirer de nouveau. Les jambes en coton, elle se dirigea vers le porche de la jardinerie. Elle parvint à marcher jusqu'aux marches, sur lesquelles elle s'assit.

— Nom d'un chien, marmonna-t-elle.

Un client sortit. Une cliente entra. Elle resta assise, troublée et nerveuse. Elle avait l'impression d'avoir glissé d'une falaise et de se retenir à une petite branche fragile.

Que faire, maintenant ? se demandait-elle. Que faire ? Comment savoir ce qu'elle devait faire alors qu'elle n'arrivait plus à réfléchir ?

Inutile de chercher une solution tant qu'elle n'aurait pas recouvré ses esprits, décida-t-elle. Elle se leva et essuya ses mains moites sur son pantalon. Pour l'instant, elle allait se remettre au travail, commander les pizzas et rentrer retrouver ses garçons. Reprendre le cours de sa vie normale.

Là, au moins, elle savait quoi faire.

10

Harper pelletait la terre à la base d'une clématite qui grimpait le long d'une treille en fer forgé. Tout était calme, dans ce coin du jardin. Des buissons et des arbres d'ornement, des allées et des plates-bandes séparaient ce qu'il voyait encore comme la maison d'amis de la maison principale.

Le jaune des jonquilles qui s'ouvraient tout juste tranchait joliment sur le vert printanier des feuilles. Bientôt, ce serait au tour des tulipes de sortir. Comme elles faisaient partie de ses fleurs préférées du début du printemps, il en avait planté toute une plate-bande devant chez lui, juste à côté de la porte de la cuisine.

C'était une petite remise à voitures transformée en maison. Toutes les femmes qu'il y avait amenées l'avaient trouvée charmante. Elles parlaient souvent de « maison de poupée ». Cela ne le dérangeait pas, même si lui la voyait plutôt comme un cottage. Quoi qu'il en soit, elle était confortable et convenait parfaitement à ses besoins.

Il y avait une petite serre à quelques mètres de la porte de derrière. C'était son domaine réservé. Le cottage était juste assez loin de la grande maison pour préserver son intimité – il pouvait recevoir des invitées la nuit en toute tranquillité – mais suffisamment près pour qu'il puisse se rendre chez sa mère en quelques minutes si elle avait besoin de lui.

Il n'aimait pas la savoir seule, même avec David. Et heureusement qu'il y avait David. Sa mère avait beau être la personne la plus autonome et la plus forte qu'il connût, il n'aurait pas aimé l'imaginer totalement seule dans cette grande maison jour après jour, nuit après nuit.

Enfin, cela valait toujours mieux que de la savoir avec cet abruti avec qui elle avait été mariée. Les mots ne suffisaient pas à exprimer le mépris que lui inspirait Bryce Clerk. Que sa mère fût tombée amoureuse de lui prouvait qu'elle n'était pas infaillible. Mais ç'avait été une erreur considérable pour quelqu'un qui n'en commettait pour ainsi dire jamais.

Elle avait eu beau le mettre à la porte, rapidement et impitoyablement, Harper s'était demandé avec inquiétude comment Bryce réagirait une fois privé de Roz, de la maison, de l'argent et de tout le reste.

Ses craintes étaient fondées, puisque Bryce avait tenté de s'introduire dans la maison une semaine avant que le divorce ne soit prononcé. Sa mère aurait certainement pu gérer la situation toute seule, mais Harper n'était pas mécontent de s'être trouvé dans les parages, ni d'avoir contribué à flanquer dehors ce salaud menteur, cupide et infidèle.

Enfin, il s'était sans doute écoulé suffisamment de temps, maintenant. Et puis, Roz n'était plus seule du tout dans la maison, ces temps-ci. Deux femmes et deux enfants, cela faisait de la compagnie. Entre ses hôtes et la jardinerie, elle était plus occupée que jamais.

Il devrait peut-être songer à déménager, à s'installer pour de bon.

L'ennui, c'est qu'il ne trouvait pas de raison valable de le faire. Il aimait cet endroit comme il n'avait même jamais aimé une femme. Avec passion, respect et gratitude.

Il se sentait chez lui dans les jardins, peut-être encore plus que dans le cottage ou la maison principale.

Une chose était sûre : il n'avait aucune envie de s'installer en ville. Tout ce bruit, tous ces gens… Il aimait beaucoup sortir le soir à Memphis – aller en boîte de nuit, inviter une femme à dîner, boire un verre avec des amis –, mais il était sûr d'y étouffer en moins d'un mois.

Il ne voulait pas non plus habiter en banlieue. Non, il était vraiment bien là où il était. Une petite maison, un grand jardin et une serre à deux pas de son travail : il ne pouvait rêver mieux.

Il s'accroupit et baissa la visière de sa casquette pour se protéger du soleil. Le printemps arrivait. Rien ne valait le printemps à Harper House. L'odeur, les couleurs et même les sons du printemps.

En fin d'après-midi, la lumière était douce. Lorsque le soleil se coucherait, la température baisserait, mais sans la morsure glacée de l'hiver.

Quand il aurait fini ses plantations, il rentrerait chercher une bière et il reviendrait la boire dehors, dans la pénombre fraîche, en profitant de sa solitude.

Il sortit une pensée jaune de son godet et la planta. Concentré sur son travail, il n'entendit pas Hayley arriver. Il ne remarqua même pas son ombre projetée sur lui, si bien que son « Salut ! » amical lui fit faire un bond de surprise.

— Excuse-moi, dit-elle en riant et en se passant la main sur le ventre. On dirait que tu étais perdu dans tes pensées.

— On dirait.

Il avait soudain l'impression d'avoir les doigts gourds et malhabiles, le cerveau embrumé. Hayley se tenait dos au soleil, qui formait une espèce de halo autour de sa tête tandis que son visage, à contre-jour, restait dans l'ombre.

— Je faisais un tour, expliqua-t-elle, et j'ai entendu ta musique. REM. Je les ai vus en concert, une fois. Excellent. Des pensées ? ajouta-t-elle en regardant ses plantations. Elles sont très à la mode en ce moment.

— Oui, enfin, elles aiment bien les températures fraîches.

— Je sais. Comment se fait-il que tu en plantes ici ? Tu as déjà cette plante grimpante…

— Une clématite. Il faut garder ses racines à l'ombre. Alors, tu… tu sais, on les couvre avec des plantes annuelles.

— Ah, fit-elle en s'accroupissant pour regarder de plus près. De quelle couleur est la clématite ?

— Violette.

Était-ce bon pour une femme enceinte de rester accroupie ? s'inquiéta-t-il. Le bébé devait être trop serré.

— Euh… tu veux une chaise ou quelque chose ? proposa-t-il.

— Non, merci, ça va. J'aime bien ta maison.

— Moi aussi.

— On dirait un peu une maison de livre de contes, avec tous ces jardins autour. Je veux dire… la grande maison est magnifique, mais elle est un peu intimidante, ajouta-t-elle avec une petite grimace. Enfin, je ne veux surtout pas avoir l'air ingrate, mais…

— Non, je te comprends.

Heureusement qu'il avait des fleurs à planter pour s'occuper les mains et l'esprit. Hayley n'avait pas un parfum de femme enceinte. Elle avait un parfum sexy. Cela n'allait pas du tout.

— C'est une très belle maison, et ma mère n'en partirait pour rien au monde. Mais c'est vrai qu'elle est imposante.

— Il m'a fallu une semaine pour arrêter de marcher sur la pointe des pieds et d'avoir envie de chuchoter. Je peux en planter une ?

— Tu n'as pas de gants. Je peux aller...

— Bah, cela ne me dérange pas d'avoir un peu de terre sous les ongles. Aujourd'hui, une cliente a dit que cela portait chance aux femmes enceintes de planter des fleurs. Une histoire de fertilité.

Une histoire de fertilité. Il préférait ne pas y penser. C'était terrifiant.

— Vas-y, lui enjoignit-il.

— Merci. Je voulais te dire... j'imagine l'impression que je dois donner, en débarquant comme ça chez ta mère. Mais je ne cherche pas à profiter d'elle. Je ne voudrais pas que tu penses ça de moi.

— Je ne connais qu'une personne – un homme – qui ait réussi à profiter de ma mère. Et crois-moi, il n'y est pas parvenu longtemps.

— Son second mari, devina Hayley. J'ai demandé à David de me parler de lui pour éviter de faire une gaffe. Il m'a raconté qu'il l'avait trompée avec une autre femme et que, quand Roz l'avait pris en flagrant délit, elle l'avait fichu dehors avec pertes et fracas. Je l'admire beaucoup d'avoir fait cela, reprit-elle après avoir choisi une autre pensée, parce que, même si elle était folle de rage, elle devait aussi être blessée. En plus, c'est tellement gênant quand... Houp !

Elle porta la main à son côté, et Harper se sentit pâlir.

— Quoi ? demanda-t-il, affolé. Quoi ?

— Ce n'est rien. Le bébé bouge, et parfois, cela me secoue un peu. C'est tout.

— Tu devrais te lever. T'asseoir.

— Laisse-moi d'abord finir de planter cette pensée, lui demanda-t-elle. Chez moi, quand ma grossesse a commencé à se voir, il y a des gens qui ont pensé que j'avais été séduite et abandonnée. Tu te rends compte ? On est au XXIe siècle, oui ou non ? Bref, cela m'a mise en colère mais, en même temps, c'était gênant. C'est l'une des raisons pour lesquelles je suis partie. Ce n'est pas très agréable de se sentir tout le temps gênée. Voilà, fit-elle en tapotant la terre autour de la pensée qu'elle venait de planter. Ces fleurs sont vraiment jolies.

Harper se releva et l'aida à en faire autant.

— Tu veux t'asseoir cinq minutes ? proposa-t-il. Tu veux que je te raccompagne ?

— Cela te rend nerveux, non ? devina-t-elle en désignant son ventre.

— On dirait.

— Moi aussi. Mais tout va bien, affirma-t-elle. Et il faut que tu finisses tes plantations avant la nuit.

Elle regarda de nouveau les fleurs, la maison et les jardins. Ses grands yeux bleus semblaient tout enregistrer.

Quand elle les fixa sur lui, Harper sentit sa gorge devenir sèche.

— C'est vraiment joli, chez toi, dit-elle. Bon, je te laisse. À demain, au travail.

Il resta debout, figé sur place, tandis qu'elle s'éloignait.

Il se rendit compte alors qu'il était épuisé, comme après une course folle. Il allait boire cette bière maintenant, pour se calmer, décida-t-il. Il finirait de planter les pensées après.

Pendant que Gavin et Luke étaient dans le jardin, en train de faire faire sa promenade du soir à Parker, Stella nettoya le désordre que deux garçons, un chien et des pizzas au chorizo pouvaient laisser dans une cuisine.

— La prochaine soirée pizza, c'est moi qui régale, déclara Hayley en mettant les verres dans le lave-vaisselle.

— D'accord, répondit Stella en se tournant vers elle. Quand j'étais enceinte de Luke, j'avais des envies de cuisine italienne. Pizzas, spaghettis, lasagnes… J'ai presque été surprise qu'il ne parle pas italien à la naissance.

— Moi, je n'ai pas d'envies particulières. J'ai une faim de loup et je mangerais n'importe quoi. Le bébé bouge beaucoup, ajouta Hayley en regardant les enfants et le chien qui couraient dehors, éclairés par les lumières extérieures. C'est normal, n'est-ce pas ?

— Bien sûr. Gavin était plutôt du genre à se blottir et à dormir. De temps en temps, j'appuyais sur mon ventre ou je buvais un peu d'eau gazeuse pour le faire bouger. Luke, lui, a fait de la gymnastique pendant des mois. Cela te réveille la nuit ?

— Parfois, mais cela ne me dérange pas. J'ai l'impression que nous sommes seuls au monde, lui – ou elle – et moi.

— Je vois parfaitement ce que tu veux dire. En tout cas, Hayley, si tu es réveillée, si tu t'inquiètes, si tu ne te sens pas bien, n'hésite pas à venir me voir.

Soudain, le nœud que Hayley avait dans la gorge se dissipa.

— C'est vrai ? Je pourrai ?

— Bien sûr. Parfois, cela fait du bien de pouvoir parler à quelqu'un qui a déjà vécu cela.

— Je ne suis pas seule, dit calmement Hayley, sans quitter les garçons des yeux. Pourtant, je pensais que je le serais. J'étais prête à l'être – enfin, je crois.

Ses yeux s'emplirent de larmes. Elle les essuya.

— Oh, ces hormones…

— Pleurer peut aussi faire du bien, assura Stella en lui massant les épaules. Ah, et dis-moi si tu as envie que quelqu'un t'accompagne à tes rendez-vous chez le médecin.

— La dernière fois, il m'a dit que tout allait bien. Et il m'a conseillé de m'inscrire à des cours, tu sais ?

Des cours de préparation à l'accouchement. Mais il paraît qu'il vaut mieux venir avec quelqu'un.

— Je pourrais y aller avec toi.

Hayley se retourna en riant.

— C'est vrai ? Tu dis cela sérieusement ? Ce serait beaucoup te demander.

— Cela me ferait très plaisir. Ce serait presque aussi bien que d'avoir un autre enfant moi-même.

— Tu aimerais avoir un troisième ? Si...

— Oui. Kevin et moi, nous avions prévu d'en avoir deux mais, après la naissance de Luke, je me suis demandé comment je pourrais ne pas recommencer. Je me disais que ce serait sympa d'essayer d'avoir une fille – mais j'aurais été tout aussi contente d'avoir un troisième garçon.

Elle s'appuya contre le comptoir et regarda à son tour par la fenêtre.

— Ils sont géniaux, non, mes fils ?

— Oui.

— Kevin était si fier d'eux... Il les adorait. Je crois qu'il en aurait bien eu une demi-douzaine.

Hayley décela un changement dans son ton. Cette fois, ce fut elle qui massa les épaules de Stella.

— Cela te fait de la peine de parler de lui ? demanda-t-elle.

— Plus maintenant. Mais pendant très, très longtemps, j'y parvenais à peine tellement c'était dur. Maintenant, cela me fait du bien de me souvenir de lui. Cela me réchauffe. Bon, c'est l'heure de faire rentrer les garçons, je crois.

En entendant cliqueter des talons sur le parquet, elle se retourna. Quand Roz entra, elle resta un instant bouche bée.

Elle se rappela la première impression que lui avait faite Rosalind Harper. Elle l'avait trouvée superbe. Mais c'était la première fois qu'elle la voyait tirer parti de sa beauté naturelle.

Roz portait une robe aux lignes pures et étroites d'un ton de cuivre doux qui donnait un éclat particulier à sa peau et révélait ses jambes minces et musclées, perchées sur des sandales à talons aiguilles. Elle avait mis un collier fait d'un fin filigrane d'or et d'une citrine en poire qui reposait à la naissance de ses seins.

— David ? appela Roz en balayant la cuisine du regard, avant de lever les yeux au ciel d'un air théâtral. Ce garçon va me mettre en retard !

— Permettez-moi de vous dire une chose, fit Stella. Waouh !

— Merci, répondit Roz en souriant et en tournant un peu sur elle-même. Je devais avoir perdu la tête quand j'ai acheté ces chaussures. Elles vont me tuer. Mais quand je suis forcée de me rendre à un dîner de charité, j'aime bien faire mon petit effet.

— Si vous voulez que les gens vous trouvent canon, je peux vous dire que c'est réussi.

— C'était l'idée, confirma Roz.

— Vous êtes absolument magnifique. Sexy et classe à la fois. Tous les hommes vont rêver de vous ramener chez eux ce soir.

— Mmm… fit Roz en secouant la tête avec un petit rire. C'est bien agréable d'avoir des femmes dans la maison. Qui l'eût cru ? Bon, je vais chercher David. Il va encore se pomponner une heure si je ne le presse pas un peu.

— Passez une bonne soirée, dit Hayley.

— Ce qui est sûr, fit Stella à mi-voix quand Roz fut sortie, c'est qu'on ne dirait pas qu'elle a trois fils adultes…

À quoi ressemblerait-elle dans vingt ans ? se demanda Hayley en se regardant dans le miroir, tandis qu'elle se massait le ventre et les seins avec une huile enrichie en vitamine E. Saurait-elle encore se faire belle ? Serait-elle encore belle ?

Évidemment, elle n'avait pas le physique de Rosalind Harper. Elle se rappelait avoir entendu sa grand-mère dire que la beauté était dans l'ossature. En voyant Roz, elle comprenait mieux ce qu'elle voulait dire.

Elle ne serait jamais aussi magnifique que Roz, elle n'attirerait jamais l'œil comme Stella, mais elle n'était pas mal. Elle prenait soin de sa peau, savait se maquiller et s'habiller. Les hommes la trouvaient séduisante.

« La preuve », songea-t-elle en baissant les yeux sur son ventre.

Enfin, ils la trouvaient attirante avant. Ils n'étaient pas nombreux à éprouver du désir pour les femmes enceintes – ce qui lui convenait parfaitement, car elle ne s'intéressait pas aux hommes pour l'instant. Seul comptait son bébé.

— Tout tourne autour de toi, maintenant, mon chou, dit-elle en enfilant un grand tee-shirt.

Elle se coucha, calée contre les oreillers, et prit un livre dans la pile sur sa table de nuit. Elle avait des livres sur l'accouchement, sur la grossesse, sur la petite enfance. Elle en lisait quelques pages tous les soirs.

Quand ses paupières se firent lourdes, elle referma son livre, éteignit la lumière et se blottit sous la couette.

— Bonne nuit, mon bébé, murmura-t-elle.

Au moment où elle glissait dans le sommeil, elle sentit un courant d'air froid et eut l'absolue certitude qu'elle n'était pas seule. Les battements de son cœur s'accélérèrent jusqu'à ce qu'elle les entende résonner dans ses oreilles. Rassemblant tout son courage, elle entrouvrit les yeux.

Une silhouette féminine aux cheveux clairs et au joli visage triste était penchée sur son lit. Elle faillit hurler, comme chaque fois qu'elle la voyait, mais elle se retint et prit de nouveau sur elle pour tendre la main.

Quand elle vit sa main passer à travers le bras de la femme, elle ne put réprimer un cri étouffé. Puis elle se retrouva de nouveau seule, à trembler dans son lit en cherchant l'interrupteur à tâtons.

— Je ne l'ai pas imaginée ! dit-elle à voix haute. Non, je ne l'ai pas imaginée.

Stella monta sur l'escabeau pour accrocher un panier suspendu. Après avoir étudié les chiffres des ventes de l'année précédente, elle avait décidé d'augmenter l'offre de quinze pour cent.

— Je pourrais le faire, dit Hayley avec insistance. Je ne vais quand même pas tomber de l'escabeau.

— Inutile de prendre des risques. Passe-moi celuici. Avec les bégonias.

— Ils sont vraiment beaux. Et si fournis !

— Roz et Harper les ont démarrés cet hiver. Les bégonias et les impatiens se vendent particulièrement bien. Avec des jardiniers de la qualité de Roz et Harper, nous pouvons en produire de grandes quantités à des coûts assez bas. En cette saison, ces plantes sont notre gagne-pain.

— Les gens pourraient en faire pousser, cela leur reviendrait moins cher.

— Bien sûr, confirma Stella en descendant de l'escabeau et en le déplaçant avant de remonter dessus. Géranium lierre, décida-t-elle. Mais il est difficile de résister à toutes ces fleurs, à toutes ces couleurs. Même les clients les plus passionnés qui font un peu de multiplication eux-mêmes ont du mal à passer devant toutes ces fleurs épanouies sans craquer.

— C'est pourquoi nous mettons de ces paniers partout, conclut Hayley.

— Tout est question de séduction, ma jeune apprentie. Attends seulement que nous ayons sorti des plantes annuelles dehors, devant la jardinerie. Tu verras comme toutes ces couleurs attirent les clients. Les vivaces qui fleurissent tôt, aussi.

« Tu veux bien biper Roz ? demanda-t-elle en choisissant un autre panier. J'aimerais lui montrer ça et avoir son feu vert pour en accrocher quelques-uns dans la serre numéro trois avec les stocks. Et choisis un pot. L'un des grands qui ne se sont pas vendus l'année dernière. Il faudra le garnir et le poser près de la caisse. Non, prends-en plutôt deux. Et enlève la réduction. Quand j'en aurai fini avec eux, ils partiront comme des petits pains – en rapportant un joli petit bénéfice.

— OK.

— Prends-en un avec le vernis cobalt, lança Stella tandis que Hayley s'éloignait. Mais ne les soulève pas toi-même, surtout !

Elle commença aussitôt à élaborer mentalement la garniture des pots. Elle y mettrait des fleurs blanches – des héliotropes, impatiens, corbeilles d'argent, armoises et sauge pour leur note argentée, et aussi des pétunias blancs. Zut ! Elle aurait dû demander à Hayley de rapporter aussi un pot couleur pierre. Cela aurait fait un intéressant contraste avec le bleu cobalt. Elle y aurait mis des couleurs vives. Des géraniums rouge vif, des lobélies, des verveines…

Elle ajouta et retrancha des plantes, calcula le coût des pots, du terreau, des plantes. Elle accrocha un autre panier en souriant pour elle-même.

— Vous ne devriez pas être en train de vous occuper de la paperasse ?

De surprise, elle faillit tomber de son escabeau. Ce serait sans doute arrivé, d'ailleurs, si Logan ne lui avait plaqué une main sur les fesses pour la retenir.

— Je ne m'occupe pas que des questions administratives, répliqua-t-elle sans descendre de son escabeau, car cela lui permettait d'avoir les yeux au niveau des siens. Vous pouvez enlever votre main, maintenant.

— Cela ne me dérange pas de la laisser, assura-t-il en l'ôtant malgré tout. Jolis paniers.

— Vous auriez des clients pour ça ?

— Peut-être. Vous aviez un drôle d'air, quand je suis entré. L'air d'une femme qui a trouvé comment elle va faire saliver un homme.

— Ah, oui ? Vous voulez bien me passer ça ? demanda-t-elle en désignant un panier. Vous n'y êtes pas du tout : je pensais à la façon dont j'allais transformer deux pots invendus et soldés en superbes articles exposés qui vont se vendre avec un joli bénéfice.

Tandis qu'elle accrochait le panier qu'il lui avait donné, il en prit un autre et l'installa en levant à peine le bras.

— Frimeur, lança-t-elle.

— Petite.

Hayley apparut sur le seuil, mais tourna vivement les talons et s'éloigna.

— Hayley ! appela Stella.

— J'ai oublié quelque chose, répondit-elle sans se retourner.

Stella allait demander un autre panier à Logan, mais il était déjà en train d'en suspendre un.

— Vous avez été très occupé, observa-t-elle.

— Il a fait frais et sec, la semaine dernière. Un temps idéal pour travailler.

— Si vous êtes venu prendre les arbustes pour le chantier Pitt, je peux aller vous chercher le bon de commande.

— Mes gars sont en train de les charger, confirma-t-il. J'ai envie de vous revoir.

— Eh bien, c'est le cas en ce moment même.

— Vous savez très bien ce que je veux dire.

— Oui. Mais je ne suis pas sûre…

— Moi non plus, coupa-t-il. Ce qui, apparemment, ne m'empêche d'avoir envie de vous revoir. C'est très agaçant de penser à vous.

— Merci. Voilà qui me donne vraiment envie de vous tomber dans les bras en soupirant d'aise.

— Je ne vous demande pas de me tomber dans les bras. Si c'était ce que je voulais, je n'aurais qu'à vous pousser de cet escabeau.

Elle porta la main à son cœur, battit des paupières et imita de son mieux l'accent des belles du Sud.

— Grands dieux ! Tant de romantisme va me faire défaillir.

Cette fois, il sourit.

— Je vous aime bien, Stella. Par moments. Je passe vous prendre à 19 heures.

— Quoi ? Ce soir ?

Son amusement réticent céda instantanément la place à la panique.

— Je ne peux absolument pas sortir à l'improviste, déclara-t-elle. Je vous rappelle que j'ai deux enfants.

— Il y a trois autres adultes dans la maison. L'un d'eux devrait pouvoir se charger de vos fils quelques heures ce soir.

— Sans doute. Mais je ne le leur ai pas demandé. Un concept qui vous semble tout à fait étranger. Et puis… ajouta-t-elle en se passant une main agacée dans les cheveux, j'ai peut-être déjà des projets.

— Vous en avez ?

Elle inclina la tête sur le côté et le regarda de haut.

— J'ai toujours des projets.

— Je n'en doute pas. Alors, changez-en. Vous avez emmené les garçons manger des travers de porc ?

— Oui, la semaine dernière, après…

— Bien.

— Vous savez combien de fois vous m'avez coupé la parole ?

— Non, mais je vais compter. Bonjour, Roz !

— Bonjour, Logan. Stella, ces paniers sont magnifiques.

Roz s'arrêta au milieu de l'allée en tapant distraitement ses gants sales sur son jean déjà taché de terre.

— Je n'étais pas convaincue qu'il faille en présenter autant, avoua-t-elle, mais je me rends compte que je me trompais. Cette abondance de fleurs a quelque chose de très attrayant.

Elle ôta sa casquette de base-ball et la fourra dans une des poches arrière de son pantalon, puis glissa ses gants dans l'autre.

— Je ne vous interromps pas, au moins ? s'inquiéta-t-elle.

— Pas du tout, assura Stella.

— Si, rectifia Logan, mais ce n'est pas grave. Tu veux bien garder les enfants de Stella ce soir ?

— Je n'ai pas dit…

— Avec plaisir, répondit Roz. Nous allons bien nous amuser. Vous sortez, tous les deux ?

— Un petit dîner. Je mets le bon de commande et la facture sur votre bureau, reprit-il à l'adresse de Stella. Je passerai vous prendre à 19 heures, comme convenu.

Fatiguée de se tenir debout, Stella s'assit sur l'escabeau et jeta un regard noir à Roz tandis que Logan s'éloignait.

— Vous ne m'avez pas rendu service, lâcha-t-elle.

— Je crois que si, répliqua Roz. Vous allez sortir et vous amuser. Ne vous inquiétez pas pour les garçons : je suis ravie de passer du temps avec eux. Si vous ne vouliez pas sortir avec Logan, vous n'iriez pas. Vous savez très bien dire non.

— Peut-être, mais j'aurais aimé le savoir un peu à l'avance. J'aurais aimé un peu plus de… je ne sais quoi.

— Il est comme il est, dit Roz en lui tapotant le genou. Et l'avantage, c'est qu'il n'y a pas à se demander ce qu'il cache, s'il fait du cinéma. Il… Je ne dirais pas qu'il est gentil, car il peut aussi se montrer incroyablement difficile. Mais, ce qui est sûr, c'est que c'est un homme bien. Et honnête. Croyez-moi, c'est énorme.

11

En sous-vêtements devant son armoire, Stella débattait intérieurement, réfléchissait, se demandait désespérément ce qu'elle allait bien pouvoir mettre.

Elle ne savait même pas où ils allaient. Et elle avait absolument horreur de ne pas savoir où elle allait. Comment pouvait-elle se préparer si elle ne savait pas à quoi ?

« Un petit dîner », c'était un peu juste, comme information. Était-ce un dîner petite robe noire, un dîner chic décontracté, un dîner vêtements de créateur en soldes ? Un dîner jean, chemisier et veste ou un dîner jean et petit haut de soie ?

Pire, en passant la prendre à 19 heures, Logan lui laissait à peine le temps de se changer, encore moins de décider comment s'habiller.

Sortir avec un homme... Comment une chose si désirée, si excitante, si amusante à l'adolescence, puis si facile et naturelle à vingt ans avait-elle pu devenir si compliquée et même si irritante maintenant qu'elle avait passé la trentaine ?

Ce n'était pas seulement que le mariage lui avait fait perdre la main dans ce domaine. Les relations sentimentales entre adultes étaient complexes et fatigantes, car les intéressés avaient presque à coup sûr vécu au moins une histoire sérieuse et une rupture. Ils portaient un bagage plus lourd que dix ou quinze ans plus tôt. Et puis, ils tenaient à leurs habitudes, avaient défini leurs attentes et s'étaient pliés si souvent à ce rituel des rendez-vous qu'ils souhaitaient en venir à l'essentiel au plus vite – ou alors rentrer chez eux regarder la télévision.

Si, en plus, un homme vous invitait à l'improviste sans même avoir l'idée de vous donner quelques indications, l'affaire se compliquait avant même d'avoir commencé.

Elle s'était finalement décidée pour sa petite robe noire et était en train de l'enfiler quand la porte de communication avec la salle de bains s'ouvrit. Gavin fit irruption dans sa chambre.

— Maman ! J'ai fini mes devoirs. Pas Luke, mais moi, oui. Je peux descendre en bas maintenant ? Je peux ?

Elle ne regrettait pas d'avoir opté pour des mules ouvertes et d'avoir renoncé à mettre un collant, car Parker était en train d'essayer de monter le long de sa jambe.

— Tu n'as pas oublié quelque chose ? demanda-t-elle à Gavin.

— Non, non. J'ai fait tous les mots de vocabulaire.

— Et pour ce qui est de frapper à la porte ?

— Ah, fit-il avec un grand sourire innocent. Ça. Tu es jolie.

— Beau parleur, va, dit-elle en lui déposant un baiser sur la tête. Mais quand une porte est fermée, il faut frapper et attendre la réponse avant d'entrer.

— D'accord. Je peux descendre en bas, maintenant ?

— Dans une minute, répondit-elle en allant prendre les boucles d'oreilles qu'elle avait préparées sur la coiffeuse. Avant, je veux que tu me promettes que tu seras sage avec tante Roz.

— Oui. On va manger des cheeseburgers et jouer aux jeux vidéo. Elle a dit qu'elle allait nous battre, mais je ne crois pas.

— Et ne te dispute pas avec ton frère, lui recommanda-t-elle.

On pouvait toujours rêver…

— Je peux descendre en bas ?

— Descendre tout court, le reprit-elle en lui donnant une petite tape affectueuse sur les fesses. Et n'oublie pas que s'il y a quoi que ce soit, j'aurai mon téléphone avec moi.

Gavin partit en courant. Elle enfila un fin cardigan noir et, après un dernier coup d'œil dans le miroir, estima que les accessoires qu'elle avait choisis parvenaient à donner l'effet à la fois chic et décontracté qu'elle souhaitait.

Elle prit son sac et en vérifia le contenu en se rendant dans la chambre des garçons. Couché à plat ventre sur le sol – sa position favorite –, Luke fixait un livre d'arithmétique en fronçant les sourcils.

— Des problèmes, mon petit chat ?

Il releva la tête. Il avait cet air désespéré que seuls les petits garçons parviennent à avoir.

— Je déteste les devoirs, se plaignit-il.

— Moi aussi.

— Gavin a fait la danse avec les doigts en l'air comme au football parce qu'il a fini en premier.

Comprenant qu'il était démoralisé, Stella s'assit par terre à côté de lui.

— Voyons ce que tu as à faire, dit-elle.

— De toute façon, pourquoi on doit savoir combien ça fait, deux plus trois ?

— Eh bien, pour savoir combien on a de doigts à chaque main, par exemple.

Il plissa le front, et soudain, son visage s'éclaira d'un grand sourire.

— Cinq !

La crise évitée, Stella l'aida à finir ses opérations.

— Terminé ! s'exclama-t-elle. Ce n'était quand même pas si terrible.

— N'empêche que je déteste les devoirs.

— Peut-être, mais… et la danse du football ?

En riant, il se leva et se mit à courir en rond, une main levée.

« Et voilà », songea-t-elle. Une fois de plus, tout était redevenu normal dans son petit monde.

— Pourquoi tu ne dînes pas avec nous ? On va avoir des cheeseburgers !

— Mmm… c'est bien sûr, ça ? le taquina-t-elle. Tu seras bien sage avec tante Roz ?

— Oui. Elle est gentille. Une fois, elle est venue dans le jardin lancer sa balle à Parker. Et ça ne l'a même pas dérangée quand elle est devenue toute baveuse. Il y a des filles qui n'aiment pas ça. Je descends maintenant, d'accord ? J'ai faim.

— Vas-y.

Restée seule, elle se releva et rangea machinalement les jouets et les vêtements qui n'avaient pas retrouvé le chemin de l'étagère ou du placard.

Elle passa les doigts sur les petits trésors des garçons. Les chères BD de Gavin, son gant de base-ball. Le camion préféré de Luke, le vieil ours en peluche fatigué avec lequel il n'avait pas encore honte de dormir.

Soudain, malgré son cardigan, elle eut la chair de poule. Du coin de l'œil, elle vit une forme – un reflet, une ombre – dans le miroir au-dessus de la commode.

Au moment où elle se retournait, Hayley ouvrit la porte de la chambre.

— Logan vient de se garer devant la maison, annonça-t-elle. Ça va ? s'inquiéta-t-elle. Tu es toute pâle.

— Oui, oui. Tout va bien. J'ai cru… Non, rien. Rien. À part pâle, je suis comment ?

Elle se força à se tourner de nouveau vers le miroir. Elle ne vit que son propre reflet et celui de Hayley qui s'approchait.

— Super. J'adore tes cheveux.

— Facile à dire quand ce n'est pas toi qui te réveilles avec une tignasse rebelle tous les matins. J'avais pensé les attacher, mais cela me paraît un peu trop formel.

— C'est parfait comme cela, assura Hayley. J'ai essayé le roux, une fois. Une vraie catastrophe. Ça me donnait un teint jaunâtre.

— Ce châtain profond et dense fait beaucoup d'effet sur toi, assura Stella.

Et ce visage sans une ride... ajouta-t-elle *in petto* avec une pointe d'envie.

— Peut-être, mais le roux est tellement à la mode, en ce moment ! Bon, je vais redescendre faire patienter Logan. Si tu attends quelques minutes, nous serons tous dans la cuisine. Orgie de cheeseburgers.

Stella n'avait aucune envie de faire une entrée trop remarquée, mais Hayley avait déjà filé, et elle voulait vérifier son rouge à lèvres avant de descendre. Et se calmer.

Au moins, sa nervosité à la perspective de ce rendez-vous – car cette fois, c'était bien un rendez-vous – passait maintenant au second plan. Car ce n'était pas Hayley dont elle avait vu le reflet dans le miroir. Même en une fraction de seconde, elle avait bien vu que la femme qui se tenait là avait les cheveux blonds.

Lorsqu'elle se sentit plus calme, elle sortit dans le couloir. Du haut de l'escalier, elle entendit le rire de Hayley.

— Elle descend tout de suite, disait cette dernière. Vous connaissez la maison ; mettez-vous à l'aise. Je retourne dans la cuisine avec le reste de la bande. Amusez-vous bien, vous et Stella.

Elle était télépathe ou quoi ? se demanda Stella. Hayley avait si bien choisi son moment pour rejoindre les autres dans la cuisine qu'elle entendit ses pas dans le couloir alors qu'elle arrivait à la moitié de l'escalier.

Logan leva la tête.

Pantalon noir bien coupé, remarqua-t-elle. Jolie chemise bleue. Pas de cravate mais un blouson assez sport. Il lui restait malgré tout quelque chose de son air indomptable.

— Vous êtes très jolie, commenta-t-il.

— Merci. Vous n'êtes pas mal non plus.

— Hayley va prévenir les autres que nous partons. Vous êtes prête ?

— Oui.

Elle sortit avec lui et découvrit une décapotable noire garée devant la maison.

— Vous avez même une voiture, fit-elle.

— Ce n'est pas une simple voiture, répliqua-t-il. Il n'y a qu'une femme pour dire cela.

— Voilà une remarque très sexiste, protesta-t-elle. Mais si ce n'est pas une voiture, qu'est-ce que c'est ?

— Une Mustang.

— Oh, pardon. Au fait, vous ne m'avez pas dit où nous allions.

— Vous n'allez pas tarder à le savoir, répondit-il en lui ouvrant la portière.

Ils roulèrent jusqu'à Memphis en écoutant une musique qu'elle n'avait jamais entendue. Ce devait être du blues, mais elle n'y connaissait rien. Lorsqu'elle le lui dit, il parut choqué, mais cela eut le mérite d'entretenir la conversation tout le trajet.

Elle apprit l'essentiel de ce qu'il fallait savoir sur des musiciens tels que John Lee Hooker, Muddy Waters, B. B. King ou Taj Mahal.

En fait, réalisa-t-elle tandis qu'ils traversaient la ville, la conversation ne languissait jamais entre eux.

Après s'être garé, il se tourna vers elle et la regarda longuement.

— Vous êtes sûre d'être née ici ? lui demanda-t-il.

— C'est ce qui est écrit sur mon acte de naissance.

Il sortit de voiture en secouant la tête.

— Dans la mesure où vous ne connaissez rien au blues, vous feriez bien de vérifier...

Il l'emmena dans un restaurant où presque toutes les tables étaient déjà prises et où les conversations semblaient très animées. Quand ils se furent assis, Logan fit signe au serveur d'attendre un peu.

— Je vous propose de choisir ce que vous voulez manger d'abord, suggéra-t-il. Nous commanderons le vin en fonction de cela.

— Entendu, répondit-elle en ouvrant son menu.

— Cet endroit est connu pour son poisson-chat, lui apprit-il. Vous en avez déjà mangé ?

Elle leva les yeux et rencontra son regard.

— Non, répondit-elle. Et même si cela fait de moi une indécrottable Yankee, je crois que je vais plutôt prendre du poulet.

— D'accord. Vous pourrez goûter un peu de mon poisson-chat pour savoir ce que vous manquez. Ils ont un bon petit chardonnay californien qui ira aussi bien avec le poisson qu'avec la volaille. Il a une finale agréable.

Elle posa son menu et se pencha vers lui.

— Vous savez vraiment cela ou vous l'inventez ?

— J'aime bien le vin. Et je m'efforce de connaître ce que j'aime.

Elle s'appuya de nouveau au dossier de son siège tandis qu'il faisait signe au serveur.

— Que faisons-nous ici, Logan ? lui demanda-t-elle en inclinant la tête sur le côté, une fois qu'ils eurent commandé.

— En ce qui me concerne, je m'apprête à me régaler d'un poisson-chat et d'un verre de bon vin.

— Nous avons eu quelques conversations, surtout relatives au travail.

— Nous avons eu quelques conversations et quelques disputes, rectifia-t-il.

— C'est vrai. Et nous avons fait une sortie – très agréable, d'ailleurs –, qui s'est terminée sur une note étonnamment personnelle.

— J'aime bien vous écouter parler, quelquefois. C'est presque comme écouter quelqu'un s'exprimer dans une langue étrangère. Est-ce que vous posez tous ces éléments comme des dalles pour faire un chemin d'un point au suivant ?

— Peut-être. Quoi qu'il en soit, je suis ici avec vous, et cette fois, c'est un rendez-vous. Or, nous avons avant tout une relation de travail.

— Oui, oui. À ce propos, je trouve toujours votre système aussi ennuyeux.

— Quelle surprise ! ironisa-t-elle. D'ailleurs, je vous signale que vous avez négligé de déposer le bon de commande et la facture sur mon bureau, tout à l'heure.

— Ah, bon ? fit-il en haussant les épaules. Je dois les avoir quelque part.

— Ce que je veux dire…

Elle s'interrompit quand le serveur apporta le vin et présenta l'étiquette à Logan.

— C'est bien cela. Faites goûter madame.

Stella sentit le vin, puis le goûta.

— Il est très bon, commenta-t-elle. Agréable finale.

— Alors, allons-y, dit Logan en souriant.

— Ce que je voulais dire, reprit-elle, c'est qu'il serait certes bénéfique pour tous que vous et moi entretenions des relations amicales, mais qu'il ne serait sans doute pas raisonnable ni judicieux que nous les portions sur un autre plan.

— Mmm, fit-il en goûtant le vin à son tour, sans détacher d'elle ses yeux de félin. Vous croyez que je ne vais plus vous embrasser parce que ce ne serait ni raisonnable ni judicieux ?

— Je viens de déménager et de commencer un nouveau travail. J'ai fait déménager mes enfants. Ils passent en premier à mes yeux.

— Je m'en doute. Mais je me doute aussi que ce n'est pas la première fois que vous dînez avec un homme depuis que vous avez perdu votre mari.

— Je suis prudente.

— Je ne l'aurais jamais deviné. Comment votre mari est-il mort ?

— Accident d'avion. Ligne intérieure. Il revenait d'un voyage d'affaires. La télévision était allumée, et il y a eu un flash spécial. Ils n'ont pas donné de noms, mais je savais que c'était l'avion de Kevin. J'ai su qu'il était mort avant qu'on ne vienne me l'annoncer.

— Et vous savez parfaitement quels vêtements vous portiez quand vous avez entendu ce flash. Vous savez ce que vous faisiez, où vous vous trouviez, dit-il d'une voix calme, le regard direct. Vous vous rappelez les moindres détails de cette journée.

— Pourquoi dites-vous cela ?

— Parce que c'est le pire jour de votre vie. La veille et le lendemain sont sans doute flous, mais vous n'oublierez jamais rien de ce jour-là.

— Vous avez raison, reconnut-elle, touchée et surprise par son intuition. Vous avez perdu quelqu'un, vous aussi ?

— Non, pas de cette façon. Mais une femme comme vous ne se marie pas, ne reste pas mariée si son mari n'est pas le centre de sa vie. Et si ce centre vous est arraché, vous n'oubliez jamais.

— Non, confirma-t-elle, je n'oublierai jamais.

Cette journée était gravée dans son cœur à tout jamais.

— Vous savez, ajouta-t-elle, c'est le témoignage de sympathie le plus perspicace et le plus juste, le plus réconfortant qu'on m'ait jamais donné. J'espère que vous ne vous vexerez pas si je vous dis que cela me surprend.

— Je ne me vexe pas si facilement. Vous avez perdu le père de vos enfants, mais vous avez construit une vie à vos fils – une belle vie, on dirait. Cela demande beaucoup de travail. Vous n'êtes pas la première femme à qui je m'intéresse qui ait des enfants. Je respecte la maternité et ses priorités. Cela ne m'empêche pas de vous regarder et de me demander quand je vais vous déshabiller.

Elle ouvrit la bouche et la referma, se racla la gorge, but une gorgée de vin.

— Eh bien, finit-elle par dire, c'est direct.

— Avec une femme d'un autre genre, je viserais directement le lit.

Quand elle laissa échapper un petit rire étranglé, il leva son verre. Il attendit qu'on leur ait apporté leurs entrées pour poursuivre.

— Mais il se trouve que vous êtes... Comme nous passons une agréable soirée, je dirais que vous êtes circonspecte.

— Vous alliez dire « coincée ».

— Vous ne le saurez jamais, répondit-il en souriant. Par ailleurs, nous travaillons tous les deux pour Roz, et je ne ferai rien qui puisse lui déplaire. Pas intentionnellement, en tout cas. Vous, vous avez deux fils dont vous devez vous soucier. Et je ne sais pas quelles fragilités il vous reste de la perte de votre mari. Alors, au lieu de vous mettre directement dans mon lit, je dîne avec vous et je vous fais la conversation.

Elle réfléchit quelques instants à ce qu'il venait de dire. Dans le fond, elle ne trouvait rien à redire à sa logique. Elle était même assez d'accord.

— Très bien. Commençons par Roz. Moi non plus, je ne veux rien faire qui puisse lui déplaire. Donc, quoi qu'il arrive, nous devrons conserver des relations courtoises au travail.

— Elles ne seront pas forcément toujours courtoises, mais si nous nous disputons, ce sera uniquement à propos du travail, corrigea-t-il.

— D'accord. Mes fils sont ma priorité absolue. Pas uniquement parce qu'il le faut, mais parce que je le veux. Rien ne pourra jamais changer cela.

— S'il en était autrement, je n'aurais pas beaucoup de respect pour vous.

— Bon.

Elle se tut un instant. Encore une fois, la réponse de Logan avait été directe. Ce qu'elle appréciait.

— Quant à Kevin, je l'ai énormément aimé. Le perdre m'a pour ainsi dire brisée en deux. Une partie de moi aurait voulu se coucher et mourir sur place, tandis que l'autre a dû surmonter le chagrin et la colère – et vivre.

— Il faut du courage pour vivre.

Les larmes aux yeux, elle prit une lente inspiration.

— Merci. Il a fallu que je me reconstruise. Pour les enfants et pour moi. Je n'éprouverai jamais pour un autre homme exactement ce que j'ai éprouvé pour Kevin. Je ne crois pas qu'il le faille, de toute façon. Mais cela ne signifie pas que je ne puisse pas m'intéresser à quelqu'un d'autre, être attirée par quelqu'un d'autre. Cela ne signifie pas que je sois condamnée à vivre seule.

— Comment se fait-il qu'une femme aussi intelligente que vous puisse avoir un tel attachement émotionnel pour les formulaires et les factures ? demanda-t-il au bout d'un moment.

— Comment se fait-il qu'un homme aussi talentueux que vous puisse être aussi mal organisé ? répondit-elle du tac au tac. Je suis repassée sur le chantier Dawson, au fait.

— Ah, oui ?

— J'ai vu qu'il vous restait quelques dernières touches à apporter quand il n'y aurait plus de risques de gel, mais je voulais vous dire que c'était du bon travail. Non. Pardon. C'est un travail exceptionnel.

— Merci. Vous avez pris d'autres photos ?

— Oui. Je vais m'en servir comme exemple d'avant-après pour la partie aménagements paysagers du site Internet que je suis en train de créer.

— Sans blague ?

— Sans blague. Je vais faire gagner plus d'argent à Roz, Logan. Si elle en gagne plus, vous en gagnerez plus vous aussi. Le site va générer de la demande pour la branche des aménagements paysagers, je vous le garantis.

— Difficile de trouver un inconvénient à cela.

— Vous savez ce que je vous envie le plus ?

— Ma personnalité étincelante ?

— Non, vous n'étincelez pas particulièrement. Vos muscles.

— Vous m'enviez mes muscles ? Je crois qu'ils ne vous iraient pas très bien, Stella.

— Lorsque je commençais un projet chez moi – là où j'habitais avant, je veux dire –, je ne pouvais pas tout réaliser moi-même. J'avais une vision – pas aussi créative que les vôtres, peut-être, mais je sais me représenter ce que je veux, et je ne manque pas d'habileté. Cependant, lorsqu'il fallait en venir à des travaux nécessitant de la force physique, je devais baisser les bras ou déléguer. C'était très frustrant parce que, parfois, j'avais envie de tout faire moi-même et je ne pouvais pas. Voilà pourquoi je vous envie vos muscles.

— J'imagine que vous dirigiez le travail et que les choses étaient faites comme vous le vouliez, en définitive, devina-t-il.

— Bien sûr, confirma-t-elle en souriant. J'ai entendu dire que vous aviez une maison pas très loin de chez Roz.

— À un peu plus de trois kilomètres.

L'entrée finie, le serveur leur apporta le plat principal. Logan coupa un morceau de son poisson-chat et le déposa au bord de l'assiette de Stella.

— Mmm, fit-elle en le regardant d'un air méfiant.

— Je parie que vous dites à vos fils qu'ils ne peuvent pas savoir s'ils aiment ou non tant qu'ils n'ont pas goûté.

— L'un des avantages qu'il y a à être adulte, c'est que l'on peut dire des choses sans avoir à les mettre en pratique. Mais bon. D'accord.

Elle prit une petite bouchée du bout de sa fourchette et la mangea en se préparant au pire.

— Curieusement, dit-elle au bout d'un moment, cela n'a pas un goût de chat. Du moins tel qu'on l'imagine. C'est plutôt bon.

— Vous êtes peut-être un peu du Sud, tout compte fait. La prochaine fois, je vous ferai manger du gruau de maïs.

— Je ne crois pas, non. J'en ai déjà goûté. Alors, c'est vous qui faites le travail ? Chez vous, je veux dire.

— En grande partie, oui. Le terrain est légèrement vallonné et bien drainé. Il y a quelques beaux arbres du côté nord. Deux jolis sycomores et un hickory, ainsi que des azalées sauvages et des lauriers de montagne ici et là. Exposition partielle au sud. Accès direct à un petit ruisseau, derrière.

— Et la maison ?

— Quoi ?

— La maison, c'est quel genre ?

— Ah. Deux étages. Elle est à rénover. Sans doute un peu grande pour moi, mais c'est le terrain qui m'a plu avant tout, et elle était dessus.

— Cela ressemble à ce que j'aimerais trouver d'ici quelques mois. Si vous entendez parler de quelque chose, vous voudrez bien me prévenir ?

— Bien sûr, pas de problème. Les garçons sont contents chez Roz ?

— Ravis. Mais, à un moment ou un autre, il faudra que nous ayons notre propre maison. C'est important pour eux d'être chez eux. Je ne veux pas quelque chose de trop grand – je n'en aurais pas les moyens, de toute façon. Et cela ne me dérange pas s'il y a des travaux à faire. Je suis assez bricoleuse. En revanche, je préférerais une maison qui ne soit pas hantée.

Elle s'interrompit devant son regard interrogateur, puis secoua la tête.

— Ce doit être le vin qui me fait parler, parce que je ne savais même pas que j'avais cela en tête.

— Ah. Qu'est-ce qui vous a fait dire cela ?

— J'ai vu – je crois avoir vu – ce fameux fantôme qui est censé hanter Harper House. Dans le miroir de la chambre des garçons, juste avant que vous passiez me prendre. Ce n'était pas Hayley. Elle est entrée un instant plus tard, et j'ai essayé de me convaincre que c'était elle que j'avais vue. Mais non. Sauf que ça pourrait difficilement être quelqu'un d'autre parce que… parce que ce n'est pas possible, c'est tout.

— On dirait que vous êtes en train d'essayer de vous en convaincre.

— Vous avez dit que j'étais intelligente, vous vous souvenez ? Et ce qui est sûr, c'est que je suis rationnelle. Les femmes intelligentes et rationnelles ne voient pas de fantômes et ne les entendent pas chanter des berceuses. Elles ne les sentent pas non plus.

— Vous avez senti le fantôme ? Comment cela ?

— Un froid, un... une impression.

Elle fut saisie d'un frémissement qu'elle tenta de compenser par un petit rire.

— Je ne peux pas l'expliquer parce que ce n'est pas rationnel, ajouta-t-elle. Mais ce soir, cette impression a été très intense. Brève, mais intense. Et hostile. Non, « hostile » est un mot un peu fort. Disons désapprobatrice.

— Pourquoi n'en parlez-vous pas à Roz ? Elle pourrait vous dire ce qu'elle sait de cette histoire.

— Peut-être. Vous, vous n'avez vraiment jamais vu le fantôme ?

— Non.

— Ni senti ?

— Non plus. Mais quelquefois, lorsque je travaille sur un chantier et que je creuse, je sens quelque chose. Quand on plante un végétal, même s'il meurt, il reste quelque chose dans le sol. Pourquoi un être humain disparaîtrait-il sans laisser de traces ?

Stella décida de réfléchir à cela plus tard, quand elle pourrait se concentrer. Pour l'instant, une autre chose lui occupait l'esprit. Elle découvrait qu'elle appréciait vraiment la compagnie de Logan Kitridge. Sans parler de cette attirance qu'il éveillait chez elle. Si elle continuait à apprécier sa compagnie et si ce désir ne diminuait pas, cela allait se terminer au lit.

Ce qui entraînerait une foule de conséquences et de complications. En outre, ils évoluaient dans le même univers. Ils travaillaient pour la même personne, dans la même entreprise. Ils n'étaient pas dans la situation de deux adultes qui pouvaient avoir une liaison sans que personne dans leur entourage ne soit au courant.

Il allait donc falloir qu'elle réfléchisse à tout cela. Qu'elle pèse le pour et le contre avant de se lancer dans une aventure avec lui.

Après le dîner, ils se rendirent sur Beale Street pour se mêler à la vie nocturne. Il y avait des touristes et des habitants de Memphis, des couples et des groupes de jeunes qui se promenaient dans la rue éclairée par les néons. De la musique s'échappait des clubs. Des gens entraient et sortaient des boutiques.

— Il y avait un club par ici qui s'appelait le *Monarch*, raconta-t-il. Vous n'allez pas avoir du mal à marcher, avec ces chaussures ?

— Non.

— Tant mieux. Vous avez de jolies jambes, au fait.

— Merci.

— Pour en revenir au *Monarch*, il était dans la même ruelle qu'un entrepreneur de pompes funèbres, si bien que les propriétaires n'avaient pas de mal à se débarrasser des corps des tués par balle.

— Voilà une jolie légende de Beale Street…

— Oh, il y en a beaucoup d'autres, qui mêlent blues et rock – qui sont tous les deux nés ici –, vaudou, jeu, sexe, scandales, whisky de contrebande au temps de la Prohibition, pickpockets et meurtres.

Ils rejoignirent un petit groupe sur le trottoir qui regardait trois garçons faire de la gymnastique et des acrobaties dans la rue.

— Je sais faire ça, déclara Stella, en désignant d'un signe de tête l'un des gymnastes qui marchait sur les mains.

— Bien sûr, oui.

— Si, je vous jure. Je ne peux pas vous le prouver ici et maintenant, mais j'ai fait six ans de gymnastique. Je peux tordre mon corps comme un bretzel. Enfin un demi-bretzel, maintenant. Mais à une époque…

— Vous essayez de m'exciter ?

— Non, répondit-elle en riant.

— Ce n'est qu'un effet secondaire, alors. À quoi ça ressemble, un demi-bretzel ?

— Je vous le montrerai peut-être un jour, quand je serai habillée de façon plus adaptée.

— Je vous assure que vous allez m'exciter !

Elle rit de nouveau et regarda un peu les acrobates. Puis Logan déposa de l'argent dans le chapeau qui leur servait à faire la manche, et ils reprirent leur promenade.

— Qui est cette Betty Paige qui a son visage sur tous ces tee-shirts ? s'enquit Stella.

Logan s'arrêta net.

— Vous plaisantez ?

— Non.

— Je savais que vous aviez vécu dans le Nord, mais j'ignorais que c'était dans une grotte. Betty Paige était une pin-up légendaire des années cinquante et une vraie bombe sexuelle.

— Comment le savez-vous ? Vous n'étiez même pas né dans les années cinquante.

— Je mets un point d'honneur à connaître l'histoire culturelle de ma ville. Surtout quand elle concerne de jolies femmes qui se déshabillent. Regardez-moi ce visage, ce corps de Vénus...

— N'empêche qu'elle ne savait sûrement pas marcher sur les mains, répliqua Stella, qui s'éloigna d'un air dégagé quand il se mit à rire.

Ils marchèrent encore pour dissiper l'effet du vin, passant d'un côté de la rue à l'autre. Logan lui proposa d'entrer dans un club de blues mais, après réflexion, elle refusa.

— Je ne peux vraiment pas. Je ne pensais déjà pas rentrer si tard. J'ai une grosse journée demain, expliqua-t-elle, et j'ai assez abusé du temps de Roz pour ce soir.

— Ce sera pour une autre fois, suggéra-t-il.

— D'accord. J'ajoute donc le club de blues à ma liste des choses à faire et à voir à Memphis. Enfin, ce soir, j'ai rayé Beale Street et le poisson-chat. Cela fait presque de moi une vraie autochtone.

— D'ici peu, vous ferez cuire le poisson-chat et vous mettrez des cacahuètes dans votre Coca, plaisanta-t-il.

— Pourquoi diable mettrais-je des cacahuètes dans mon Coca ? Enfin, peu importe. Ce doit être une habitude du Sud. Et si je vous disais que j'ai passé une très bonne soirée ?

— Cela fera l'affaire.

Cela n'avait pas été compliqué, réalisa-t-elle, ni ennuyeux, ni stressant. Du moins après les premières minutes. Finalement, elle avait presque oublié ce que cela faisait d'être avec un homme dont la compagnie la stimulait et la détendait à la fois.

Roz avait laissé la lumière allumée sous le porche et dans l'entrée. C'était un geste de mère, songea Stella, tandis que Logan et elle approchaient. Ou de grande sœur, car Roz n'avait pas l'âge d'être sa mère.

Sa propre mère avait été bien trop occupée à vivre sa propre vie pour se soucier de ce genre de détail. Peut-être était-ce la raison pour laquelle elle, Stella, y attachait une telle importance.

— Quelle belle maison, dit-elle, admirative. Cette façon qu'elle a de luire dans la nuit... Cela ne m'étonne pas que Roz y soit aussi attachée.

— Il n'y en a pas deux comme cela. Au printemps, le parc est à tomber à la renverse.

— Elle devrait le faire visiter. Et la maison aussi.

— Elle le faisait, avant. Une fois par an. Elle a arrêté depuis qu'elle a viré ce minable de Clerk. Si j'étais vous, ajouta-t-il sans lui laisser le temps de répondre, je n'aborderais pas le sujet. Si elle veut recommencer, elle le fera.

Elle attendit pour sortir qu'il vienne lui ouvrir la portière, comme il avait l'habitude de le faire.

— J'ai hâte de voir les jardins dans toute leur splendeur, dit-elle alors. Et je sais quelle chance j'ai de vivre à Harper House quelque temps, de permettre à mes fils de découvrir ici les traditions du Sud.

— Il y a une autre tradition qu'il faut que vous connaissiez. On embrasse sa cavalière pour lui souhaiter une bonne nuit.

Il alla plus lentement, cette fois, pour lui laisser le temps d'anticiper son baiser. De délicieux petits frissons couraient sur sa peau quand il posa la bouche sur la sienne. Puis ils s'emballèrent, envahirent tout son corps lorsqu'il promena la langue sur ses lèvres pour qu'elles s'ouvrent. Il enfouit les mains dans ses cheveux avant de les faire descendre sur ses épaules et jusqu'à ses hanches, qu'il empoigna fermement.

Seigneur, qu'il était musclé... songea Stella. Quoique souple en surface, son corps était d'une incroyable dureté. Quand il changea de position pour faire en sorte qu'elle se penche en arrière, elle se retrouva prise entre la portière et le mur que formait son corps. Ainsi acculée, sa bouche prisonnière de la sienne, elle avait l'impression que de la lave coulait dans ses veines.

— Attendez une minute, parvint-elle à dire. Attendez.

— Je voudrais d'abord finir ce que nous avons commencé.

Il en voulait encore plus, mais il savait déjà qu'il devrait se contenter d'un baiser. Alors, il tenait à ne pas le bâcler. Il s'imagina en train de la dévorer avidement. Ou de la savourer par petites touches, lentement, jusqu'à ce que son parfum le rende fou.

Quand il s'écarta, le regard grisé et rêveur de Stella lui signifia qu'il pourrait faire l'un ou l'autre. L'un et l'autre. Mais une autre fois, ailleurs.

— Est-ce la peine de faire comme si nous allions en rester là ? demanda-t-il.

— Je ne peux pas…

— Je ne veux pas dire ce soir, précisa-t-il quand elle se tourna vers la porte de la maison.

— Alors, non, ce n'est pas la peine.

— Bien.

— Mais je ne peux pas me jeter tête baissée dans cette histoire. J'ai besoin de…

— … de planifier, acheva-t-il pour elle. D'organiser.

— Je ne suis pas très douée pour la spontanéité, expliqua-t-elle. Et la spontanéité – pour ce genre de chose – devient carrément impossible quand on a deux enfants.

— Alors, planifiez. Organisez. Et tenez-moi au courant. Moi, je suis doué pour la spontanéité.

Il l'embrassa de nouveau, jusqu'à ce qu'elle sente ses jambes se dérober sous elle.

— Vous avez mes numéros de téléphone. Appelez-moi. Et maintenant, conclut-il en s'écartant, rentrez, Stella. La tradition veut que l'on embrasse sa cavalière pour lui souhaiter une bonne nuit, mais aussi que l'on attende qu'elle soit à l'intérieur pour s'en aller en se demandant quand on aura la possibilité de recommencer.

— Bonne nuit, alors.

Elle rentra et monta l'escalier en oubliant d'éteindre les lumières sur son passage.

Elle était encore sur un petit nuage quand elle s'engagea dans le couloir, si bien qu'elle n'entendit la berceuse que lorsqu'elle fut à deux pas de la chambre des garçons.

Elle franchit d'un bond la distance qui l'en séparait. Et elle vit, oui, elle vit la silhouette, les cheveux blonds dans la nuit, la lueur du regard qui plongea dans le sien.

Le froid lui fit l'effet d'une gifle. Et soudain, il se dissipa. Tout comme la silhouette.

Les jambes en coton, elle se précipita entre les lits et caressa tour à tour les cheveux de Gavin et de Luke. Elle posa la main sur leurs joues, sur leur dos, comme lorsqu'ils étaient bébés, en un geste de mère inquiète qui veut s'assurer que son enfant respire toujours.

Parker roula paresseusement sur le dos et soupira bruyamment en remuant une fois la queue avant de se rendormir.

Il la sentait, songea-t-elle. Il la reconnaissait. Était-ce la même chose pour le fantôme ? Sinon, n'aurait-il pas aboyé ?

Seigneur ! Et si c'était elle qui perdait la tête ?

Elle se déshabilla, fit sa toilette et emporta un oreiller et une couverture dans la chambre de ses fils. Elle s'installa entre eux et passa là le reste de la nuit pour les protéger contre l'impossible.

12

Dans la serre, Roz arrosait les plantes annuelles qu'elle avait fait pousser pendant l'hiver. Le moment était presque venu de les mettre en vente. Cela lui faisait toujours un petit pincement au cœur de penser que ce ne serait pas elle qui les planterait, d'autant qu'elle savait que toutes ne seraient pas soignées comme il le fallait.

Certaines mourraient d'avoir été négligées. D'autres seraient plantées trop au soleil ou trop à l'ombre. Alors que, pour l'instant, elles étaient fournies, jolies, pleines de potentiel.

Et à elle. Il fallait pourtant qu'elle les laisse partir, comme elle avait laissé partir ses fils. Elle ne pouvait qu'espérer, comme pour eux, qu'elles s'épanouiraient.

Ses enfants lui manquaient. Plus encore qu'elle ne l'aurait cru, maintenant que la maison retentissait de nouveau des pas et des rires de garçons. Heureusement que Harper n'était pas loin. Parfois, elle avait même du mal à se retenir de trop s'appuyer sur lui, de l'étouffer.

Mais il avait passé l'âge d'être à elle seule. Il avait beau vivre à un jet de pierre de chez elle, ils avaient beau souvent travailler côte à côte, il ne serait plus jamais à elle seule.

Il fallait qu'elle s'en contente, qu'elle se contente des visites que lui rendaient de temps en temps ses autres fils, de leurs coups de téléphone et de leurs e-mails. Et surtout de la certitude qu'ils étaient heureux, qu'ils construisaient leur vie à eux.

Elle les avait enracinés dans la vie, elle s'était occupée d'eux, elle les avait nourris et élevés. Et elle les avait laissés partir.

Elle ne serait pas une mère abusive comme il y en avait tant. Comme les plantes, les jeunes gens avaient besoin de place, d'air. Et pourtant, parfois, elle rêvait de pouvoir revenir dix ou vingt ans en arrière, pour retenir ses petits garçons chéris contre elle un peu plus longtemps.

« Allons, se morigéna-t-elle, ce genre de pensée ne peut que te donner le cafard. » Elle coupa l'eau à l'instant où Stella entrait dans la serre.

— Rien de tel que l'odeur de la terre mouillée, n'est-ce pas ? dit Roz en inspirant longuement.

— C'est vrai, confirma Stella. Oh ! Ces soucis sont magnifiques. Ils vont se vendre comme des petits pains. Je vous ai ratée, ce matin.

— J'ai commencé de bonne heure. J'ai une réunion du Club de jardinage cet après-midi. Je voulais préparer une vingtaine de centres de table.

— Bonne publicité, commenta Stella. Je voulais encore vous remercier d'avoir gardé les garçons hier soir.

— Cela m'a fait très plaisir. Vraiment. Vous avez passé une bonne soirée ?

— Excellente. Cela vous poserait-il un problème si Logan et moi nous voyions en dehors du travail ?

— Pourquoi cela devrait-il m'en poser un ?

— Eh bien, d'un point de vue professionnel...

— Des adultes doivent pouvoir vivre leur vie comme ils l'entendent. J'imagine que vous vous rendrez compte par vous-même si le fait que vous vous voyiez en dehors du travail pose un problème.

— Et nous savons toutes les deux qu'il s'agit d'autre chose que de « nous voir en dehors du travail »...

— Stella, répondit Roz en pinçant des pétunias, si vous n'aviez pas envie de coucher avec un homme aussi sexy que Logan, je m'inquiéterais pour vous.

— Dans ce cas, je crois que vous n'avez pas de souci à vous faire. Mais, tout de même, je voulais vous dire... je travaille pour vous, je vis sous votre toit... je tiens à ce que vous sachiez que je ne couche pas avec n'importe qui.

— Je n'en doute pas une seconde, assura Roz en levant brièvement la tête. Vous êtes trop prudente, trop réfléchie et un peu trop occupée pour cela.

— Encore une façon de me dire que je suis coincée, marmonna Stella.

— Pas exactement. Mais même si vous couchiez avec n'importe qui, ce serait votre problème, pas le mien. Vous n'avez pas besoin de mon approbation.

— Mais j'y tiens. Parce que je travaille pour vous et que je vis chez vous. Et parce que je vous respecte.

— D'accord, fit Roz en passant aux impatiens. Vous l'avez. L'une des raisons pour lesquelles je souhaitais que vous habitiez à la maison était que je voulais vous connaître sur le plan personnel. En vous engageant, je vous ai confié une partie de quelque chose qui compte beaucoup pour moi, sur le plan personnel. Alors, si j'avais compris au bout des premières semaines que vous étiez une femme que je ne pourrais pas apprécier ni respecter, je ne vous aurais pas gardée. Même si vous êtes extrêmement compétente. Les gens compétents ne sont pas ce qu'il y a de plus difficile à trouver.

— Merci. Enfin, je crois.

— Je pense que je vais prendre des géraniums qui sont déjà en pot. Cela me fera gagner du temps et me simplifiera la vie. Nous en avons suffisamment en stock.

— Dites-moi seulement combien vous en prenez afin que je les soustraie de l'inventaire. Roz, ajouta Stella, il y a autre chose dont je voudrais vous parler…

— Allez-y.

— C'est à propos du fantôme.

— Oui ? fit Roz en soulevant un géranium rose et en l'examinant sous tous les angles.

— Je me sens un peu ridicule de vous poser cette question, mais… vous êtes-vous déjà sentie menacée par elle ?

— Menacée ? Non. Je n'emploierais pas un mot aussi fort, répondit Roz en posant le géranium sur un plateau de plastique et en en choisissant un autre. Pourquoi ?

— Parce qu'il me semble l'avoir vue.

— Cela n'a rien d'étonnant. L'Épouse Harper a tendance à se montrer aux mères et aux petits garçons. Plus rarement aux petites filles. Pour ma part, je l'ai vue quelquefois quand j'étais petite, puis assez régulièrement lorsque j'ai eu les garçons.

— Dites-moi à quoi elle ressemble.

— Elle doit faire à peu près votre taille, répondit Roz en continuant à sélectionner des géraniums pour le Club de jardinage. Elle est mince. Très mince. Selon moi, elle a environ vingt-cinq ans, mais c'est difficile à dire. Elle n'a pas l'air très en forme. Enfin, même pour un fantôme, précisa-t-elle avec un sourire un peu absent. On dirait une femme qui a été très belle avant d'être longtemps malade. Elle est blonde, avec des yeux gris-vert très tristes. Elle porte une robe grise – ou qui a l'air grise – dans laquelle elle flotte comme si elle avait beaucoup maigri.

— C'est bien elle que j'ai vue. Ce n'est pas possible, mais je l'ai vue.

— Vous devriez être flattée. Selon la légende, elle se montre rarement aux gens qui ne font pas partie de la famille. Vous n'avez pas à vous sentir menacée, Stella.

— Pourtant, c'est bien l'impression que j'ai eue. Hier soir, en rentrant, je suis allée dans la chambre des garçons voir si tout allait bien. Je l'ai d'abord entendue. Elle chantait une espèce de berceuse…

— *Lavande bleue*. C'est, disons, sa signature. Je ne l'ai jamais entendue parler. Personne ne l'a jamais entendue parler, pour autant que je sache. Mais elle chante des berceuses aux enfants de la maison la nuit.

— *Lavande bleue*… Oui, c'est bien cela. Quand je l'ai entendue, je me suis précipitée dans la chambre. Elle était là, entre les deux lits. Elle m'a regardée. Cela a duré à peine une seconde, mais elle m'a regardée. Il n'y avait pas de tristesse dans ses yeux, Roz, mais de la colère. Et puis, il y a eu un courant d'air glacial. On aurait dit que, furieuse, elle essayait de me jeter quelque chose à la figure. Ce n'était pas comme les autres fois, où je sentais simplement une impression de froid.

Intriguée, Roz releva la tête et examina le visage de Stella.

— Quelquefois, il m'est arrivé d'avoir l'impression de l'avoir contrariée, moi aussi.

— Cela s'est vraiment passé ainsi.

— Je vous crois. Mais en général, selon mon expérience, l'Épouse Harper est une présence plutôt bienveillante. J'ai toujours pris ses colères pour des sautes d'humeur. Après tout, j'imagine que les fantômes aussi peuvent avoir des sautes d'humeur.

— Vous imaginez que les fantômes peuvent avoir des sautes d'humeur, répéta lentement Stella. Je ne comprends pas cette phrase.

— Les gens ont des sautes d'humeur, non ? Pourquoi cela devrait-il changer après leur mort ?

— D'accord, fit Stella au bout d'un moment. Admettons que tout cela soit normal. Cela signifie peut-être que l'Épouse Harper n'approuve pas ma présence dans la maison.

— Beaucoup de gens ont vécu ou ont séjourné à Harper House depuis cent et quelques années. Elle doit y être habituée. Mais si vous préférez déménager dans l'autre aile...

— Non. Je ne vois pas ce que cela changerait. J'avoue que, hier soir, j'étais si perturbée que j'ai dormi dans la chambre des garçons, mais ce n'était pas à eux qu'elle en voulait. C'était à moi. Qui était cette femme ?

— Personne ne le sait au juste. Officiellement, on l'appelle l'Épouse Harper, mais on pense plutôt que c'était une domestique. Une nurse ou une gouvernante, sans doute. Selon moi, elle a été séduite et abandonnée par un homme de la maison, peut-être après être tombée enceinte. Vu son intérêt pour eux, il doit y avoir un lien avec les enfants. Ce qui est presque sûr, c'est qu'elle est morte dans la maison – ou pas loin.

— Il doit bien y avoir des documents, non ? Une bible de famille, des actes de naissance et de décès, des photos... enfin, quelque chose, non ?

— Oh, si. Des tonnes.

— Accepteriez-vous que j'y jette un coup d'œil ? J'aimerais essayer de trouver qui c'était. Je veux savoir à qui ou à quoi j'ai affaire.

— D'accord, déclara Roz. Au fond, c'est bizarre que personne ne se soit encore jamais vraiment penché sur la question – à commencer par moi. Je vous aiderai. Ce sera intéressant.

— C'est génial, commenta Hayley en regardant la table de la bibliothèque, sur laquelle Stella avait disposé les albums de photos, la grosse bible de famille, les cartons de vieux papiers, son ordinateur portable et quelques blocs-notes. On dirait une vraie enquête.

— Je n'en reviens pas que tu l'aies vue toi aussi et que tu n'aies rien dit.

Hayley haussa les épaules et se mit à faire le tour de la pièce.

— Je pensais que, si j'en parlais, vous vous diriez que j'avais perdu la tête. Et puis, à part la dernière fois, je l'ai à peine aperçue. Je n'avais jamais vu de vrai fantôme. C'est trop cool.

— Ravie que cela fasse plaisir à quelqu'un.

Oui, cela lui faisait plaisir, songea Hayley en déambulant dans la pièce. Son père et elle aimaient tous deux les livres, si bien qu'ils avaient transformé leur salon en une espèce de bibliothèque. Ils avaient rempli les étagères de livres et installé deux grands fauteuils bien confortables. C'était douillet et agréable.

Mais là, elle se trouvait dans une vraie bibliothèque. De belles étagères de bois ciré sombre flanquaient les hautes fenêtres et couvraient les murs. Une longue table se dressait au milieu de la pièce. Des centaines de volumes couvraient les rayonnages, sans pour autant écraser la pièce. Hayley aimait tout particulièrement la cheminée de granit beige clair sur laquelle étaient posés de hauts chandeliers et des photos de famille.

Il y avait d'autres clichés ici et là, ainsi que des objets. Des objets fascinants : des statuettes, une pendule de cristal en forme de dôme. Et des fleurs, bien sûr. Il y avait des fleurs dans presque toutes les pièces de la maison. Ici, c'étaient des tulipes pourpres qui donnaient l'impression de déborder d'un gros vase transparent.

La pièce était meublée de plusieurs grands fauteuils en cuir très doux et d'un canapé, lui aussi en cuir. Malgré le lustre central et les bibliothèques qui pouvaient s'allumer, il y avait plusieurs lampes en cuivre avec un abat-jour en verre teinté. Les tapis, probablement très anciens, étaient magnifiques, avec leurs motifs d'oiseaux exotiques le long des bords.

Elle n'imaginait même pas ce que cela pouvait faire de posséder une pièce comme celle-ci. Elle n'aurait jamais su la décorer pour en faire cette salle de lecture à la fois magnifique et aussi chaleureuse que le coin du salon qu'elle avait aménagé avec son père.

Roz, elle, savait faire cela. Aux yeux de Hayley, Roz était la femme parfaite.

— Je crois que c'est ma pièce préférée de toute la maison, déclara-t-elle. Évidemment, je dis cela de toutes les pièces dès que j'y ai passé cinq minutes. Mais je crois vraiment que c'est celle-ci qui remporte le prix. On dirait une photo d'un magazine de décoration, le confort en plus. On oserait presque faire la sieste sur le canapé.

— Je vois ce que tu veux dire, répondit Stella en refermant l'album photo qu'elle regardait. Hayley, n'oublie pas qu'il ne faut rien dire de tout cela aux enfants.

— Bien sûr, répondit-elle en venant s'asseoir à la grande table. Hé ! On pourrait peut-être faire une séance de spiritisme. Ça serait drôle.

— Je n'en suis pas encore là, répliqua Stella au moment où David entrait dans la pièce.

— Voilà de quoi ravitailler les chasseurs de fantômes, annonça-t-il. Café, tisane, biscuits. Maintenant, je suis prêt à retrousser mes manches et à m'y mettre aussi. Ce serait bien de savoir qui c'est, après toutes ces années. Et ça, demanda-t-il en désignant l'ordinateur de Stella, c'est pour quoi faire ?

— Pour prendre des notes. Entrer des données. Inscrire des faits, des suppositions. Je ne sais pas trop, en fait. C'est la première fois que je fais des recherches sur un fantôme.

Roz les rejoignit, chargée d'une lourde caisse. Elle avait une traînée de poussière sur la joue et des fils argentés de toiles d'araignée dans les cheveux.

— Les comptes de la maison, annonça-t-elle. Je les ai trouvés au grenier. On va bien s'amuser. Je ne sais pas pourquoi je n'ai pas pensé à cela plus tôt. Par où voulez-vous commencer ?

— Je me disais que nous pourrions faire une séance de spiritisme, suggéra Hayley. L'Épouse Harper nous dira peut-être tout simplement qui elle est et pourquoi elle est restée coincée dans un univers parallèle. C'est ce qui arrive aux fantômes. Et parfois, ils ne savent même pas qu'ils sont morts. Ça donne la chair de poule, vous ne trouvez pas ?

— Une séance de spiritisme, répéta David en se frottant les mains. Attendez, je vais chercher mon turban.

Quand Hayley éclata de rire, Stella frappa quelques coups sur la table pour demander le silence.

— Vous voulez bien vous tenir un peu tranquilles ? Je pensais que nous pourrions commencer par quelque chose de plus banal. Par exemple, déterminer ou au moins estimer l'époque à laquelle elle a vécu. On devrait en avoir une idée grâce à ses vêtements.

— Bonne idée, dit Roz en prenant un biscuit.

— Très malin, renchérit Hayley. Mais, pour ma part, je n'ai pas bien vu les vêtements qu'elle portait. Cela n'a pas duré assez longtemps.

— Une robe grise, déclara Roz. À col montant et à manches longues.

— Quelqu'un sait dessiner ? Je me débrouille à peu près avec les droites et les courbes, mais pas avec les silhouettes.

— Roz, intervint David.

— Vous voulez bien la dessiner, Roz ? Du moins l'image que vous avez d'elle.

— Je peux essayer, en tout cas.

— J'ai acheté des blocs-notes.

— Bien entendu, répondit Roz en souriant. Et je parie que vos crayons sont bien taillés, comme le jour de la rentrée.

— Difficile de s'en servir s'ils ne le sont pas, fit valoir Stella. David, pendant ce temps-là, tu veux bien nous parler de tes expériences avec... Je crois que nous pouvons continuer à l'appeler l'Épouse Harper pour l'instant.

— Je n'en ai eu que quelques-unes, et elles remontent à mon enfance, quand je venais ici voir Harper.

— Tu te souviens de la première fois ?

— On n'oublie jamais la première fois, répondit-il avec un clin d'œil, en se servant une tasse de café. Je passais la nuit ici, dans la chambre de Harper. Nous faisions semblant de dormir pour que Roz ne vienne pas nous gronder. Nous chuchotions...

— Et ils croyaient que je ne me doutais de rien ! intervint Roz tout en dessinant.

— Je crois que c'était au printemps, reprit David. Je me souviens que nous avions laissé les fenêtres ouvertes et qu'il y avait une petite brise. Je devais avoir dans les neuf ans. J'avais rencontré Harper à l'école, et bien qu'il eût un an de moins que moi, nous nous étions tout de suite bien entendus. Cela faisait à peine quelques semaines que nous étions copains quand je suis venu dormir ici. Bref, nous étions couchés dans le noir, et il m'a parlé du fantôme. Je croyais qu'il inventait cette histoire pour me faire peur, mais il m'a juré que c'était vrai, qu'il l'avait souvent vu.

« Nous avons dû finir par nous endormir. Je me souviens que je me suis réveillé avec l'impression que quelqu'un m'avait caressé les cheveux. J'ai cru que c'était Roz et cela m'a un peu gêné, alors j'ai entrouvert un œil sans rien dire.

Il but une gorgée de café et plissa les yeux, comme s'il fouillait dans ses souvenirs avant de poursuivre.

— Et c'est là que je l'ai vue. Elle s'est approchée du lit de Harper et s'est penchée vers lui comme on fait pour embrasser un enfant sur la tête. Ensuite, elle a traversé la chambre. Il y avait un fauteuil à bascule dans le coin. Elle s'y est assise et a commencé à se balancer doucement en chantant.

« Je ne sais pas si j'ai fait du bruit ou si j'ai bougé ou quoi, mais elle m'a regardé et elle a souri. Je croyais qu'elle pleurait, mais elle souriait. Puis elle a posé les doigts sur ses lèvres, comme pour me demander de ne pas faire de bruit. Et ensuite, elle a disparu.

— Qu'as-tu fait ? demanda Hayley à mi-voix.

— Je me suis caché la tête sous les couvertures et je suis resté comme cela jusqu'au matin.

— Tu as eu peur d'elle ? demanda Stella.

— Un petit garçon de neuf ans d'une nature sensible, un fantôme : bien sûr que j'ai eu peur ! Mais cela n'a pas duré. Le matin, j'avais l'impression d'avoir fait un rêve. Un joli rêve. Elle m'avait caressé les cheveux et chanté une berceuse. Et puis, elle était jolie. On aurait plus dit un ange qu'un fantôme, alors je n'ai plus eu peur d'elle. Le matin, j'ai raconté ce qui s'était passé à Harper et il m'a dit que nous devions être frères, car elle ne s'était montrée à aucun autre de ses copains.

Il sourit à ce souvenir.

— J'étais assez fier, ajouta-t-il. Du coup, j'avais hâte de la revoir. C'est arrivé plusieurs fois au fil des ans, quand je venais dormir ici. Et puis, lorsque j'ai eu environ treize ans, les… disons les visites se sont arrêtées.

— Elle t'a parlé ?

— Non. Elle ne faisait que chanter. Toujours la même chanson.

— Et tu ne l'as vue que la nuit, dans la chambre ?

— Non. Il y a aussi eu la fois où nous avons campé derrière la maison. C'était l'été. Il faisait chaud et lourd. Nous avons cassé les pieds à Roz jusqu'à ce qu'elle nous laisse dormir dans le jardin sous une tente. Nous n'avons pas tenu toute la nuit parce que Mason s'est coupé le pied sur une pierre. Tu te rappelles, Roz ?

— Et comment ! À 2 heures du matin, j'ai dû entasser quatre garçons dans la voiture pour aller aux urgences faire faire des points de suture.

— Nous étions sortis avant qu'il fasse nuit et nous étions installés du côté ouest de la propriété. Vers 22 heures, nous étions déjà à moitié malades tant nous avions mangé de hot dogs et de marshmallows, et nous nous étions fait peur en nous racontant des histoires de fantômes idiotes. Ce devait être la fin de l'été, car il n'y avait plus de lucioles, précisa-t-il, les yeux mi-clos. Il faisait très chaud, et nous étions tous les quatre en slip. Les petits s'étaient endormis, mais Harper et moi étions encore réveillés. J'ai dû finir par m'endormir parce que, au bout d'un moment, Harper m'a secoué. « Elle est là ! » m'a-t-il dit. Et je l'ai vue marcher dans le jardin.

— Oh ! mon Dieu ! fit Hayley en se rapprochant de lui, tandis que Stella continuait à taper sur son clavier. Et ensuite, qu'est-ce qui s'est passé ?

— Eh bien, Harper m'a soufflé à l'oreille que nous devrions la suivre. J'ai tenté de le convaincre du contraire sans sacrifier ma virilité. Les deux autres se sont réveillés, et Harper a dit qu'elle s'en allait et que, si nous ne la suivions pas, nous n'étions que des gamins trouillards.

— Je parie que ça t'a décidé, commenta Stella.

— En effet. Il n'est pas envisageable pour un garçon de passer pour un trouillard aux yeux de ses copains. Alors, nous nous sommes mis en route tous les quatre. Mason devait avoir à peine six ans, mais il trottinait derrière nous en essayant de ne pas se faire distancer. Grâce au clair de lune, nous la voyions bien, mais Harper a dit que nous ne devions pas la suivre de trop près, pour ne pas nous faire repérer.

« Il n'y avait pas un souffle d'air cette nuit-là. Aucune feuille ne bougeait. Elle avançait en silence, elle traversait les buissons. Elle était différente de d'habitude, mais je n'ai compris pourquoi que longtemps après.

— Qu'est-ce qu'elle avait de différent ? demanda Hayley dans un souffle, en s'agrippant au bras de David.

— Elle s'était détaché les cheveux. Toutes les fois précédentes, ils étaient remontés sur sa tête, avec des boucles un peu démodées qui descendaient en spirale du sommet de son crâne. Mais, cette nuit-là, ils étaient libres et en désordre. Ils lui tombaient dans le dos, sur les épaules. Elle portait quelque chose de blanc et d'ample. Elle ressemblait bien plus à un fantôme que d'habitude. J'ai eu peur d'elle, plus que la première fois – ou que toutes les autres. Elle est sortie du chemin et s'est mise à marcher sur les fleurs sans les toucher. Je m'entendais respirer fort et j'ai dû ralentir, parce que Harper s'est retrouvé loin devant. Elle se dirigeait vers les vieilles écuries, ou peut-être la remise à voitures.

— La remise à voitures ? répéta Hayley dans un cri étouffé. Là où habite Harper ?

— Oui. Il n'y vivait pas encore, à l'époque, précisa David en riant. Il devait avoir dix ans, je pense. On aurait dit qu'elle se dirigeait vers les écuries, mais il fallait pour cela qu'elle passe devant la remise à voitures. Arrivée là, elle s'est immobilisée et s'est retournée. Je sais que je me suis arrêté net et que j'ai dû beaucoup pâlir.

— J'imagine, oui ! s'exclama Hayley.

— Elle avait l'air folle. C'était pire que de savoir qu'elle était morte. Avant que j'aie pu décider si j'allais suivre Harper ou faire demi-tour comme un trouillard, Mason a hurlé. J'ai cru qu'elle lui avait fait quelque chose et j'ai bien failli hurler à mon tour. Mais Harper est revenu vers nous en courant. En fait, Mason s'était ouvert le pied sur une pierre. Quand je me suis retourné, elle avait disparu.

Il se tut et frémit avant de laisser échapper un petit rire.

— J'ai réussi à me faire peur, avoua-t-il.

— À moi aussi, articula Hayley.

— Il a fallu six points de suture à Mason, intervint Roz. Tenez, ajouta-t-elle en faisant glisser le carnet vers Stella. C'est ainsi que je la vois.

— C'est bien elle, confirma cette dernière en étudiant le dessin de la femme aux yeux tristes. Tu la reconnais aussi, David ?

— Oui. À part cette fameuse nuit, elle était exactement comme cela.

— Hayley ?

— Oui, il me semble.

— Donc, elle porte une robe assez simple, pincée à la taille, avec un col montant, et boutonnée devant. Les manches sont un peu bouffantes des épaules aux coudes et resserrées aux poignets. La jupe épouse les hanches avant de s'évaser légèrement. Elle a les cheveux bouclés, très bouclés, remontés en une espèce de chignon sur le haut de la tête. Je vais faire une recherche sur Internet sur la mode féminine, mais on peut déjà dire que c'est après les années 1860, non ? Au milieu du XIXe, la mode était plutôt aux robes à crinoline façon Scarlett O'Hara. Donc, après 1860 et avant, disons, les années 1920, où les jupes se sont raccourcies.

— Je dirais que ce doit être à la toute fin du XIXe siècle ou au début du XXe, intervint Hayley, qui haussa les épaules d'un air gêné quand tous les regards se tournèrent vers elle. Je sais un tas de choses inutiles. On dirait ce qu'on a appelé le « style sablier ». C'était à la mode dans les années 1890.

— Génial, commenta Stella en tapant sur son clavier. Voyons ce que je trouve en ligne…

Elle consulta la liste de sites proposés par le moteur de recherche et en choisit un sur la mode des années 1890.

— Fin de l'époque victorienne, résuma-t-elle en lisant et en regardant les photos. Style sablier. Ce que j'ai ici semble un peu plus chic, mais c'est bien le même genre.

Elle passa au début du XXe.

— Non, dit-elle. Là, les manches sont beaucoup plus larges au niveau des épaules, et le corsage des tenues de jour me paraît un peu plus épuré. Et là, ajouta-t-elle en retournant vers les années antérieures, c'est encore l'époque des tournures. Donc, je pense que Hayley a raison. Ce doit être les années 1890.

— Un point pour moi !

— Pas si vite, lança Roz. Si c'était une domestique, elle n'était peut-être pas habillée à la mode.

— Zut, lâcha Hayley.

— Mais tout de même, suggéra Stella, on peut supposer que c'était entre les années 1890 et 1910, non ? Si l'on considère qu'elle avait environ vingt-cinq ans quand elle est morte, cela signifie qu'elle est née entre 1865 et 1885. Pff… C'est trop large. Et il y a une trop grande marge d'erreur.

— La coiffure, intervint David. C'était peut-être une domestique, elle portait peut-être des vêtements démodés qu'on lui avait donnés, mais rien ne l'empêchait de se coiffer à la mode de son époque.

— Bien joué, le félicita Stella en se remettant à taper. Alors… cette coiffure s'est répandue aux alentours de 1895. Si l'on considère que notre héroïne se coiffait selon la mode de son temps, cela nous ramène entre 1890 et 1895, 1898 à la rigueur si elle était un peu en retard. Mettons qu'elle soit morte au cours de cette décennie à… disons entre vingt-deux et vingt-six ans.

— Commençons par la bible familiale, décida Roz. Elle nous dira si une femme de la famille Harper est morte à cet âge à cette époque.

Elle tira le gros volume vers elle. La reliure de cuir noir richement ouvragée semblait être régulièrement époussetée et huilée – sans doute par Roz elle-même.

Elle tourna les pages de la généalogie familiale.

— L'arbre remonte à 1793, au mariage de John Andrew Harper et Fiona MacRoy, expliqua-t-elle. Il signale la naissance de leurs huit enfants.

— Huit ? fit Hayley en ouvrant de grands yeux et en posant la main sur son ventre. Seigneur !

— Comme vous dites. Six d'entre eux ont vécu jusqu'à l'âge adulte. Ils se sont mariés et ont fait des enfants, des enfants et encore des enfants, poursuivit Roz en tournant précautionneusement les pages. Là, nous avons plusieurs filles Harper nées entre 1865 et 1870. Tiens, voilà une Alice Harper Doyle morte en couches en octobre 1893 à l'âge de vingt-deux ans.

— Quelle horreur ! commenta Hayley. Elle était plus jeune que moi.

— Et elle avait déjà deux enfants. La vie des femmes était bien dure avant le contrôle des naissances.

— Pensez-vous qu'elle ait vécu ici, dans cette maison ? demanda Stella. Elle pourrait être morte ici ?

— C'est possible. Elle a épousé Daniel Francis Doyle, de Natchez, en 1890. Nous pourrons consulter les actes de décès. J'ai trouvé trois autres femmes mortes au cours de la période qui nous intéresse, mais les âges ne correspondent pas. Alors, voyons… Alice était la sœur cadette de Reginald Harper. Il en avait deux autres. Pas de frère. C'est sans doute lui qui a hérité de la maison et du domaine. Il y a pas mal d'écart entre lui et chacune de ses sœurs. Des fausses couches, sans doute.

Quand Hayley laissa échapper un petit gémissement de détresse, Roz releva vivement la tête.

— Je ne veux pas que tout cela vous chamboule, Hayley.

— Non, non, ça va, assura-t-elle en prenant une profonde inspiration. Alors, Reginald était le seul fils de la famille ?

— Oui. Il avait beaucoup de cousins. L'un d'entre eux aurait sans doute hérité du domaine à sa mort, mais il a eu un fils. Plusieurs filles, d'abord, puis un garçon en 1892.

— Et sa femme ? demanda Stella. C'est peut-être elle.

— Non. Elle a vécu assez vieille : jusqu'en 1925.

— Alors, commençons par Alice, décida Stella.

— Et voyons ce que nous pouvons trouver sur les domestiques à cette époque. Il ne serait pas étonnant que Reginald ait fricoté avec une nurse ou une femme de chambre pendant que sa femme faisait des enfants. C'était un homme, après tout.

— Hé ! protesta David.

— Pardon, mon chéri. Disons que c'était un Harper et qu'il a vécu à une époque où les hommes d'un certain rang avaient des maîtresses et n'hésitaient pas à pratiquer le droit de cuissage.

— Bon. C'est un peu mieux. Mais à peine.

— Vous êtes sûre qu'il a vécu ici avec sa famille à cette époque ?

— Harper House a toujours été habitée par un Harper, affirma Roz. Et si je me souviens bien de l'histoire de ma famille, c'est Reginald qui est passé de l'éclairage au gaz à l'électricité. Il a dû vivre ici jusqu'à sa mort en... en 1919. La maison a été transmise à son fils, Reginald Junior, qui a épousé Elizabeth Harper McKinnon, une cousine au quatrième degré, en 1916.

— Très bien. Donc, il faut que nous sachions si Alice est morte ici et que nous parcourions les registres pour voir si, au cours de cette période, il y a eu des domestiques mortes à l'âge de notre héroïne, dit Stella en notant au fur et à mesure sur un bloc-notes les points à approfondir. Roz, savez-vous quand... parlons d'apparitions, faute de mieux... quand les apparitions ont commencé ?

— Non, et je me rends compte que c'est assez curieux. Je devrais le savoir, et je devrais en savoir plus long sur elle. L'histoire de la famille Harper se transmet de génération en génération, oralement ou par écrit. Mais un fantôme hante la maison depuis plus d'un siècle, et voilà que je m'aperçois que je ne sais presque rien à son sujet. Mon père l'appelait simplement l'Épouse Harper.

— Que savez-vous d'elle ? s'enquit Stella en s'apprêtant à reprendre des notes.

— Je sais à quoi elle ressemble, quelle comptine elle chante. Je l'ai vue quand j'étais petite fille, lorsqu'elle venait dans ma chambre me chanter cette berceuse, comme on disait qu'elle l'avait fait pour les générations précédentes. C'était... apaisant. Il y avait chez elle une grande douceur. Quelquefois, j'ai essayé de lui parler, mais elle ne m'a jamais répondu. Elle se contentait de sourire, et parfois de pleurer. Merci, mon chéri, dit-elle quand David lui servit du café. Je ne l'ai pas vue de toute mon adolescence. Mais, à cette époque, je ne pensais pas beaucoup à elle. J'avais d'autres choses en tête. En revanche, je me souviens très bien de la première fois où je l'ai revue.

— Ne faites pas durer le suspense, supplia Hayley.

— C'était au tout début de l'été. Fin juin. John et moi n'étions pas mariés depuis très longtemps. Nous séjournions ici. Il faisait déjà chaud, l'une de ces nuits chaudes et calmes où l'air forme comme une couverture mouillée. Comme je n'arrivais pas à dormir, j'ai tout de même quitté la fraîcheur de la maison pour la chaleur du jardin. J'étais agitée, énervée. Je me disais que j'étais peut-être enceinte. J'en avais tellement envie – nous en avions tellement envie tous les deux – que je ne pouvais penser à rien d'autre. Je suis donc sortie dans le jardin, et je me suis assise sur la vieille balancelle en teck pour rêver au clair de lune et prier pour que ce soit vrai, pour que nous attendions un bébé.

Elle eut un petit sourire avant de poursuivre :

— J'avais à peine dix-huit ans. Bref, tandis que j'étais assise dans le jardin, elle est venue. Je ne l'ai ni vue ni entendue arriver. Elle est soudain apparue sur le chemin, et quelque chose dans la façon dont elle m'a souri m'a fait comprendre, m'a donné la certitude que je portais un enfant. Je suis restée là, dans la chaleur de la nuit, à pleurer de joie. Quand je suis allée chez le médecin, une quinzaine de jours plus tard, je savais déjà que j'attendais Harper.

— Que c'est beau... fit Hayley, les larmes aux yeux.

— Je l'ai vue de temps à autre au cours des années qui ont suivi, notamment au début de chacune de mes grossesses, quand je n'étais pas encore sûre d'être enceinte. Je la voyais, et j'avais alors la certitude que j'attendais effectivement un bébé. Et lorsque mon dernier fils a atteint l'adolescence, j'ai cessé de la voir régulièrement.

— Il doit donc y avoir un lien avec les enfants, conclut Stella. C'est le point commun entre toutes ses apparitions : ce sont les enfants qui la voient, les mères de jeunes enfants et les femmes enceintes. Cela conforte la théorie de la jeune femme morte en couches. Désolée, Hayley, ajouta-t-elle aussitôt avec une grimace.

— Je sais ce que tu veux dire, assura cette dernière. C'est peut-être Alice. Et peut-être qu'elle a seulement besoin qu'on découvre qui elle était pour reposer en paix.

— Eh bien, fit Stella en regardant les boîtes, les blocs-notes et les albums, au travail.

Cette nuit-là, la tête pleine de fantômes et de questions, Stella rêva de nouveau de son jardin parfait troublé par le dahlia bleu qui s'obstinait à pousser en plein milieu.

« Une mauvaise herbe est une fleur qui ne pousse pas au bon endroit », disait une voix en elle, une voix qui n'était pas la sienne.

— C'est vrai, murmura-t-elle. C'est vrai. Mais il est si beau. Si fort, si vivant.

C'est l'impression qu'il donne, mais il te trompe. S'il reste, il changera tout. Il prendra toute la place et gâchera tout ce que tu as accompli. Tout ce que tu as. Tu veux risquer de perdre tout ce que tu as pour une belle fleur ? Une fleur qui mourra de toute façon au premier gel ?

— Je ne sais pas, fit-elle en regardant le jardin et en se frottant les bras, mal à l'aise. Je pourrais peut-être changer le dessin pour me servir de lui comme point central.

Le tonnerre gronda, et le ciel s'assombrit, comme le soir de la mort de Kevin. Et la douleur qu'elle avait éprouvée alors la frappa de nouveau, la transperçant comme une lame en plein cœur.

Tu vois ? Tu la ressens de nouveau ? Tu es prête à risquer de souffrir autant pour cela ?

— Je ne peux plus respirer, dit-elle en suffoquant et en tombant à genoux, brisée par la douleur. Je ne peux plus respirer. Qu'est-ce qui m'arrive ?

Souviens-toi. Penses-y. Rappelle-toi l'innocence de tes enfants et détruis-le. Arrache-le avant qu'il ne soit trop tard ! Tu ne vois pas qu'il essaie d'éclipser le reste ? Tu ne vois pas qu'il vole la lumière ? La beauté peut être un poison.

Stella se réveilla, tremblante de froid, le cœur battant encore de la douleur qui l'avait arrachée au sommeil.

Et elle comprit qu'elle n'avait pas été seule, même dans son rêve.

13

Son jour de congé, Stella emmena ses fils retrouver son père et Jolene au zoo. Une heure plus tard, les garçons mangeaient une glace, chargés de serpents en plastique et de ballons.

Stella s'était faite depuis longtemps à l'idée que le rôle des grands-parents était de gâter leurs petits-enfants. Comme Gavin et Luke n'avaient pour ainsi dire que ceux-ci, elle les laissait faire de bon cœur.

Quand ils en furent à la maison des reptiles, elle préféra ne pas les suivre et laissa volontiers son père prendre la direction de cette partie de la visite.

— Votre mère a toujours eu peur des serpents, apprit Will aux garçons.

— Et je n'ai pas honte de l'admettre, répliqua-t-elle. Allez-y, je vous attends ici.

— Je vais rester avec toi, proposa Jolene en rajustant sa casquette de base-ball bleu ciel. Je préfère de loin la compagnie de Stella à celle d'un boa constrictor, reprit-elle à l'adresse des trois autres.

— Ah, les filles, fit Will dans un soupir, en échangeant un regard désabusé avec ses petits-fils. Venez, les hommes ! Dans la fosse aux serpents !

Ils poussèrent un cri de guerre et s'élancèrent au pas de charge vers le bâtiment.

— Il est merveilleux, avec eux, commenta Stella. Si à l'aise, si naturel. Je suis heureuse que nous habitions plus près, maintenant, et qu'ils puissent se voir régulièrement.

— Pas tant que nous, ma chérie. Ça fait plusieurs jours que ton père trépigne comme un gamin à la perspective de cette sortie. Il est très fier de vous trois.

— Malheureusement, nous sommes passés à côté de beaucoup de choses, quand j'étais petite.

— C'est bien de pouvoir rattraper le temps perdu maintenant.

Stella regarda Jolene tandis qu'elles se dirigeaient vers un banc pour s'asseoir.

— Tu ne dis jamais de mal de ma mère, observa-t-elle. Tu ne la critiques jamais.

— Ma chérie, il a souvent fallu que je me morde la langue pour m'en empêcher, depuis vingt-sept ans.

— Pourquoi ?

— Parce que je t'assure que, quand on est la seconde femme – et une belle-mère, de surcroît –, c'est ce qu'il y a de mieux à faire. Et puis, tu es devenue une jeune femme forte, intelligente et généreuse qui élève les deux garçons les plus beaux, les plus malins et les plus mignons du monde. Alors, à quoi bon critiquer ?

Sa mère, elle, ne se gênait pas pour critiquer Jolene, songea Stella.

— Tu es vraiment ce qui est arrivé de mieux à mon père. Je te l'ai déjà dit ?

— Une ou deux fois, peut-être, mais c'est toujours agréable à entendre, répondit Jolene en rosissant joliment.

— Et j'ajouterai que tu es aussi ce qui m'est arrivé de mieux à moi. Et aux garçons.

— Oh ! dit Jolene en sortant un mouchoir de son sac. Voilà que tu me fais pleurer. C'est adorable. Vraiment, c'est adorable.

Elle renifla et essaya de se tamponner les yeux tout en serrant Stella dans ses bras.

— Tu sais que je t'adore, ma chérie. Je t'ai toujours adorée.

— Je l'ai toujours senti, assura Stella en se dégageant pour chercher un Kleenex dans son sac. Ah, là là... Regarde dans quel état nous nous sommes mises.

— Cela en valait la peine. Parfois, cela fait du bien de pleurer un bon coup. Est-ce que j'ai du mascara partout ?

— Non. Seulement un peu...

Elle se servit du coin de son mouchoir pour essuyer une tache sous l'œil de sa belle-mère.

— Là, fit-elle. Plus une trace.

— Que je suis heureuse ! Allez, raconte-moi vite comment tu vas avant que je me remette à pleurer.

— Côté travail, cela ne pourrait pas aller mieux. Vraiment. Nous sommes sur le point de faire face à la ruée du printemps. La pression monte, et j'adore ça. Les garçons sont heureux. Ils se font des amis à l'école. À vrai dire, entre nous, je crois que Gavin a un gros faible pour une petite blonde bouclée de sa classe. Elle s'appelle Melissa, et le bout de ses oreilles devient tout rouge quand il parle d'elle.

— C'est trop mignon. Rien de tel que ces premiers émois amoureux, n'est-ce pas ? Je me souviens que j'étais folle d'un garçon qui avait le visage couvert de taches de rousseur et une mèche rebelle sur le front. J'ai cru mourir de bonheur le jour où il m'a offert un crapaud dans une boîte à chaussures.

— Un crapaud ?

— Ma chérie, j'avais huit ans et j'étais une fille de la campagne, alors, au fond, c'était un beau cadeau. Il a fini par épouser une de mes amies. Je suis allée à leur mariage et j'ai dû porter une horrible robe rose à crinoline, si large que j'aurais pu cacher un cheval dessous. Il y avait tellement de volants que j'avais l'air d'une pièce montée humaine.

Elle agita la main comme pour chasser ce souvenir tandis que Stella se tordait de rire.

— Je ne sais pas pourquoi je te raconte tout cela. Enfin, c'est le genre d'expérience traumatisante qu'on n'oublie pas, même trente ans plus tard. Ils habitent de l'autre côté de Memphis. Nous dînons ensemble de temps en temps. Il a encore ses taches de rousseur, mais sa mèche rebelle a disparu depuis longtemps, ainsi que presque tous ses cheveux.

— Tu dois connaître beaucoup de gens, et l'histoire de la région puisque tu as vécu par ici toute ta vie...

— C'est vrai. Je ne peux pas aller faire des courses sans tomber sur une demi-douzaine d'amis ou de connaissances.

— Que sais-tu du fantôme de Harper House ?

— Mmm, fit Jolene en sortant son poudrier et son rouge à lèvres pour se refaire une beauté. Pas grand-chose, si ce n'est qu'il a toujours rôdé dans les parages – de mémoire d'homme, en tout cas. Pourquoi ?

— Cela va te paraître dingue, surtout venant de moi, mais... je l'ai vu.

— Oh ! Seigneur ! s'exclama Jolene en refermant son poudrier d'un coup sec. Dis-moi tout.

Stella lui raconta ce qui s'était passé et ce qu'elle avait entrepris pour découvrir l'identité de l'Épouse Harper.

— C'est follement excitant ! Te voilà détective. Ton père et moi pourrions peut-être te donner un coup de main... Tu sais quoi ? ajouta-t-elle en prenant le bras de Stella. Je parie qu'elle a été assassinée. Tailladée à coups de hache ou je ne sais quoi et enterrée sommairement. Ou jetée dans le fleuve – en morceaux. C'est ce que j'ai toujours cru.

— Pouah ! Quelle horreur ! En tout cas, son fantôme est entier. Pour l'instant, notre piste principale est une arrière-grand-tante de Roz qui est morte en couches.

— Ah, d'accord.

Jolene bouda quelques instants, visiblement déçue.

— Bon, finit-elle par dire. S'il se confirme que c'est elle, ce sera bien triste, mais pas aussi captivant qu'un meurtre. Raconte tout cela à ton père, et nous verrons ce que nous pouvons faire. Nous avons beaucoup de temps libre l'un et l'autre. Ce serait amusant de vous aider.

— Pour moi, c'est assez inhabituel, répondit Stella. D'ailleurs, je fais beaucoup de choses inhabituelles, par les temps qui courent...

— Ces choses inhabituelles n'auraient-elles pas quelque chose à voir avec un homme ? Un homme grand et musclé au sourire ravageur ?

— Pourquoi me poses-tu cette question ? demanda Stella en plissant les yeux.

— Tu te souviens de ma cousine Lucille ? Tu l'as rencontrée au moins une fois. Eh bien, elle a dîné à Memphis l'autre soir et elle m'a dit t'avoir vue dans un restaurant avec un très beau jeune homme. Elle n'est pas venue te dire bonsoir parce qu'elle était en galante compagnie, or son soupirant n'est pas encore tout à fait divorcé de sa deuxième femme. En réalité, cela doit bien faire un an et demi qu'il n'est pas tout à fait divorcé, mais c'est du Lucille tout craché. Alors, c'était qui, ce beau jeune homme ?

— Logan Kitridge.

— Oh oh ! En effet, c'est un bien beau jeune homme. Mais je croyais qu'il t'était antipathique.

— Pas tout à fait. Il m'agaçait et je trouvais difficile de travailler avec lui. Nous nous entendons un peu mieux au travail, et je ne sais pas trop comment c'est arrivé, mais nous sortons plus ou moins ensemble. J'essaie de savoir si j'ai envie de le revoir ou non.

— Cela ne demande pas grande réflexion, répondit Jolene. Soit tu en as envie, soit tu n'en as pas envie.

— J'en ai envie, mais... Je ne devrais pas de te demander de me rapporter des ragots...

— Ma chérie, si tu ne peux pas me le demander à moi, à qui pourras-tu le demander ?

En riant, Stella regarda la maison des reptiles, pour s'assurer que ses fils ne ressortaient pas encore.

— Avant d'aller plus loin, j'aimerais savoir s'il voit beaucoup de femmes.

— Tu veux savoir si c'est un coureur ?

— En gros, oui.

— Je pense qu'il n'a pas de mal à séduire quand il le veut, mais on n'entend personne dire de lui : « Oh, ce filou de Logan Kitridge, il est vraiment porté sur la chose ! » comme on le dit de mon neveu Curtis. Les gens – les femmes, surtout – se demandent comment son ex-épouse a pu le laisser partir et comment aucune autre n'a pu être assez maligne pour lui mettre le grappin dessus. C'est ce que tu as l'intention de faire ?

— Non. Absolument pas.

— C'est peut-être lui qui voudrait bien te mettre le grappin dessus, alors...

— Je dirais que, l'un comme l'autre, nous tâtons le terrain. Ah, reprit-elle en apercevant son père et ses fils, voici nos chasseurs de reptiles. Pas un mot de tout cela devant les enfants, d'accord ?

— Motus et bouche cousue.

Ce jour-là, Côté Jardin ouvrit à 8 heures. Tout le monde était sur le pied de guerre pour la grande opération de printemps annoncée à grand renfort de publicité. Stella avait passé les troupes en revue et supervisé la mise en place des produits avec Roz.

Des saisonniers avaient été embauchés en renfort, et le champ de bataille était, selon elle, magnifiquement organisé et présenté.

À 10 heures, c'était déjà la folie. Les clients affluaient dans la boutique, les zones extérieures et les serres ouvertes au public. Les caisses enregistreuses sonnaient sans cesse.

Stella allait d'un endroit à l'autre et intervenait là où elle estimait que l'on avait besoin d'elle. Elle répondait aux questions des employés et des clients, réapprovisionnait les rayons et les chariots quand personne n'avait le temps de le faire. Elle aida même un nombre incalculable de clients à ranger leurs achats dans leur véhicule.

Comme un général, elle se servait du talkie-walkie fixé à sa ceinture pour être partout à la fois.

— Mademoiselle, vous travaillez ici ?

Elle s'arrêta et se retourna vers la femme vêtue d'un vieux jean et d'un grand sweat-shirt qui l'avait interpellée.

— Oui, madame. Je m'appelle Stella. En quoi puis-je vous être utile ?

— Je ne trouve pas les ancolies, ni les digitales, ni… Bref, je ne trouve pas la moitié des plantes qui sont sur ma liste. Tout a changé, ici.

— C'est vrai que nous avons réorganisé un certain nombre de choses, confirma Stella. Voulez-vous que je vous aide à trouver ce que vous cherchez ?

— J'ai un chariot déjà chargé, répondit la cliente en le désignant d'un signe de tête. Je n'ai pas envie de le trimballer partout.

— Vous allez avoir du pain sur la planche, dites-moi, commenta Stella joyeusement. Et quels excellents choix ! Steve ? Vous voulez bien emporter ce chariot devant et l'étiqueter au nom de Mme… Pardon, à quel nom, s'il vous plaît ?

— Haggerty, répondit la cliente en pinçant les lèvres. Bon, cela ira. Mais que personne ne le prenne, surtout. J'ai passé assez longtemps à choisir mes plantes.

— Oui, madame. Comment allez-vous ?

— Très bien. Et tes parents ?

— Très bien, merci, répondit Steve en prenant le chariot. Mme Haggerty a l'un des plus beaux jardins de la région, apprit-il à Stella.

— Je vais planter de nouvelles plates-bandes. Fais bien attention à mon chariot, Steve, sinon tu auras affaire à moi. Alors, où sont donc passées les ancolies ?

— Par ici, fit Stella. Laissez-moi vous prendre un autre chariot.

— Vous êtes la nouvelle que Rosalind a embauchée ? demanda la cliente.

— Oui, madame.

— Et vous venez du Nord ?

— Je plaide coupable.

Mme Haggerty regarda autour d'elle, l'air manifestement contrarié.

— Vous avez vraiment tout changé, dit-elle d'un ton accusateur.

— C'est vrai. J'espère que la nouvelle disposition fera gagner du temps aux clients et leur simplifiera les choses.

— Ce n'est pas le cas pour l'instant. Attendez une minute.

Mme Haggerty s'arrêta et baissa le bord de son chapeau de paille effrangé pour se protéger du soleil tandis qu'elle examinait des achillées en pot.

— Ces achillées sont belles, n'est-ce pas ? commenta Stella. Elles supportent bien la chaleur et elles fleurissent si longtemps...

— Je ferais aussi bien de prendre quelques plantes pour ma fille, tant que je suis là, bougonna Mme Haggerty.

Elle choisit trois pots. Tandis qu'elles avançaient entre les allées, Stella parla des plantes devant lesquelles elles passaient et parvint finalement à engager la conversation avec Mme Haggerty. Elles avaient rempli le deuxième chariot et bien entamé le troisième quand elles arrivèrent aux plantes vivaces.

— Je dois dire que vous vous y connaissez, en plantes, concéda la cliente.

— Je vous retourne le compliment. Et je vous envie d'avoir la perspective de planter toutes ces belles choses.

Mme Haggerty s'arrêta de nouveau et regarda autour d'elle.

— Vous savez, dit-elle, avec votre nouvelle disposition, j'ai acheté beaucoup plus de choses que prévu.

— C'est vrai ? fit Stella avec un grand sourire innocent.

— Vous êtes maligne. J'aime bien ça. Toute votre famille est dans le Nord ?

— Non. En fait, mon père et sa femme habitent ici. Ils sont originaires de la région.

— Ah, très bien. Bon, bon, bon. Venez voir mon jardin, un de ces jours. Rosalind vous dira où c'est.

— Avec grand plaisir. Merci.

À midi, Stella estima qu'elle avait bien dû faire quinze kilomètres.

À 15 heures, elle avait perdu le compte de la distance qu'elle avait parcourue, des kilos qu'elle avait soulevés, des questions auxquelles elle avait répondu.

Elle se mit à rêver d'une longue douche fraîche et d'un bon verre de vin.

— C'est dingue, dit Hayley en rangeant des chariots sur le parking.

— À quand remonte ta dernière pause ? lui demanda Stella.

— Ne t'en fais pas. J'ai passé beaucoup de temps assise à la caisse, à parler avec les clients. Pour tout t'avouer, j'avais besoin de me dégourdir les jambes.

— Nous fermons dans une heure. Les choses commencent à se calmer un peu. Tu veux bien aller chercher Harper et un saisonnier pour qu'ils rechargent les rayons ?

— Bonne idée. Hé ! Ce n'est pas le pick-up de Monsieur Canon qui vient d'entrer sur le parking ?

Stella se retourna et reconnut le véhicule de Logan.

— Monsieur Canon ?

— Ça lui va bien, non ? Allez, je retourne au travail.

Stella aurait dû en faire autant. Au lieu de cela, elle regarda Logan rouler dans les gravillons et se garer entre les montagnes formées par les gros sacs de terreau et de paillis. Il descendit d'un côté, ses deux hommes de l'autre. Après s'être brièvement entretenu avec eux, il s'approcha de Stella.

Elle alla donc à sa rencontre.

— J'ai un client qui a choisi ce paillis de cèdre rouge. Vous pouvez noter que j'en prends deux cent cinquante kilos ?

— Quel client ? s'enquit-elle.

— Jameson. On va passer déposer ça chez lui ce soir. Je vous donnerai les papiers demain.

— Pourquoi pas maintenant ?

— Il faut que je les remplisse, et ça prend du temps. Si je fais ça maintenant, il sera trop tard pour livrer aujourd'hui, et le client ne sera pas content.

— Heureusement pour vous, je n'ai pas la force d'insister, fit-elle en s'essuyant le front de l'avant-bras.

— Vous avez beaucoup travaillé, on dirait.

— Vous n'imaginez même pas à quel point. Ça s'est vraiment très bien passé. Je suis prête à parier que nous avons battu des records. Je ne sens plus mes pieds. Au fait, je me disais que j'aimerais bien passer voir votre maison...

Il la regarda dans les yeux jusqu'à ce qu'elle sente un délicieux picotement remonter le long de sa colonne vertébrale.

— Bonne idée. Je suis là, ce soir.

— Non, ce soir, je ne peux pas. Mais pourquoi pas mercredi, après la fermeture ? Si Roz accepte de garder les garçons.

— Mercredi. Pas de problème. Voulez-vous que je vous explique où c'est ?

— Je trouverai. Vers 18 h 30 ?

— Parfait. Au revoir.

Sur ce, il regagna son pick-up.

C'était vraiment le plus étrange préambule à un rendez-vous amoureux qu'elle ait jamais eu, songea Stella.

Ce soir-là, après avoir fait dîner ses fils et joué une heure avec eux, Stella put enfin s'offrir une longue douche. À mesure qu'elle se lavait des douleurs et de la fatigue de la journée, l'excitation la gagnait.

Ils avaient fait exploser les ventes !

Elle se faisait encore un peu de souci pour l'excédent de stocks dans certains domaines et craignait, au contraire, un manque d'approvisionnement dans d'autres. Mais, grisée par le succès de cette journée, elle se rappela qu'il ne fallait pas sous-estimer l'instinct de jardinière de Roz. Si l'on pouvait se fier à ce qui s'était passé aujourd'hui, ils allaient faire une superbe saison.

Elle enfila son peignoir, s'enveloppa les cheveux dans une serviette et sortit de la salle de bains en dansant…

… avant de pousser un hurlement strident en apercevant une femme dans l'encadrement de la porte.

— Désolée ! Désolée, fit Roz en riant. Ce n'est que moi – en chair et en os.

— Mon Dieu ! fit Stella en se laissant tomber sur le lit, les jambes en coton. J'ai bien cru que mon cœur s'arrêtait.

— J'ai là quelque chose qui devrait l'aider à recommencer à battre, déclara Roz en lui montrant la bouteille de champagne qu'elle avait cachée derrière son dos.

— Du Dom Pérignon ? Waouh ! Oui, j'ai l'impression que je sens un battement, en effet…

— Nous allons faire un peu la fête. Hayley est déjà dans le salon. Exceptionnellement, elle aura droit à une demi-flûte. Et j'ai envoyé les garçons chez David. Ils vont faire un concours de jeux vidéo.

— Mmm, parfait. Ce n'est pas encore l'heure du coucher… C'est du caviar ? demanda-t-elle en entrant dans le salon, une minute plus tard.

— Roz a dit que je n'y avais pas droit, déclara Hayley en se penchant pour sentir le contenu de la coupe d'argent. Il paraît que ce n'est pas bon pour le bébé. Je ne sais pas si j'aimerais cela, de toute façon.

— Tant mieux. Ça en fera plus pour moi. Du champagne et du caviar… Vous êtes la plus classe des patronnes, Roz.

— Il faut finir une telle journée en beauté. J'ai toujours un peu le cafard au début de la saison, expliqua Roz en débouchant la bouteille. Tous mes bébés qui s'en vont d'un coup… Puis je me rappelle que je me suis lancée là-dedans pour vendre, pour gagner de l'argent, tout en faisant quelque chose que j'aime. Cependant, à la fin de la journée, en rentrant à la maison, j'ai de nouveau un peu le cafard, poursuivit-elle en servant le champagne. Mais pas ce soir !

Elle tendit une flûte à Stella et à Hayley et leva la sienne.

— Je n'ai pas tous les chiffres en tête, conclut-elle, mais je suis absolument certaine que nous avons fait notre meilleure journée depuis la création de Côté Jardin.

— Dix pour cent de plus que l'année dernière, précisa Stella. Moi, j'ai tous les chiffres en tête.

— Comme c'est étonnant ! lança Roz en riant.

Puis elle fit un geste qui surprit Stella. Elle lui passa un bras autour des épaules et la serra contre elle pour lui planter un baiser sur la joue.

— Et non seulement vous avez tous les chiffres en tête, mais vous avez fait un super travail. Toutes les deux. Tout le monde. Je dois dire que je nous ai rendu un grand service, à Côté Jardin et à moi, le jour où je vous ai engagée, Stella.

— Eh bien… fit cette dernière avant de boire une première gorgée de champagne. Je ne vais pas vous contredire sur ce point, mais je ne peux décemment pas m'attribuer tout le mérite de cette augmentation de dix pour cent. Les plantes étaient magnifiques. Harper et vous êtes des horticulteurs hors pair. Disons que je suis peut-être directement responsable de cinq des dix pour cent.

Elle but une autre gorgée, avant de goûter le caviar.

— Je me suis bien amusée, déclara Hayley. C'était la folie, mais ça m'a plu. Tous ces gens, ce bruit, ce ballet de chariots… Tout le monde semblait heureux. Ce doit être l'effet des plantes.

— Les clients sont surtout heureux quand on s'occupe bien d'eux, assura Stella. Et tu fais cela à la perfection.

— Nous avons une bonne équipe, résuma Roz en agitant ses orteils, dont les ongles étaient recouverts d'un vernis couleur pêche. Nous prendrons une bonne vue d'ensemble demain matin pour déterminer ce que Harper et moi devons regarnir. Mais ce soir, contentons-nous de nous réjouir, décida-t-elle en se penchant pour étaler du caviar sur une pointe de toast.

— C'est le travail le plus génial que j'aie jamais eu, dit Hayley à Roz. Et je ne dis pas ça uniquement parce que je bois du champagne millésimé et que je vous regarde manger du caviar.

Roz lui tapota affectueusement le bras en guise de réponse.

— Il faut que je vous parle d'autre chose, annonça-t-elle ensuite. Je l'ai déjà dit à David. Je me suis renseignée sur Alice Harper Doyle. Selon les archives municipales, elle est morte à Natchez, dans la maison où elle habitait avec son mari et ses deux enfants.

— Zut ! lâcha Stella en fronçant les sourcils. Enfin, ç'aurait sans doute été trop facile.

— Nous n'avons plus qu'à continuer à parcourir les registres de la maison et à noter le nom des domestiques mortes au cours de la période qui nous intéresse.

— Gros travail, commenta Stella.

— Nous en sommes capables, affirma Hayley. Et puis, j'ai pensé à quelque chose. David a dit qu'il l'avait vue se diriger vers les anciennes écuries, n'est-ce pas ? Elle avait peut-être une liaison avec un palefrenier. Ils se seraient battus pour une raison ou une autre, et il l'aurait tuée. Peut-être accidentellement, peut-être pas. La mort violente est censée être l'une des raisons pour lesquelles l'âme des fantômes reste coincée entre deux mondes.

— Un meurtre... murmura Roz. Pourquoi pas.

— On croirait entendre ma belle-mère, dit Stella en riant. Je lui ai parlé du fantôme et de nos recherches. Mon père et elle sont prêts à nous aider si nous avons besoin d'eux. J'espère que cela ne vous dérange pas.

— Pas du tout. Je me suis dit aussi que l'Épouse Harper allait peut-être se montrer à l'un ou l'une de nous, maintenant que nous faisons des recherches sur elle. Pour nous indiquer la voie, peut-être.

— J'ai fait un rêve.

Comme elle se sentait un peu ridicule de parler de cela, Stella reprit un peu de champagne pour se donner du courage.

— C'était un peu la suite d'un autre que j'ai fait il y a quelques semaines, précisa-t-elle. Ils n'étaient pas très clairs ni l'un ni l'autre, d'ailleurs. Mais je sais qu'il s'agissait dans les deux cas d'un jardin que j'avais créé et d'un dahlia bleu.

— Ça existe, les dahlias bleus ? demanda Hayley.

— Oui. C'est assez rare, expliqua Roz mais, en les hybridant, on peut obtenir des nuances de bleu.

— Celui-là ne ressemblait à rien de ce que j'ai pu voir, assura Stella. Il était d'un bleu... électrique. D'une incroyable intensité. Énorme. Et *elle* était dans le rêve. Je ne l'ai pas vue, mais je l'ai sentie.

— Hé ! intervint Hayley. Elle s'appelait peut-être Dahlia.

— C'est une idée, commenta Roz. Puisque nous en sommes à faire des recherches sur un fantôme, nous pouvons très bien aller jusqu'à considérer qu'ils sont liés aux rêves, d'une façon ou d'une autre.

— Peut-être, fit Stella en fronçant les sourcils et en buvant une autre gorgée de champagne. Bref, je l'entendais, mais je ne la voyais pas. Surtout, je la sentais. Il y avait quelque chose de sombre, d'inquiétant. Elle voulait que je me débarrasse du dahlia. Elle insistait, elle était en colère. Je ne sais pas très bien comment l'expliquer, mais elle était bel et bien là. Comment a-t-elle pu s'insinuer dans mon rêve ?

— Je ne sais pas, répondit Roz. Mais je n'aime pas cela.

— Moi non plus. C'était trop... trop intime. L'entendre ainsi murmurer dans ma tête... ajouta Stella avec un frisson rétrospectif. Quand je me suis réveillée, j'ai compris qu'elle s'était trouvée là, dans ma chambre, comme elle avait été présente dans mon rêve.

— C'est plutôt angoissant, reconnut Hayley. En général, les rêves sont quelque chose de personnel. On n'en fait part aux autres que si on en a envie. Tu crois que la fleur a quelque chose à voir avec l'Épouse Harper ? Je ne comprends pas pourquoi elle voulait que tu t'en débarrasses.

— Si je le savais ! Il symbolise peut-être quelque chose – les jardins d'ici, la jardinerie. Je ne sais pas. Mais les dahlias sont des fleurs que j'aime tout particulièrement, et elle voulait qu'il disparaisse.

— Voilà un élément à ajouter à nos recherches, déclara Roz. Laissons tomber pour ce soir, avant d'avoir trop peur. Nous essaierons de trouver du temps dans la semaine pour consulter les registres.

— Ah, à propos... J'ai fait de vagues projets pour mercredi soir, annonça Stella. Si cela ne vous dérange pas de vous occuper des garçons...

— Je pense que, à nous trois, nous devrions y arriver, assura Roz.

— Un autre rendez-vous avec Monsieur Canon ?

En riant, Roz se resservit de caviar.

— J'imagine qu'il s'agit de Logan, devina-t-elle.

— C'est Hayley qui l'appelle ainsi, précisa Stella. J'aimerais bien visiter sa maison, pour voir comment il l'aménage… Mais la vérité, avoua-t-elle après avoir fini sa flûte, c'est que j'y vais surtout pour coucher avec lui. Enfin, sans doute. Sauf si je change d'avis. Ou lui. Bref, voilà.

— Je ne sais pas trop ce que vous voulez que nous disions, fit Roz au bout d'un instant.

— Amuse-toi bien ? suggéra Hayley. Et sois prudente, ajouta-t-elle en regardant son ventre.

— Je vous le dis parce que vous l'auriez su de toute façon, ou vous vous en seriez doutées. Ou vous vous seriez posé des questions. Alors, autant ne pas tourner autour du pot. Et puis, je ne me vois pas vous demander de garder mes enfants sans vous dire franchement pourquoi.

— C'est votre vie, Stella.

— Oui, renchérit Hayley en buvant sa dernière gorgée de champagne. Mais si tu veux me raconter les détails, je ne dirai pas non ! Ce sera toujours cela, en cette longue période d'abstinence. Alors, n'hésite pas.

— Merci. Maintenant, je crois que c'est l'heure d'aller coucher les garçons. Merci d'avoir fêté cela avec nous, Roz.

— Nous l'avons bien mérité.

En sortant, Stella entendit Roz répéter : « Monsieur Canon ? », et les deux femmes éclater d'un rire joyeux.

14

Ce fut avec un certain sentiment de culpabilité que Stella rentra se préparer pour son rendez-vous avec Logan. Non, corrigea-t-elle en filant prendre une douche, ce n'était pas un rendez-vous. Plutôt une visite.

Ils en étaient donc à une sortie, un rendez-vous et une visite. Jamais elle n'avait eu une relation aussi étrange.

Quoi qu'il en soit, elle se sentait coupable. Ce ne serait pas elle qui ferait dîner ses enfants, ni qui les écouterait raconter leurs aventures de la journée.

Bien sûr, elle n'était pas obligée de passer tout son temps libre avec eux, songea-t-elle en sortant de la douche aussi vite qu'elle y était entrée. Ce ne serait bon ni pour eux, ni pour elle. Ce n'était pas comme s'ils risquaient de mourir de faim si elle n'était pas là pour leur donner la becquée.

Elle se sentait pourtant affreusement égoïste de les confier à quelqu'un d'autre pour pouvoir passer du temps avec un homme.

Pour pouvoir avoir une relation intime avec un homme, si la soirée se déroulait comme elle l'espérait.

Désolée, mes chéris, maman ne peut pas rester avec vous ce soir : elle va s'envoyer en l'air.

Seigneur !

Peut-être valait-il mieux qu'elle annule. Une chose était sûre : elle précipitait un peu les choses, ce qui ne lui ressemblait pas. Et lorsqu'elle faisait une chose qui ne lui ressemblait pas, c'était généralement une erreur.

Mais elle avait trente-trois ans. Elle avait bien le droit d'avoir une relation physique avec un homme qui lui plaisait, qui la stimulait et avec qui elle se découvrait beaucoup de points et de goûts communs.

Trente-trois ans. Trente-quatre en août, se rappela-t-elle avec une grimace. Bientôt, elle serait à mi-chemin entre la trentaine et la quarantaine. Zut.

Bon, inutile de penser à cela. Il lui suffisait de se dire qu'elle était adulte. Oui, voilà qui était beaucoup mieux.

« Adulte, songea-t-elle en enfilant un peignoir avant de se maquiller. Adulte et célibataire. » Et Logan aussi était adulte et célibataire. Ils s'intéressaient aux mêmes choses et appréciaient la compagnie l'un de l'autre, mais surtout il existait entre eux une incroyable tension sexuelle...

— Maman ! appela la voix de Luke.

— Oui ? fit-elle en jaugeant son regard à moitié maquillé dans le miroir.

— Maman ! répéta Luke en tambourinant à la porte de la salle de bains. Je peux entrer ? Je peux ? Maman !

Elle alla ouvrir elle-même et découvrit son petit garçon rouge de colère, les poings serrés le long du corps.

— Qu'est-ce qu'il y a ? demanda-t-elle.

— Gavin me regarde.

— Oh, Luke...

— Il me fait le regard, maman ? Le... le... regard.

Elle voyait très bien de quoi il parlait. C'était une façon de plisser les yeux d'un air narquois et méprisant que Gavin avait mise au point pour exaspérer son petit frère. Stella savait qu'il allait jusqu'à s'entraîner devant la glace.

— Eh bien, ne le regarde pas, toi.

— Oui, mais il fait le bruit.

« Le bruit » était une espèce de chuintement sifflant que Gavin était capable d'émettre pendant des heures s'il le jugeait nécessaire. Stella se demandait si le plus endurci des agents de la CIA n'aurait pas craqué s'il y avait été soumis suffisamment longtemps.

— Très bien.

Comment se préparer – physiquement et mentalement – si elle devait arbitrer les disputes entre ses fils ? Elle sortit de la salle de bains, traversa la chambre des garçons et se rendit dans le petit salon, où elle avait espéré qu'ils pourraient passer les vingt minutes qu'il lui fallait pour se préparer à regarder des dessins animés sagement.

Qu'elle avait été naïve !

Gavin, qui était allongé sur le sol, leva la tête quand elle entra. Avec son auréole de cheveux blonds en bataille, c'était l'image même de l'innocence.

« Les emmener chez le coiffeur la semaine prochaine », nota-t-elle mentalement.

Il jouait distraitement avec les roues d'une petite voiture sans regarder la télévision.

— Maman, remarqua-t-il, ta figure est pas pareille des deux côtés.

— Oui, je sais. Gavin, je veux que tu arrêtes ça tout de suite.

— Mais je ne fais rien ! protesta-t-il.

Elle se força à ravaler le hurlement qui lui montait dans la gorge. Non, elle ne crierait pas sur ses enfants comme sa mère lui avait crié dessus.

— Peut-être que tu préférerais ne rien faire seul dans ta chambre jusqu'à la fin de la soirée, suggéra-t-elle.

— Je ne…

— Gavin ! coupa-t-elle, cédant à l'exaspération. Ne regarde pas ton frère, ajouta-t-elle d'une voix grave et sérieuse. Ne siffle pas. Tu sais que cela l'énerve : c'est exactement la raison pour laquelle tu le fais. Je veux que tu arrêtes.

— Pourquoi est-ce que je me fais toujours gronder ? demanda-t-il en se renfrognant.

— Oui, pourquoi ? répliqua-t-elle du tac au tac.

— Ce n'est qu'un bébé.

— Non, je ne suis pas un bébé, espèce de tête de nœud !

— Luke ! s'exclama Stella en se retournant vers son cadet, partagée entre le rire et le choc. Où as-tu entendu ce mot ?

— Je ne sais pas. C'est un gros mot ?

— Oui. Il ne faut pas le redire.

Du coin de l'œil, elle surprit Gavin en train de faire « le regard ».

— Gavin, je peux annuler mes projets pour ce soir, assura-t-elle calmement, presque avec douceur. Tu veux que je le fasse, que je reste à la maison ? Nous pourrons passer ton heure de jeu à faire le ménage de ta chambre.

— Non, dit Gavin, vaincu, en faisant rouler sa petite voiture contre la table basse. Je ne le regarderai plus.

— Très bien. Alors, si vous n'y voyez pas d'inconvénient, je vais aller finir de me préparer.

En sortant, elle entendit Luke demander à Gavin en chuchotant :

— C'est quoi, une tête de nœud ?

Elle leva les yeux au ciel, mais ne se retourna pas.

— Ils sont sur le sentier de la guerre, ce soir, annonça-t-elle à Roz avant de partir.

— Ils ne seraient pas frères s'ils ne se disputaient pas de temps en temps, commenta cette dernière en regardant les garçons, qui jouaient dans le jardin avec Hayley et Parker. Cela dit, ça a l'air d'aller, maintenant.

— Je crains que ce ne soit le calme avant la tempête et qu'ils ne se sautent dessus à la première occasion.

— Eh bien, nous verrons si nous parvenons à les distraire. Sinon, s'ils deviennent incontrôlables, nous les enchaînerons chacun dans un coin jusqu'à votre retour. J'ai gardé les entraves dont je me servais pour mes fils, plaisanta-t-elle. Je suis sentimentale, que voulez-vous !

Stella se mit à rire, rassurée.

— D'accord. Mais s'ils sont insupportables, appelez-moi, et je rentrerai.

— Allez-y. Et passez une bonne soirée. Nous nous débrouillerons très bien sans vous.

— Vous me rendez les choses trop simples, fit Stella.

— À quoi bon les compliquer ? Vous savez comment vous rendre chez Logan, maintenant ?

— Oui, merci.

Elle monta dans sa voiture, donna un petit coup de klaxon et fit un signe de la main aux enfants. Tout allait bien se passer pour eux, se répéta-t-elle en les regardant dans le rétroviseur. Si elle n'en avait pas été certaine, elle n'aurait pas pu sortir.

En revanche, elle avait plus de mal à se convaincre que tout allait bien se passer pour elle.

Le trajet était agréable. Elle décida de baisser sa vitre, afin de profiter de la douce brise du début du printemps. En passant devant la jardinerie, elle se laissa aller à un instant de fierté et de satisfaction. Elle faisait partie de cet endroit, désormais, elle avait imprimé sa marque à cette entreprise !

Elle avait vécu l'arrivée du printemps dans le Tennessee. Sa vitre baissée laissait entrer l'air, et, lui semblait-il, l'odeur du fleuve – un soupçon de la grandeur et de la puissance du cours d'eau, qui contrastait avec le léger parfum des magnolias.

Sa nouvelle vie ici était faite de contrastes, songea-t-elle. L'élégance rêveuse sous laquelle couvait la force de cette région qui était devenue la sienne, l'air qui se réchauffait avant l'arrivée officielle du printemps alors que le monde qu'elle avait quitté en était encore à pelleter de la neige...

Elle-même, une femme prudente et pragmatique, qui s'apprêtait à coucher avec un homme qu'elle ne comprenait pas vraiment.

Plus rien n'était parfaitement à sa place. Comme des dahlias bleus. Oui, c'était cela. De grands dahlias poussaient dans sa vie comme dans ses rêves pour en troubler le plan et l'ordre.

Ce soir au moins, elle allait les laisser fleurir.

Pour s'occuper l'esprit, elle songea à la façon dont ils allaient affronter la ruée du week-end à la jardinerie.

Enfin, « ruée » n'était pas vraiment le mot, rectifia-t-elle intérieurement. Ici, personne ne se ruait, personne ne se pressait – sauf elle, bien entendu.

Les clients flânaient, regardaient, bavardaient, se remettaient en marche d'un pas mesuré. Ils étaient servis avec une amabilité tranquille, et les vendeurs n'hésitaient pas à leur faire la conversation.

Ce rythme plus lent que celui auquel elle était habituée lui donnait parfois envie de s'emparer de telle ou telle chose et de faire le travail à la place des autres. Cependant, le fait qu'il faille deux fois plus de temps que nécessaire – selon elle – pour encaisser une commande ne dérangeait personne ici.

Elle devait se rappeler régulièrement qu'une partie de son rôle de directrice consistait à insuffler de l'efficacité, tout en respectant la culture de l'entreprise qu'elle dirigeait.

Encore un contraste.

Quoi qu'il en soit, grâce au planning de travail qu'elle avait mis en place, il y aurait en permanence suffisamment de monde pour servir les clients sans les faire attendre. Roz et elle avaient également rempli de terreau une demi-douzaine de jardinières de béton qu'elles planteraient le lendemain. Hayley pourrait aussi en faire quelques-unes. Elle avait l'œil.

Son père et Jolene prenaient les enfants samedi, et elle ne pouvait même pas se sentir coupable, car les quatre intéressés étaient fous de joie à cette idée.

Il fallait encore qu'elle vérifie les stocks de plateaux en plastique et de caisses de transport… Ah, et aussi qu'elle aille voir les plantes cultivées en plein air et…

La vue de la maison de Logan chassa ces pensées. Elle n'aurait su dire à quoi elle s'était attendue. Pas à cela, en tout cas.

C'était une demeure superbe. Un peu fatiguée, peut-être, mais très belle. Et avec un potentiel fou.

Faite de cèdre argenté, elle se dressait sur deux étages sur une hauteur en terrasse. Le bois patiné par le temps était percé de larges fenêtres. Une grande véranda abritait un vieux fauteuil à bascule, une balancelle et un banc à haut dossier, entre lesquels étaient disposés des pots et des paniers de fleurs.

Une plate-forme saillait sur le côté, et quelques marches menaient à un ravissant patio. Il y avait là aussi des sièges et des plantes, découvrit-elle, déjà amoureuse de ce lieu.

Logan avait planté des massifs d'arbustes dans le jardin en terrasse : des andromèdes du Japon, dont les grappes de fleurs étaient déjà en boutons, des lauriers aux feuilles brillantes, des diervillas un peu désuets et une somptueuse série d'azalées sur le point de fleurir.

C'était une bonne idée, songea-t-elle en continuant à rouler au pas, d'avoir mis des phlox, des ibéris et des genévriers rampants sur la terrasse inférieure, de façon à ce qu'ils cachent la base des arbustes et débordent du muret.

Il avait planté d'autres choses dans le reste du jardin. Un magnolia encore jeune et fragile, un cornouiller déjà couvert de fleurs roses, un peu plus loin, un jeune prunus pleureur...

Elle se gara au bout de l'allée, à côté du pick-up de Logan, et continua d'examiner le terrain.

Des piquets entre lesquels était tendue une fine cordelette formaient un chemin sinueux entre l'allée et la véranda. Oui, elle voyait ce qu'il avait en tête : un cheminement piéton qui serpenterait paresseusement jusqu'à la maison, sans doute souligné par d'autres arbustes ou des arbres nains. Charmant. Elle remarqua un tas de pierres – il devait prévoir de construire une rocaille. Là-bas, à l'orée du bosquet, ce serait parfait.

Les portes et fenêtres avaient besoin d'un coup de peinture, et il faudrait rejointoyer les pierres qui constituaient la base de la maison. Un jardin de fleurs à couper de ce côté-ci, songea-t-elle en sortant de voiture. Et le long de la route, elle mettrait des arbustes, ainsi que des lys d'un jour et peut-être des iris.

Il faudrait aussi repeindre la balancelle, mettre une table ici, une autre là, et peut-être créer un autre chemin pour relier cet endroit et l'arrière de la maison. Des dalles, peut-être. Ou de jolis pas japonais avec de la mousse ou du thym rampant entre.

Arrivée sur la véranda, elle se reprit. Logan avait sûrement déjà fait des plans, se rappela-t-elle. C'était sa maison à lui, ses plans. Cette maison avait beau lui plaire énormément, ce n'était pas la sienne.

La sienne, elle ne l'avait pas encore trouvée.

Elle respira profondément et se passa la main dans les cheveux avant de frapper.

L'attente lui parut interminable. Nerveuse, elle se mit à jouer avec le bracelet de sa montre.

Quand il lui ouvrit, elle dut se forcer à afficher un sourire décontracté. Il était si… masculin. Son jean délavé et sa chemise blanche mettaient en valeur son corps longiligne et musclé. Comme toujours, il avait les cheveux en bataille – ils étaient trop épais pour rester bien coiffés.

Elle lui tendit le pot de fleurs qu'elle avait préparé.

— J'ai pensé à des dahlias, expliqua-t-elle. J'espère qu'ils pourront vous servir.

— J'en suis sûr, merci. Entrez.

— J'adore votre maison, dit-elle, et la façon dont vous êtes en train de l'arranger. Je me suis surprise à faire des plantations imaginaires…

Elle se tut. La porte d'entrée s'ouvrait directement sur ce qui devait être le salon ou une pièce à vivre mais qui était complètement vide. La décoration se résumait à des murs de Placoplâtre nu, un plancher griffé de cicatrices et une cheminée de brique noircie par la fumée et sans manteau.

— Vous disiez ?

— La vue est magnifique.

Ce fut tout ce qui lui vint à l'esprit – et c'était la vérité. On eût dit que les grandes fenêtres laissaient entrer le jardin dans la maison. Dommage que l'intérieur soit si triste.

— Je ne me sers pas de cette pièce pour l'instant, précisa-t-il.

— Cela se voit.

— J'ai des projets d'aménagement pour plus tard. Quand j'aurai le temps et l'envie. Venez donc derrière avant de vous mettre à pleurer ou je ne sais quoi.

— C'était comme cela quand vous avez acheté ?

— Plus ou moins, répondit-il en haussant les épaules.

Il la précéda dans la pièce suivante, qui avait dû être la salle à manger. Elle était vide également. Les murs étaient couverts d'un papier peint lépreux marqué de rectangles aux couleurs plus vives là où il y avait eu des tableaux.

— Les parquets de chêne étaient recouverts de moquette, lui apprit-il. Une fuite d'eau au premier étage avait taché tout le plafond.

— Qu'allez-vous faire de cette pièce ? s'enquit-elle.

— Je ne sais pas encore.

Stella le suivit dans une autre pièce et laissa échapper un sifflement admiratif.

— Je me suis dit que vous seriez mieux ici, déclara-t-il.

Il posa les fleurs sur un comptoir de granit couleur sable et s'effaça pour la laisser regarder.

Elle reconnaissait son empreinte dans cette cuisine masculine. Le carrelage reprenait les tons de sable des plans de travail, mis en valeur par le brun plus soutenu des murs. Les placards étaient faits d'un bois sombre mais chaleureux, avec des portes aux vitres en verre dépoli. Sur le large appui de fenêtre au-dessus de l'évier double, des herbes aromatiques poussaient dans des pots de terre cuite. Il y avait même une petite cheminée de pierre dans un angle.

Le long plan de travail en L offrait beaucoup de place pour cuisiner, remarqua-t-elle, tandis que le comptoir en diagonale qui séparait la cuisine proprement dite du reste de la pièce permettait de prendre des repas à plusieurs.

De l'autre côté, Logan avait installé un canapé de cuir noir et deux grands fauteuils. Mieux, il avait aménagé une large baie vitrée dans le mur du fond. Assis là, on était presque dans le jardin qu'il était en train de créer, songea Stella. Quelques pas, et on pouvait sortir sur la terrasse dallée et se promener parmi les fleurs et les arbres.

— C'est merveilleux, commenta-t-elle. Absolument magnifique. Vous avez fait tout cela vous-même ?

— En partie. Il y a moins de travail l'hiver, alors je peux m'occuper de l'intérieur de la maison quand l'envie m'en prend. Et puis, je connais des gens qui travaillent bien. J'en embauche lorsque j'en ai besoin. Vous voulez boire quelque chose ?

— Oui, merci. J'imagine que la pièce à côté vous servira de salle à manger quand vous recevrez, devina-t-elle. Cela dit, je parie que tout le monde finira dans la cuisine. Elle est irrésistible.

Elle le rejoignit près du comptoir et prit le verre de vin qu'il lui offrait.

— Ce sera fabuleux, quand vous aurez fini. Unique, beau, accueillant. J'aime énormément les couleurs que vous avez choisies.

— La dernière femme qui est venue ici a dit qu'elles étaient ternes.

— Pas du tout ! protesta-t-elle en secouant la tête, avant de boire une gorgée de vin. Ce sont des couleurs naturelles qui vous vont bien, à vous comme à cet espace.

Elle remarqua alors des légumes sur une planche à découper.

— Et visiblement, vous faites la cuisine, ajouta-t-elle. Alors, il faut que la cuisine soit adaptée à vos besoins. Je pourrais peut-être finir la visite en vitesse avec mon verre de vin avant de vous laisser à votre dîner...

— Vous n'avez pas faim ? Dans ce cas, j'ai du thon qui va se perdre.

— Oh, fit-elle avec soudain un petit nœud de trac au creux de l'estomac. Je ne comptais pas m'inviter à dîner. Je pensais seulement…

— Vous aimez le thon grillé ?

— Oui… oui.

— Très bien. Alors, vous préférez dîner avant ou après ?

Elle se sentit rougir, puis pâlir.

— Euh…

— Avant ou après que je vous aurai fait visiter la maison, précisa-t-il.

La note d'humour dans sa voix lui fit comprendre qu'il savait parfaitement à quoi elle avait pensé.

— Après, décida-t-elle en buvant une autre gorgée de vin pour se donner du courage. Oui, après. Nous pourrions peut-être commencer par le jardin pendant qu'il fait encore jour.

Il l'entraîna sur la terrasse, et elle se détendit de nouveau tandis qu'ils parlaient du terrain, de sa disposition, des projets d'aménagement de Logan.

— J'ai trouvé des briques vitrifiées, lui apprit-il. Je vais faire monter des murs sur trois côtés, ici, en ménageant à l'intérieur un espace d'une vingtaine de mètres carrés.

— Vous allez faire un jardin clos ? s'exclama-t-elle. Oh, comme je vous envie ! J'en ai toujours rêvé. Notre maison dans le Michigan ne s'y prêtait vraiment pas, mais je me suis promis que, quand j'aurais trouvé une maison, j'en ferais construire un. Avec un petit bassin, des bancs de pierre, des coins secrets…

Elle regarda lentement autour d'elle. À l'évidence, Logan avait déjà passé beaucoup de temps à travailler dans ce jardin – et il lui restait encore beaucoup à faire.

— Je vous envie, et je vous admire pour tout cela, précisa-t-elle. Si vous avez besoin d'un coup de main, appelez-moi : jardiner pour le plaisir me manque.

— N'hésitez pas à passer, avec les enfants. Je les mettrai au travail aussi.

Comme elle haussait les sourcils d'un air interrogateur, il ajouta :

— Les enfants ne me dérangent pas, si c'est ce que vous pensez. Et je ne vois pas l'intérêt de concevoir un jardin dans lequel les enfants ne seraient pas les bienvenus.

— Pourquoi n'en avez-vous pas, des enfants ?

— J'ai toujours pensé que, arrivé à mon âge, j'en aurais, répondit-il en lui caressant les cheveux – pour son plus grand bonheur, elle ne les avait pas attachés. Mais les choses ne se passent pas toujours comme prévu.

— On dit souvent que le divorce est comme un deuil, déclara-t-elle tandis qu'ils retournaient d'un pas tranquille vers la maison.

— Je ne pense pas, répondit-il en secouant la tête. C'est plutôt une fin. On fait une erreur, on la répare et on repart de là. Nous avons commis une erreur tous les deux, elle et moi. Seulement, nous ne nous en sommes rendu compte qu'une fois mariés.

— Quand l'occasion se présente, la plupart des hommes n'hésitent pas à dénigrer leur ex.

— Cela ne sert à rien. Nous avons cessé de nous aimer, puis nous avons cessé de nous supporter. C'est ce que je regrette, expliqua-t-il en ouvrant la porte vitrée de la cuisine. Ensuite, nous avons divorcé, ce qui valait mieux pour elle comme pour moi. Elle est restée là où elle avait envie de vivre, et je suis revenu là où j'avais envie d'être. C'est comme une parenthèse de deux ans dans notre vie. Une parenthèse pas entièrement négative.

— Je trouve votre attitude très sensée.

Cependant, le mariage était une affaire sérieuse, songea-t-elle. La plus sérieuse, peut-être. Un divorce devait donc laisser des cicatrices, non ?

Il leur resservit du vin à tous les deux et la prit par la main.

— Je vous montre le reste de la maison ? proposa-t-il.

Elle le suivit. Le bruit de leurs pas résonnait dans les couloirs et les pièces vides.

— J'envisage de faire une espèce de bibliothèque-bureau, ici. Avec un espace de travail où je pourrai dessiner mes plans.

— Où dessinez-vous, pour l'instant ?

— Dans ma chambre, surtout, ou dans la cuisine. Là où c'est le plus pratique. Ici, vous avez des toilettes qui auront besoin d'être entièrement refaites un jour ou l'autre. L'escalier est solide, mais il demande à être poncé et poli.

Tandis qu'ils montaient, elle imagina la peinture des murs. Il faudrait une technique qui permette d'utiliser des pigments naturels et de faire ressortir les tons du bois, estima-t-elle.

— À votre place, avoua-t-elle, j'aurais des dossiers, des listes, des dizaines de photos et d'articles découpés dans des magazines de décoration. Je parie que ce n'est pas votre cas, devina-t-elle en lui coulant un regard de côté.

— J'ai des idées, et cela ne me dérange pas de leur laisser le temps de mûrir. Ma mère adore courir les brocantes et retaper de vieux meubles. Comme elle a un faible pour les tables, il y en avait plein la maison quand j'étais petit. Alors, pour l'instant, je suis assez content de ne pas avoir grand-chose chez moi.

— Qu'a-t-elle fait de tous ces meubles quand votre père et elle ont quitté la ferme ?

— Elle a emporté ceux qu'elle préférait dans le Montana, où ils sont installés maintenant. Les autres, elle les a vendus ou nous les a donnés, à ma sœur et à moi. Les miens sont au garde-meuble. Il faudrait que j'aille y faire un tour pour voir ce qui pourrait me servir.

— Cela vous aiderait à décider comment vous voulez peindre, décorer et aménager les pièces, fit-elle valoir. Les aménagements paysagers et la décoration se ressemblent. Dans les deux cas, il s'agit d'utiliser l'espace et les points de convergence, d'établir des plans – et vous savez tout cela, sinon vous n'auriez pas fait ce que vous avez fait de votre cuisine, alors il vaudrait mieux que je me taise.

— J'aime bien vous écouter parler.

— Pour l'instant, j'ai fini. Quelle est la prochaine étape de la visite ?

— Ce devrait sans doute être cette pièce, répondit-il en désignant une porte fermée. Elle me sert de bureau, pour l'instant. Il est préférable que vous ne la voyiez pas.

— Je pourrai le supporter, assura-t-elle.

— Je ne suis pas sûr de pouvoir, moi, répliqua-t-il en l'entraînant vers une autre porte. Vous allez vous mettre dans tous vos états à propos de systèmes de classement, de corbeilles d'arrivée et de départ ou je ne sais quoi, et cela va tout fiche par terre. Inutile de me servir du jardin comme préliminaires si c'est pour vous montrer quelque chose qui risque de heurter votre sensibilité.

— Le jardin comme préliminaires ?

Il sourit en guise de réponse et la fit entrer dans une autre pièce.

C'était sa chambre et, tout comme la cuisine, elle était décorée dans un style qui reflétait la personnalité de Logan. Sobre, spacieuse et masculine, elle donnait l'impression de laisser entrer le jardin à l'intérieur. Une baie vitrée s'ouvrait sur la terrasse qu'elle avait vue en arrivant. Un peu plus loin, le vert printanier des arbres dominait la vue. Le jaune naturel très doux des murs était rehaussé par les tons chauds du bois des moulures et du parquet. Trois lucarnes percées dans les pentes du toit laissaient entrer la lumière du soir.

Le lit de fer forgé était grand. Cela ne la surprit pas. Un homme de la taille de Logan devait avoir besoin de place – pour dormir comme pour faire l'amour.

Des dessins au crayon encadrés représentant des jardins en noir et blanc ornaient les murs. En s'approchant, Stella découvrit la signature de Logan griffonnée dans un coin.

— Ils sont de vous ? demanda-t-elle. C'est magnifique.

— J'aime pouvoir « voir » les projets avant de les réaliser. Je fais donc parfois des croquis. Et il arrive qu'ils ne soient pas trop mauvais, reconnut-il.

— Ceux-ci sont bien mieux que « pas trop mauvais », corrigea-t-elle. Et vous le savez.

Elle avait du mal à imaginer ces grandes mains rudes dessinant des choses aussi élégantes, ravissantes et fraîches.

— Vous ne cessez de me surprendre, Logan, avoua-t-elle. Vous êtes fait de contrastes. Je pensais justement aux contrastes en venant ici ce soir, à la façon dont les choses ne se passent jamais tout à fait comme je m'y attends. Comme elles le devraient. Ces croquis sont en quelque sorte un autre dahlia bleu, conclut-elle en se retournant vers lui.

— Désolé, je ne vous suis plus tout à fait. Un dahlia bleu comme celui de votre rêve ?

— De mes rêves, rectifia Stella. J'en ai fait un autre, et les deux m'ont mise assez mal à l'aise. À vrai dire, cela devient franchement inquiétant. Quoi qu'il en soit, le dahlia dont je rêve est fort, superbe et inattendu. Il rompt avec ce que j'avais prévu, imaginé…

— Prévu, imaginé ou non, je voulais que vous veniez.

— Et me voici, répondit-elle après avoir bu une autre gorgée de vin et respiré lentement. Nous devrions peut-être parler de… de ce que nous attendons et de la façon dont nous…

Il s'approcha d'elle et l'attira contre lui.

— Pourquoi ne pas plutôt planter un autre dahlia bleu et voir ce qui se passe ? suggéra-t-il.

« Oui, pourquoi pas ? » songea-t-elle quand il posa les lèvres sur les siennes et qu'une onde de chaleur partie du creux de son ventre se mit à rayonner dans tout son être.

Elle se hissa sur la pointe des pieds pour se rapprocher de lui et se pressa contre lui. Il lui prit son verre, puis glissa les doigts dans ses cheveux tandis qu'elle l'enlaçait étroitement.

— Je me sens tout étourdie, murmura-t-elle. Il y a quelque chose chez vous qui me fait tourner la tête.

Le désir fit courir des flammes dans les veines de Logan.

— Alors, vous ne devez pas rester debout, assura-t-il en la prenant dans ses bras pour la soulever de terre.

C'était le genre de femme qui donnait envie à un homme de la prendre dans ses bras. Elle était féminine, légère, bien faite, douce… En la tenant, il se sentait incroyablement fort – fort et tendre à la fois.

— J'ai envie de vous toucher partout, et de recommencer du début pour vous toucher partout de nouveau, dit-il en la sentant agitée de petits frémissements follement sexy tandis qu'il la portait vers le lit. Même quand vous m'agacez, j'ai envie de vous toucher.

— Vous devez en avoir envie sans arrêt, alors…

— Exactement. Et vos cheveux me rendent fou.

Il y enfouit son visage, avant de l'étendre sur le lit et de l'y rejoindre.

— Moi aussi, ils me rendent folle, répondit-elle. Mais sans doute pas pour les mêmes raisons.

Il mordilla légèrement la peau de son cou, comme pour la goûter. Un long courant de sensations délicieuses se propagea en elle.

— Nous sommes adultes tous les deux… commença-t-elle.

— Dieu merci !

Elle laissa échapper un rire un peu tremblant avant de poursuivre :

— Ce que je veux dire, c'est que nous…

Il explora du bout des dents la peau de sa gorge, et elle eut l'impression qu'un agréable brouillard enveloppait son cerveau.

— Enfin, peu importe, conclut-elle.

Il la touchait comme il lui avait dit qu'il avait envie de le faire, la caressant de l'épaule jusqu'au bout des doigts, puis le long de sa hanche et de sa cuisse, comme pour découvrir ses formes après avoir découvert son goût. Il reprit ensuite possession de sa bouche en un baiser brûlant et avide, et elle sentit la passion l'électriser tandis qu'il faisait courir ses mains rugueuses et ses lèvres sur elle.

Exactement comme elle l'avait imaginé. Exactement comme elle l'avait souhaité.

Des désirs qu'elle avait impitoyablement réprimés refirent surface, revinrent à la vie. Elle se laissa entraîner par cette vague de sensations et écarta les pans de la chemise de Logan jusqu'à ce qu'elle rencontre sa peau nue et brûlante. Sa peau d'homme sous laquelle elle sentait jouer ses muscles.

Il trouva son sein et le mordilla à travers son chemisier et son soutien-gorge pour titiller sa chair, pour l'enflammer. Elle sentait son corps épanoui, prêt.

Leurs sens qui s'éveillaient les jetaient l'un contre l'autre en un enchevêtrement de désirs fébriles. Elle leur céda. Elle céda à Logan. Elle avait envie de lui, de cette promesse de délivrance comme cela ne lui était pas arrivé depuis longtemps. Elle voulait cette chaleur qui envahissait tout son corps. Elle voulait les caresses des mains calleuses de Logan, la pression exigeante de ses lèvres insatiables. Elle voulait ressentir ces frissons, ce désir fou, avoir la liberté d'y céder.

Sa peau était si douce, ses courbes si voluptueuses... Dans la lumière du soir, étendue sur les draps sombres, elle était plus qu'exquise, avec ses cheveux de feu épars autour d'elle, ses yeux bleus assombris par le plaisir.

Elle rayonnait d'une passion qui égalait et rejoignait celle de Logan. Il voulait lui donner plus encore, prendre plus, se noyer dans ce qu'ils s'apportaient l'un à l'autre.

Il murmura son nom, le savoura tandis qu'ils s'exploraient mutuellement. Et il découvrit bien plus que ce qu'il avait attendu.

De ses mains expertes, il la guida de plus en plus haut, jusqu'au sommet de la vague. Et le plaisir déferla en elle, long et brûlant. Elle se cambra et se cramponna à lui en poussant un cri étranglé. Le sang bouillait dans leurs veines. Et tandis qu'elle voguait sur la vague du plaisir, à son tour, elle prit possession de ses lèvres en un baiser fou et avide.

Alors, il la pénétra. De nouveau, elle laissa échapper un cri. Un cri de surprise et de triomphe mêlés. Déjà, elle ondulait des hanches pour s'accorder à son rythme. Elle prit le visage de Logan entre ses mains et le regarda, son regard bleu noyé par la passion, ses lèvres sensuelles tremblant à chaque respiration tandis qu'ils se soulevaient et redescendaient ensemble.

De sa vie, jamais il n'avait vu une telle beauté s'épanouir.

Lorsque ses yeux se brouillèrent tout à fait, qu'ils se refermèrent sur un gémissement proche du sanglot, il se laissa aller.

Il était lourd. Vraiment lourd, songea Stella, immobile sous lui, en se demandant pourquoi il était si bon de rester ainsi bloquée, impuissante, sous un homme. Elle se sentait alanguie, somnolente, parfaitement détendue. Elle avait même l'impression de briller de l'intérieur.

Le cœur de Logan continuait à battre fort et vite contre elle. Quelle femme n'aurait pas éprouvé un petit sentiment de satisfaction, de fierté, en sachant qu'elle avait mis un homme aussi grand et fort hors d'haleine ?

Comblée, elle lui caressa le dos.

Il émit un petit grognement et roula à côté d'elle.

Aussitôt, elle se sentit vulnérable et mal à l'aise. Elle voulut tirer la couette sur elle pour se couvrir, au moins partiellement. C'est alors qu'il fit une chose qui la figea sur place.

Il lui prit la main et lui baisa tendrement les doigts.

Il ne dit pas un mot, et elle resta parfaitement immobile, le temps que les battements désordonnés de son cœur se calment.

— Il faut peut-être que je te donne à manger, maintenant, finit-il par remarquer.

— Oui… mais je dois d'abord passer un coup de fil pour m'assurer que les garçons vont bien.

— Vas-y, lui dit-il en s'asseyant et en caressant la cuisse nue de Stella, avant de se lever et d'enfiler son jean. Je descends mettre le dîner en route.

Il sortit de la chambre, torse nu, puis s'arrêta et se retourna.

— Quoi ? demanda Stella en se couvrant les seins du bras en un geste qu'elle espérait désinvolte.

— J'aime bien te voir comme ça, décoiffée, les joues roses. Ça me donne envie de recommencer dès que possible.

— Oh.

Avant qu'elle ait pu trouver quelque chose à répondre, il s'éloigna d'un pas nonchalant. En sifflotant.

15

Il faisait vraiment bien la cuisine. En quelques minutes, il avait préparé un délicieux dîner de thon délicatement grillé, de riz brun parfumé aux herbes et de poivrons et de champignons sautés. Il semblait être le genre de cuisinier à improviser, à assembler les ingrédients au gré de ses envies et de son intuition, et le résultat était une merveille.

Stella aussi faisait bien la cuisine, mais elle mesurait tout et suivait la recette à la lettre. C'était pour elle plus une tâche quotidienne qu'un plaisir.

Au fond, leur approche de la cuisine les définissait assez bien l'un et l'autre, songea-t-elle. Et prouvait une fois de plus qu'ils n'avaient rien à faire ensemble – que ce soit à table ou au lit.

Inutile de se mentir, au lit, justement, ç'avait été incroyable. Après de tels moments, elle aurait dû se sentir décontractée, à l'aise. Au lieu de cela, elle était tendue et gênée.

Ils avaient partagé une expérience d'une intensité extrême, et presque aussitôt après, il s'était levé pour aller préparer le dîner. Comme s'ils venaient de faire une partie de tennis.

Sauf qu'il lui avait embrassé les doigts et que ce geste tendre lui était allé droit au cœur.

C'était exactement son problème, se rappela-t-elle. Elle analysait trop, elle réfléchissait trop. Mais comment faire autrement quand on voulait savoir où l'on en était ?

— C'est bon ? demanda-t-il.

Tirée de son débat intérieur, elle se rendit compte qu'il la fixait de ses yeux de félin.

— Absolument délicieux, assura-t-elle.

— Tu ne manges pas grand-chose, pourtant, observa-t-il.

Elle prit délibérément une bouchée de thon avant de répondre.

— Je n'ai jamais compris les gens qui font la cuisine comme toi, ou comme dans les émissions de télévision. Assembler les ingrédients au hasard, quelques gouttes de ceci, une pincée de cela... Comment peut-on savoir si ça va être bon ?

Était-ce vraiment ce à quoi elle pensait, avec cette jolie moue boudeuse ? Logan ne le croyait pas une seconde.

— Je ne sais pas, répondit-il tout de même. En général, ça l'est, et sinon, c'est suffisamment original pour être tout de même intéressant.

Certes, il n'avait pas le pouvoir de lire dans ses pensées, mais il était prêt à parier qu'elles étaient liées au fait qu'ils avaient couché ensemble et à ce que cela allait avoir comme conséquences. Cependant, il voulait bien jouer le jeu pour l'instant.

— Si je dois faire la cuisine – et comme je n'ai pas envie de dîner tous les soirs au restaurant, je suis bien obligé de la faire –, je veux que cela me plaise, poursuivit-il. Or, je n'aime pas que l'on m'impose une discipline trop stricte.

— Moi, sans un minimum de discipline, je suis inquiète. Je me demande si le plat ne risque pas d'être trop fade ou, au contraire, trop relevé. Trop cuit ou pas assez. Je ne suis pas à ma place, ici, n'est-ce pas ? ajouta-t-elle, soucieuse.

— Peux-tu préciser ce que tu entends par « ici » ?

— Eh bien, ici, fit-elle avec un grand geste des deux bras. Avec toi, en train de manger ce dîner aussi délicieux qu'original, dans ta cuisine superbement conçue, dans ta maison presque vide au charme étrange, et après avoir fait des folies de mon corps dans ta chambre d'homme viril.

Il s'appuya au dossier de sa chaise et but une gorgée de vin avant de réagir.

— Je n'avais encore jamais entendu cette définition d'« ici », fit-il. Ce doit être une façon de parler du Nord.

— Tu vois très bien ce que je veux dire, répliqua-t-elle. Ce n'est pas... ce n'est pas...

— Efficace ? Bien rangé ? Organisé ?

— Ne me parle pas sur ce ton condescendant.

— Ce n'est pas mon ton condescendant, c'est mon ton exaspéré. Quel est ton problème, au juste, Stella ?

— Tu me troubles.

— Ah, fit-il avec un haussement d'épaules indifférent, avant de se remettre à manger. S'il n'y a que cela...

— Tu trouves ça drôle ? lança-t-elle.

— Non, mais j'ai faim et je ne peux pas changer grand-chose au fait que tu sois troublée. Et de toute façon, ça ne me dérange pas vraiment de te troubler ; au moins, pendant ce temps-là, tu ne classes pas les choses par ordre alphabétique.

— A, lança-t-elle en plissant ses yeux bleus, tu es arrogant et autoritaire. B, tu es borné et bordélique. C...

— C, enchaîna-t-il, tu es casse-pieds et contraignante, mais cela ne me dérange pas autant qu'avant. Je crois qu'il se passe quelque chose d'intéressant entre nous. Nous ne le recherchions ni l'un ni l'autre, mais je suis prêt à le vivre. Toi, tu décortiques tout. Je me demande vraiment pourquoi ce trait de caractère commence à me plaire chez toi.

— Je risque plus gros que toi, fit-elle remarquer.

— Je ne ferai pas de mal à tes enfants, répondit-il avec sérieux.

— Si je te croyais capable de leur en faire, je ne serais pas avec toi maintenant.

— À propos de maintenant, tu avais l'air plus à l'aise au lit qu'à table, observa-t-il.

— Tu as tout à fait raison. Parce qu'à présent, je me demande ce que tu attends de moi, et je ne sais pas trop ce que moi, j'attends de toi.

— Et pour toi, devina-t-il, c'est un peu la même chose que de jeter des ingrédients dans une casserole sans suivre de recette.

Elle soupira.

— On dirait que tu me comprends mieux que je ne te comprends, déclara-t-elle.

— Je ne suis pas si compliqué que cela.

— Oh, je t'en prie ! Tu es un véritable labyrinthe, Logan, répliqua-t-elle en se penchant en avant jusqu'à voir les éclats d'or qui pailletaient ses yeux verts. Un labyrinthe sans plan géométrique. Professionnellement, tu es l'architecte paysagiste le plus créatif et le plus compétent avec lequel j'aie jamais travaillé, mais tu fais la moitié de tes dessins et de tes plannings en t'occupant d'autre chose, sur de petits bouts de papier qui traînent dans ton pick-up ou que tu fourres dans tes poches.

— Ça me convient très bien, répondit-il en se resservant de riz.

— On dirait, oui, mais personne ne devrait pouvoir travailler comme cela. Tu t'épanouis dans le chaos : cette maison en est la preuve. Personne ne devrait s'épanouir dans le chaos.

— Hé ! Attends un peu. Quel chaos ? La maison est pratiquement vide !

— Exactement ! s'exclama-t-elle en pointant sur lui un doigt accusateur. Tu as une merveilleuse cuisine, une chambre confortable et élégante… et des pièces vides. Tu devrais être en train de t'arracher les cheveux, de te demander ce que tu vas en faire, mais non. Tu… tu te contentes de… de traînasser.

— Je n'ai jamais traînassé de ma vie, corrigea-t-il. Il m'arrive de ne pas me presser, mais je ne traînasse pas.

— Comme tu veux. Tu t'y connais en vin et tu lis des bandes dessinées. Tu trouves ça logique ?

— Absolument, dans la mesure où j'aime à la fois le vin et les bandes dessinées.

— Tu as été marié et, semble-t-il, suffisamment amoureux pour quitter ta région.

— À quoi bon se marier si l'on n'est pas prêt à faire ce qu'il faut pour rendre l'autre heureux ? Ou à essayer, du moins.

— Tu as aimé ta femme, dit Stella en hochant la tête. Pourtant, tu ne sembles pas avoir souffert de votre divorce. Votre mariage était cassé, alors vous y avez mis fin. Tant pis. Tu peux te montrer abrupt et presque grossier à un moment, mais charmant et conciliant l'instant d'après. Tu savais très bien pourquoi je venais ici ce soir, et pourtant, tu t'es donné la peine de préparer à dîner, ce qui est tout à fait civilisé – tiens, ça en fait trois pour la colonne des C.

— Bon sang, Stella, tu me tues. Je passerais bien à D pour te dire que tu es délicieuse, mais pour l'instant, l'adjectif qui convient est plutôt « dingue ».

Il avait beau rire, Stella était trop énervée pour s'arrêter.

— Et puis, nous passons un moment extraordinaire, incroyable au lit, et ensuite, tu te lèves comme si de rien n'était, comme si nous faisions ça tous les soirs depuis des années. Je n'arrive pas à te suivre.

Quand il jugea qu'elle avait terminé, il but une gorgée de vin, pensif.

— Voyons si je m'y retrouve dans tout ça, finit-il par dire. Mais avant, je dois te dire que je n'y ai pas trouvé le moindre motif géométrique.

— Oh, arrête.

Il referma la main sur la sienne pour la retenir avant qu'elle ait pu se lever de table.

— Non, reste là, lui ordonna-t-il. C'est mon tour. Si je travaillais autrement, je ne serais pas capable de faire ce que je fais, et ce qui est sûr, c'est que je n'aimerais pas cela. J'en ai pris conscience en vivant dans le Nord. Mon mariage a été un échec ; personne n'aime échouer, mais personne ne peut avancer dans la vie sans commettre des erreurs. Nous nous sommes trompés mais, par chance, nous n'avons fait souffrir personne d'autre que nous-mêmes. Alors, nous avons ramassé les morceaux et nous sommes repartis, chacun de notre côté.

— Mais...

— Chut. S'il m'arrive d'être grossier ou abrupt, c'est parce que je me sens grossier ou abrupt. Et si je me montre accommodant, c'est parce que j'ai envie de l'être ou que, à un moment donné, je me dis qu'il faut que je le sois.

Il se resservit de vin. Stella, elle, avait à peine touché à son verre.

— Qu'est-ce qu'il y avait ensuite, déjà ? reprit-il. Ah, oui. Ta présence ici ce soir. Bien sûr, je savais pourquoi tu venais. Nous ne sommes plus des gamins et, à ta façon, tu es une femme assez directe. J'avais envie de toi et je ne te l'ai pas caché. Tu ne serais pas venue frapper à ma porte si tu n'avais pas été prête. Quant au dîner, il y a deux raisons à cela. Un, j'aime bien manger, et deux, j'avais envie de partager ça avec toi, ici.

Pendant sa tirade, la colère de Stella était un peu retombée.

— Comment t'y prends-tu pour que tout cela ait l'air sensé et raisonnable ? demanda-t-elle.

— Je n'ai pas fini. Je suis d'accord avec toi : au lit, ça a été extraordinaire. Et je ne me suis pas levé « comme si de rien n'était ». Je me suis levé parce que si j'avais respiré ton parfum plus longtemps, si je t'avais sentie à côté de moi plus longtemps, je n'aurais pas pu résister : je t'aurais demandé de rester. Ce que tu n'aurais pas fait. Ce que tu n'aurais pas pu faire. Et, de toute façon, je ne suis pas sûr d'être prêt à ce que tu restes non plus. Si tu es le genre de femme qui a besoin de parler après, qui veut qu'on lui dise : « Ma chérie, c'était incroyable… »

— Non, coupa-t-elle en souriant, amusée par son ton agacé. Ça, je suis capable de m'en rendre compte toute seule. Mais, pour une femme, la première fois avec un homme est une expérience aussi angoissante qu'excitante. Et c'est pire encore après si ce qu'ils ont partagé a touché quelque chose en elle. Tu as touché quelque chose en moi, et cela me fait peur.

— Voilà qui est direct, commenta-t-il.

— Oui, je suis directe. Et toi, tu es un labyrinthe. C'est une combinaison difficile, qui donne à réfléchir. Mais je suis désolée d'en avoir fait une montagne.

— Stella, c'est une seconde nature chez toi. Ce qui est intéressant, c'est que je commence à m'y habituer.

— Ce qui me paraît intéressant, c'est que tu sois si différent de moi. Mais pour l'instant, je vais t'aider à débarrasser et à ranger, et ensuite, il faudra que je rentre.

Il se leva en même temps qu'elle et la fit reculer contre le réfrigérateur. Puis il lui donna un baiser à couper le souffle qui disait toute sa colère contenue, ses besoins, sa frustration, ses désirs.

— Voilà, pour te donner encore matière à réflexion, dit-il en se détachant d'elle.

Roz ne mettait pas son nez dans les affaires des autres. Elle ne détestait pas qu'on lui raconte ce qui se passait, mais elle ne fouinait pas. Elle n'aimait pas que les autres se mêlent de sa vie, elle ne les autorisait pas à le faire, et elle les traitait comme elle entendait l'être.

Elle ne posa donc pas de questions à Stella. Elle s'en posait, certes, mais elle ne l'interrogea pas. Elle observa.

Sa directrice travaillait avec son calme et son efficacité habituels. Mais Roz aurait parié que, même en pleine tornade, Stella serait restée calme et efficace.

Un trait de caractère admirable, quoique quelque peu terrifiant.

Elle s'était beaucoup attachée à Stella et s'était incontestablement mise à dépendre d'elle pour la gestion des détails quotidiens de la jardinerie ; elle pouvait ainsi se concentrer sur les devoirs et les plaisirs de son métier d'horticultrice. Quant aux enfants, elle les adorait. Comment aurait-il pu en être autrement ? Ils étaient charmants, intelligents, malins, vivants, divertissants – et épuisants.

Elle s'était si bien habituée à leur présence, à celle de Stella et de Hayley dans sa maison qu'elle n'imaginait plus sa vie sans eux.

Elle resta néanmoins discrète, même lorsque Stella revint de sa soirée chez Logan avec sur le visage l'air si caractéristique d'une femme à qui l'on avait donné du plaisir.

En revanche, elle ne fit pas taire Hayley lorsque la jeune femme manifesta l'envie de bavarder.

— Elle ne veut rien me dire de précis, se plaignit Hayley tandis que Roz et elle désherbaient une plate-bande devant Harper House. J'aime que les gens disent des choses précises. Mais tout ce qu'elle accepte de me dire, c'est qu'il lui a fait à dîner. D'après moi, quand un homme se met en cuisine, c'est soit qu'il essaie d'attirer une femme dans son lit, soit qu'il est vraiment entiché d'elle.

— Ou qu'il a faim, peut-être ? suggéra Roz.

— Un homme qui a faim se fait livrer une pizza. En tout cas, ceux que j'ai connus. Non, je crois qu'il craque vraiment pour elle.

Hayley se tut un instant, le temps, manifestement, de laisser Roz faire un commentaire. Comme rien ne venait, elle poussa un soupir.

— Eh bien ? insista-t-elle. Vous connaissez Logan depuis longtemps.

— Quelques années, mais je ne peux pas vous dire ce qu'il a en tête. En revanche, je peux vous dire qu'il n'a jamais fait la cuisine pour moi.

— Sa femme, c'était une garce ? s'enquit Hayley.

— Je ne sais pas. Je ne l'ai pas connue.

— J'aimerais bien. Que sa femme ait été une vraie garce, je veux dire. Elle l'aurait détruit et laissé blessé, méfiant envers les femmes. Et alors, Stella arriverait et le perturberait encore plus, tout en le guérissant.

Roz se redressa et sourit.

— Vous êtes bien jeune, chère Hayley, fit-elle.

— Pas besoin d'être jeune pour être romantique, protesta-t-elle. Mmm… votre second mari… il a été épouvantable, n'est-ce pas ?

— Il a été – il est toujours – menteur, traître et voleur. Hormis cela, il est charmant.

— Il vous a brisé le cœur ?

— Non. Il a fichu un coup à mon amour-propre et il m'a mise très en colère. Mais c'est terminé,

Hayley. Je vais planter des silene armeria dans cette plate-bande, poursuivit-elle. Elles fleurissent longtemps et elles iront bien ici.

— Je suis désolée.

— Il n'y a pas de quoi l'être.

— C'est juste que ce matin, une certaine Mme Peebles est passée...

— Ah, oui. Roseanne. Et elle a acheté quelque chose ?

— En fait, elle a hésité pendant une heure avant de dire qu'elle reviendrait.

— Comme d'habitude. Que voulait-elle ? Sûrement pas des plantes, en tout cas.

— C'est ce que j'ai cru comprendre. Elle est du genre fouineur – et ce n'est pas ce que l'on peut appeler de la curiosité bienveillante. Elle ne vient que pour les commérages – pour en colporter ou en récolter. On en voit partout, des femmes comme elle.

— C'est vrai.

— Enfin, bref. Elle avait entendu dire que j'habitais ici, que j'étais un peu de la famille, alors elle a essayé de me cuisiner. Je ne parle pas si facilement, mais je l'ai laissée faire.

— Bien joué, fit Roz en souriant et en prenant un plant.

— J'ai l'impression que ce qu'elle voulait surtout, c'était que je vous dise que Bryce Clerk était revenu à Memphis.

— Ah, bon ? fit Roz très calmement, trahie seulement par un sursaut de sa main qui brisa une tige de la fleur.

— Il habite au *Peabody*, pour l'instant. Apparemment, il aurait une sorte d'entreprise de travaux – Mme Peebles est restée assez vague sur ce point. Selon elle, il compte se réinstaller dans la région de façon permanente. Il cherche des bureaux. Elle a dit qu'il paraissait très prospère.

— Il a dû plumer une autre idiote.

— Vous n'avez rien d'une idiote, Roz.

— Je l'ai été, au moins momentanément. Enfin, ce que Bryce peut faire m'importe peu. Chat échaudé craint l'eau froide et, au moins, j'ai appris à ne plus me fier aux apparences.

Oui, elle se moquait pas mal de ce que pouvait faire la crapule qu'elle avait un jour été assez stupide pour épouser, se répéta Roz en se douchant. On avait le droit de faire des erreurs, au cours d'une vie. On avait le droit de les faire par solitude, par bêtise – et même, allez, par vanité.

Oui, on avait le droit. Mais à condition de les corriger et de ne pas les réitérer.

Elle enfila un chemisier propre et passa les doigts dans ses cheveux humides en se regardant dans le miroir. Elle pouvait encore être jolie – très jolie, même – si elle s'en donnait la peine. Si elle voulait un homme, elle pouvait en avoir un sans mal. Et pas uniquement parce qu'il la prendrait pour une imbécile à la tête d'une fortune dans laquelle il pourrait puiser indéfiniment. Peut-être son mariage avec Bryce avait-il ébranlé un temps son estime de soi, mais maintenant, elle allait bien. Mieux que bien.

Avant de le rencontrer, elle ne ressentait pas le besoin d'un homme dans sa vie, et elle n'en avait pas besoin non plus aujourd'hui. Les choses étaient rentrées dans l'ordre, et elle vivait la vie qu'elle souhaitait. Ses fils étaient heureux et travaillaient bien ; son entreprise prospérait ; elle se sentait en sécurité chez elle. Elle avait des amis qu'elle appréciait et des relations qu'elle tolérait.

Mieux, ces temps-ci, elle se passionnait pour le fantôme de Harper House.

Elle se donna un rapide coup de peigne et descendit rejoindre les autres dans la bibliothèque. Elle arrivait en bas de l'escalier quand on frappa à la porte, aussi alla-t-elle ouvrir.

— Logan ! Quelle bonne surprise.

— Hayley ne t'a pas prévenue que je venais ?

— Non, mais cela n'a pas d'importance. Entre donc.

— Je suis tombée sur elle à la jardinerie aujourd'hui, et elle m'a demandé si je voulais bien passer ce soir pour vous donner un coup de main dans vos recherches, réfléchir avec vous. J'avoue que je n'ai pas pu résister à l'idée de devenir chasseur de fantômes.

— Je te comprends. Autant que je te prévienne : Hayley a un côté romantique qui fait qu'elle te voit en Rochester, et Stella en Jane Eyre.

— Ah. Mmm.

— « Jane » est en train de coucher les garçons, précisa Roz en souriant. Tu n'as qu'à aller les rejoindre dans l'aile ouest. Suis le bruit, tu les trouveras.

Sur ce, elle s'éloigna, sans lui laisser le temps de refuser ou de protester.

Non, elle ne fouinait pas dans les affaires des autres. Cela ne l'empêchait pas de donner un petit coup de pouce au destin de temps en temps…

Logan resta un instant dans l'entrée, pensif. Puis il monta l'escalier.

Roz avait dit vrai pour le bruit. Il entendit les éclats de rire, les cris et le martèlement des petits pieds avant même d'avoir atteint l'étage. Se fiant au bruit, il emprunta le couloir et s'arrêta devant une porte ouverte.

C'était manifestement une chambre de garçons, constata-t-il. Et même si elle était sans doute mieux rangée que la sienne quand il était enfant, elle n'avait rien de statique ni de strict. Il y avait quelques jouets par terre ; des livres et des babioles traînaient sur le bureau et les étagères. Cela sentait le savon, le shampooing, l'enfance, les pastels.

Stella était assise par terre, au beau milieu de la pièce, et chatouillait impitoyablement un Gavin en pyjama tandis que Luke courait autour d'eux en poussant des cris de guerre dans ses mains en cornet.

— Comment je m'appelle ? demanda Stella, déclenchant un nouveau fou rire de son aîné.

— Maman !

Elle émit une espèce de bourdonnement sourd et le chatouilla de plus belle.

— Ne joue pas à ça, petit garçon sans défense ! Comment je m'appelle ?

— Maman, maman, maman, maman, maman !

Il tenta de se dégager, mais elle le retourna.

— Je n'ai pas bien entendu, fit-elle d'un ton menaçant.

— Impératrice, parvint-il à articuler entre deux hoquets.

— Mais encore ? Dis mon nom complet, sinon le supplice ne s'arrêtera pas.

— Impératrice Magnifique de l'Univers Entier !

— Et tu as intérêt à ne pas l'oublier, répliqua-t-elle avant de lui planter un baiser sonore dans le cou. Maintenant, à toi, petite créature à face de grenouille.

Elle se leva en se frottant les mains tandis que Luke poussait des cris de joie… et recula en criant à son tour quand elle découvrit Logan dans l'encadrement de la porte.

— Oh ! mon Dieu ! Tu m'as fait une de ces peurs !

— Désolé. Je regardais le spectacle, Votre Altesse. Salut, mon petit gars, fit-il à l'adresse de Gavin, qui était resté couché par terre. Comment ça va ?

— Elle m'a vaincu. Maintenant, il faut que j'aille au lit. C'est la loi du pays.

— C'est ce que j'ai entendu dire, confirma Logan en ramassant un bas de pyjama X-Men et en se tournant vers Luke. C'est à ta maman ? lui demanda-t-il.

Luke rit de bon cœur et se mit à danser, heureux, à l'aise dans sa nudité.

— Non, non, répondit-il. C'est à moi. Je ne dois le mettre que si elle m'attrape.

Il voulut s'enfuir dans la salle de bains attenante, mais Stella l'intercepta et le souleva d'un bras.

Elle était plus forte qu'elle n'en avait l'air, remarqua Logan tandis qu'elle hissait son fils au-dessus de sa tête.

— Petit inconscient, tu sais bien que tu ne peux pas m'échapper, dit-elle en le reposant. Allez, en pyjama et au lit.

Elle se retourna vers Logan.

— Y a-t-il quelque chose...

— J'ai été invité à la... réunion, en bas.

— C'est une fête ? demanda Luke, à qui Logan tendait son bas de pyjama. Il va y avoir des cookies ?

— C'est une réunion, expliqua Stella en le couchant. Une réunion de grandes personnes. Et s'il y a des cookies, vous pourrez en avoir demain.

— David fait très, très bien les cookies, commenta Gavin. Mieux que maman.

— Si ce n'était pas la vérité, je serais obligée de te punir très sévèrement pour ton insolence, plaisanta Stella.

Elle se retourna vers son aîné. Il souriait, assis dans son lit. Du revers de la main, elle le poussa doucement pour qu'il s'allonge.

— Mais tu es plus jolie que lui, ajouta son fils.

— Petit malin, commenta-t-elle. Logan, tu veux bien dire aux autres que je descends bientôt ? Je vais d'abord lire une histoire aux garçons.

— Il peut le faire, lui ? demanda Gavin.

— Oui, je peux. C'est quel livre ?

— Ce soir, on va lire *Les Aventures du capitaine Slip*, répondit Luke en prenant un livre et en le fourrant entre les mains de Logan.

— C'est un superhéros ? s'enquit ce dernier.

Luke ouvrit des yeux comme des soucoupes.

— Vous ne connaissez pas le capitaine Slip ? fit-il, stupéfait.

— Non, répondit Logan en tournant le livre entre ses mains, mais sans quitter le petit garçon des yeux.

Il n'avait encore jamais lu d'histoire à des enfants. Ce devait être amusant.

— Je devrais peut-être vous lire cette histoire, conclut-il. Comme ça, je saurai qui c'est. Si cela convient à l'Impératrice, bien sûr.

— Oh. Eh bien, je…

— S'il te plaît, maman. S'il te plaît !

Devant le concert de prières de ses fils, Stella céda.

— D'accord, dit-elle. Je vais ranger la salle de bains.

Les laissant à leur lecture, elle rinça la baignoire, épongea le carrelage, rangea les jouets des garçons dans un filet pour qu'ils s'égouttent. Soudain, elle sentit un air glacial l'envelopper, un froid dur et piquant qui la pénétra jusqu'aux os.

Ses crèmes et ses lotions tombèrent bruyamment sur la tablette, comme balayées par une main rageuse. Elle se précipita pour les rattraper avant qu'elles ne se fracassent sur le sol. Chaque pot, chaque flacon était comme un glaçon dans sa main.

Elle les avait vus bouger. Seigneur, elle les avait vus bouger !

Elle les reposa en toute hâte et, instinctivement, alla se placer devant la porte de communication pour protéger ses enfants du froid, de la colère qu'elle sentait dans l'air.

Logan était assis sur une chaise qu'il avait placée entre les deux lits, comme elle le faisait elle-même.

Il lisait d'une voix lente et posée, et les garçons sombraient peu à peu dans le sommeil.

Elle resta là, à barrer le chemin au froid, à le laisser la fouetter, jusqu'à ce que Logan, le livre fini, lève les yeux vers elle.

— Merci, dit-elle avec un calme qui la surprit elle-même. Les garçons, dites bonsoir à M. Kitridge.

Ils s'exécutèrent d'une voix déjà assoupie. Elle retourna dans la chambre et prit le livre des mains de Logan en s'efforçant de sourire.

— Je descends dans une minute, assura-t-elle.

— Entendu. À tout de suite, alors.

Cet interlude l'avait incroyablement détendu, songea Logan. Qui eût cru qu'il était si agréable de lire une histoire à des enfants le soir ? Le capitaine Slip ! Il fallait le faire.

Il avait bien aimé regarder Stella lutter sur le sol avec son fils. L'Impératrice Magnifique, se rappela-t-il en riant sous cape.

C'est alors qu'un choc lui coupa le souffle. La vague de froid qui déferla dans son dos comme un raz de marée le souleva et le projeta en avant, jusqu'en haut de l'escalier. Pris de vertige, il battit l'air de ses bras et parvint de justesse à attraper la rampe. Il se tourna pour la saisir à deux mains. De petits points noirs dansaient devant ses yeux. La peur de tomber par-dessus la balustrade, poussé par cette force invisible, ne le quitta pas tout de suite.

Du coin de l'œil, il vit une forme indistincte mais féminine qui semblait bouillir d'une rage amère et implacable.

Aussi vite qu'elle était apparue, elle disparut.

Il entendait sa propre respiration haletante, sentait une sueur glaciale lui couler dans le dos. Les jambes en coton, il resta là, à tenter de recouvrer son calme en attendant que Stella sorte de la chambre.

Le demi-sourire de la jeune femme se dissipa à l'instant où elle le vit.

— Qu'est-ce qu'il y a ? s'inquiéta-t-elle en se hâtant de le rejoindre. Que s'est-il passé ?

— Elle... enfin, le fantôme... elle n'a jamais fait peur aux garçons ?

— Non, au contraire. Elle se montre... réconfortante, avec eux. Protectrice, même.

— Très bien. Descendons.

Il lui prit fermement la main, prêt à l'entraîner à l'abri si nécessaire.

— Tu as la main très froide, remarqua-t-elle.

— Oui, je veux bien te croire.

— Raconte-moi ce qui s'est passé.

— Je vais le faire.

Il le leur raconta à tous, quand ils furent assis autour de la table de la bibliothèque avec leurs dossiers, leurs livres et leurs notes. Et tout en parlant, il versa une bonne rasade de cognac dans son café.

— Depuis des années qu'elle fait partie de la maison, intervint Roz, il n'y a jamais rien eu qui puisse indiquer qu'elle constituait une menace. Des gens ont eu peur d'elle, ont été mal à l'aise, mais personne n'a jamais été agressé.

— Les fantômes peuvent-ils faire du mal physiquement ? demanda David.

— Tu ne poserais pas la question si tu avais été en haut de l'escalier avec moi.

— Les esprits frappeurs peuvent faire voler des objets, intervint Hayley. Mais, en général, ils se manifestent auprès des adolescents – c'est un truc en rapport avec la puberté qui les fait apparaître. Quoi qu'il en soit, ce n'est pas à cela que nous avons affaire. Peut-être qu'un ancêtre de Logan a fait quelque chose à l'Épouse Harper, alors elle se venge sur lui.

— Je suis entré dans cette maison des dizaines de fois. Elle ne m'avait jamais embêté jusque-là.

— Les enfants, dit Stella doucement, en regardant ses notes. Elle est attirée par les enfants, surtout les petits garçons. Elle se montre protectrice à leur égard. On dirait presque qu'elle m'envie de les avoir. Elle éprouve de la jalousie, mais pas de colère. De la tristesse, plutôt. En revanche, elle s'est fâchée le soir où je suis sortie dîner avec Logan.

— Comme si elle vous reprochait de faire passer un homme avant vos fils, enchaîna Roz. Attention, je ne dis pas que c'est ce que je pense. Mais nous devons nous efforcer de raisonner un peu à sa façon. Nous avons déjà parlé de cela, Stella, et j'y ai repensé. Les seules fois où je me rappelle avoir ressenti quelque chose comme de la colère de sa part sont celles où je suis sortie avec des hommes quand mes fils étaient jeunes. Mais je n'ai jamais rien vécu d'aussi direct ni d'aussi perturbant que vous. Cela dit, c'étaient des histoires sans importance. Je n'ai éprouvé de sentiments forts pour aucun de ces hommes.

— Je ne vois pas comment elle pourrait savoir ce que je ressens, objecta Stella.

« Mais les rêves... » songea-t-elle aussitôt. Le fantôme parvenait bien à se glisser dans ses rêves.

— Ne cédons pas à l'irrationalité, déclara David. Bon, suivons cette piste jusqu'au bout. Admettons que l'Épouse Harper croie que les choses sont sérieuses – ou en passe de le devenir – entre Logan et toi, Stella. Cela ne lui plaît pas, c'est évident. Vous êtes les deux seuls à vous être sentis menacés, ou à l'avoir été. Pourquoi ? Cela la met-il en colère ? Est-elle jalouse ?

— Un fantôme jaloux, fit Hayley en tambourinant du bout des doigts sur la table. Ah, ça, c'est excellent. C'est comme si elle éprouvait de la sympathie pour toi, comme si elle s'identifiait à toi en tant que femme, que femme seule avec des enfants. Elle veut t'aider à t'occuper d'eux. Mais lorsqu'un homme entre dans le tableau, elle se fâche. On dirait qu'elle t'interdit d'avoir une famille normale – une maman, un papa et des enfants – parce qu'elle, elle n'en a pas eu.

— Logan et moi ne sommes pas… Il ne faisait que lire une histoire aux garçons.

— Le genre de chose que ferait un père, souligna Roz.

— Je… Enfin, pendant qu'il lisait, je suis allée ranger la salle de bains. Elle était là. Je l'ai sentie. Et puis, mes affaires… les affaires que je laisse sur la tablette se sont mises à tomber.

— La vache ! fit Hayley.

— Je suis allée à la porte. Dans la chambre des enfants, tout était calme et normal. Je sentais le chaud devant moi et ce froid, cette colère dans mon dos. Elle ne voulait pas leur faire peur à eux. Seulement à moi.

Elle allait tout de même acheter un baby-phone dès le lendemain. Désormais, elle voulait entendre tout ce qui se passait dans la chambre de ses enfants quand ils étaient en haut sans elle.

— C'est une piste intéressante, Stella, fit Roz en posant les deux mains sur la table. Bon. Rien de ce que nous avons découvert n'indique que cette femme soit une Harper, contrairement à ce que nous avons toujours pensé. N'empêche que des gens l'ont connue. Alors, pourquoi a-t-on tu son existence, sa mort ? Pourquoi les a-t-on ignorées ? Quelle que soit la réponse, elle pourrait expliquer sa présence ici. Compte tenu du silence qui l'entoure, on peut penser logiquement qu'il devait s'agir d'une servante ou d'une maîtresse.

— Je parie qu'elle a eu un enfant, déclara Hayley en se caressant le ventre. Peut-être qu'elle est morte en couches ou qu'elle a dû abandonner son bébé et que c'est le chagrin qui l'a tuée. C'est sans doute l'un des hommes Harper qui l'a mise enceinte, vous ne croyez pas ? Pourquoi hanterait-elle cette maison si elle n'y avait pas vécu ou...

— Ou si elle n'était pas morte ici, acheva Stella. À l'époque où nous situons sa mort, c'était Reginald Harper le chef de famille. Roz, comment pouvons-nous faire pour découvrir s'il a eu une maîtresse ou un enfant illégitime ?

16

Logan avait été amoureux deux fois dans sa vie. Il avait désiré de nombreuses femmes, il s'était attaché à certaines, il en avait apprécié d'autres, mais l'amour, le vrai, ne l'avait frappé que deux fois. La première fois, la fille de ses rêves et lui n'avaient pas vingt ans ; ils étaient trop jeunes pour savoir quoi faire de cet amour.

Ils s'étaient brûlés l'un l'autre, ils avaient brûlé leur amour à force de passion et de jalousie. Aujourd'hui, quand il songeait à cette époque et à Lisa Anne Lauer, c'était avec de la tendresse et une douce nostalgie.

Puis il y avait eu Rae. Il était un peu plus âgé, un peu plus raisonnable. Ils avaient pris leur temps – deux ans – avant de se marier. Ils l'avaient souhaité tous les deux, même si ceux qui connaissaient Logan avaient été surpris – non pas tant qu'il se marie, mais qu'il accepte de partir dans le Nord.

Pour Logan, la décision n'avait pas été difficile à prendre : il aimait Rae, et elle avait envie de vivre dans le Nord. Non, elle en avait besoin, corrigea-t-il mentalement. Et lui avait cru – naïvement, il s'en rendait compte maintenant – qu'il pourrait s'y enraciner.

Il avait laissé le soin à sa fiancée et à sa mère d'organiser le mariage, ne donnant son avis que sur quelques points, mais ce beau mariage en grande pompe lui avait plu.

On lui avait offert un bon emploi dans le Nord, du moins en théorie. Mais il était agité et insatisfait dans cette ruche, il ne trouvait pas sa place dans le tourbillon urbain.

Il ne s'y était pas épanoui, et son mariage non plus. Il y avait d'abord eu de petites choses, se rappela-t-il en finissant avec son équipe de poser des planches de bois traitées sur le toit d'une pergola de quatre mètres, de petites insatisfactions. Rétrospectivement, il se rendait compte que Rae et lui n'auraient pas dû les ignorer, qu'ils auraient dû trouver des compromis, surmonter les problèmes même minimes. Au lieu de cela, ils avaient laissé les malentendus couver, puis grandir jusqu'à ce qu'ils les séparent, les poussent dans des directions opposées.

Rae était dans son élément – lui non. Au fond, il était malheureux, et elle l'était aussi de voir qu'il ne s'adaptait pas. Comme une maladie, le malheur se propageait jusqu'à la racine quand on ne le traitait pas.

Les erreurs et les torts étaient partagés. Finalement, ils avaient été suffisamment intelligents – ou suffisamment blessés – pour faire la part du feu.

Cet échec, la perte de cet amour, avait été douloureux. Stella se trompait : il avait souffert de ce divorce et, dans une certaine mesure, il en souffrait encore. Mais il y avait des souffrances avec lesquelles il fallait s'habituer à vivre.

Le client voulait de la glycine sur sa pergola. Il indiqua à ses hommes où la planter et alla s'occuper de la mare que le client souhaitait garnir de plantes aquatiques. Il se sentait d'humeur mélancolique et, quand c'était le cas, il préférait travailler seul autant que possible.

Le travail lui permettait de se recentrer, lui laissait le loisir de réfléchir à ses problèmes, de les résoudre parfois.

Pourquoi ne pas faire une petite mare chez lui aussi, dans le jardin clos qu'il avait prévu d'aménager, avec des lotus nains et des cannes d'eau ? Il lui semblait que c'était le genre de chose qui plairait à Stella.

Il avait été amoureux deux fois, se répéta-t-il. Et voilà qu'il sentait l'amour qui cherchait de nouveau à s'enraciner en lui. Sans doute pourrait-il l'arracher.

Sans doute devrait-il l'arracher.

Qu'allait-il faire d'une femme comme Stella et de ses deux garçons si attachants que c'en était ridicule ? Ils avaient une approche des choses si différente, si radicalement opposée que, à terme, ils risquaient de s'exaspérer mutuellement. En revanche, il ne voyait pas comment ils pourraient se lasser l'un de l'autre. Au lit, elle l'avait enflammé. Malgré tout, ce qu'il y avait entre eux pourrait se flétrir, comme son mariage s'était flétri.

Et cette fois, il y avait deux jeunes garçons à prendre en compte.

Était-ce pour cela que le fantôme lui avait botté les fesses ? Un fantôme ! Il avait du mal à croire qu'il était là, à transpirer sous un ciel de plomb et à penser à sa rencontre avec un fantôme.

En fait, songea-t-il en apportant du paillis au bord de la mare, il n'avait jamais vraiment cru à l'existence de ce fantôme. À ses yeux, ce n'était qu'une légende. Les vieilles maisons étaient censées être hantées parce que cela faisait de bonnes histoires et, dans le Sud, on aimait les bonnes histoires. Cela faisait en quelque sorte partie de la culture locale.

Mais, la veille, il avait senti ce souffle glacé, cette rage, cette force. Il n'avait pas rêvé. Le fantôme avait voulu lui faire du mal, l'éloigner des enfants et de leur mère.

Du coup, il se retrouvait enrôlé dans la recherche de l'identité de celle qui hantait Harper House.

Malgré tout, il ne pouvait s'empêcher de se demander si le fantôme n'avait pas raison. Ne s'en porteraient-ils pas tous mieux s'il se tenait à l'écart ?

Son portable sonna. Comme il avait presque fini, il ôta ses gants et répondit.

— Logan Kitridge, annonça-t-il.

— Logan, c'est Stella.

Son cœur se mit à battre plus vite, ce qui l'agaça.

— Oui, dit-il, j'ai les formulaires dans mon pick-up.

— Quels formulaires ?

— Ceux au sujet desquels tu appelles pour me harceler.

— Il se trouve que je n'appelais pas pour te harceler, protesta-t-elle d'une voix soudain froide et professionnelle qui ne fit qu'augmenter le trouble et l'agacement de Logan.

— Eh bien, je n'ai pas le temps de bavarder non plus. Je suis pressé.

— Malgré tout, j'aimerais savoir si tu peux programmer une visite aujourd'hui. J'ai une cliente qui souhaiterait une consultation sur site, chez elle. Elle est à côté de moi, donc si tu veux bien me donner une idée de ton emploi du temps d'aujourd'hui, je lui dirai si tu peux passer chez elle, et quand.

— Où ?

Elle lui indiqua une adresse à une vingtaine de minutes de là où il se trouvait. Il jeta un coup d'œil circulaire à son chantier et fit un rapide calcul avant de répondre.

— Quatorze heures.

— Très bien. Je le lui dis. C'est Mme Fields. Tu as besoin d'autres renseignements ?

— Non.
— Parfait.
« Zut », songea-t-il quand une sonnerie siffla à son oreille. Il n'avait même pas pensé à raccrocher le premier.

Quand Logan rentra chez lui, ce soir-là, il était fatigué, en sueur et de meilleure humeur. En général, le travail physique lui faisait du bien et, aujourd'hui, il n'en avait pas manqué. Il avait travaillé par une chaleur étouffante, puis sous les premières gouttes d'un orage. Ses hommes et lui avaient pris leur pause-déjeuner pendant le plus gros de l'averse et mangé leur casse-croûte dans l'atmosphère étouffante du pick-up.

Le chantier Fields offrait de très intéressantes possibilités. La cliente avait des idées très précises sur ce qu'elle souhaitait mais, comme Logan les trouvait bonnes, il ne voyait pas d'inconvénient à les mettre noir sur blanc et à les affiner ou les développer.

Et puis, Marsha Fields et lui s'étant découvert une cousine commune, la visite avait duré plus longtemps que prévu et pris un tour amical.

D'excellente humeur, il négocia le dernier virage de la route qui menait à sa maison… et se renfrogna en découvrant la voiture de Stella rangée derrière la sienne.

Il n'avait pas envie de la voir maintenant. Il n'avait pas encore clarifié la situation dans sa tête, et sa présence ne pourrait que le faire revenir à la case départ. Il avait envie d'une bonne douche, d'une bière et de calme. Ensuite, il comptait dîner en travaillant devant la télévision.

Bref, il n'y avait pas de place dans ce scénario pour une femme.

Il se gara, bien décidé à se débarrasser d'elle. Elle n'était pas dans sa voiture, ni sur la véranda. Est-ce que le fait d'avoir couché avec lui une fois pouvait donner l'impression à une femme qu'elle était libre d'entrer chez lui quand bon lui semblait ? se demanda-t-il. Non, conclut-il. Pas à une femme comme Stella, en tout cas. C'est alors qu'il entendit le chuintement du tuyau d'arrosage.

Les mains dans les poches, il fit le tour de la maison.

Elle était dans le patio, vêtue d'un pantacourt gris et d'un chemisier bleu assez ample. Ses cheveux brillants et bouclés étaient retenus en une queue de cheval que, curieusement, il trouva follement sexy. Comme le soleil avait fini par percer les nuages, elle portait des lunettes noires. Propre et soignée, elle faisait attention à ne pas mouiller ses sandales de toile grises.

— Il a plu, aujourd'hui, lança-t-il.

— Pas assez, répliqua-t-elle en continuant à arroser ses plantes.

Quand elle eut fini, elle coupa l'eau mais garda le tuyau en main et se tourna vers lui.

— Je sais que tu as ta façon de faire, tes humeurs, et cela te regarde, déclara-t-elle. Mais je n'accepte pas que l'on me parle comme tu m'as parlé aujourd'hui. Je refuse d'être traitée comme une idiote qui appelle son petit ami en plein travail pour roucouler ou comme une collègue maniaque qui fait de même pour te casser les pieds avec des détails. Sache que, si jamais je te contacte au travail, c'est pour une bonne raison. Et il y en avait bien une ce matin.

Elle avait raison, mais il n'était pas obligé de l'admettre tout haut.

— C'est bon, dit-il. Nous avons le projet Fields.

— Génial.

Il se mordit la joue pour ne pas sourire de son ton acerbe.

— Je vais faire un plan et un devis. Tu auras une copie de chaque. Ça te convient ?

— Oui. Mais ce qui ne…

— Où sont les enfants ?

Cette question la déstabilisa.

— Mon père et sa femme les ont récupérés à la sortie de l'école. Les garçons vont dîner et dormir chez eux parce que j'accompagne Hayley à son cours de préparation à l'accouchement tout à l'heure.

— À quelle heure ?

— À quelle heure quoi ?

— Le cours.

— À 20 h 30. Je ne suis pas venue pour bavarder, Logan, ni pour…

Elle ouvrit grand les yeux, puis les plissa en reculant. Il fit un pas en avant ; il savait qu'elle ne pouvait pas se tromper sur la nature du lent sourire qui se peignait sur son visage.

— N'y pense même pas, le prévint-elle. Je n'ai aucune envie de t'embrasser en ce moment.

— Dans ce cas, c'est moi qui vais t'embrasser. Cela te fera peut-être changer d'avis.

— Je ne plaisante pas, assura-t-elle en braquant le pistolet d'arrosage sur lui. Garde tes distances. Je tiens à bien me faire comprendre.

— Message reçu cinq sur cinq, affirma-t-il. Vas-y, n'hésite pas à m'arroser. J'ai transpiré des litres, aujourd'hui. Une douche ne me fera pas de mal.

— Arrête, insista-t-elle en continuant à reculer tandis qu'il avançait toujours. Ce n'est pas un jeu. Ce n'est pas drôle.

— Tu me fais un effet dingue quand tu parles sur ce ton.

— Je ne parle pas sur un ton particulier, protesta-t-elle.

— Si. Un ton d'institutrice yankee. J'espère que tu ne le perdras jamais.

Il voulut l'attraper. Par réflexe, elle resserra la main sur le pistolet et l'enclencha.

Le jet d'eau le frappa en pleine poitrine et, avant de pouvoir se retenir, Stella laissa échapper un éclat de rire.

— Je n'ai pas envie de jouer, Logan, affirma-t-elle néanmoins. Je suis on ne peut plus sérieuse.

Ruisselant, il tenta de nouveau de l'attraper. Cette fois, elle poussa un cri, lâcha le tuyau et partit en courant.

Au bout du patio, il la prit par la taille et la souleva de terre. Mi-choquée, mi-incrédule, elle se débattit jusqu'à ce qu'ils tombent dans l'herbe.

— Lâche-moi, espèce d'idiot ! protesta-t-elle, le souffle court.

— Je ne vois pas pourquoi je le ferais, répliqua-il.

Seigneur, que c'était bon d'être allongé ! songea-t-il. Et que c'était bon d'être allongé avec elle...

— Tu entres chez moi sans y être invitée, tu arroses mes plantes, tu me sermonnes, reprit-il. Mais j'ai quand même le droit de faire ce que je veux chez moi, non ?

— Arrête. Je n'ai pas fini de me disputer avec toi.

— Je suis certain que tu pourras reprendre là où tu t'es arrêtée, dit-il en lui mordillant le menton.

— Tu es trempé, tu as chaud, et je suis en train de faire des taches d'herbe sur mon...

Il la fit taire en prenant possession de sa bouche, et la chaleur qui se dégagea de leur étreinte était si intense que Stella se demanda si leurs vêtements n'allaient pas sécher instantanément.

— Je ne peux pas... Nous ne pouvons pas...

Déjà, ses arguments se dissipaient.

— Pas dans le jardin, finit-elle par dire.

— Tu paries ?

Il ne pouvait pas s'empêcher de la désirer, alors pourquoi résister ? Il désirait le cœur solide et raisonnable de sa personnalité et ses côtés plus doux. Il désirait cette femme obsédée par les formulaires qui jouait à lutter par terre avec ses enfants. Il désirait cette femme qui arrosait ses plantes tout en lui passant un savon.

Et il désirait celle qui vibrait sous lui dans l'herbe quand il la touchait.

Alors, il posa les mains sur ses seins en un geste possessif, avant de les faire glisser le long de son buste, jusqu'à ses hanches. Puis il goûta avidement sa gorge, ses épaules, sa poitrine. Il la sentit fondre sous lui et, dans le même temps, s'animer, brûler.

C'était de la folie, songea Stella. Pourtant, elle ne pouvait pas résister. Ils roulèrent dans l'herbe. Logan sentait la sueur, le travail, l'humidité. Un cocktail merveilleusement viril et sexy.

Elle enfouit les doigts dans la masse ondulante de ses cheveux et attira sa bouche contre la sienne. Elle lui mordilla la lèvre, puis la langue.

— Ta ceinture... fit-elle en reprenant son souffle avec effort. Elle me fait mal.

— Désolé.

Il se souleva, déboucla sa ceinture et s'arrêta pour regarder Stella.

Ses cheveux s'étaient échappés de l'élastique qui les retenait. Elle avait le regard sensuel, la peau rosie par le désir. Cette fois, il sentit l'amour s'enraciner en lui irrésistiblement.

— Stella...

Il ne savait pas ce qu'il comptait dire. Les mots se bousculaient dans son esprit tandis qu'il essayait de trouver un moyen d'exprimer ses sentiments.

Mais il n'eut pas à le faire. Elle lui adressa un sourire aussi sensuel que son regard et suggéra :

— Tu ne veux pas que je t'aide ?

Sans attendre de réponse, elle lui déboutonna son jean et ouvrit sa braguette, avant de refermer la main sur lui tel un écrin de velours. Il sentit son corps se durcir et perdit le contrôle de son cœur et de son esprit.

Elle se cambra vers lui et posa les lèvres sur son torse nu. Puis elle vint sur lui et l'enveloppa, lui faisant perdre la tête.

Stella entendait le chant des oiseaux et le bruissement de la brise dans les arbres ; elle respirait l'odeur du gazon et de la peau humide de Logan, sentait sous ses doigts ses muscles bandés, la surface plane de ses larges épaules, ses cheveux étonnamment doux.

Elle le regarda et vit qu'il était perdu en elle.

Alors, elle rejeta la tête en arrière et le chevaucha jusqu'à se perdre elle aussi.

Elle était affalée sur lui, moite, nue, les cheveux en désordre. Elle sentait autour d'elle les bras de Logan, qui la serrait comme s'ils étaient deux naufragés.

Elle tourna la tête pour poser la joue sur son torse, étourdie. Dire qu'elle venait de faire l'amour comme une folle avec un homme, dans un jardin et en plein jour !

— C'est de la folie, murmura-t-elle, sans parvenir pour autant à s'obliger à bouger. Et si quelqu'un passait ?

— Les gens qui passent sans y être invités le font à leurs risques et périls.

Il parlait d'un ton paresseux qui contrastait avec la force de son étreinte. Elle releva la tête et le regarda. Il avait les yeux fermés.

— C'est ça, les risques et périls ? demanda-t-elle.

— Ça ne me paraît pas un trop grand péril, répliqua-t-il en esquissant un sourire.

— J'ai l'impression d'avoir seize ans, dit-elle. Enfin, non. Je ne faisais pas ce genre de chose quand j'avais seize ans. Il faut que je recouvre la raison. Où sont mes vêtements ?

— Ne bouge pas, fit-il en l'allongeant sur le sol, avant de se lever.

Manifestement, cela ne le dérangeait pas le moins du monde de se promener en tenue d'Adam, constata-t-elle.

— Je suis venue te parler, Logan. Sérieusement.

— Non, rétorqua-t-il. Tu es venue me passer un savon. Sérieusement. Et tu te débrouillais plutôt bien.

— Tu ne m'as pas laissée finir, déclara-t-elle en se tournant légèrement pour ramasser son élastique. Mais je vais le faire, dès que je me serai rhabillée et...

Elle hurla comme si on l'égorgeait... puis émit un gargouillis quand le jet d'eau avec lequel il venait de l'asperger lui entra dans la bouche.

— Je me suis dit que nous avions besoin de nous rafraîchir tous les deux, expliqua-t-il.

Quelles que soient les circonstances, ce n'était pas le genre de Stella de courir nue dans l'herbe. Elle se pelotonna donc, les genoux remontés sous le menton, les bras autour des jambes, et se mit à l'injurier avec autant de véhémence que de créativité.

Il rit à s'en décrocher la mâchoire.

— Où une fille bien élevée comme toi a-t-elle appris des mots pareils ? lança-t-il. Et comment veux-tu que j'embrasse une bouche capable de jurer de cette façon ?

Elle le foudroya du regard tandis qu'il retournait le jet contre lui pour une douche improvisée.

— Mmm, commenta-t-il, ça fait du bien. Tu veux une bière ?

— Non, je ne veux pas de bière. Vraiment pas ! Je veux une serviette. Espèce d'abruti ! Maintenant, mes vêtements sont trempés !

— On va les mettre dans le sèche-linge, proposa-t-il en laissant tomber le tuyau pour ramasser ses vêtements. Viens à l'intérieur. Je vais te donner une serviette.

Il rentra sans se rhabiller, et elle fut bien forcée de le suivre.

— Tu as un peignoir ? demanda-t-elle d'un ton glacial.

— Qu'est-ce que tu veux que je fiche d'un peignoir ? Attends-moi ici.

Sur ce, il la laissa dans la cuisine, à dégouliner sur le carrelage. Elle commençait à frissonner.

Il revint quelques instants plus tard, vêtu d'un pantalon de survêtement râpé et muni de deux grandes serviettes.

— Ça devrait faire l'affaire, dit-il. Sèche-toi, je vais m'occuper de tes vêtements.

Il les emporta dans la pièce voisine – la buanderie, sans doute. Pendant ce temps, Stella s'enveloppa dans l'un des draps de bain et se servit de l'autre pour se frotter les cheveux. Ils allaient être indomptables, maintenant, songea-t-elle, exaspérée, avant d'entendre le sèche-linge démarrer.

— Tu veux du vin ? s'enquit Logan en revenant. Du café ? Autre chose ?

— Logan, écoute-moi...

— Stella, je te jure que je t'ai déjà écoutée plus que n'importe quelle autre femme. Je ne comprends vraiment pas pourquoi il semble que je sois en train de tomber amoureux de toi.

— Je n'aime pas... Pardon ?

— Tout a commencé à cause de tes cheveux, raconta-t-il en sortant une bouteille de bière du réfrigérateur et en la décapsulant. Mais, à l'époque, ce n'était que de l'attirance. Ensuite, il y a eu ta voix. Enfin, disons que c'est un ensemble de petites choses, et de beaucoup de grandes.

— Je… Tu… tu crois que tu es en train de tomber amoureux de moi, et ta façon de me le montrer, c'est de me jeter par terre et de te conduire comme un obsédé sexuel, puis, quand tu as fini, de m'asperger avec un tuyau d'arrosage ?

Il but une longue gorgée d'un air pensif et passa la main sur son torse nu.

— Sur le moment, cela m'a paru la meilleure chose à faire, finit-il par dire.

— C'est charmant !

— Mon intention n'était pas de te charmer. Je n'ai pas dit que j'avais envie d'être amoureux de toi. Pour tout t'avouer, cette idée m'a mis d'une humeur de chien toute la journée.

Les yeux de Stella se plissèrent jusqu'à n'être plus que deux fentes qui lançaient des éclairs bleus.

— Oh, vraiment ?

— Mais ça va mieux, maintenant.

— Ah, parfait. Je m'en réjouis. Va chercher mes vêtements.

— Ils ne sont pas encore secs.

— Ça m'est égal.

— Les gens du Nord sont toujours pressés, commenta-t-il en s'adossant confortablement au plan de travail. J'ai pensé à autre chose, aujourd'hui.

— Ça aussi, ça m'est égal.

— Ce à quoi j'ai pensé, c'est que j'ai déjà été amoureux - vraiment amoureux - deux fois. Et les deux fois, ça a mal tourné. Il se peut que cela se termine de la même façon entre nous.

— Il se peut que ce soit déjà le cas, répliqua-t-elle.

— Non, affirma-t-il en souriant. Tu es en colère et tu as peur, c'est tout. Je ne suis pas ce que tu cherchais.

— Je ne cherchais rien.

— Moi non plus, dit-il.

Il posa sa bière et s'approcha d'elle pour prendre son visage entre ses mains.

— Peut-être que je ne peux pas empêcher ce qui se passe en moi, reprit-il. Peut-être devrais-je essayer, mais, quand je te regarde, quand je te touche, je me retrouve chaque fois un peu plus près du précipice. Un précipice qui m'attire irrésistiblement.

Il déposa un baiser sur son front, avant de la libérer et de reculer.

— Chaque fois que j'ai l'impression de te comprendre un peu, dit Stella, toute colère évanouie, tu fais quelque chose de radicalement différent de ce à quoi je m'attends. Je n'ai été réellement amoureuse qu'une fois, et c'était exactement comme je le souhaitais. Aujourd'hui, je ne sais pas ce que je veux – hormis ce que j'ai déjà. Je ne sais pas si j'ai le courage de m'approcher de nouveau du précipice, Logan. Je ne sais pas si j'ai le courage de faire le grand saut.

— Selon moi, il est inutile de tenter d'aller contre le cours des choses. Si on ne saute pas, quelqu'un nous pousse.

— On ne me pousse pas si facilement que cela, Logan.

Cette fois, ce fut elle qui s'approcha de lui et lui prit la main.

— Je suis extrêmement touchée par ce que tu m'as dit, déclara-t-elle. Troublée que tu ressentes cela pour moi. Mais il va me falloir du temps pour comprendre ce que moi, j'éprouve.

— Cela simplifierait les choses, répondit-il au bout d'un moment, si tu pouvais te débrouiller pour suivre le rythme.

Ses vêtements étaient secs, mais complètement froissés. Et ses cheveux qui avaient frisé devaient faire environ le double de leur volume habituel, estima Stella.

Elle sortit de sa voiture et courut jusqu'à la maison. À son grand désarroi, elle tomba sur Hayley et Roz qui, assises sur la balancelle, buvaient du thé glacé dans de grands verres.

— Il faut que je me change, lança-t-elle sans s'arrêter. Je n'en ai pas pour longtemps.

— Rien ne presse, répondit Hayley. Vous savez ce que ça signifie quand une femme débarque avec des vêtements chiffonnés et des taches d'herbe sur le fond de son pantalon ? ajouta-t-elle à l'adresse de Roz, lorsque Stella fut entrée dans la maison.

— J'imagine qu'elle a dû passer chez Logan, répondit Roz.

— Des câlins dans le jardin, déclara Hayley.

Roz se mit à rire et s'étrangla avec une gorgée de thé.

— Enfin, Hayley !

— Vous avez déjà fait ça dehors ?

Cette fois, Roz se contenta de sourire.

— Dans un passé très, très lointain...

Stella était suffisamment lucide pour se douter que Roz et Hayley parlaient d'elle. Ce fut donc en rougissant jusqu'aux oreilles qu'elle monta dans sa chambre, se déshabilla et jeta ses vêtements dans le panier à linge en osier.

— Tu n'as pas à être gênée, marmonna-t-elle tout haut en ouvrant son armoire. Absolument pas.

Elle sortit des sous-vêtements propres et se sentit mieux une fois qu'elle les eut enfilés.

Mais, en prenant un chemisier, elle perçut le froid.

Elle se raidit, prête à voir un vase ou une lampe voler à travers la pièce dans sa direction.

Malgré tout, elle prit son courage à deux mains et se retourna. L'Épouse Harper était là. Et pour la première fois, elle la voyait nettement, même si la lumière du soir la traversait comme si elle était faite de fumée. Elle distinguait son visage, sa silhouette, ses boucles blondes, son regard anéanti.

Le fantôme se tenait devant la porte de la salle de bains. La salle de bains qui communiquait de l'autre côté avec la chambre des garçons.

Ce n'était pas de la colère que Stella lisait sur son visage. Ce n'était pas de la réprobation qu'elle sentait dans l'air. Non, c'était un chagrin terrible et profond.

Sa peur céda la place à la pitié.

— J'aimerais pouvoir vous aider, dit-elle. Vraiment.

En tenant son chemisier contre sa poitrine, elle risqua un pas en avant.

— J'aimerais savoir qui vous êtes, poursuivit-elle, ce qui vous est arrivé. Pourquoi vous êtes si triste.

Les yeux baignés de larmes, la femme tourna la tête vers l'autre chambre.

— Ils ne sont pas partis, dit Stella. Je ne les laisserais jamais partir. Ils sont toute ma vie. Ils sont avec mon père et sa femme, leurs grands-parents. C'est un vrai plaisir pour eux. Ce soir, ils se font gâter et chouchouter. Ils rentrent demain.

Prudemment, elle fit un deuxième pas. Sa gorge était si sèche qu'elle la brûlait.

— Ils adorent être avec mon père et Jolene, précisa-t-elle. Mais c'est fou ce que c'est calme quand ils ne sont pas là, n'est-ce pas ?

Seigneur ! Voilà qu'elle parlait à un fantôme. Qu'elle essayait d'engager la conversation avec lui. Comment sa vie avait-elle pu devenir aussi étrange ?

— Vous ne voulez pas me dire quelque chose ? Quelque chose qui nous aiderait. Nous essayons tous de découvrir… Peut-être que, quand nous aurons trouvé… Vous ne pouvez pas me dire votre nom ?

Stella tendit une main tremblante. Le regard infiniment triste du fantôme plongea dans le sien, et sa main la traversa. Elle sentit le froid, puis plus rien.

— Vous pouvez parler, dit-elle dans la pièce vide. Si vous pouvez chanter, vous pouvez parler. Pourquoi ne le faites-vous pas ?

Troublée, elle s'habilla et enferma tant bien que mal ses cheveux dans une barrette. Son cœur battait encore la chamade quand elle se maquilla. Elle s'attendait presque à voir le visage brisé de l'Épouse Harper dans le miroir.

Pour finir, elle enfila ses chaussures et redescendit. Elle allait laisser la mort derrière elle, décida-t-elle, et se préparer à une nouvelle vie.

17

Le rythme du Sud avait beau être lent, les journées de travail étaient épuisantes. Tandis que le printemps avançait, que la nature verdoyait et que les températures atteignaient des niveaux qui, pour Stella, étaient ceux du plein été, les clients se faisaient de plus en plus nombreux à la jardinerie. Beaucoup semblaient d'ailleurs plus animés par l'envie d'y passer une heure à bavarder avec les employés et les autres clients que par l'envie d'acheter des plantes.

Cependant, tous les jours, des plateaux entiers de plantes à repiquer, de plantes vivaces en pot et des forêts d'arbres d'ornement et d'arbustes s'en allaient.

Stella surveillait les tables de présentation, qu'elle réapprovisionnait à mesure qu'elles se vidaient. Elle garnissait d'autres paniers suspendus quand ceux qu'elle avait créés étaient vendus. Elle passait son temps à rappeler les fournisseurs pour leur commander plus de stocks, plus d'engrais, plus de semence de gazon, plus de pots, plus de tout.

Armée de son bloc-notes, elle dressait l'inventaire d'un œil attentif, réalisait les ajustements nécessaires et suppliait Roz de la laisser prendre des plants plus jeunes.

— Ils ne sont pas prêts, répondait celle-ci. L'année prochaine.

— Au train où vont les choses, nous allons être en rupture d'ancolies, de funkias, d'astilbes... fit Stella en agitant son bloc-notes. Roz, nous avons déjà vendu trente pour cent de nos stocks de plantes vivaces. Nous aurons de la chance si nous tenons jusqu'à fin mai avec ce que nous avons.

— Ça va se calmer, affirma Roz. Et si je commence à vendre des plantes avant qu'elles ne soient prêtes, le client ne sera pas content.

— Mais...

— Ces œillets ne fleuriront pas avant l'année prochaine. Les clients veulent des fleurs, Stella. Vous le savez bien. Ils veulent planter des fleurs ou des plantes sur le point de fleurir. Ils ne veulent pas attendre l'année prochaine pour être récompensés de leurs efforts.

— Je le sais. N'empêche...

— Vous êtes prise dans ce que vous faites, dit Roz en ôtant son gant pour se gratter le menton. Remarquez, les autres aussi. Ruby rayonne comme si elle venait d'être grand-mère de nouveau, et Steve veut me taper dans la main chaque fois que nous nous croisons.

— Ils sont très attachés à la jardinerie.

— Moi aussi. Il est vrai que c'est la meilleure année que nous ayons jamais faite. Le temps y est pour quelque chose : nous avons un très beau printemps. Mais c'est aussi parce que nous avons désormais une directrice enthousiaste et efficace qui nous aide beaucoup. Cependant, le maître mot reste la qualité. La quantité ne vient qu'après.

— Vous avez raison. Bien sûr que vous avez raison. Ce qu'il y a, c'est que je ne supporte pas l'idée de manquer de quelque chose et de devoir envoyer un client chez un concurrent.

— Nous n'en arriverons sans doute pas là, répondit Roz. Surtout si nous sommes assez malins pour orienter nos clients vers un autre choix.

— Une fois de plus, vous avez raison, admit Stella dans un soupir.

— Et si jamais nous sommes contraints de recommander une autre jardinerie...

— Les clients seront impressionnés par nos efforts pour les satisfaire. Voilà qui explique pourquoi vous êtes la propriétaire de cet endroit alors que je n'en suis que la directrice.

— Cela tient surtout au fait que je suis née ici et que j'y ai toujours vécu, lui rappela Roz. D'ici quelques semaines, la saison d'achats et de plantations de printemps s'achèvera. Après la mi-mai, les gens qui viendront voudront surtout des engrais, des outils, des produits secondaires. À la rigueur un panier ou une jardinière déjà garnis, ou quelques plantes pour remplacer celles qui seront mortes ou dont la floraison sera terminée. Et quand la chaleur de juin sera là, le moment sera venu de solder les plantes estivales pour faire de la place aux automnales.

— Dire que, dans le Michigan, nous prenions un gros risque en plantant quoi que ce soit avant la mi-mai...

— Le Michigan vous manque ?

— J'aimerais vous répondre oui, parce que le contraire me semble déloyal. Mais à la vérité, non, pas vraiment. Je n'y ai rien laissé que des souvenirs.

C'étaient précisément les souvenirs qui l'inquiétaient. Elle avait eu une belle vie avec un homme qu'elle aimait. Quand elle l'avait perdu, cette vie s'était brisée. Elle était restée tremblante, intérieurement chancelante. Pour ses enfants, elle avait maintenu une certaine cohésion mais, dans son cœur, il y avait plus que du chagrin. Il y avait aussi de la peur.

Elle avait lutté contre la peur et chéri ses souvenirs.

Cependant, elle n'avait pas seulement perdu son mari. Ses fils avaient perdu leur père. Les souvenirs de Gavin s'estompaient à mesure que le temps passait, mais il se rappelait toujours son père avec tendresse. Trop petit, Luke ne se souvenait pas clairement de lui. Cela lui paraissait très injuste. Si elle avançait dans sa relation avec Logan alors que ses garçons étaient encore si jeunes... C'était un peu comme le fait que le Michigan ne lui manque plus, songea-t-elle. Cela lui paraissait déloyal.

En rentrant dans le magasin, elle vit des clients qui poussaient des chariots entre les tables et Hayley qui se baissait pour soulever un gros pot de plants de fraises.

— Ne fais pas ça ! lui ordonna-t-elle.

Elle avait parlé d'un ton si sec que plusieurs personnes se retournèrent, mais elle traversa la salle sans s'arrêter et se planta face à Hayley, qu'elle foudroya du regard.

— Non, mais ça ne va pas ? lança-t-elle avec indignation. Qu'est-ce qui te prend ?

— Nous avons vendu toutes les jardinières qui étaient près des caisses, expliqua la jeune femme. Je me suis dit que celle-ci irait bien près du comptoir.

— Je n'en doute pas une seconde, répliqua Stella. Mais sais-tu de combien de mois tu es enceinte ?

— Difficile de l'oublier, soupira Hayley en regardant son gros ventre.

— Si tu veux déplacer une jardinière, demande à quelqu'un de le faire pour toi.

— Je suis forte comme un bœuf, protesta Hayley.

— Et enceinte de huit mois.

— Écoutez-la, intervint une cliente en tapotant le bras de Hayley. Il ne faut pas prendre de risques. Une fois que le bébé sera né, vous passerez votre temps à porter des choses, alors, pour l'instant, profitez donc de votre état et laissez les gens vous chouchouter un peu.

— Il faut sans arrêt la surveiller, fit Stella, qui ne plaisantait qu'à moitié. Cette lobélie est merveilleuse, n'est-ce pas ?

— J'adore ce bleu profond, renchérit la cliente en regardant son chariot. Je pensais prendre des salvias pour aller avec. Et peut-être des cosmos que je planterai derrière...

— Voilà qui me semble parfait, approuva Stella. Charmant, coloré, et avec une longue floraison.

— J'ai encore de la place au fond de cette plate-bande, poursuivit la femme, mais je ne sais pas trop quoi planter.

Elle balaya la salle du regard, en se mordillant la lèvre d'un air indécis.

— Je voudrais bien quelques suggestions, si vous avez le temps, reprit-elle.

— Nous sommes là pour ça, assura Stella. Nous avons de superbes roses trémières qui seront assez hautes pour aller derrière les cosmos. Et si vous voulez mettre en valeur les salvias, je crois que ces soucis feraient remarquablement l'affaire. Et avez-vous vu ces perillas ?

— Je ne sais même pas ce que c'est, avoua la cliente en riant.

Stella lui montra les plantes herbacées au feuillage pourpre et chargea Hayley d'assembler quelques beaux pieds de soucis. À elles deux, elles remplirent un autre chariot.

— Vous avez raison d'avoir aussi pris l'alysse, déclara Stella. Vous voyez comme le blanc fait ressortir les couleurs des autres fleurs ? En fait, cette disposition vous montre assez bien ce que cela va donner dans votre jardin, précisa-t-elle avec un signe de tête en direction des deux chariots. On voit bien comment ces plantes se complètent les unes les autres.

— J'ai hâte de les planter. Mes voisins vont être verts de jalousie.

— Vous n'aurez qu'à nous les envoyer...

— Ce ne sera pas la première fois. Je viens ici depuis que la jardinerie a ouvert. Autrefois, j'habitais à deux kilomètres d'ici, mais je me suis rapprochée de Memphis il y a trois ans. Maintenant, je suis à au moins vingt-cinq kilomètres, mais comme je trouve toujours quelque chose qui me plaît ici, je continue à venir.

— Cela nous fait très plaisir. Hayley ou moi pouvons-nous faire autre chose pour vous ? Avez-vous besoin de paillis, d'engrais ?

— Je peux me débrouiller pour ça. En revanche, ajouta la cliente en souriant à Hayley, comme mon chariot est plein, si vous pouviez demander à un homme fort de porter ce pot jusqu'à la caisse puis à ma voiture...

— Je m'occupe de vous trouver quelqu'un, promit Stella. Et toi, reprit-elle avec un regard éloquent à l'adresse de Hayley, tiens-toi tranquille.

— Vous êtes sœurs ? demanda la cliente à Hayley tandis que Stella s'éloignait.

— Non, c'est ma chef. Pourquoi ?

— On dirait un peu ma sœur et moi. Aujourd'hui encore, il m'arrive de gronder ma petite sœur – surtout quand je m'inquiète pour elle.

— C'est vrai ? Alors, sans doute Stella et moi sommes-nous un peu sœurs...

Stella avait beau savoir qu'un peu d'exercice physique était bon pour les femmes enceintes, elle refusait que Hayley, après une journée de travail, fasse près d'un kilomètre à pied pour rentrer à ce stade de sa grossesse. Alors, malgré les protestations de sa jeune amie, elle la faisait monter dans sa voiture tous les soirs pour la ramener à Harper House.

— Mais j'aime bien marcher… protesta Hayley.

— Une fois rentrée, quand tu auras mangé quelque chose, tu pourras faire une bonne promenade dans le jardin. Mais il n'est pas question que tu fasses un aussi long trajet, ni que tu traverses le bois toute seule, ma petite. Pas tant que je veillerai sur toi, en tout cas.

— Tu vas être sur mon dos comme cela pendant les quatre prochaines semaines ? s'inquiéta Hayley.

— Absolument.

— Mme Tyler, tu vois qui c'est ? La dame que nous avons aidée à choisir des plantes annuelles.

— Oui.

— Elle a cru que nous étions sœurs parce que tu m'embêtes comme elle embête sa petite sœur. Sur le moment, j'ai trouvé ça mignon. Maintenant, ça m'exaspère.

— Dommage.

— Je suis capable de m'occuper de moi.

— Oui, et moi aussi.

Hayley soupira.

— Quand ce n'est pas toi qui me casses les pieds, c'est Roz. Si ça continue, les gens vont la prendre pour ma mère.

Stella lui jeta un coup d'œil et vit qu'elle s'était déchaussée.

— Tu as mal aux pieds ? s'enquit-elle.

— Non, non. Ça va.

— J'ai un excellent gel rafraîchissant et décontractant pour les pieds. Tu ne veux pas t'en mettre en arrivant et te reposer un peu ?

— Je peux à peine atteindre mes pieds, maintenant. Je me sens…

— Grosse, maladroite et lente, acheva Stella.

— Et idiote et vache, ajouta Hayley en repoussant ses cheveux moites d'un geste agacé. Et méchante. Et j'ai trop chaud.

Lorsque Stella tendit la main pour régler la climatisation, Hayley sentit des larmes de remords lui piquer les yeux.

— Tu es si gentille avec moi – tout le monde est si gentil avec moi –, et je ne l'apprécie même pas. Ce qu'il y a, c'est que j'ai l'impression d'être enceinte depuis toujours. Et pour toujours.

— Je te promets que ce ne sera pas le cas.

— Et je... Stella, quand ils ont montré la vidéo d'un accouchement au cours de préparation... Je ne vois pas comment je vais pouvoir faire cela. Je n'en serai jamais capable.

— Je serai avec toi, promit Stella. Tout se passera bien. Je ne vais pas te dire que ce ne sera pas dur, mais ce sera aussi extrêmement excitant. Exaltant.

Elle s'engagea dans l'allée qui menait à la maison. Ses enfants jouaient au ballon dans la cour avec le chien et Harper.

— Et cela en vaut largement la peine, ajouta-t-elle. Dès que tu tiendras ton bébé dans tes bras, tu sauras combien c'est merveilleux.

— Je ne m'imagine pas dans le rôle de mère. Avant, je pouvais, mais plus la naissance se rapproche, moins j'y arrive.

— C'est normal. Personne ne peut vraiment imaginer un miracle. Tu as bien le droit d'être nerveuse. C'est le contraire qui serait inquiétant.

Quand elle se gara, les enfants accoururent.

— Maman ! Maman ! s'écrièrent-ils à l'unisson, tandis que Parker lui faisait la fête. Viens jouer avec nous ! S'il te plaît...

— D'accord, dit-elle. Mais vous allez encore me battre.

Harper contourna la voiture pour aller du côté de Hayley. Ses cheveux humides bouclaient sous sa casquette de base-ball, et sa chemise était tachée d'herbe et de terre.

— Je peux t'aider ? demanda-t-il à Hayley.

Elle n'arrivait pas à remettre ses chaussures. Elle avait l'impression que ces pieds enflés et brûlants n'étaient plus les siens. Des larmes d'énervement lui nouèrent la gorge.

— Je suis enceinte, riposta-t-elle. Pas handicapée.

Elle laissa ses chaussures dans la voiture le temps de s'en extirper. Avant de pouvoir s'en empêcher, elle tapa la main que Harper lui tendait.

— Désolé, fit-il en enfonçant les deux mains dans ses poches.

— Tout le monde me tourne autour nuit et jour. Je n'arrive plus à respirer.

Elle s'éloigna et se dirigea vers la maison en s'efforçant de ne pas se dandiner.

— Elle est fatiguée, Harper, c'est tout, déclara Stella en suivant la jeune femme des yeux jusqu'à ce qu'elle soit entrée. Fatiguée et pas dans son assiette. C'est à cause de sa grossesse.

— Elle devrait peut-être arrêter de travailler.

— Si je le lui suggère, elle explosera. Le travail lui occupe l'esprit. Mais nous gardons tous un œil sur elle pour nous assurer qu'elle n'en fait pas trop – ce qui est une partie du problème. Elle se sent un peu épiée, je crois.

— Maman !

Stella leva une main pour faire signe à ses enfants impatients de se taire.

— Elle aurait envoyé balader quiconque lui aurait tendu la main, tu sais. N'y vois rien de personnel.

— Bien sûr. Bon, il faut que j'aille prendre une douche. À plus, ajouta Harper en se tournant vers les garçons, qui tapaient déjà dans la balle. Et je vous préviens : la prochaine fois, c'est moi qui vous battrai.

L'après-midi étouffant donnait un avant-goût de l'été qui s'annonçait. Même avec la climatisation, Stella cuisait dans son petit bureau. Elle ne portait pourtant qu'un débardeur et un léger pantalon de coton. Elle avait renoncé à se coiffer convenablement et attachait ses cheveux sur sa tête comme elle le pouvait.

Elle venait de finir le planning de travail de la semaine suivante et allait mettre à jour un de ses tableurs quand on frappa à la porte.

— Entrez, dit-elle.

D'un geste machinal, elle prit la Thermos de café glacé qu'elle préparait désormais tous les matins. Son cœur fit un petit bond dans sa poitrine quand elle vit Logan sur le seuil.

— Salut, fit-elle. Je te croyais sur le chantier Fields, aujourd'hui.

— J'en ai été chassé par la pluie.

— Ah ? s'étonna-t-elle en faisant pivoter son siège face à la petite fenêtre. Je n'avais pas remarqué qu'il pleuvait.

— Tous ces chiffres et ces colonnes peuvent se révéler assez captivants…

— En ce qui me concerne, oui.

— C'est le jour idéal pour faire l'école buissonnière. Tu ne veux pas venir jouer sous la pluie avec moi, Stella ? proposa-t-il.

— Je ne peux pas, répondit-elle en écartant les bras pour désigner sa table. J'ai du travail.

— Tu n'as pour ainsi dire pas arrêté depuis le début du printemps, observa-t-il. Roz ne t'en voudra pas si tu prends deux ou trois heures un après-midi de pluie.

— Roz, sans doute pas, mais moi, si.

— Je m'en doutais.

Il prit un pot à crayons d'une forme étrange, visiblement fait par un enfant.

— Gavin ou Luke ? demanda-t-il.

— Gavin. À sept ans.

— Tu m'évites, Stella ?

— Non. Enfin, si, un peu, admit-elle. Mais pas complètement. Nous sommes sur les dents, ici et à la maison. Hayley est à trois semaines du terme, et je préfère rester dans les parages.

— Tu crois que tu pourrais t'échapper quelques heures… disons vendredi soir ? Pour voir un film ?

— Eh bien, en général, le vendredi soir, je sors avec les enfants.

— Parfait. On passe le nouveau Disney, en ce moment. Je viendrai vous chercher tous les trois à 18 heures. Nous irons d'abord manger une pizza.

— Oh, je… C'est une attaque sournoise, dit-elle en s'appuyant au dossier de son siège et en le regardant, les sourcils froncés.

— La fin justifie les moyens.

— Logan, tu es déjà allé au cinéma avec deux enfants un vendredi soir ?

— Non, répondit-il en souriant. Je suis sûr que ça va être une sacrée expérience…

Il fit le tour de la table, glissa les mains sous les coudes de Stella et la souleva de son siège avec une force désinvolte qui lui mit l'eau à la bouche.

— Tu commences à me manquer, dit-il.

Il posa sa bouche sur la sienne, et ce contact se fit plus brûlant quand il la laissa glisser le long de son corps jusqu'à ce que ses pieds touchent le sol. Elle noua les bras autour de son cou et resta ainsi un moment.

— On dirait que, toi aussi, tu commences à me manquer, avoua-t-elle en se détachant de lui quand elle eut repris ses esprits. J'ai réfléchi.

— Ça ne m'étonne pas : tu réfléchis tout le temps, répondit-il en tirant doucement sur une mèche des cheveux de Stella qui avait échappé aux épingles. À vendredi.

Elle se rassit lorsqu'il sortit.

— Sauf que je ne me rappelle plus ce que je me suis dit... murmura-t-elle.

Il avait raison : c'était une sacrée expérience. Et, selon Stella, il s'en tirait plutôt bien. Mieux qu'elle ne l'aurait cru. Le langage particulier des garçons ne semblait pas lui poser le moindre problème. D'ailleurs, pendant le dîner, ce fut parfois elle qui eut l'impression de ne pas être dans le coup. En temps normal, elle était capable de participer à leurs discussions sur les bandes dessinées et le base-ball mais, ce soir, le niveau était monté d'un coup. À un moment donné, elle en vint à se demander si le Wolverine des X-Men n'avait pas signé pour jouer dans l'équipe des Atlanta Braves...

— Je suis capable de manger cinquante parts de pizza, annonça Luke et, ensuite, une tonne de pop-corn.

— Si tu fais ça, tu vas vomir, le prévint Gavin.

Elle allait lui rappeler que l'on ne parlait pas de ce genre de chose à table quand Logan, qui était en train de se servir, répondit :

— Ce serait plus malin de vomir après la pizza pour faire de la place pour le pop-corn.

Cette remarque pleine de sagesse déclencha un éclat de rire chez les garçons.

— Hé ! protesta Luke. Gavin a plus de chorizo sur sa part. Il en a trois rondelles, et moi seulement deux !

Gavin eut un reniflement méprisant et s'apprêta à faire « le regard ».

— Mais tu as raison ! intervint Logan. Cela ne me paraît pas très juste. Je vais arranger ça.

Sur ce, il prit une rondelle de chorizo sur la part de Gavin et l'avala.

— Maintenant, déclara-t-il, vous en avez autant l'un que l'autre.

Les enfants rirent de plus belle. Ils mangèrent comme des ogres, laissèrent un chantier derrière eux et étaient tellement excités en arrivant au cinéma que Stella craignait qu'ils ne déclenchent une émeute.

— N'oubliez pas qu'il ne faut pas faire de bruit pendant le film, leur rappela-t-elle. Il y a d'autres gens dans la salle qui veulent le voir.

— Je vais essayer, promit Luke solennellement. Mais parfois, je ne peux pas m'empêcher de parler.

Gavin et lui riaient encore en arrivant à la caisse.

Stella connaissait des hommes qui faisaient semblant de s'intéresser aux enfants d'une femme pour séduire leur mère. Et puis, songea-t-elle tandis qu'ils s'installaient dans la salle, elle en connaissait d'autres qui essayaient sincèrement de plaire aux enfants parce que c'était nouveau pour eux, parce qu'ils les intéressaient.

Logan semblait très à l'aise avec ses fils. Et puis, c'était un bel effort de la part d'un homme de plus de trente ans de supporter un dessin animé avec des singes parlants tout en feignant d'y prendre plaisir.

Au milieu du film, comme elle s'y attendait, Luke commença à se tortiller sur son siège. Il avait bu deux verres de soda, calcula-t-elle. Mais il n'allait pas vouloir aller aux toilettes pour ne rien manquer. Elle allait devoir négocier rapidement – à mi-voix.

Elle se pencha vers lui, mais Logan fut plus rapide. Elle n'entendit pas ce qu'il dit à l'oreille de son fils, mais ce dernier rit et tous deux se levèrent.

— On revient tout de suite, chuchota Logan en prenant Luke par la main.

Cette fois, c'était bon, songea-t-elle, les yeux embués. Elle était fichue.

Deux garçons enchantés grimpèrent à l'arrière de la voiture de Logan. À peine attachés, ils se remirent à s'agiter en racontant leurs moments préférés du film.

— Hé, les garçons, lança Logan en s'installant au volant et en tournant la tête vers eux. Vous feriez bien de vous préparer, parce que je vais embrasser votre maman.

— Pourquoi ? demanda Luke.

— Parce que, comme vous l'avez sûrement constaté par vous-mêmes, elle est très jolie et elle sent bon.

Il se pencha vers elle, une lueur amusée dans les yeux. Stella lui tendit la joue, mais il lui prit le visage de manière à ce qu'elle se tourne vers lui et déposa un baiser rapide et doux sur sa bouche.

— Toi, tu n'es pas joli, commenta Luke en gloussant. Alors, comment ça se fait qu'elle t'ait embrassé ?

— Mon garçon, c'est parce que je suis très séduisant.

Il lui fit un clin d'œil dans le rétroviseur et remarqua que Gavin le regardait d'un air calme mais inquisiteur.

Il démarra.

Luke s'endormait quand ils arrivèrent à la maison. Il luttait contre le sommeil, mais sa tête ballottait.

— Laisse-moi le monter, proposa Logan à Stella.

— Je peux le porter, assura-t-elle en se penchant pour ôter la ceinture de sécurité de son fils. J'ai l'habitude. Et je ne sais pas si c'est une bonne idée que tu montes.

— Il va bien falloir que les garçons s'habituent à moi, répliqua-t-il en la repoussant doucement, avant de soulever Luke dans ses bras. Allez, viens, le roi de la pizza. Au dodo.

— Je suis pas fatigué...

— Bien sûr que non.

En bâillant, Luke posa la tête sur l'épaule de Logan.

— Tu ne sens pas comme maman et tu as la peau plus dure, commenta-t-il.

— Ah, oui ?

Roz vint les accueillir dans l'entrée.

— Eh bien, remarqua-t-elle, on dirait que tout le monde a passé une bonne soirée. Logan, tu redescendras boire un verre quand les garçons seront au lit ? J'aimerais bien vous parler à tous les deux.

— D'accord. On redescend tout de suite.

— Je peux m'occuper d'eux... commença Stella.

Mais il était déjà dans l'escalier avec Luke.

— En attendant, je vais nous chercher du vin, annonça Roz. Bonne nuit, mon chéri, dit-elle à Gavin, avant de sourire en regardant Stella suivre Logan.

Il était déjà en train de délacer les tennis de Luke quand elle entra dans la chambre.

— Logan, dit-elle, je vais m'occuper de lui. Descends rejoindre Roz.

Il continua d'ôter les chaussures du petit garçon, tout en se demandant si la nervosité qu'il décelait dans la voix de Stella était due au fantôme ou à lui. Cependant, c'était surtout Gavin qui retenait son attention. Il se tenait à côté de sa mère, étonnamment silencieux.

— D'accord, répondit-il, couche-le. Gavin et moi, on a à parler. Pas vrai, mon grand ?

— Peut-être, admit l'intéressé en haussant les épaules. Oui.

— Il faut qu'il se couche, protesta Stella.

— Nous n'en avons pas pour longtemps. Si vous voulez bien passer dans mon bureau, monsieur... ajouta Logan en désignant la salle de bains d'un geste solennel, ce qui arracha un sourire au petit garçon.

— Logan... commença Stella.

— C'est une conversation d'homme à homme, précisa-t-il. Si tu veux bien nous excuser...

Sur ce, il lui ferma la porte au nez.

Estimant que ce serait plus facile pour Gavin s'ils étaient à peu près au même niveau, Logan s'assit sur le bord de la baignoire. Il croyait deviner que l'enfant était aussi nerveux que lui.

— Ça t'a embêté que j'embrasse ta maman ? s'enquit-il.

— Je ne sais pas. Peut-être. J'ai vu un autre monsieur l'embrasser, une fois, quand j'étais petit. Maman était allée dîner avec lui ou je sais pas quoi et on avait une baby-sitter. Puis je me suis réveillé et je l'ai vu le faire. Lui, je ne l'aimais pas beaucoup parce qu'il souriait tout le temps.

Joignant le geste à la parole, il fit un sourire forcé qui découvrit ses dents.

— Moi non plus, je ne l'aime pas, déclara Logan.

— Est-ce que tu embrasses toutes les filles qui sont jolies ? demanda Gavin précipitamment.

— Eh bien, non. J'en ai embrassé pas mal, mais ta maman, c'est différent.

— Comment ça ?

Gavin voulait des réponses franches, comprit Logan. Eh bien, il allait faire de son mieux pour lui donner satisfaction.

— Parce qu'elle me fait me sentir tout drôle dans mon cœur, expliqua-t-il. Drôle en bien. Les filles nous font nous sentir drôles de beaucoup de façons, mais quand c'est dans le cœur, c'est différent. C'est plus important.

Gavin regarda tour à tour la porte fermée et Logan.

— Mon papa l'embrassait. Je me rappelle.

— C'est bien que tu t'en souviennes.

À sa grande surprise, il eut soudain envie de caresser les cheveux du petit garçon. Mais, pour l'un comme pour l'autre, ce n'était pas le moment.

Il y avait plus d'un fantôme dans cette maison, il en avait conscience.

— Je crois qu'il l'aimait. Et elle, elle l'aimait. Elle me l'a dit.

— Il ne peut pas revenir. J'ai cru qu'il pourrait, même si maman me disait que ce n'était pas possible. Quand la dame a commencé à venir, j'ai cru que papa pourrait le faire aussi. Mais il n'est pas venu.

Pouvait-il y avoir plus difficile à affronter pour un enfant que la perte d'un de ses parents ? se demanda Logan. Lui qui était pourtant adulte n'imaginait même pas le chagrin qu'il éprouverait à la mort des siens.

— Cela ne veut pas dire qu'il ne veille pas sur toi, assura-t-il. Quand les gens qui nous aiment doivent s'en aller, ils continuent tout de même à nous protéger. Ton papa veillera toujours sur toi. Il te protégera toujours.

— Alors, il a dû te voir embrasser maman parce qu'il veille sur elle aussi.

— Sans doute, confirma Logan en hochant la tête. Et j'espère que ça ne le dérange pas, parce qu'il doit savoir que je veux qu'elle soit heureuse. Peut-être que quand on se connaîtra un peu mieux, toi et moi, cela ne te dérangera pas trop non plus.

— Est-ce qu'avec toi, maman se sent toute drôle dans son cœur ?

— Je l'espère, parce que je n'aimerais pas être tout seul à sentir ça. Je ne sais pas si je te dis tout cela comme il faut. Je n'ai jamais eu à le dire avant, ni à y réfléchir. Mais si nous décidons d'être heureux ensemble, tous ensemble, ton papa restera toujours ton papa, Gavin. Toujours. Je veux que tu comprennes bien que je le sais et que je le respecte. D'homme à homme.

— D'accord.

Gavin sourit lentement quand Logan lui tendit la main, et plus largement quand il la serra.

— En tout cas, déclara-t-il, je t'aime mieux que l'autre monsieur.

— Ravi de l'apprendre.

Luke dormait déjà lorsqu'ils revinrent dans la chambre. Logan haussa à peine les sourcils devant le regard interrogateur de Stella et se tint à l'écart pendant qu'elle couchait Gavin.

Puis ils sortirent dans le couloir, et il lui prit la main.

— Interroge Gavin si tu veux savoir ce que nous nous sommes dit, lui suggéra-t-il sans lui laisser le temps de parler. C'est lui que cela regarde.

— Je ne veux pas qu'il soit perturbé, c'est tout.

— Tu as trouvé qu'il avait l'air perturbé quand tu l'as couché ?

— Non, admit-elle dans un soupir. Non.

En haut de l'escalier, le froid les enveloppa. D'un geste protecteur, Logan passa un bras autour de la taille de Stella et la tint fermement contre lui. Puis le froid les traversa, cinglant comme la mèche d'un fouet.

Quelques secondes plus tard, ils entendirent un chant très doux dans la chambre des enfants.

— Elle est en colère contre nous, pas contre eux, chuchota Stella quand il se retourna, prêt à rebrousser chemin. Elle ne leur fera pas de mal. Laissons-la tranquille. J'ai le baby-phone en bas. S'ils ont besoin de moi, je les entendrai.

— Comment dors-tu, là-haut ?

— Bien, curieusement. Au début parce que je ne croyais pas à son existence, et maintenant parce que je sais que, à sa façon un peu étrange, elle les aime. Lorsque les garçons ont passé la nuit chez mon père, elle est venue dans ma chambre et elle a pleuré. Cela m'a brisé le cœur.

— Vous parlez du fantôme ? leur demanda Roz quand ils entrèrent dans le salon. C'est justement ce à quoi je pensais.

Elle avait déjà servi le vin et leur donna un verre à chacun. Elle fit la moue en entendant le chant dans le baby-phone que Stella avait allumé.

— Cela me fait drôle de l'entendre de nouveau, après toutes ces années, avoua-t-elle.

— Je dois dire que cela me donne un peu la chair de poule, commenta Logan. Plus qu'un peu, d'ailleurs.

— On s'y habitue, assura Stella. Plus ou moins. Où est Hayley ? demanda-t-elle à Roz.

— Elle était fatiguée. Un peu déprimée, un peu en colère, je crois. Elle est montée se coucher avec un bon livre. Elle est déjà au courant de ce que je vais vous dire, alors…

Elle leur fit signe de s'asseoir. Sur la table basse étaient disposés du raisin, une assiette de crackers et une part de brie.

— J'ai décidé de prendre des mesures un peu plus actives concernant notre résidente, annonça Roz en prenant du raisin.

— Un exorcisme ? demanda Logan en coulant un regard méfiant au baby-phone.

— Pas à ce point. Ce que nous cherchons à savoir, c'est son histoire et son lien avec la maison. J'ai l'impression que nous n'avançons pas beaucoup, principalement parce que nous ne savons pas vraiment dans quelle direction chercher.

— Nous n'avons pas eu l'occasion de consacrer beaucoup de temps à nos recherches, souligna Stella.

— Raison de plus pour nous faire aider. Nous sommes occupés, et nous sommes des amateurs. Alors, pourquoi ne pas engager quelqu'un qui sache comment s'y prendre et qui ait le temps de bien le faire ?

— Le concert est fini pour ce soir, observa Logan comme le chant s'était tu.

— Il lui arrive de revenir deux ou trois fois, dit Stella en lui tendant l'assiette de crackers. Vous connaissez quelqu'un, Roz ? Quelqu'un à qui vous souhaitiez confier cette tâche ?

— Je me suis renseignée, en prenant le prétexte de vouloir faire une étude sur la généalogie de ma famille. Un nom est ressorti de mes recherches, celui d'un certain docteur Mitchell Carnegie qui habite Memphis. Il a enseigné à l'université de Charlotte, puis est revenu ici il y a deux ans. Il me semble qu'il a aussi enseigné un semestre ou deux à l'université de Memphis et qu'il y donne une conférence de temps en temps. Mais son activité principale est d'écrire des livres. Des biographies, etc. On le présente comme un expert de l'histoire des familles.

— On dirait bien que c'est l'homme qu'il nous faut, commenta Stella. Faire appel à quelqu'un qui s'y connaît sera sûrement plus efficace que de tâtonner tout seuls.

— Cela dépend de ce qu'il pense des fantômes, observa Logan.

— Je vais prendre rendez-vous avec lui, et nous verrons bien.

18

Bien qu'il eût l'impression de jouer sa vie, Harper suivit les indications qu'on lui avait données et alla trouver Hayley à la caisse. Juchée sur un tabouret, entourée de jardinières garnies de plantes, elle encaissait les derniers clients. Elle portait une robe de grossesse rouge vif.

C'était justement la couleur qui lui faisait penser à elle : un rouge éclatant et sexy. Ses mèches dégradées faisaient paraître ses yeux immenses. Elle portait aux oreilles de grands anneaux d'argent qui dansaient avec les mouvements de sa tête.

Le haut comptoir cachant presque complètement son ventre, on aurait presque pu croire qu'elle n'était pas enceinte. Sauf qu'elle avait les yeux fatigués, songea-t-il, et le visage un peu bouffi – par la prise de poids ou le manque de sommeil, sans doute. Enfin, mieux valait ne pas aborder le sujet. De toute façon, elle prenait mal tout ce qu'il disait, ces temps-ci.

Il se doutait que, cette fois-ci, cela ne se passerait pas mieux que d'habitude. Mais il avait promis de mettre sa tête sur le billot pour la bonne cause.

Il attendit qu'elle ait fini de s'occuper des clients, puis prit son courage à deux mains et s'approcha du comptoir.

— Salut, dit-il.

Elle le regarda d'un air qu'il n'aurait pu qualifier de particulièrement accueillant.

— Salut. Comment ça se fait que tu sois sorti de ta tanière ?

— J'ai terminé pour aujourd'hui. D'ailleurs, ma mère vient de m'appeler. Elle m'a demandé si je pouvais te ramener en voiture à la maison quand j'aurais fini.

— Eh bien, moi, je n'ai pas fini, répliqua-t-elle avec irritation. Il y a encore au moins deux clients dans le magasin et, le samedi soir, c'est mon tour de fermer.

Ce n'était pas le ton sur lequel elle parlait aux clients, remarqua-t-il. Il commençait à croire que ces humeurs lui étaient réservées.

— Oui, mais elle a dit qu'elle avait besoin de toi à la maison dès que possible et qu'il n'y avait qu'à demander à Bill et Larry de fermer.

— Qu'est-ce qu'elle veut ? Pourquoi ne m'a-t-elle pas appelée directement ?

— Je ne sais pas. Je ne suis que le messager. J'ai prévenu Larry. Il s'occupe des retardataires.

Elle descendit du tabouret. Les mains de Harper le démangeaient, mais elle risquait de les lui trancher s'il lui proposait de l'aide.

— Je peux rentrer à pied, déclara-t-elle.

— Viens, enfin, répliqua-t-il en enfonçant les mains dans ses poches et en soutenant son regard. Si je te laisse rentrer à pied, ma mère va me tomber dessus. Et quand elle en aura fini avec moi, c'est à toi qu'elle passera un savon. Alors, allons-y, d'accord ?

— Très bien.

La vérité, c'était qu'elle ne savait même pas pourquoi elle était si désagréable, si méchante, si fatiguée, pourquoi elle avait si mal. Bien que les médecins lui aient affirmé le contraire, elle était terrifiée à l'idée que le bébé ou elle puissent avoir un problème.

C'était sûr, le bébé allait naître malade ou avec une malformation parce qu'elle avait...

Elle ne savait pas quoi, mais ce serait de sa faute.

Elle prit son sac et sortit avec Harper en marchant le plus dignement possible.

— J'ai encore une demi-heure à faire, normalement, se plaignit-elle en ouvrant brutalement la portière de la voiture. Je ne vois pas ce que Roz peut vouloir qui ne puisse attendre une demi-heure.

— Moi non plus.

— Elle n'a pas encore rencontré le généalogiste.

Il monta à son tour et démarra.

— Non. Elle le fera quand elle en aura le temps.

— Cela ne semble pas t'intéresser beaucoup. Comment se fait-il que tu ne participes jamais à nos réunions sur l'Épouse Harper ?

— Je viendrai quand j'aurai quelque chose à dire sur le sujet.

Son parfum aussi était vif et sexy, remarqua-t-il, assis près d'elle dans la voiture. Troublant. Heureusement que le trajet n'était pas trop long.

Il remonta l'allée en trombe et pila devant la maison.

— Conduire cette petite voiture snob à une telle vitesse, c'est chercher à avoir une amende.

— Ce n'est pas une petite voiture snob, rectifia-t-il, c'est une voiture de sport bien conçue et fiable. Et je ne conduisais pas si vite que cela. Mais qu'est-ce que j'ai fait pour que tu en aies après moi comme cela ?

— Je n'en ai pas après toi : je faisais simplement une constatation. Au moins, tu n'en as pas choisi une rouge, ajouta-t-elle en ouvrant la portière et en sortant les jambes de la voiture. En général, les hommes préfèrent les voitures rouges. C'est plus tape-à-l'œil. C'est sans doute parce qu'elle est noire que la boîte à gants ne déborde pas de contraventions pour excès de vitesse.

— Cela fait deux ans que je n'en ai pas eu.

Elle laissa échapper un rire incrédule.

— Bon, d'accord. Dix-huit mois. Mais…

— Tu veux bien arrêter de parler deux minutes et venir m'aider à sortir de cette boîte à sardines ? Je n'arrive pas à me lever.

Il se précipita à son secours sans trop savoir comment s'y prendre, surtout face à une Hayley qui avait le feu aux joues et dont les yeux lançaient des éclairs. Il voulut lui prendre les mains et tirer, mais il eut peur de… d'ébranler quelque chose.

Alors, il se baissa, glissa les mains sous ses bras et la souleva.

Quand son ventre rond toucha le sien, un filet de sueur glacée coula le long du dos de Harper. Puis il sentit le bébé bouger, donner deux coups assez forts.

Ce fut une expérience extraordinaire.

Mais Hayley le repoussait déjà.

— Merci, dit-elle.

Elle était mortifiée. Elle n'avait même pas été capable de se relever toute seule. Bien sûr, ce ne serait pas arrivé si Harper n'avait pas insisté pour qu'elle monte dans cette espèce de cigare. Tout était de sa faute.

Elle avait envie de prendre un bain froid en mangeant de la glace à la vanille avec de la sauce au caramel pour le restant de ses jours.

Elle ouvrit la porte d'entrée à la volée et entra d'un pas lourd.

Aux cris de « Surprise ! » qui l'accueillirent, son cœur fit un bond dans sa poitrine.

Le salon était tendu de crêpe bleu ciel et rose, et de gros ballons blancs dansaient dans les coins. Des boîtes joliment empaquetées dans du papier cadeau et ornées de gros nœuds formaient une montagne colorée sur la table. La pièce était pleine de femmes. Il y avait Stella et Roz, bien sûr, mais aussi toutes les employées de la jardinerie et même quelques clientes régulières.

— N'ayez pas cet air affligé, ma chérie, dit Roz en venant passer un bras autour de ses épaules. Vous ne pensiez quand même pas que nous allions vous laisser avoir ce bébé sans vous organiser une soirée-cadeaux avant, si ?

— Une soirée-cadeaux, répéta Hayley, abasourdie.

Elle sentit un large sourire naître sur son visage en même temps que les larmes lui montaient aux yeux.

— Venez vous asseoir. Vous avez droit exceptionnellement à un verre du punch au champagne magique de David avant de passer aux boissons sans alcool.

— C'est...

Elle s'assit dans le fauteuil installé au centre de la pièce et garni de tulle et de ballons blancs.

— Je ne sais pas quoi dire.

— Dans ce cas, je vais m'asseoir à côté de vous, ma chérie. Je suis Jolene, la belle-mère de Stella, et je ne suis jamais à court de choses à dire.

— Tiens, dit Stella en lui apportant un verre de punch.

— Merci. Merci mille fois. Personne ne m'a jamais fait d'aussi gentille surprise de toute ma vie.

— Allez-y, lui dit Jolene en lui tendant un mouchoir de dentelle, pleurez un bon coup. Et ensuite, nous allons toutes bien nous amuser.

Ce fut le cas. Tout le monde poussa des « oh » et des « ah » devant les minuscules vêtements, les couvertures douces comme des nuages, les chaussons tricotés à la main, les hochets, les jouets, les peluches... La soirée se passa ensuite à bavarder, à faire des jeux idiots que l'on ne pouvait apprécier que lors de ce genre de soirée et à boire du punch en mangeant des gâteaux.

La boule que Hayley avait dans le cœur depuis des jours se dissipa.

— C'est la plus belle soirée que j'aie jamais passée, dit-elle, étourdie et épuisée, quand les invitées furent parties. Je sais que j'étais la reine de la fête, et cela m'a plu, mais tout le monde s'est bien amusé, non ?

— Tu veux rire ! répondit Stella qui, assise par terre, pliait soigneusement les papiers cadeaux. Ça a été une soirée du tonnerre.

— Vous allez garder tous ces papiers ? s'enquit Roz.

— Elle pourra en avoir besoin un jour. De toute façon, je ne garde que ceux qu'elle n'a pas complètement déchirés.

— Je n'ai pas pu m'en empêcher, dit Hayley d'un ton d'excuse. J'étais tellement excitée... Il va falloir que j'achète des cartes de remerciement et que j'essaie de me rappeler qui m'a offert quoi.

— J'ai fait une liste pendant que tu ouvrais les cadeaux.

— Évidemment, commenta Roz en se servant un verre de punch, avant de se rasseoir et d'étendre les jambes devant elle. Mon Dieu, je suis claquée !

— Vous vous êtes donné tant de mal ! En tout cas, c'était génial.

Les yeux de nouveau embués de larmes, Hayley agita les deux mains avant de poursuivre :

— Tout le monde a été si gentil, si généreux... Non, mais regardez toutes ces jolies choses ! Oh, le petit peignoir jaune avec des nounours ! Et le transat... Stella, je ne sais pas comment te remercier pour le transat.

— Je ne sais pas ce que j'aurais fait sans le mien.

— Vous avez été si gentilles, toutes les deux, de faire ça pour moi. Je ne me suis doutée de rien. Je n'aurais pas pu être plus surprise, ni plus reconnaissante.

— Vous devinez qui a tout organisé, fit Roz en désignant Stella de la tête. David s'est mis à l'appeler le général Rothchild.

— Il faudra que je le remercie pour toutes ces bonnes choses. Je n'en reviens pas d'avoir mangé deux parts de gâteau. J'ai l'impression que je vais éclater.

— Attendez un peu, parce que nous n'avons pas tout à fait fini, annonça Roz. Il faut que nous montions pour que vous voyiez mon cadeau.

— Mais la fête, c'était…

— Un effort collectif, acheva Roz. Mais, en haut, il y a un autre cadeau. J'espère qu'il vous plaira.

— J'ai rembarré Harper, dit Hayley en montant.

— On l'a déjà rembarré et il n'en est pas mort, assura Roz.

— N'empêche que je le regrette. Il voulait vous aider à me faire une surprise, et j'ai été odieuse avec lui.

— Vous n'aurez qu'à lui dire que vous êtes désolée, suggéra Roz en se rendant dans l'aile ouest et en passant devant la chambre de Stella, puis devant celle de Hayley. Nous y voilà, ma chérie.

Elle ouvrit la porte suivante et fit entrer Hayley.

— Oh ! Oh ! mon Dieu !

Elle plaqua les deux mains sur sa bouche et regarda autour d'elle.

Les murs étaient peints d'un jaune très doux, et il y avait des rideaux de dentelle aux fenêtres. Le berceau devait être ancien. Elle en était sûre. Il était si beau… Le bois aux reflets rouge sombre luisait, signe qu'il avait été soigné, ciré. Elle reconnut la layette. Elle en avait rêvé en la voyant dans un magazine, tout en sachant qu'elle ne pourrait jamais se l'offrir.

— Les meubles sont un prêt tant que vous habitez ici. Je m'en suis servie pour mes enfants comme ma mère avant moi et la sienne avant elle, il y a maintenant plus de quatre-vingt-cinq ans. En revanche, le linge et la table à langer sont à vous. Stella a ajouté la couverture et la lampe. Et David et Harper, ces anges, ont peint la chambre et descendu les meubles du grenier.

Envahie par les émotions, Hayley ne pouvait que secouer la tête.

— Une fois que nous aurons monté tes cadeaux, cela te fera une jolie nursery, commenta Stella en lui massant affectueusement le dos.

— C'est si beau... Je n'aurais même pas osé en rêver. Mon père me manque tellement ! Plus la naissance du bébé se rapproche, plus il me manque. C'est comme une douleur intérieure qui ne me quitte pas. Du coup, j'étais triste, j'avais peur, et surtout, je m'apitoyais sur mon sort.

Des deux mains, elle essuya les larmes qui lui coulaient sur les joues.

— Mais aujourd'hui, j'ai l'impression... Ce ne sont pas les objets. Je les adore, bien sûr, tous. Mais c'est surtout le fait que vous ayez fait cela pour moi, que, toutes les deux, vous vous soyez donné ce mal.

— Vous n'êtes pas seule, Hayley, promit Roz en lui posant la main sur le ventre. Et votre bébé non plus.

— Je le sais. Je crois... enfin, je crois que nous nous en serions sortis tout seuls. J'aurais travaillé dur pour y parvenir. Mais je ne m'attendais pas à retrouver une vraie famille. Je ne m'attendais pas que des gens tiennent à moi et au bébé de cette façon. J'ai été idiote.

— Non, rectifia Stella. Enceinte, c'est tout.

Avec un petit rire, Hayley ravala ses larmes.

— C'est vrai que ma grossesse doit y être pour beaucoup. Mais je ne vais plus pouvoir me servir de cette excuse bien longtemps. Et ce qui est sûr, c'est que je ne pourrai jamais, jamais assez vous remercier, vous dire à quel point je suis touchée et heureuse, ni vous rendre la pareille. Jamais.

— Oh, je pense que donner notre prénom au bébé fera l'affaire, dit Roz d'un ton dégagé. Surtout si c'est un garçon. Rosalind Stella sera peut-être un peu difficile à porter à l'école, mais il s'y fera.

— Hé ! protesta Stella. Je pensais plutôt à Stella Rosalind.

— C'est l'un des rares cas où l'âge est un privilège, répliqua Roz en haussant les sourcils.

Ce soir-là, Hayley se rendit dans la nursery sur la pointe des pieds, juste pour toucher les jolies choses qui la garnissaient, les sentir, s'asseoir dans le fauteuil à bascule en se caressant le ventre.

— Je suis désolée d'avoir été désagréable ces derniers temps. Ça va mieux, maintenant. Ça va aller. Et tu as deux fées marraines, mon bébé. Les meilleures femmes que j'aie connues. Je ne serai peut-être jamais en mesure de leur rendre ce qu'elles ont fait pour moi, mais je jure qu'elles peuvent me demander n'importe quoi, je le ferai. Je me sens en sécurité, ici. J'ai été vraiment idiote de l'oublier. Nous formons une équipe, toi et moi. Je n'aurais pas dû avoir peur de toi. Ni pour toi.

Elle ferma les yeux et continua de se balancer.

— J'ai tellement envie de te tenir dans mes bras que ça me fait mal, murmura-t-elle. J'ai envie de te mettre un de ces adorables petits ensembles et de te porter, de te sentir, de te bercer dans ce fauteuil. Oh ! mon Dieu… J'espère que je sais ce que je fais.

L'air froid qui l'enveloppa soudain fit se hérisser les poils de ses bras. Pourtant, ce ne fut pas la peur qui lui fit ouvrir les yeux, mais la pitié. Elle regarda la femme qui se tenait près du berceau.

Elle avait les cheveux détachés, ce soir. Ils étaient blond doré et très emmêlés. Elle portait une robe dont l'ourlet était maculé de boue. Et puis, il y avait cette lueur de... de folie, songea Hayley, dans son regard.

— Vous n'aviez personne pour vous aider, n'est-ce pas ? devina-t-elle.

Ses mains tremblaient un peu, mais elle ne cessa pas de se caresser le ventre et garda les yeux rivés sur la silhouette, tout en continuant à parler.

— Vous n'aviez personne près de vous quand vous avez eu peur comme moi. Si j'avais été seule, je crois que je serais devenue folle, moi aussi. Et je ne sais pas ce que je ferais s'il arrivait quelque chose à mon bébé. Si nous devions être séparés, je ne le supporterais pas. Alors, je crois que je vous comprends. Un petit peu.

À ces mots, elle entendit un son funèbre qui lui donna l'impression qu'une âme ou un esprit venait de voler en éclats.

Puis elle se retrouva seule.

Le lundi, Hayley passa de nouveau la journée perchée sur son tabouret à la caisse. Quand elle eut mal au dos, elle n'en tint pas compte. Et lorsqu'elle eut besoin de se faire remplacer pour aller aux toilettes, car sa vessie semblait désormais réduite à la taille d'un petit pois, elle en plaisanta.

En revenant, elle fit un détour par l'extérieur pour se dégourdir les jambes, mais surtout pour voir Stella.

— Je peux prendre ma pause maintenant ? lui demanda-t-elle. Je voudrais aller voir Harper pour lui présenter mes excuses.

Elle redoutait ce moment depuis le début de la matinée, mais elle ne pouvait pas le repousser indéfiniment.

— Je n'ai pas pu le trouver hier, expliqua-t-elle mais, aujourd'hui, il doit être de retour dans son antre.

— Vas-y. Ah, au fait, je viens de tomber sur Roz. Elle a appelé le professeur. Le docteur Carnegie, tu sais ? Elle a rendez-vous avec lui cette semaine. Nous allons peut-être avancer un peu sur le front du fantôme. Par ailleurs, ajouta-t-elle en la dévisageant, l'une de nous t'accompagnera à ton rendez-vous chez le médecin, demain. Il ne faut plus que tu conduises.

— Je tiens encore derrière le volant, protesta Hayley.

À peine, en réalité.

— Peut-être, mais Roz ou moi te conduirons. Et je pense que le moment est venu que tu passes à temps partiel.

— Si tu m'empêches de travailler, je vais être bonne à enfermer. Allez, Stella, il y a beaucoup de femmes qui travaillent jusqu'à la fin de leur grossesse. En plus, je passe presque toutes mes journées assise. Je suis contente d'aller voir Harper pour une raison : ça va me permettre de marcher un peu.

— Marche, concéda Stella. Mais surtout, ne soulève rien.

— Oh, ce que tu peux être casse-pieds !

Mais elle riait quand elle tourna les talons pour se diriger vers la salle de greffage.

Devant la serre, elle s'arrêta. Elle avait répété ce qu'elle voulait dire. Elle y avait longuement réfléchi. Elle savait que Harper accepterait ses excuses : sa mère l'avait bien élevé, et il semblait avoir bon cœur. Cependant, elle tenait vraiment à ce qu'il comprenne qu'elle avait réagi ainsi parce qu'elle était de mauvaise humeur, qu'elle n'avait rien contre lui en particulier.

Elle ouvrit la porte. Cela sentait bon, à l'intérieur. Elle espérait que, un jour, Harper ou Roz lui enseignerait au moins les rudiments de cette branche de l'horticulture.

Elle vit Harper au fond, penché sur son travail. Il avait ses écouteurs et tapait du pied au rythme de ce qu'il écoutait.

Seigneur, qu'il était mignon ! Si elle l'avait rencontré avant que sa vie ne change, elle l'aurait dragué ou se serait débrouillée pour que ce soit lui qui la drague. Cette masse de cheveux sombres indisciplinés, ces traits bien dessinés, ces yeux rêveurs l'auraient séduite. Et ces mains d'artiste si adroites...

Elle était prête à parier que les filles se bousculaient à sa porte, dans son lit.

Elle s'approcha de lui et fut surprise au point de piler net quand il releva la tête et fit pivoter son tabouret pour lui faire face.

— Nom d'un chien, Harper ! s'exclama-t-elle. Moi qui croyais te surprendre !

— Quoi ? Quoi ? fit-il, le regard brouillé, en ôtant ses écouteurs. Quoi ?

— Je ne pensais pas que tu m'avais entendue entrer.

— Je...

Il ne l'avait pas entendue : il l'avait sentie.

— Tu as besoin de quelque chose ? s'enquit-il.

— Oui, je crois. J'ai besoin de te dire que je suis désolée de t'avoir sauté à la gorge chaque fois que tu ouvrais la bouche, ces derniers temps. J'ai été épouvantable.

— Non. Enfin, si. Mais ce n'est pas grave.

En riant, elle s'approcha pour voir sur quoi il travaillait. On aurait dit une botte de tiges liées ensemble.

— J'étais un peu sur les nerfs, avoua-t-elle. Je me demandais ce que j'allais faire, comment j'allais faire. Pourquoi je me sentais si grosse et laide tout le temps.

— Tu n'es pas grosse, protesta-t-il. Et je ne vois pas comment tu pourrais être laide.

— Tu es très gentil de me dire ça, mais être enceinte ne rend pas aveugle, et je sais ce que je vois dans le miroir tous les jours.

— Dans ce cas, tu sais que tu es belle.

Ses yeux pétillèrent quand elle sourit.

— J'ai dû être assez pitoyable, pour que tu te sentes obligé de flirter avec une femme enceinte de mauvaise humeur...

— Non... je ne...

En tout cas, il en avait envie.

— Quoi qu'il en soit, reprit-il, je devine que tu te sens mieux.

— Beaucoup, beaucoup mieux. Le plus gros problème, c'est que je m'apitoyais sur mon sort – or je déteste le genre pleurnichard. Tu te rends compte que ta mère et Stella m'ont organisé une soirée-cadeaux ! J'en ai pleuré comme une madeleine. Du coup, Stella en a fait autant. Mais ensuite, nous avons passé une soirée géniale. Je ne me doutais pas que cela pouvait être aussi sympa. Tu connais la belle-mère de Stella ?

— Non.

— Elle est trop drôle. J'ai tellement ri que j'ai cru que j'allais accoucher. Et Mme Haggerty...

— Mme Haggerty ? Notre Mme Haggerty était là aussi ?

— Non seulement elle était là, mais elle a gagné le concours de titres de chansons. Ça consiste à écrire le plus grand nombre de titres de chansons contenant le mot « bébé ». Tu ne devineras jamais ce qu'elle a écrit.

— D'accord, je donne ma langue au chat.

— *Baby Got Back !*

— Je ne te crois pas, répondit-il en souriant. Mme Haggerty a cité un rap ?

— Oui, et ensuite, elle l'a chanté.

— Là, ce n'est pas possible. Tu me racontes des histoires.

— Je t'assure que c'est vrai. Quelques mesures, en tout cas. C'était tordant. Mais j'en oublie la raison de ma visite. Tu as aidé Roz et Stella à me préparer la plus belle surprise de toute ma vie, et je n'ai fait que te rembarrer, être odieuse avec toi. Je suis sincèrement désolée.

— Ce n'est pas bien grave, assura-t-il. J'ai un ami dont la femme a eu un bébé il y a quelques mois. À la fin, elle était infernale.

Hayley rit et posa la main sur son côté.

— J'espère que je n'en arriverai pas à ce point avant...

Elle s'interrompit, perplexe, en sentant – ou plutôt en entendant – quelque chose se rompre en elle.

Puis l'eau ruissela entre ses jambes.

Harper poussa un cri étranglé, comme s'il voulait parler et que les mots refusaient de sortir. Il sauta sur ses pieds en bredouillant, tandis que Hayley regardait fixement le sol.

— Oh oh, fit-elle.

— Euh... ça va aller. Ce n'est pas grave. Je devrais peut-être... Tu devrais peut-être...

— Enfin, Harper ! Je ne viens pas de faire pipi par terre. J'ai perdu les eaux.

— Quelles eaux ?

Il cligna des yeux et pâlit.

— Ah, *ces* eaux, comprit-il enfin. Oh ! Seigneur. Oh ! mon Dieu. Oh, m... ! Assieds-toi. Je vais chercher...

« Une ambulance, acheva-t-il intérieurement. Les marines. »

— Ma mère, dit-il à la place.

— Je crois que je ferais mieux d'y aller avec toi.

Elle se força à sourire pour ne pas hurler.

— Le bébé est un peu en avance. Deux semaines à peine, précisa-t-elle. Je crois qu'il a hâte de sortir pour voir ce qui se passe ici. Tu veux bien me donner un coup de main ? Oh, Harper, j'ai une de ces trouilles...

— Ça va aller, assura-t-il en passant un bras autour d'elle pour la soutenir. Appuie-toi sur moi. Tu as mal quelque part ?

— Non. Pas encore.

Il était encore tout pâle, il avait presque la nausée, mais son bras autour d'elle restait ferme, et quand il se tourna vers elle, il affichait un sourire détendu.

— Hé, fit-il en lui touchant le ventre très doucement. Bon anniversaire, bébé.

— Oh ! mon Dieu ! dit Hayley, dont le visage s'illumina. C'est trop génial.

Stella ne pouvait pas donner naissance au bébé elle-même, mais elle avait l'impression de pouvoir faire tout le reste ou le faire faire. Hayley n'avait pas préparé de valise pour la maternité, mais Stella avait établi une liste. Elle passa un coup de fil à David pour la lui dicter tout en conduisant Hayley à l'hôpital. Elle appela le médecin pour le tenir au courant de l'avancement du travail et laissa un message à son père sur son portable et chez lui pour lui demander de s'occuper des enfants – le tout en rappelant les exercices de respiration à Hayley quand les contractions commencèrent.

— Si jamais je me marie, j'achète une maison ou je déclare une guerre, j'espère que ce sera toi qui te chargeras des détails, déclara celle-ci.

— Tu peux compter sur moi, répondit Stella en lui caressant le ventre. Ça va ?

— Oui. Je suis nerveuse et surexcitée et... Waouh ! Je vais avoir un bébé !

— Tu vas avoir un bébé magnifique, précisa Stella.

— J'ai lu que, pendant l'accouchement, on ne se contrôlait pas toujours très bien. Alors, si je crie ou je t'insulte...

— Je suis passée par là. Je ne t'en tiendrai pas rigueur.

Lorsque Roz arriva, Hayley était installée dans la salle d'accouchement. La télévision était allumée sur un vieil épisode de *Friends*. En dessous, un bouquet de roses blanches était posé sur le comptoir. Une attention de Stella, sans nul doute.

— Comment va la maman ? demanda Roz.

— Ils disent que ça va vite, répondit l'intéressée, les joues roses et les yeux brillants, en lui tendant la main. Et tout se passe bien. Les contractions se rapprochent, mais elles ne me font pas si mal que cela.

— Elle ne veut pas de péridurale, lui annonça Stella.

— Ah, fit Roz en tapotant la main de Hayley. C'est à vous de choisir. De toute façon, vous pourrez changer d'avis si ça devient trop difficile.

— C'est peut-être idiot et je le regretterai sans doute, mais j'ai envie de sentir la naissance... Hou la ! Voilà une autre contraction.

Stella se rapprocha et l'aida à respirer. Hayley poussait un dernier sourire et fermait les yeux quand David entra.

— C'est ici, la fête ? s'enquit-il.

Il posa la petite valise, le sac fourre-tout et le bouquet de marguerites jaunes qu'il avait apporté, avant de se pencher sur le lit pour embrasser Hayley sur la joue.

— Tu ne vas pas me chasser parce que je suis un homme, si ? s'inquiéta-t-il.

— Tu veux rester ? demanda-t-elle avec une joie manifeste. C'est vrai ?

— Tu veux rire ? répondit-il en sortant un petit appareil photo numérique de sa poche. Je me suis autoproclamé photographe officiel.

— Oh, fit-elle en se mordillant la lèvre et en se passant la main sur le ventre. Je ne sais pas si c'est une très bonne idée de prendre des photos.

— Ne t'en fais pas, ma chérie. Je ne prendrai que des clichés tous publics. Fais-moi un beau sourire.

Il prit quelques photos, avant de demander à Roz et Stella de se rapprocher du lit pour en faire d'autres.

— Au fait, Stella, Logan emmène les garçons chez lui après l'école.

— Quoi ?

— Tes parents sont à un tournoi de golf. Ils voulaient revenir, mais je leur ai dit de ne pas s'inquiéter, que je m'occuperais des enfants. Ensuite, apparemment, Logan est passé à la jardinerie, où il est tombé sur Harper. Il arrive, au fait.

— Logan ? s'étonna Hayley. Il vient ici ?

— Non, Harper. Logan joue les baby-sitters. Il a dit qu'il emmenait les enfants chez lui, qu'il allait les faire travailler et qu'il ne fallait pas s'inquiéter pour eux. Il aimerait que nous le tenions au courant de l'évolution de la situation ici.

— Je ne sais pas si...

Stella s'interrompit, car une nouvelle contraction commençait.

Bien qu'occupée par son rôle auprès de Hayley, elle ne pouvait songer sans contrariété au fait que Logan se chargeait des garçons. Comment cela, il allait les « faire travailler » ? Comment saurait-il ce qu'il fallait faire s'ils se disputaient – ce qui ne manquerait pas d'arriver à un moment ou un autre ? Comment pourrait-il les surveiller convenablement s'il les emmenait sur un chantier ? Ils risquaient de tomber dans un trou ou d'un arbre, de se couper avec un outil tranchant...

Lorsque le médecin vint voir où en était Hayley, elle fila appeler Logan sur son portable.

— Kitridge, annonça-t-il en décrochant.

— Logan, c'est Stella. Mes fils...

— Tout va bien. Ils sont là avec moi. Hé, Gavin ! Arrête de poursuivre ton frère avec cette tronçonneuse.

Le cri horrifié de Stella au bout du fil le fit éclater de rire.

— Je plaisante, lui dit-il. Je leur fais creuser un trou, et ils sont aussi heureux que des cochons dans la boue – et deux fois plus sales. Alors, on a déjà un bébé ?

— Non. Le médecin est avec elle en ce moment. La dernière fois, elle était à huit centimètres.

— Je n'ai aucune idée de ce que cela veut dire, mais je devine que c'est bon signe.

— Très. Elle fait ça comme une chef. On dirait qu'elle accouche toutes les semaines. Tu es sûr que les enfants vont bien ?

— Écoute.

Il dut tendre le téléphone dans leur direction, car elle entendit les rires de ses fils et une discussion très animée sur ce qu'ils pourraient enterrer dans ce trou : un éléphant, un brontosaure, le gros épicier M. Kelso...

— Ils ne devraient pas traiter M. Kelso de gros, protesta-t-elle.

— Désolé, mais nous n'avons pas de temps à consacrer aux femmes, répondit-il. Rappelle-moi quand le bébé sera né.

Il raccrocha, la laissant regarder le téléphone d'un air renfrogné. Puis elle tourna les talons et faillit percuter Harper – ou plutôt l'énorme bouquet de lys rouges qu'il portait à deux mains.

— Harper ? C'est toi qui es là ?

— Ça va ? demanda-t-il aussitôt. Qu'est-ce qui se passe ? J'arrive trop tard ?

— Tout va bien. Le médecin est en train d'examiner Hayley, et tu arrives largement à temps.

— Bon. J'ai pensé à des lys pour leur côté exotique et parce qu'elle aime le rouge. Enfin, je crois qu'elle aime le rouge.

— Ils sont magnifiques. Laisse-moi te montrer le chemin.

— Peut-être que je ne devrais pas aller la voir. Que je devrais te laisser lui apporter les fleurs.

— Ne sois pas ridicule. Nous avons organisé une vraie fête dans la salle d'accouchement. Hayley est une fille très sociable. Avoir de la compagnie la distrait de la douleur. Quand je suis sortie, David avait mis un CD des Red Hot Chili Peppers et faisait rafraîchir une bouteille de champagne dans le lavabo de la salle de bains.

Quand elle le poussa à l'intérieur, la musique des Red Hot Chili Peppers jouait toujours, et David braqua son appareil sur la porte pour prendre une photo de Harper qui jetait des coups d'œil nerveux à travers une forêt de lys rouges.

— Oh ! Je n'ai jamais rien vu d'aussi beau ! s'exclama une Hayley un peu pâle mais radieuse, en faisant un effort pour s'asseoir dans son lit.

— Et ils vont t'aider : tu pourras te concentrer sur eux pendant les contractions.

— Le médecin dit que j'y suis presque. Je vais bientôt pouvoir commencer à pousser.

— Tu vas bien ? s'inquiéta Harper en s'approchant du lit.

— Un peu fatiguée – c'est beaucoup de travail –, mais c'est moins difficile que je ne le pensais.

Soudain, elle lui agrippa la main.

— Oh... Oh, Stella !

Roz se tenait au pied du lit. Elle regarda la main de son fils qui tenait celle de Hayley, puis l'expression de son visage. Elle sentit alors quelque chose en elle se serrer puis se détendre douloureusement. Puis elle soupira et se remit à masser les pieds de la jeune femme, à qui Stella prodiguait conseils et encouragements à mi-voix.

La douleur augmenta. Stella surveillait l'arc des contractions sur le moniteur et sentait son propre ventre se durcir par mimétisme. Cette fille avait une volonté de fer, songea-t-elle. Elle était pâle, maintenant, la peau baignée de sueur. Par moments, elle lui serrait si fort la main qu'elle se demandait si elle n'allait pas lui casser les doigts. Mais Hayley restait concentrée jusqu'à la fin de chaque contraction.

Une heure passa, puis une autre. Les contractions se succédaient de plus en plus vite, de plus en plus fort. Stella proposait de petits glaçons et des linges frais à Hayley, tandis que Roz lui massait les épaules.

— Harper, ordonna le général Rothchild, frotte-lui le ventre.

Il la regarda, bouche bée, comme si elle lui avait demandé de remplacer le médecin pour mettre le bébé au monde.

— Tu veux que je fasse quoi ?

— Que tu lui frottes le ventre. Doucement, de façon circulaire. Cela va l'aider. David, la musique...

— Non, laisse la musique, intervint Hayley. Je l'aime bien. Et monte le son au cas où je crierais. Oh, oh, m... ! J'ai envie de pousser, bon sang. J'ai envie de pousser maintenant !

— Pas encore, lui rappela Stella. Pas encore. Concentre-toi. C'est très, très bien, Hayley. Roz, il faut peut-être aller chercher le médecin.

— J'y partais, répondit celle-ci sur le pas de la porte.

Quand le moment fut venu de pousser et que le médecin s'assit entre les jambes de Hayley, Stella remarqua que les deux hommes verdissaient un peu. Elle donna une extrémité d'une serviette à Hayley et tint l'autre pour l'aider à pousser et compta jusqu'à dix.

— Harper ! Va derrière elle lui soutenir le dos.

— Je...

Il se rapprochait de la porte, mais sa mère l'empêcha de sortir.

— Ne t'en va pas. Tu vas assister à un miracle, assura-t-elle en le poussant doucement vers le lit.

— C'est bien, ma belle, répétait Stella. Très bien. Tu es incroyable.

Elle lui fit un signe de tête quand le médecin lui enjoignit de pousser de nouveau.

— Prête ? Inspire à fond. Bloque. Et pousse !

— Mon Dieu ! fit David par-dessus le brouhaha. Je n'ai jamais rien vu de pareil. Il va falloir que j'appelle ma mère. Que je lui envoie un camion de fleurs, plutôt.

— Oh ! fit Harper en inspirant en même temps que Hayley. Voilà la tête.

Hayley se mit à rire tandis que des larmes coulaient sur son visage.

— Regardez-moi tous ces cheveux ! Oh ! mon Dieu, on peut le sortir complètement, maintenant ?

— Il y a encore les épaules, ma belle, et ensuite, ce sera fini. Il faut pousser encore un bon coup, d'accord ? Écoute, il pleure déjà. C'est ton bébé qui pleure.

Stella aussi pleurait quand, dans une dernière poussée, la vie fit irruption dans la pièce.

— C'est une fille, annonça Roz très doucement, en essuyant ses joues humides. Vous avez une fille, Hayley. Et elle est magnifique.

— Une fille, une petite fille, répéta Hayley en tendant déjà les bras.

Quand le médecin la posa sur son ventre pour que Roz puisse couper le cordon, elle se mit à rire en caressant son bébé sur tout le corps.

— Oh, mais regarde-toi. Regarde-toi. Que tu es belle ! Non, ne me l'enlevez pas.

— Ils vont juste la nettoyer. Cela va prendre deux secondes, promit Stella en embrassant son amie sur le front. Félicitations, maman.

— Écoutez-la ! s'exclama Hayley en prenant sa main et celle de Harper. Elle a même une belle voix.

— Trois kilos cent, annonça l'infirmière en rapportant le bébé enveloppé dans une serviette, quarante-six centimètres et dix sur dix au score d'Apgar.

— Tu entends ça ? fit Hayley en prenant son bébé dans ses bras et en couvrant son petit visage de baisers. Tu as réussi ton premier examen. Elle me regarde ! Bonjour, mon cœur. Bonjour. Je suis ta maman. Je suis si contente de te voir...

— Souris ! lui dit David en prenant encore une photo. Alors, comment vas-tu l'appeler ?

— J'ai trouvé son prénom pendant que je poussais. Ce sera Lily, à cause des lys[1] que je voyais et dont je sentais le parfum quand elle est née. Lily Rose Stella.

1. En anglais, *lily* signifie lys. *(N.d.T.)*

19

Épuisée et euphorique, Stella entra dans la maison. L'heure du coucher avait beau être passée, elle s'attendait à voir ses fils se précipiter sur elle, mais elle dut se contenter de l'accueil de Parker, qui lui fit la fête. Elle le souleva et lui planta un baiser sur le museau tandis qu'il essayait de lui lécher le visage.

— Tu sais quoi, mon chien ? On a eu un bébé, aujourd'hui. Notre première fille.

Elle rejeta ses cheveux en arrière et fut soudain assaillie par un sentiment de culpabilité. Roz, qui avait quitté l'hôpital avant elle, devait être en train de s'occuper des garçons.

Elle allait monter quand Logan arriva dans l'entrée.

— Grosse journée, commenta-t-il.

— Tu peux le dire, soupira-t-elle.

Elle n'avait pas pensé qu'il serait là. Maintenant, elle se rendait compte que, dans ses efforts pour aider Hayley, elle avait transpiré et qu'elle ne devait pas sentir très bon. Sans compter qu'il ne devait plus lui rester beaucoup de maquillage.

— Je ne sais pas comment te remercier d'avoir pris les garçons.

— Pas de problème. Grâce à eux, j'ai deux grands et beaux trous. L'ennui, c'est que tu vas peut-être être obligée de brûler leurs vêtements.

— Ils en ont d'autres. Roz est en haut avec eux ?

— Non, elle est dans la cuisine. David prépare quelque chose à manger, et j'ai entendu parler de champagne.

— Encore du champagne ? On baignait pratiquement dedans à la maternité ! Je ferais bien d'aller coucher les garçons.

— Ils ont leur compte pour ce soir. Ils se sont endormis un peu avant 21 heures. Creuser des trous, ça fatigue.

— Ah. Je sais bien que tu m'as dit que tu les ramenais quand je t'ai appelé pour te dire que le bébé était né, mais je ne m'attendais pas que tu les couches.

— Ils étaient crevés. Alors, ils ont pris une bonne douche et ils se sont mis au lit sans demander leur reste.

— Je ne sais pas comment te remercier.

— J'ai bien une petite idée… répliqua-t-il en venant jusqu'à elle et en la prenant dans ses bras pour lui donner un long baiser.

La tête de Stella se mit à tourner de plus belle, jusqu'à ce qu'elle soit complètement étourdie.

— Fatiguée ? demanda-t-il.

— Oui. Mais c'est une merveilleuse fatigue.

Il glissa les doigts d'une main dans ses cheveux, tout en continuant à la soutenir de l'autre bras.

— Comment vont la petite nouvelle et sa maman ?

— On ne peut mieux. Hayley est incroyable. Elle est restée solide comme un roc pendant les sept heures de travail. Quant à Lily, elle a beau avoir quinze jours d'avance, elle est en parfaite santé et pèse presque le même poids que Gavin à la naissance, alors qu'il est né à terme – et qu'il a mis deux fois plus longtemps à se laisser convaincre de sortir.

— Ça te donne envie d'en avoir un autre ?

— Oh. Eh bien… fit-elle en pâlissant.

— Voilà que je te fais peur, dit-il d'un ton amusé, en lui passant un bras autour des épaules. Allons voir ce qu'il y a au menu pour accompagner le champagne.

Il ne lui avait pas fait peur. Pas exactement. Mais il l'avait mise un peu mal à l'aise. Elle commençait tout juste à s'habituer à l'idée qu'elle avait une relation amoureuse, et voilà qu'il faisait des allusions subtiles au fait d'avoir des enfants !

Bien entendu, ce n'était rien d'autre qu'une remarque désinvolte et tout à fait naturelle dans ces circonstances. Ou une espèce de plaisanterie.

Quelle qu'ait été l'intention de Logan, cela la fit pourtant réfléchir. Voulait-elle d'autres enfants ? Elle avait rayé cette possibilité de sa liste à la mort de Kevin et impitoyablement éteint son horloge biologique.

Elle avait déjà deux fils en bonne santé et très actifs dont elle était seule responsable affectivement, financièrement et moralement. Avoir un autre enfant signifiait une relation durable avec un homme. Un mariage, un avenir. Partager la vie qu'elle avait déjà mais aussi continuer à la construire, dans une autre direction.

Elle était venue dans le Tennessee pour retrouver ses racines et pour installer sa famille dans la terre de ses origines. Pour être près de son père et de Jolene, afin que ses enfants puissent être proches de grands-parents qui avaient envie de les connaître.

Sa mère ne s'était jamais particulièrement intéressée à eux. Elle n'aimait pas l'idée d'être grand-mère – sans doute parce que ce statut ne lui permettait pas de passer pour aussi jeune qu'elle le souhaitait.

Si un homme comme Logan était entré dans la vie de sa mère, Carla aurait tout fait pour lui mettre le grappin dessus instantanément.

Était-ce pour cela qu'elle hésitait ? se demanda Stella. Cela jouait certainement à un niveau ou à un autre, sinon l'idée ne lui serait même pas venue. Elle n'avait rien eu de particulier contre ses beaux-pères successifs, mais elle ne s'était pas non plus attachée à eux – ni eux à elle. Quel âge avait-elle la première fois que sa mère s'était remariée ? L'âge de Gavin, se rappela-t-elle. Oui, dans les huit ans.

Elle avait dû changer d'école, de maison, de quartier. Elle était restée hébétée par tous ces changements tandis que sa mère surfait sur la montée d'adrénaline que lui procurait l'idée d'avoir un nouveau mari.

Cela avait duré... quoi ? Trois ou quatre ans ? Plus un an de bouleversements pendant que sa mère s'efforçait de gérer la bataille du divorce et de trouver une nouvelle maison, un nouvel emploi, un nouveau départ.

Et une nouvelle école pour Stella.

Ensuite, Carla s'était contentée de « petits amis » pendant une longue période. Mais devoir subir les sautes d'humeur de sa mère, son excitation quand elle tombait amoureuse et son amertume lorsqu'elle cessait de l'être était tout aussi perturbant pour Stella.

Au moins, elle était à l'université et jouissait d'une relative indépendance quand sa mère s'était de nouveau remariée. C'était peut-être l'une des raisons pour lesquelles cette union avait tenu près de dix ans : il n'y avait pas eu d'enfant pour entraver la relation, pour compliquer les choses. Cependant, ce troisième mariage s'était tout de même terminé par un divorce acrimonieux qui avait coïncidé en gros avec son propre veuvage.

Cela avait été une année atroce sur tous les plans, que sa mère avait achevée par un autre mariage aussi bref que tumultueux.

Il était curieux que, même adulte, Stella en veuille un peu à sa mère de toujours la faire passer en deuxième ou en troisième après ses besoins et ses désirs.

Elle ne faisait pas cela avec ses fils, se dit-elle. Elle ne se montrait ni égoïste ni insouciante à cause de sa relation avec Logan. Elle ne balayait pas ses enfants dans un coin de son cœur parce qu'elle était en train de tomber amoureuse de lui.

Mais tout cela allait très vite, trop vite. Le plus raisonnable était de lever un peu le pied, le temps d'y voir plus clair.

D'autant qu'elle allait être trop occupée pour penser à un mariage. « Allons, se rappela-t-elle, il ne t'a pas demandé de l'épouser, ni d'être la mère de ses enfants. » Elle faisait une montagne d'une remarque qu'il avait dite comme ça, en passant, sans y penser vraiment.

« Allez, s'ordonna-t-elle, en piste. » Elle se leva de son bureau et se dirigea vers la porte, qui s'ouvrit avant qu'elle l'ait atteinte.

— J'allais justement venir vous voir, dit-elle à Roz. Je pars chercher la petite famille à la maternité pour la ramener à la maison.

— J'aimerais pouvoir y aller avec vous, avoua Roz. J'ai bien failli reporter ce rendez-vous pour le faire.

Elle consulta sa montre comme si elle hésitait encore.

— Quand vous reviendrez de votre réunion avec le docteur Carnegie, elles seront bien installées et prêtes à passer un bon moment avec tante Roz, lui dit Stella.

— Je dois bien reconnaître que j'ai hâte de tenir cette petite chérie dans mes bras. Maintenant, dites-moi ce qui vous tracasse.

— Ce qui me tracasse ? répéta Stella en sortant son sac d'un tiroir. Qu'est-ce qui vous fait penser que quelque chose me tracasse ?

— Votre montre est à l'envers, ce qui signifie que vous l'avez tripotée et donc que quelque chose vous tracasse. Alors ?

— Ce n'est rien, assura Stella, ennuyée, en remettant sa montre à l'endroit. Je pensais juste à Logan, et à ma mère.

— Qu'est-ce que Logan a à voir avec votre mère ? demanda Roz en prenant la Thermos de Stella.

Elle l'ouvrit, sentit son contenu et se servit un peu de café glacé dans la tasse qui faisait office de bouchon.

— Rien. Je ne sais pas. Vous ne voulez pas une vraie tasse ?

— Non, ça va très bien. C'est juste pour goûter.

— Je crois... Enfin, je sens... Je me demande... Voilà, ça y est, j'ai l'air d'une idiote.

Elle sortit sa trousse de maquillage de son sac et s'approcha du miroir qu'elle avait accroché au mur pour se refaire une beauté.

— Roz, cela devient sérieux entre Logan et moi, avoua-t-elle.

— Comme j'ai des yeux pour voir, je m'en suis rendu compte par moi-même. Voulez-vous que je vous dise : « Et alors ? » ou que je me mêle de ce qui me regarde ?

— Je choisis la première option. Je ne suis pas sûre d'être prête à vivre une relation sérieuse, Roz. Et je ne suis pas sûre qu'il le soit non plus. C'est déjà assez surprenant que nous en soyons arrivés à nous apprécier, alors de là à... Je n'ai jamais éprouvé cela pour personne, ajouta-t-elle en se retournant. Je n'ai jamais été aussi agitée, énervée. Je ne me suis jamais autant tracassée.

Elle se remit du rouge à lèvres et rangea sa trousse de maquillage avant de poursuivre :

— Avec Kevin, tout était limpide. Nous étions jeunes et amoureux et nous n'avions pour ainsi dire aucun obstacle à surmonter. Ce n'est pas que nous ne nous soyons jamais disputés ou que nous n'ayons jamais eu le moindre problème, mais pour nous, les choses étaient relativement simples.

— Et plus on avance, plus la vie devient compliquée.

— Oui. Et je dois avouer que j'ai peur d'être amoureuse de nouveau, de franchir cette ligne qui sépare le « je » du « nous », le « c'est à moi » du « c'est à nous ». En le disant tout haut, je me rends compte que cela paraît incroyablement égoïste.

— Peut-être. Mais, selon moi, c'est plutôt normal.

— Bon. Quant à ma mère... eh bien, elle vit n'importe comment. J'ai conscience d'avoir pris beaucoup de décisions uniquement parce que c'était exactement le contraire de ce qu'elle aurait fait. C'est vraiment lamentable.

— Je n'en suis pas si sûre. Pas si ces décisions étaient les bonnes pour vous.

— Oui, elles l'étaient. Mais aujourd'hui, je ne veux pas renoncer à quelque chose qui pourrait être merveilleux uniquement parce que je sais que ma mère, à ma place, se jetterait tête baissée dans cette histoire.

— Chère Stella, quand je vous regarde, je me rappelle parfaitement comment c'était lorsque j'avais votre âge. Et toutes les deux, nous regardons Hayley et nous nous demandons comment elle fait pour avoir le courage et la force d'âme d'élever un enfant toute seule.

— C'est vrai, admit Stella avec un petit rire.

— Et comme il se trouve que, toutes les trois, nous sommes devenues amies, nous pouvons nous soutenir mutuellement de beaucoup de façons, nous donner des conseils ou nous réconforter quand il le faut. Cependant, il n'en demeure pas moins que chacune de nous doit vivre ce qu'elle a à vivre. Pour ma part, je pense que vous ne tarderez pas à trouver la solution. Trouver des solutions, c'est votre métier, non ?

Elle reposa le bouchon de la Thermos sur la table et tapota affectueusement la joue de Stella.

— Allez, il faut que j'aille à la maison faire un brin de toilette.

— Merci, Roz. Vraiment. Si, lorsque nous serons rentrées, tout va bien pour Hayley et le bébé, je les laisserai aux soins de David. Nous sommes un peu justes en personnel, aujourd'hui.

— Non, restez à la maison avec Lily et elle. Harper pourra se débrouiller ici. Ce n'est pas tous les jours qu'on ramène un bébé à la maison.

Roz réfléchit à cela en cherchant une place de parking près de l'appartement de Mitchell Carnegie, dans le centre-ville. Cela faisait des années qu'il n'y avait pas eu de bébé à Harper House. Comment le fantôme allait-il réagir ?

Et eux tous, qu'allaient-ils éprouver ?

Elle-même, qu'éprouverait-elle en voyant son fils aîné tomber amoureux d'une jeune mère célibataire et de sa toute petite fille ? Harper n'avait sans doute pas conscience de glisser dans cette direction, et Hayley ne devait pas s'en douter non plus. Mais une mère sentait cela, et Roz le lisait sur le visage de son fils.

Voilà une chose à laquelle il faudrait qu'elle réfléchisse également, une autre fois, décida-t-elle, avant de pester contre le manque de places.

Finalement, elle parvint à se garer à trois rues de là où elle allait et pesta de nouveau car elle s'était sentie obligée de mettre des talons. Maintenant, elle allait avoir mal aux pieds. Pire, elle allait encore perdre du temps à se changer une nouvelle fois après ce rendez-vous.

Elle allait être en retard, ce qu'elle regrettait vivement, et elle allait arriver toute transpirante et à bout de souffle.

Elle aurait bien aimé se décharger de cette corvée sur Stella. Mais il s'agissait de sa maison, de sa famille. Et d'une chose qu'elle avait négligée depuis trop longtemps.

Elle s'arrêta au feu et attendit pour traverser.

— Roz !

L'homme n'avait prononcé qu'une seule syllabe, mais elle reconnut aussitôt sa voix et se hérissa. Elle se retourna lentement et regarda le bel homme mince et élégant qui s'approchait d'elle à grands pas.

— Je me disais bien que c'était toi, lança-t-il. Aucune autre femme ne peut être aussi jolie et avoir l'air aussi fraîche par un après-midi aussi chaud.

Cet homme qu'elle avait un jour commis l'erreur d'épouser prit sa main entre les siennes.

— Tu es vraiment magnifique ! s'exclama-t-il.

— Tu vas me lâcher la main tout de suite, Bryce. Sinon, tu vas mordre la poussière, et crois-moi, ce sera toi le plus gêné.

Son visage hâlé aux traits lisses se durcit.

— J'espérais que, après tout ce temps, nous pourrions être amis.

— Nous ne sommes pas amis et nous ne le serons jamais, répliqua-t-elle en sortant ostensiblement un mouchoir de son sac pour essuyer la main qu'il avait touchée. Je ne compte pas de salauds, de menteurs ni de tricheurs parmi mes amis.

— Un homme qui a fait une erreur ne peut pas espérer le pardon d'une femme comme toi.

— Exactement. Je crois que c'est la première fois de ta vie minable que tu vois juste.

Elle traversa la rue, plus irritée que surprise de le voir lui emboîter le pas. Il portait un costume gris pâle de coupe italienne. Canali, si elle ne se trompait pas. C'était du moins la marque qui avait sa préférence à l'époque où elle payait ses factures.

— Je ne comprends pas pourquoi tu es toujours en colère, Roz chérie. À moins, bien sûr, que tu n'aies encore des sentiments pour moi.

— Oh, oui, Bryce, j'en ai. Et c'est le dégoût qui domine. Va-t'en avant que j'appelle la police et que je te fasse arrêter pour harcèlement.

— Je voudrais simplement avoir une autre chance de...

Cette fois, elle s'arrêta.

— Inutile d'y compter, ni dans cette vie, ni dans une autre. Estime-toi heureux de pouvoir te promener dans la rue dans tes mocassins de luxe, Bryce, et de porter un costume de grand couturier plutôt qu'une combinaison de prisonnier.

— Tu n'as aucune raison de me parler sur ce ton. Tu as eu ce que tu voulais, Roz : tu m'as mis à la porte sans un sou.

— Et que fais-tu des quinze mille six cent vingt-huit dollars et vingt cents que tu as virés de mon compte sur le tien la semaine avant que je te flanque dehors ? Mais oui, j'étais au courant de cela aussi, ajouta-t-elle quand il adopta une expression d'une neutralité prudente. J'ai laissé passer parce que je me suis dit que je n'avais qu'à payer le prix de ma bêtise. Alors, maintenant, fiche le camp et reste hors de ma vue. Sinon, je t'assure que tu le regretteras.

Sur ce, elle s'éloigna d'un pas rapide, et même le « Espèce de garce frigide ! » qu'il lança derrière elle ne la fit pas ralentir.

Mais, quand elle arriva chez le docteur Carnegie, ses jambes et ses mains tremblaient. Et elle était furieuse de l'avoir laissé la perturber. Furieuse que sa vue ait suscité en elle une réaction, fût-ce de la colère.

Car il n'y avait pas que de la colère en elle. Il y avait aussi de la honte.

Elle lui avait ouvert son cœur et sa porte. Elle l'avait laissé la charmer et la séduire, puis elle l'avait laissé lui mentir et la tromper. Il lui avait pris plus que de l'argent, elle en avait conscience. Il lui avait pris son amour-propre. Et ce n'était pas sans un certain choc qu'elle découvrait que, après tout ce temps, elle ne l'avait pas entièrement recouvré.

Tout en bénissant la délicieuse fraîcheur qui régnait dans l'immeuble, elle emprunta l'ascenseur pour monter au troisième étage.

Trop énervée, elle ne prit pas la peine de se recoiffer ni de vérifier son maquillage avant de frapper. Au lieu de cela, elle attendit que la porte s'ouvre en tapant impatiemment du pied.

Il était aussi beau que sur la photo au dos de ses livres – elle en avait lu ou feuilleté plusieurs avant de prendre rendez-vous avec lui. Peut-être un peu moins policé dans son jean et sa chemise dont il avait roulé les manches. Quoi qu'il en soit, elle avait devant elle un homme très grand et longiligne. Derrière ses lunettes à monture d'écaille qui glissaient un peu sur son nez fin et droit, ses yeux vert bouteille semblaient distraits. Une masse de cheveux châtains en désordre encadrait son visage aux traits à la fois marqués et fins. Il avait un bleu à la mâchoire.

En le voyant pieds nus, elle eut l'impression d'être trop habillée.

— Docteur Carnegie ? s'enquit-elle pour la forme.

— Lui-même. Bonjour, madame… Harper. Excusez-moi, j'étais perdu dans mes pensées. Entrez, je vous en prie. Et s'il vous plaît, ajouta-t-il avec un sourire désarmant, ne faites pas attention au désordre. Quand je perds la notion du temps, j'oublie de ranger. Alors, allons directement dans mon bureau ;

comme ça, vous pourrez mettre le chaos sur le compte du processus de création. Puis-je vous offrir quelque chose à boire ?

Il avait l'accent un peu traînant de la côte sud, remarqua-t-elle. Cet accent qui semblait transformer les voyelles en un liquide chaud.

— Je veux bien quelque chose de frais, merci, répondit-elle. Ce que vous avez.

Bien entendu, elle regarda autour d'elle quand il lui fit traverser le salon sans s'arrêter. Le grand canapé de cuir marron était couvert de journaux et de magazines, qui s'entassaient également sur une table basse qui semblait être d'époque XVIIIe. Un ballon de basket traînait au milieu d'un magnifique tapis persan, et le plus grand écran de télévision qu'elle ait jamais vu occupait tout un mur.

Au passage, elle aperçut aussi la cuisine. À en juger par la quantité de vaisselle empilée sur le comptoir, il avait dû donner une fête récemment.

— Je suis au beau milieu d'un livre, expliqua-t-il. Et j'avoue que, quand je lève la tête de mon travail, les tâches ménagères ne sont pas ma priorité. Ma dernière femme de ménage a rendu son tablier, comme les précédentes.

— Je ne vois pas pourquoi, dit-elle poliment, en balayant son bureau du regard.

Il n'y avait pas une surface propre, et l'air empestait la fumée de cigare. Un dieffenbachia se flétrissait dans un pot fendu sur l'appui de la fenêtre. Un écran plat et un clavier ergonomique surnageaient dans le capharnaüm de sa table.

Il dégagea une chaise en laissant tomber par terre sans cérémonie ce qui était posé dessus.

— Asseyez-vous, lui dit-il. Je reviens tout de suite.

Quand il sortit, elle haussa les sourcils en découvrant, perdus dans le fatras de sa table de travail, un sandwich à moitié mangé et un verre rempli d'un liquide qui devait être du thé. Elle fut un peu déçue, en tendant le cou pour regarder l'écran de son ordinateur, de ne voir que l'écran de veille. Cependant, ce détail était assez révélateur, car il s'agissait de personnages de dessins animés qui jouaient au basket.

— J'ai du thé glacé, annonça-t-il en revenant. Cela vous convient ?

— Très bien, merci.

Elle prit le verre, en espérant qu'il avait été lavé depuis moins de dix ans.

— Docteur Carnegie, vous êtes en train de tuer cette plante.

— Quelle plante ?

— Le dieffenbachia qui est sur la fenêtre.

— Ah ? Oh, je ne savais pas que j'avais une plante, répondit-il, l'air dérouté. Je me demande bien d'où elle vient. Elle n'a pas l'air très en forme, en effet.

Il la prit, et elle vit, horrifiée, qu'il s'apprêtait à la jeter dans la corbeille qui débordait déjà à côté de son bureau.

— Ne la jetez pas, enfin ! protesta-t-elle avec véhémence. Vous enterreriez votre chat vivant ?

— Je n'ai pas de chat.

— Donnez-la-moi.

Elle se leva et lui prit le pot des mains.

— Elle est en train de mourir de soif et de chaud. Et cette terre est bien trop dure.

Elle posa le pot à côté de sa chaise avant de se rasseoir.

— Je vais m'en occuper, déclara-t-elle en croisant les jambes avec colère. Docteur Carnegie...

— Mitch. Si vous prenez ma plante, vous devez m'appeler Mitch.

— Comme je vous l'ai expliqué au téléphone, j'envisage de vous engager pour établir la généalogie de ma famille, en recherchant plus particulièrement des informations sur une certaine personne.

— Oui, dit-il en s'asseyant à son bureau. Et je vous ai répondu que je ne m'occupais de généalogies familiales que s'il y avait quelque chose dans l'histoire de la famille qui m'intéressait. De toute façon, je suis au beau milieu d'un livre et je ne vais pas avoir beaucoup de temps à consacrer à des recherches généalogiques, ni à un rapport.

— Vous ne m'avez pas parlé de votre tarif.

— Cinquante dollars de l'heure plus les frais.

Roz sentit son estomac se nouer un instant.

— Vous êtes aussi cher qu'un avocat, commenta-t-elle.

— En moyenne, établir une généalogie ne prend pas si longtemps que cela lorsqu'on sait ce qu'on fait et où chercher. Dans la plupart des cas, une quarantaine d'heures suffisent. Tout dépend jusqu'où vous voulez remonter. Si c'est plus compliqué, nous pouvons convenir d'un forfait. Mais comme je vous le disais…

— Je ne pense pas que vous ayez besoin de remonter plus d'un siècle en arrière.

— On change souvent d'avis dans ce domaine. Mais s'il ne s'agit que d'un siècle, vous pouvez sans doute y arriver vous-même. Je me ferai un plaisir de vous guider un peu – gracieusement.

— Il me faut un expert, et je me suis laissé dire que vous étiez le meilleur. Et je suis prête à négocier les termes d'un éventuel contrat. Dans la mesure où, malgré votre emploi du temps chargé, vous avez pris la peine de me recevoir, je pense que vous pouvez m'écouter avant de me mettre à la porte.

Elle n'était pas commode, songea-t-il.

— Pour commencer, je n'avais nullement l'intention de vous mettre dehors, corrigea-t-il. Et bien sûr que je vais vous écouter. Enfin, si vous n'êtes pas trop pressée, je serai certainement en mesure de vous aider d'ici quelques semaines.

Quand elle inclina la tête sur le côté, il se mit à fouiller dans le désordre de son bureau, d'où il finit par sortir un bloc-notes et un stylo.

— Rosalind, c'est ça ? fit-il. Comme dans *Comme il vous plaira* ?

Un sourire éclaira un instant son visage.

— Non, répondit-elle. Comme l'actrice Rosalind Russell. Mon père était un fan.

Il inscrivit son nom en haut de son bloc.

— Vous me parlez d'environ un siècle, remarqua-t-il. On pourrait s'attendre qu'une famille comme la vôtre ait des archives, des journaux, des registres, des documents – et une importante tradition orale – qui couvrent ces cent ans.

— C'est vrai, il y en a pas mal, confirma-t-elle. Mais certaines choses me portent à croire qu'une partie de la tradition orale dont vous parlez est fausse ou qu'il manque des détails. Cependant, je me ferai un plaisir de vous confier les documents que j'ai. Nous en avons déjà lu pas mal.

— Nous ?

— Moi-même et les gens qui habitent chez moi.

— Vous cherchez donc des renseignements sur un ancêtre en particulier.

— Une femme. Je ne sais pas si c'est une de mes ancêtres, mais je suis certaine qu'elle a fait partie de la maison. J'ai la certitude qu'elle y est morte.

— Vous avez un acte de décès ?

— Non.

Il remonta ses lunettes sur son nez, avant de griffonner quelque chose.

— Sa tombe ?

— Non. Son fantôme.

Elle lui adressa un sourire serein quand il releva la tête en clignant des yeux.

— Un homme qui fait des recherches sur les histoires de famille croit-il aux fantômes ? s'enquit-elle d'un ton plaisant.

— Je n'en ai jamais rencontré.

— Si vous acceptez cette mission, vous en rencontrerez un. Alors, dites-moi : combien prendriez-vous pour enquêter sur l'histoire et l'identité d'un fantôme de famille ?

Il s'appuya au dossier de son fauteuil et se tapota le menton avec son stylo.

— Vous ne plaisantez pas, on dirait.

— À cinquante dollars de l'heure plus les frais, je ne risque pas de plaisanter. Je suis sûre que vous pourriez écrire un livre très intéressant sur le fantôme de la famille Harper, si je vous signais une autorisation de publier et que je coopérais.

— Je n'en doute pas.

— Et il me semble que vous pourriez considérer ma requête comme faisant partie des recherches pour l'écriture de ce livre. Tout compte fait, c'est peut-être moi qui devrais vous faire payer quelque chose.

Il sourit.

— Il faut que je termine mon livre en cours avant d'entreprendre un autre projet. Malgré les apparences, je finis toujours ce que je commence.

— Dans ce cas, vous devriez commencer à faire la vaisselle.

— Je vous avais dit de ne pas regarder. Et permettez-moi de vous dire que les chances pour que vous ayez vraiment un fantôme chez vous sont... disons... d'une sur vingt millions.

— Je me ferai un plaisir de parier avec vous.

— Ensuite, poursuivit-il sans relever, si j'accepte, il faudra que j'aie accès à tous les papiers de la famille – y compris les plus personnels –, et j'aurai également besoin de votre autorisation écrite pour chercher les mentions de votre famille dans les archives publiques.

— Bien entendu.

— Je vous propose de renoncer à mes honoraires... mmm... les vingt premières heures. Le temps que nous voyions à peu près de quoi il s'agit.

— Quarante heures.

— Trente.

— Marché conclu.

— Et j'aimerais voir votre maison.

— Vous pourriez venir dîner un soir. Y a-t-il un jour de la semaine prochaine qui vous conviendrait ?

— Je ne sais pas. Attendez...

Il se tourna vers son ordinateur et fit courir ses doigts sur le clavier.

— Mardi ? suggéra-t-il.

— Très bien. À 19 heures. Nous ne sommes pas particulièrement formels, mais il vous faudra tout de même des chaussures.

Elle prit la plante et se leva.

— Merci de m'avoir reçue, conclut-elle en lui tendant la main.

— Vous allez vraiment emporter ce machin ?

— Absolument. Et je ne compte pas vous le rendre, sinon vous allez encore le négliger jusqu'à ce qu'il soit à l'article de la mort. Vous faut-il des indications pour trouver Harper House ?

— Je me débrouillerai. Je crois que je suis déjà passé devant. Vous savez, ajouta-t-il en la raccompagnant à la porte, d'habitude, les femmes intelligentes ne croient pas aux fantômes. Et les femmes qui ont le sens des réalités ne paient pas des gens dans mon genre pour retrouver l'histoire du fantôme en question. Or, vous me semblez être une femme intelligente et qui a le sens des réalités.

— D'habitude, riposta-t-elle, les hommes intelligents ne vivent pas dans une porcherie et ne reçoivent pas leurs clients pieds nus. Je pense que nous devons l'un comme l'autre accepter de courir certains risques. Et je vous conseille de mettre de la glace sur ce bleu. Ça doit être douloureux.

— Oui, confirma-t-il. J'ai reçu un coup en jouant au basket.

— Je compte sur vous mardi, donc. À 19 heures.

— Avec plaisir. Au revoir, madame.

— Au revoir, monsieur.

Mitch laissa la porte ouverte le temps de satisfaire sa curiosité. Il ne s'était pas trompé, constata-t-il. Elle était aussi élégante et sexy de dos que de face, aussi élégante et sexy que sa voix un peu distante de belle du Sud.

C'était la classe incarnée, jusqu'au bout des ongles, songea-t-il en refermant la porte.

Un fantôme ! Il secoua la tête en riant et se fraya un chemin dans le désordre de son bureau. C'était la meilleure.

20

Logan considéra le petit être qui clignait des yeux dans un rayon de soleil. Il avait déjà vu des bébés auparavant ; il avait même eu des contacts personnels avec certains. Pour lui, tous les nouveau-nés ressemblaient étrangement à des poissons. Cela devait venir de leurs yeux, pensait-il. Mais ce bébé-là, avec tous ses cheveux noirs, avait un peu plus l'air d'une créature humaine. Une créature un peu exotique et détachée du monde.

Si Gavin avait été là et si Hayley n'avait pas pu l'entendre, il aurait dit que Lily semblait être l'enfant d'Aquaman et de Wonder Woman. Le petit aurait très bien compris ce qu'il voulait dire.

Cependant, il allait falloir qu'il trouve mieux que l'union de deux superhéros pour décrire le bébé, car Hayley, qui se tenait à côté de lui, attendait ses commentaires.

— On dirait qu'elle vient de Vénus, dit-il. Là où l'herbe est bleu saphir et où le ciel est comme un bol de poussière d'or.

Ce n'était pas faux, estima-t-il, et un peu plus poétique que la théorie Aquaman.

— Oh ! C'est joli. Allez, vas-y, ajouta Hayley en lui donnant un petit coup de coude. Tu peux la prendre.

— Je devrais peut-être attendre qu'elle soit devenue un peu plus substantielle… suggéra-t-il.

En riant, Hayley sortit Lily de son transat.

— Un grand garçon comme toi ne devrait pas avoir peur d'un minuscule bébé. Voilà. Et maintenant, fais bien attention à lui soutenir la tête.

— Elle a de longues jambes pour une si petite fille, commenta-t-il en regardant gigoter les jambes en question. Elle est jolie comme un cœur. Elle te ressemble beaucoup, Hayley.

— Je n'en reviens toujours pas que ce soit mon bébé, avoua celle-ci en se retenant de toucher sa fille. Je peux ouvrir le cadeau maintenant ?

— Bien sûr. Elle n'est pas mal, au soleil ? s'inquiéta-t-il.

— Non, répondit-elle en tirant sur le ruban rose de la boîte que Logan avait posée sur la table du patio. Elle a une légère jaunisse, et le soleil est bon pour elle. Stella m'a dit que Luke avait eu la même chose et qu'il avait fallu le mettre un petit peu au soleil plusieurs fois par jour. On dirait que Roz et elle savent absolument tout ce qu'il y a à savoir sur les bébés. Je peux poser les questions les plus bêtes, elles ont toujours la réponse. Nous avons une chance folle, Lily et moi.

Trois femmes et un bébé. Lily ne devait pas pouvoir pousser le moindre gémissement sans que l'une d'elles se précipite pour la prendre.

— Logan, crois-tu que les choses arrivent parce qu'on les provoque ou parce qu'elles doivent arriver ?

— Un peu des deux, sans doute. On les provoque parce qu'elles doivent arriver.

— J'ai réfléchi. On a tout le temps de réfléchir quand on se lève deux ou trois fois par nuit. J'avais vraiment envie – non, besoin – de quitter Little Rock lorsque j'en suis partie. Et je suis venue ici parce que j'espérais que Roz me donnerait du travail. J'aurais aussi bien pu atterrir dans l'Alabama : j'y ai de la famille plus proche que Roz. Mais je suis venue ici et j'ai l'impression que c'était écrit. Je pense qu'il fallait que Lily naisse ici et qu'elle ait Roz et Stella dans sa vie.

— Nous aurions tous manqué quelque chose si tu étais allée ailleurs.

— J'ai l'impression d'avoir trouvé une nouvelle famille. Cela me manquait depuis la mort de mon père. Je voudrais que Lily ait une famille. Il me semble – enfin, j'en suis sûre – que nous serions arrivées à nous débrouiller toutes seules. Mais pour elle, je ne veux pas me contenter de me débrouiller. Cela ne suffit plus.

— Les enfants changent la vision qu'on a de la vie.

— C'est vrai, confirma Hayley avec un sourire rayonnant. Je ne suis pas la même qu'il y a un an, ni même qu'il y a une semaine. Je suis une mère, maintenant.

Elle acheva de déballer le cadeau et poussa un cri que Logan jugea typiquement féminin.

— Oh ! La jolie poupée ! Et elle est si douce...

Elle la sortit de la boîte et la tint dans ses bras un peu comme Logan tenait Lily.

— Elle est plus grande qu'elle.

— Pas pour longtemps. Oh, qu'elle est belle ! Et quel adorable chapeau...

— Quand on tire sur le chapeau, elle fait de la musique, précisa-t-il.

— C'est vrai ?

Ravie, Hayley tira sur le petit chapeau rose, et la poupée joua effectivement une berceuse.

— Merci mille fois, dit-elle en se hissant sur la pointe des pieds pour embrasser Logan sur la joue. Lily va l'adorer.

— Je me suis dit qu'une fille n'avait jamais trop de poupées.

En entendant une porte claquer, il se retourna et vit Parker débouler un mètre ou deux devant les garçons, qui criaient en faisant la course.

Ils avaient été aussi petits que Lily… Cette pensée lui fit un choc. Oui, ils avaient été assez petits pour tenir dans le creux d'un bras ; ils avaient été des bébés sans défense, comme… comme des poissons hors de l'eau.

Ils se précipitèrent vers lui, et le chien se mit à courir en rond à toute vitesse pour manifester sa joie.

— On a vu ton pick-up, annonça Gavin. On va aller travailler avec toi ?

— J'ai fini pour aujourd'hui.

Le visage des deux garçons s'allongea comiquement sous l'effet de la déception. Cela fit si plaisir à Logan qu'il décida de changer ses projets pour le week-end.

— En revanche, demain, il va falloir que je construise une tonnelle dans mon jardin. J'aurais bien besoin de deux esclaves du samedi.

— On peut être les esclaves ! s'écria Luke en tirant sur la jambe de pantalon de Logan. Je sais ce que c'est, une tonnelle. C'est un truc sur lequel on fait pousser des fleurs.

— Eh bien, voilà. Alors, j'ai deux esclaves experts. Nous verrons ce que votre maman en dit.

— Elle dira oui. Elle doit travailler parce que Hayley est encouragée.

— En congé, rectifia cette dernière.

— Je sais.

— Je peux la voir ? demanda Luke en tirant de nouveau sur le pantalon de Logan.

— Bien sûr, répondit-il en s'accroupissant, le bébé toujours dans ses bras. Elle est minuscule, hein ?

— Elle sait encore rien faire, remarqua Gavin en passant doucement le doigt sur la joue de Lily. Elle pleure et elle dort, c'est tout.

Luke se pencha pour parler à l'oreille de Logan.

— Hayley la nourrit, chuchota-t-il d'un ton de conspirateur. Avec du lait qui sort de sa poitrine.

En conservant un sérieux admirable, Logan hocha la tête.

— Je crois que j'ai déjà entendu parler de ça quelque part. Enfin, je trouve ça un peu dur à croire.

— C'est vrai. C'est pour ça qu'elles en ont. Les filles. Les garçons n'ont pas de poitrine parce qu'ils ne peuvent pas faire de lait, même s'ils en boivent beaucoup.

— Ah. Ceci explique donc cela.

— Le gros monsieur Kelso en a, de la poitrine, objecta Gavin, déclenchant l'hilarité de son frère.

En rentrant, Stella vit Logan, le bébé dans les bras, flanqué de ses deux fils. Tous trois souriaient d'une oreille à l'autre. Le soleil perçait à travers les feuilles de l'érable rouge, formant un jeu d'ombre et de lumière sur la pierre. Les lys fleurissaient en un carnaval de couleurs et de formes exotiques. Elle sentait leur parfum se mêler à celui des premières roses, de l'herbe coupée et de la verveine. Le chant des oiseaux répondait au gazouillis des enfants, et à la douce musique du carillon éolien accroché à une branche de l'érable.

Elle se figea sur place comme si elle venait d'entrer dans le cadre invisible d'un tableau. Peut-être exprima-t-elle cette pensée tout haut, car Logan tourna la tête vers elle. Lorsque leurs regards se croisèrent, son sourire se fit plus tendre, plus chaleureux.

Il était trop grand pour être accroupi ainsi, songea-t-elle. Trop grand, trop rude, trop viril pour tenir ce tout petit enfant dans ses bras.

Mais tel qu'il était, bronzé, mince et musclé, il était… éblouissant.

Il aurait été plus à sa place sur un sentier forestier ou dans la montagne qu'au centre de cette charmante scène domestique, dans le parfum des fleurs, un nourrisson endormi au creux de son bras.

Il se releva et s'approcha d'elle.

— À ton tour, lui proposa-t-il.

— Oh, fit-elle en prenant Lily, te voilà, ma jolie petite fille. Te voilà.

Elle posa les lèvres sur le front du bébé et huma son odeur.

— Comment ça va, aujourd'hui ? demanda-t-elle à Hayley.

— Très, très bien. Regarde ce que Logan a apporté à Lily.

Oui, c'était bien un truc de femme, songea-t-il quand Stella poussa un petit cri presque identique à celui qu'avait poussé Hayley en découvrant la poupée.

— Elle est ravissante !

— Et regarde ça, fit Hayley en tirant sur le chapeau.

— Maman, maman, dit Luke, qui avait abandonné Logan pour tirer sur le pantalon de sa mère.

— Une minute, mon chéri.

Elles continuèrent à s'extasier sur la poupée et sur Lily tandis que le petit garçon levait les yeux au ciel en dansant sur place.

— Je crois qu'il est temps pour Lily et moi d'aller faire une sieste, annonça Hayley en installant sa fille dans le transat, avant de prendre la poupée. Merci encore, Logan. C'est adorable.

— Ravi qu'elle te plaise. Bonne sieste et à bientôt.

— C'est nul, les poupées, décréta Gavin, qui eut tout de même la politesse d'attendre que Hayley soit rentrée dans la maison.

— Ah, bon ? fit Stella d'un ton étonné, en lui baissant la visière de sa casquette de base-ball. Et qu'est-ce que c'est que tous ces personnages que tu as sur tes étagères et sur ton bureau ?

— Ce ne sont pas des poupées ! riposta-t-il avec toute l'indignation dont un enfant de huit ans était capable. Ce sont des figurines de héros !

— Oh, pardon. Ça n'a rien à voir.

— On veut être les esclaves du samedi et construire une tonnelle, déclara Luke en tirant sur la main de Stella pour attirer son attention. Tu veux bien ?

— Les esclaves du samedi ?

— Je vais construire une tonnelle, demain, expliqua Logan. Je vais avoir besoin d'un coup de main et j'ai trouvé deux volontaires. Il paraît qu'on peut les payer en sandwiches au fromage et en Mister Freeze.

— Ah. À vrai dire, j'avais prévu de les emmener au travail avec moi, demain.

— Une tonnelle, maman, insista Luke d'un ton aussi suppliant que s'il avait l'occasion de faire un voyage jusqu'à Pluton en navette spatiale. Je n'ai jamais, jamais construit de tonnelle.

— Eh bien...

— Pourquoi ne pas partager ? suggéra Logan. Tu pourrais les emmener avec toi le matin, et je passerais les prendre vers midi.

Elle sentit son estomac se nouer. Tout cela était trop normal. Ils étaient soudain comme des parents, comme une famille. Les oreilles bourdonnantes, elle entendait vaguement ses enfants la supplier.

— Parfait, parvint-elle à articuler. Si tu es sûr qu'ils ne vont pas te déranger.

Logan inclina la tête sur le côté d'un air sérieux et se força à adopter un ton solennel.

— Si jamais ils me dérangent, je leur demanderai de s'éloigner. Comme maintenant, par exemple. Hé, les garçons, vous ne voulez pas aller voir ce que fait votre chien pour que je puisse parler une minute à votre maman ?

— Viens, Luke, on s'en va, fit Gavin avec une moue dégoûtée. Il va sûrement l'embrasser.

— Je suis donc si transparent que cela ? Ce garçon lit dans mes pensées, plaisanta Logan en prenant Stella par le menton, avant de poser les lèvres sur les siennes.

— Bonjour, Stella.

— Bonjour, Logan.

— Tu vas me dire ce que tu as dans la tête ou faut-il que je le devine ?

— Beaucoup de choses – et pas grand-chose en même temps.

— Tu avais l'air terrassée, quand tu es arrivée. Ça te dit qu'on aille faire un petit tour ?

— D'accord.

— Tu veux savoir pourquoi je suis passé cet après-midi ?

— Pour apporter une poupée à Lily, répondit-elle en marchant à côté de lui sur le chemin.

Elle entendit ses enfants et le chien qui jouaient au ballon. Cela allait les occuper un moment.

— Oui, et aussi pour voir si je pouvais me faire inviter à dîner par Roz, ce qui est un moyen détourné de dîner avec toi. Je devine que je ne vais pas arriver à t'éloigner du bébé pendant quelque temps.

Elle ne put retenir un sourire.

— On dirait que moi aussi, je suis transparente. C'est tellement merveilleux d'avoir un bébé dans la maison... Quand j'arrive à la voler une heure à Hayley – si Roz ne m'a pas devancée –, je joue avec elle... un peu comme avec une poupée. Tous ces adorables petits vêtements... Moi qui n'ai pas eu de fille, je ne me doutais pas qu'on pouvait devenir accro à toutes ces petites robes.

— Quand je t'ai demandé si Lily te donnait envie d'avoir un autre bébé, tu as été prise de panique.

— Non, je n'ai pas été prise de panique.

— Cela t'a angoissée, disons. Pourquoi ?

— Il n'est pas anormal pour une femme de mon âge avec deux enfants déjà un peu grands d'être angoissée à l'idée d'avoir encore un bébé.

— Tss, tss. Tu t'es de nouveau angoissée quand j'ai dit que je voulais emmener les garçons chez moi demain.

— Non, c'est juste que j'avais déjà prévu...

— Ne me raconte pas de salades, Stella.

— Les choses vont un peu vite, et dans une direction où je n'avais pas prévu d'aller, avoua-t-elle.

— Tu as l'intention de tout prévoir ? Tu as besoin que je te dessine un plan ?

— Je peux m'en charger moi-même, merci. Et inutile de t'énerver. C'est toi qui m'as posé la question, lui rappela-t-elle en s'arrêtant devant un grand massif de passiflores. Je croyais que les choses étaient censées aller lentement, dans le Sud.

— Tu m'as agacé dès la première fois où je t'ai vue.

— Merci infiniment.

— Cela aurait dû me mettre la puce à l'oreille, poursuivit-il. Tu étais comme une démangeaison entre les omoplates, juste à l'endroit que l'on ne peut pas atteindre, quoi qu'on fasse. J'aurais été ravi d'aller lentement. En général, je ne vois jamais l'intérêt de se précipiter. Mais tu sais, Stella, on ne peut pas programmer la façon dont on va tomber amoureux, ni la vitesse à laquelle on va le faire. Et je suis tombé amoureux de toi.

— Logan...

— Je vois bien que cela te terrifie. J'imagine qu'il y a deux raisons possibles à cela. Un, tu n'éprouves rien pour moi et tu as peur de me blesser en me le disant. Ou deux, tu ressens la même chose que moi et ça te fait peur.

Il cueillit une passiflore aux pétales blancs et aux longs filaments bleus qu'il glissa dans les cheveux bouclés de Stella, geste romantique et désinvolte qui contrastait avec la frustration que trahissait sa voix.

— Je retiens la seconde raison non seulement parce qu'elle me convient mieux, mais surtout parce que je sais ce que nous éprouvons tous les deux quand je t'embrasse.

— C'est de l'attirance, répliqua-t-elle. De l'alchimie.

— Je connais la différence entre l'amour et l'attirance, dit-il en la prenant par les épaules pour la faire tenir tranquille. Et toi aussi. Parce que nous sommes tous les deux déjà passés par là. Nous avons tous les deux aimé avant, alors nous savons faire la différence entre l'amour et l'attirance.

— C'est peut-être vrai, concéda-t-elle. Et c'est l'une des raisons pour lesquelles cela fait trop, trop vite.

Elle referma les mains sur ses avant-bras et sentit sa solidité, sa force, sa volonté.

— Je connaissais Kevin depuis un an quand les choses ont commencé à devenir sérieuses entre nous. Et il a fallu encore une autre année avant que nous parlions d'avenir.

— Cela s'est passé à peu près de la même façon pour Rae et moi. N'empêche que le destin nous a réunis ici et maintenant, toi et moi, Stella. Nous savons aussi bien l'un que l'autre que même en prenant tout notre temps, même en élaborant le meilleur des plans, nous n'aurons aucune garantie.

— Non, admit-elle, mais je ne suis plus seule en cause.

— Et je le prends en compte, répondit-il. Bien entendu, je serais capable de me lier d'amitié avec tes enfants pour me rapprocher de toi, mais il se trouve que je les aime beaucoup. Vraiment. J'aime être avec eux.

— Je le sais, assura-t-elle. Je me rends très bien compte quand les gens font semblant. Ce n'est pas toi, le problème, c'est moi.

— C'est la pire chose à dire.

— Tu as raison, mais c'est la vérité. Je sais ce que c'est que d'être un enfant dont la mère passe d'aventure en aventure... Ce n'est pas le cas en ce qui nous concerne, s'empressa-t-elle de préciser devant son air furieux. Cela aussi, je le sais. Seulement, le fait est que ma vie est centrée sur mes enfants, maintenant.

— Et tu ne crois pas que la mienne puisse l'être ? Si tu penses que je ne peux pas être un père pour eux parce que nous ne partageons pas le même sang, en effet, le problème vient de toi.

— Je crois qu'il faut du temps pour...

— Tu sais comment on fait pour qu'une plante forte et saine comme celle-ci se développe ? demanda-t-il en désignant la passiflore. On peut la marcotter pour avoir plus de fruits et de fleurs. Et si on l'hybride, elle devient plus forte, et il arrive qu'on obtienne une nouvelle variété.

— Oui, mais cela prend du temps.

— Il faut bien commencer. Je n'aime pas tes fils comme toi tu les aimes, dit-il. Mais je sais que cela pourrait être le cas si tu m'en donnais la possibilité. Alors, je veux que tu me donnes cette possibilité. Je veux t'épouser.

— Oh ! mon Dieu ! Je ne peux pas... Nous ne...

Stella plaqua la main sur son cœur. Elle avait l'impression de suffoquer.

— Un mariage, Logan ? Je ne peux plus respirer.

— Tant mieux. Comme ça, tu vas te taire cinq minutes. Je t'aime et je veux que tu fasses partie de ma vie avec tes enfants. Si quelqu'un m'avait dit, il y a quelques mois, que je voudrais partager ma vie avec une rousse pointilleuse et ses deux garçons bruyants, j'aurais hurlé de rire. Mais voilà. Je te dirais volontiers que nous n'avons qu'à vivre ensemble quelque temps, jusqu'à ce que tu t'y habitues, mais je sais que tu ne voudrais pas de cela. Alors, pourquoi ne pas nous marier tout de suite et commencer à vivre notre vie ?

— Comme ça ? articula-t-elle en claquant des doigts. Comme on décide d'acheter une nouvelle voiture ?

— On a beaucoup plus de garanties sur une nouvelle voiture que sur un mariage, observa-t-il.

— Tant de romantisme me bouleverse.

— Je pourrais acheter une bague de fiançailles et me mettre à genoux, reconnut-il. J'avais prévu de m'y prendre de cette façon, mais j'ai eu envie de le faire maintenant. Tu m'aimes, Stella, je le sais.

— Je commence à me demander pourquoi.

— Tu t'es toujours demandé pourquoi. Et cela ne me dérangerait pas que tu continues à le faire. Nous pouvons avoir une belle vie ensemble, toi et moi – et les garçons, dit-il en tournant la tête dans leur direction. Je ne peux pas être *leur* père, mais je peux faire un bon père. Je ne leur ferai jamais de mal, ni à toi. Je vous agacerai sans doute, je vous énerverai, mais je ne vous ferai jamais de mal.

— Je le sais. Je ne pourrais pas t'aimer si tu n'étais pas un homme bien. Et tu es un homme bien. Très bien, même. Mais de là à nous marier… Je ne sais pas si c'est la bonne solution pour nous.

— Je finirai par te convaincre tôt ou tard, affirma-t-il en se rapprochant d'elle et en enroulant une de ses mèches autour de son index. Si c'est tôt, tu pourras décider de ce que tu veux faire de toutes ces pièces vides et nues de la maison. J'envisage d'en attaquer une la prochaine fois qu'il pleuvra.

— C'est un coup bas, répliqua-t-elle en plissant les yeux.

— Je suis prêt à tout pour que tu sois à moi, Stella, dit-il en posant un instant les lèvres sur les siennes. Formons une famille.

— Logan, fit-elle en s'écartant, alors même qu'elle sentait son cœur aller vers lui. Revenons un peu en arrière. C'est à propos de cette idée de famille. Je t'ai vu avec Lily.

— Et ?

— Je vais avoir trente-quatre ans. J'ai deux fils de huit et six ans et un travail prenant que je n'ai aucune envie d'arrêter. Je ne sais pas si j'ai envie d'avoir d'autres enfants, mais toi, tu mérites d'en avoir à toi.

— J'y ai pensé. Faire un bébé avec toi serait merveilleux – mais uniquement si nous en avons envie tous les deux. Pour l'instant, je trouve que j'ai beaucoup de chance : toi et deux garçons très sympas qui, en plus, sont déjà assez autonomes et dégourdis. Je n'ai pas besoin de savoir tout ce qui arrivera plus tard, Stella. Je ne veux pas connaître tous les détails de notre avenir à l'avance. Tout ce qui compte, c'est que je sais que je t'aime, que je m'attache beaucoup à tes fils et que j'ai envie de vivre avec vous trois.

Il était temps de réfléchir de façon rationnelle, estima-t-elle.

— Logan, il va falloir que nous parlions de tout cela calmement. Nous n'avons même pas encore fait la connaissance de nos familles respectives.

— C'est assez facile à résoudre, répondit-il, au moins pour la tienne. Nous pouvons inviter ton père et ta belle-mère à dîner. Tu n'as qu'à choisir le jour.

— Tu n'as même pas de meubles ! s'écria-t-elle d'une voix aiguë, avant de se reprendre. Cela n'a pas d'importance.

— Pas à mes yeux.

— Ce qu'il y a, c'est que nous brûlons beaucoup d'étapes de base.

Et pour l'instant, toutes ces étapes se mélangeaient dans son esprit. Un mariage, un changement supplémentaire pour ses enfants, peut-être la perspective d'un autre bébé... Elle n'arrivait pas à suivre.

— Tu envisages de cohabiter avec mes fils, mais sais-tu seulement ce que c'est que de vivre avec deux jeunes garçons ?

— Stella, j'ai été un jeune garçon. Je te propose une chose. Fais-moi une liste de ces étapes de base. Nous les franchirons dans l'ordre, si c'est ce que tu as besoin de faire. Mais ce que je veux savoir, ici et maintenant, c'est si tu m'aimes.

— Tu m'as déjà dit toi-même que oui.

Il la prit par la taille et l'attira tout contre lui, de cette façon qui faisait battre son cœur plus fort, plus vite.

— Dis-le-moi, insista-t-il.

Savait-il l'importance que revêtait une telle déclaration pour elle ? Elle n'avait dit ces mots qu'à un homme, celui qu'elle avait perdu. Cependant, Logan était là, devant elle. Il la regardait dans les yeux et attendait qu'elle dise tout haut ce qu'il savait déjà.

— Je t'aime. Mais...

— Ça ira pour l'instant, dit-il en prenant possession de sa bouche, laissant éclater les émotions qui bouillonnaient en lui. Fais cette liste, Stella, conclut-il en se détachant d'elle. Et commence à réfléchir à une couleur pour les murs du salon. Dis aux garçons que je passerai les prendre demain.

— Mais... tu ne devais pas rester dîner ?

— J'ai des choses à faire, répondit-il en s'éloignant. Et toi aussi, lança-t-il par-dessus son épaule. Il faut que tu te tracasses à mon sujet.

Entre autres choses, Logan avait besoin de se fatiguer pour évacuer sa frustration. Quand il avait demandé à Rae de l'épouser, cela ne les avait surpris ni l'un ni l'autre, et elle avait accepté immédiatement, avec enthousiasme.

Il fallait voir où cela les avait menés, bien sûr.

Mais c'était dur pour son ego de voir la femme qu'il aimait et avec laquelle il voulait passer sa vie lui opposer avec obstination des arguments éminemment raisonnables.

Il passa une heure sur son tapis de course, à transpirer, à boire de l'eau et à maudire le jour où il était tombé amoureux de cette rousse entêtée.

Évidemment, si elle n'avait pas été obstinée, entêtée et raisonnable, il ne serait sans doute pas tombé amoureux d'elle. Quoi qu'il en soit, tout était de sa faute à elle.

Il était heureux avant qu'elle n'arrive. Sa maison ne lui paraissait pas vide avant qu'elle n'y vienne. Elle, et ses deux gamins pleins de vie. Qu'est-ce qui lui prenait de s'organiser pour passer le samedi seul chez lui avec deux enfants qui couraient partout et faisaient des bêtises ?

Zut, il fallait qu'il aille acheter des Mister Freeze.

Il était fichu, songea-t-il en entrant dans la douche. D'ailleurs, il avait déjà commencé à dessiner les plans d'une cabane et repéré l'endroit du jardin où il l'installerait.

Il se mettait à réfléchir et même à agir comme un père.

Certes, tenir le bébé dans ses bras lui avait plu, mais ce sujet ne serait pas une pomme de discorde entre Stella et lui. Comment pouvaient-ils savoir ce qu'ils souhaiteraient l'un et l'autre d'ici un an ?

« Les choses arrivent parce qu'elles doivent arriver, songea-t-il en se rappelant sa conversation avec

Hayley. Mais aussi parce qu'on les provoque », ajouta-t-il intérieurement en s'habillant.

Il allait commencer à provoquer les choses.

Un quart d'heure plus tard, après avoir consulté l'annuaire, il roulait en direction de Memphis, les cheveux encore humides.

Will avait à peine commencé à boire son déca en dégustant une part de tarte au citron meringuée faite par Jolene quand on frappa à la porte.

— Qui cela peut-il bien être ? s'étonna-t-il.

— Je ne sais pas, chéri. Tu devrais aller voir.

— Si c'est quelqu'un qui veut de la tarte, j'en veux aussi une plus grosse part, la prévint-il.

— C'est peut-être le petit Bowers qui vient tondre la pelouse.

Mais, lorsque Will ouvrit, ce ne fut pas la silhouette dégingandée du fils Bowers qui se dressa devant lui. Non, ce fut celle d'un homme à la carrure imposante et à la mine renfrognée. Instinctivement, Will se glissa dans l'embrasure de la porte pour barrer l'entrée.

— Bonjour, dit-il. Je peux faire quelque chose pour vous ?

— Oui. Je suis Logan Kitridge. Je viens de demander votre fille en mariage.

— Qui est-ce, chéri ? demanda Jolene, qui le rejoignit en se recoiffant du bout des doigts. Oh, bonsoir. Vous êtes Logan Kitridge, n'est-ce pas ? Nous nous sommes vus une fois ou deux chez Roz – il y a un bout de temps, d'ailleurs. Et je connais un peu votre mère. Entrez donc.

— Il dit qu'il a demandé à Stella de l'épouser.

— C'est vrai ? s'exclama Jolene, radieuse, en ouvrant de grands yeux curieux. Oh, mais c'est merveilleux ! Venez. Il y a de la tarte au citron.

— Il n'a pas dit si elle avait dit oui, observa Will.

— Depuis quand Stella dit-elle des choses aussi simples que « oui » ? répliqua Logan, ce qui fit sourire Will.

— Je reconnais bien ma fille, admit-il.

Ils s'assirent, mangèrent de la tarte en buvant du café et parlèrent de choses et d'autres.

Au bout d'un moment, Will finit par s'appuyer au dossier de son siège et lança :

— Alors, faut-il que je vous demande comment vous comptez subvenir aux besoins de ma fille et de mes petits-fils ?

— À vous de voir.

— Bien sûr que non ! protesta Jolene en donnant une petite tape sur le bras de son mari. Will plaisante, Logan. Stella est tout à fait capable de gagner sa vie et celle de ses fils. Et vous ne seriez pas ici avec cet air furieux si vous ne l'aimiez pas. Je crois que la question, si cela ne vous dérange pas que je vous la pose, c'est de savoir ce que cela vous fait de devenir le beau-père des garçons.

— À peu près la même chose qu'à vous d'être leur « belle-grand-mère », je pense. Et si j'ai de la chance, ils ressentiront pour moi ce qu'ils ressentent pour vous. Je sais qu'ils vous adorent et je les ai entendus dire que leur mamie Jo faisait aussi bien les cookies que David. C'est un sacré compliment.

— Nous tenons énormément à eux, précisa Will. Et Stella aussi. Kevin tenait énormément à eux également. C'était un homme bien.

— Ce serait peut-être plus facile pour moi si ça n'avait pas été le cas, si ç'avait été un salaud et non un homme bien, si Stella avait demandé le divorce au lieu de le perdre si jeune, trop jeune. Mais je me réjouis qu'elle ait eu un mariage heureux et que les enfants aient eu un père qui les aimait. Je suis capable de vivre avec ce fantôme, si c'est ce que vous voulez savoir. À vrai dire, je lui suis plutôt reconnaissant.

— Eh bien, voilà une attitude intelligente, commenta Jolene en lui tapotant la main d'un geste approbateur. Et je crois que c'est aussi la preuve d'un bon caractère. Tu ne penses pas, Will ?

Ce dernier émit un grognement évasif en se mordillant la lèvre.

— Si vous épousez ma fille, dit-il, j'aurai droit à un prix d'ami sur les aménagements paysagers et tout ça ?

— Ça doit pouvoir se faire, répondit Logan avec un lent sourire.

— J'envisageais justement de refaire le patio.

— Première nouvelle, marmonna Jolene.

— Dans une émission de décoration, j'ai vu des décorateurs poser des briques en chevrons. J'ai trouvé ça pas mal. Vous savez faire ce genre de chose ?

— Cela m'est déjà arrivé d'en poser de cette façon. Je pourrais jeter un coup d'œil au patio tel qu'il est actuellement, si vous voulez.

— Avec plaisir, répondit Will en se levant.

21

Stella réfléchit, rumina et se tracassa. Elle était prête à se lancer dans une autre discussion sur les pour et les contre du mariage quand Logan passa prendre les garçons à midi.

Elle savait qu'il était en colère contre elle, qu'elle l'avait blessé. Cependant, curieusement, elle était certaine qu'il viendrait vers midi chercher les enfants. Il le leur avait promis, alors il tiendrait parole.

C'était clairement un bon point pour lui, songeat-elle. Pour ce qui était des enfants, elle pouvait avoir confiance en lui. Elle avait confiance en lui.

Ils allaient se disputer, elle le savait. Ils étaient trop énervés l'un comme l'autre pour avoir une discussion calme et raisonnable sur un sujet aussi sensible. Cependant, elle n'avait rien contre une dispute. Une bonne dispute permettait souvent de mettre au jour tous les faits et les sentiments. Elle avait besoin de cela pour tenter de déterminer ce qui était le mieux pour toutes les parties concernées.

Mais lorsqu'il vint les retrouver sur le parking, où elle faisait ranger les chariots abandonnés aux enfants – pour vingt-cinq cents le chariot –, il se montra parfaitement aimable. Enjoué, même.

— Vous êtes prêts à aller travailler, les gars ?

En poussant des cris affirmatifs, les garçons abandonnèrent les chariots, prêts à se livrer à des activités plus intéressantes. Luke montra fièrement à Logan le marteau de plastique qu'il avait glissé dans la ceinture de son short.

— Ça va être très utile, commenta Logan. Et j'aime bien les ouvriers qui viennent avec leurs outils. Je les ramènerai quand nous aurons fini, dit-il à Stella.

— Vers quelle heure crois-tu…

— Tout dépend de la quantité de travail qu'ils peuvent supporter, répondit-il en tâtant les biceps de Gavin. Celui-ci devrait pouvoir faire une bonne journée d'efforts.

— Et moi ! Et moi ! demanda Luke en pliant le bras.

Logan s'exécuta et émit un sifflement admiratif.

— À plus tard, fit-il en adressant un petit signe de tête à Stella.

Et ce fut tout.

Alors, elle réfléchit, rumina et se tracassa jusqu'au soir. Comme elle n'était pas idiote, elle savait parfaitement que c'était ce qu'il voulait.

La maison était anormalement calme quand elle rentra du travail. Elle n'était pas sûre que cela lui plût. Elle prit une douche, joua avec le bébé, but un verre de vin et faisait les cent pas quand le téléphone sonna.

— Allô ?

— Bonjour, je voudrais parler à Stella, s'il vous plaît.

— C'est moi. Qui…

— C'est Trudy Kitridge, la mère de Logan, annonça son interlocutrice d'un ton chaleureux. Logan m'a conseillé de vous appeler ; il m'a dit que, à cette heure-ci, vous seriez rentrée du travail.

— Je… Oh.

Seigneur ! La mère de Logan ?

— Logan nous a dit, à son père et à moi, qu'il vous avait demandée en mariage. J'avoue que j'en suis restée baba.

— Oui, moi aussi. Vous savez, madame, nous n'avons encore… Je n'ai encore rien… décidé.

— Mais vous avez bien le droit de prendre le temps de la réflexion ! Cela dit, autant vous prévenir, ma chérie : quand mon fils veut quelque chose, c'est une vraie tête de mule. Il a dit que vous souhaitiez faire la connaissance de sa famille avant de vous décider, je trouve cela adorable. Évidemment, maintenant que nous vivons loin, c'est moins facile. Mais nous allons revenir dans la région au moment des fêtes. Nous pensions passer Thanksgiving avec Logan, puis aller chez notre fille, à Charlotte, afin d'être avec nos petits-enfants pour Noël.

— Bien sûr.

Stella ne savait absolument pas quoi dire. C'était normal : ce coup de fil l'avait prise au dépourvu, et elle n'avait rien pu préparer.

— Logan m'a dit que vous aviez deux petits garçons formidables. Alors, cela nous fera peut-être aussi des petits-enfants dans le Tennessee…

— Oh… fit Stella, profondément touchée. C'est vraiment adorable de dire cela. Vous ne les avez même pas rencontrés, ni moi, et…

— Mais je connais Logan, et je l'ai élevé de façon à ce qu'il sache ce qu'il veut. Il vous aime et il aime ces petits garçons, alors nous aussi, nous vous aimerons. J'ai entendu dire que vous travailliez pour Rosalind Harper ?

— Oui, madame.

— Allons, appelez-moi Trudy. Alors, comment ça se passe à la jardinerie ?

Finalement, la conversation dura vingt minutes. En raccrochant, Stella était déroutée, amusée, touchée, et surtout épuisée.

Elle se laissa tomber sur le canapé, un peu comme la victime choquée d'un hold-up, se dit-elle.

Puis elle entendit le pick-up de Logan se garer dans la cour. Elle dut se retenir de courir à la porte. Sachant que c'était ce qu'il attendait, elle s'installa dans le salon avec un magazine de jardinage, le chien endormi à ses pieds, comme si de rien n'était.

Peut-être évoquerait-elle par hasard sa conversation avec sa mère, mais peut-être aussi n'en parlerait-elle pas, histoire de le laisser mijoter.

D'accord, c'était gentil et attentionné de sa part d'avoir organisé cette rencontre téléphonique, mais bon sang ! Il n'aurait pas pu la prévenir, pour qu'elle ne passe pas les cinq premières minutes à bredouiller comme une imbécile ?

Les enfants entrèrent avec toute la délicatesse d'un régiment d'infanterie.

— On a construit toute la tonnelle, annonça triomphalement un Gavin couvert de poussière en prenant Parker dans ses bras. Et on a planté les trucs qui vont pousser dessus.

— Du jasmin de Caroline, récita fièrement Luke.

Excellent choix, songea-t-elle.

— Et j'ai eu une écharde, ajouta-t-il en tendant sa main sale pour lui montrer le pansement qu'il portait à l'index. Une très grosse. On a cru qu'il allait falloir la sortir avec un couteau mais, finalement, on n'a pas eu besoin.

— Hou la la, tu l'as échappé belle. Nous allons désinfecter ça.

— Logan l'a déjà fait. Et je n'ai même pas pleuré. Et puis, on a eu des sandwiches avec plein de trucs dedans et des Mister Freeze.

— Et on a fait un tour en brouette, renchérit Gavin. Et je me suis servi d'un vrai marteau.

— Waouh ! Quelle journée ! s'exclama-t-elle. Logan arrive ?

— Non. Il a dit qu'il avait un autre truc à faire. Et regarde, enchaîna son aîné en sortant un billet de cinq dollars tout froissé de sa poche. On en a eu un chacun parce qu'il a dit que nous avions si bien travaillé que nous méritions d'être de la main-d'œuvre bon marché et pas des esclaves.

Stella ne put s'empêcher de rire.

— C'est une belle promotion. Bravo. Allez, je crois que c'est le moment d'aller prendre une bonne douche.

— Et ensuite, on pourra manger comme des gorets, annonça Luke en glissant la main dans la sienne. C'est ce que Logan a dit à l'heure du déjeuner.

— Vous pourriez peut-être garder ça pour les chantiers ? suggéra-t-elle.

Pendant le bain et le dîner, ils ne parlèrent que de Logan et de leur journée. Ensuite, épuisés, ils ne profitèrent même pas de l'heure de jeu supplémentaire qu'elle leur accordait généralement le samedi soir.

À 21 heures, ils dormaient à poings fermés et, pour la première fois de sa vie – du moins était-ce l'impression qu'elle avait –, Stella se retrouva sans rien à faire. Elle essaya de lire puis de travailler, sans y parvenir.

Elle fut donc ravie d'entendre le bébé s'agiter. Dans le couloir, elle tomba sur Hayley qui sortait de sa chambre, en essayant de calmer une Lily hurlante.

— Elle a faim, expliqua-t-elle. Je pensais aller m'installer dans le salon et regarder la télé tout en la nourrissant.

— Je peux venir ?

— Avec plaisir ! Je me suis sentie un peu seule, ici, aujourd'hui. Entre David qui est parti passer le week-end au lac, Roz et toi au travail et les garçons absents, c'était bien calme...

Elle s'assit, ouvrit son chemisier et mit Lily au sein.

— Là... Ça va mieux, ma chérie ? Je l'ai installée dans le porte-bébé et nous sommes allées faire une bonne promenade, tout à l'heure.

— C'est excellent pour vous deux, commenta Stella. Tu voulais regarder quoi à la télé ?

— Rien de particulier. C'était surtout pour avoir une présence.

— La mienne ne vous dérange pas ? demanda Roz en entrant dans le salon et en s'approchant d'elles avec un sourire. J'avais envie de la voir, avoua-t-elle en se penchant sur le bébé. Non, mais regardez comme elle dévore !

— C'est sûr qu'elle n'a pas de problèmes d'appétit, confirma Hayley. Elle m'a souri, aujourd'hui. Je sais bien qu'on dit que c'est à cause des gaz...

— Et qu'est-ce qu'*on* en sait ? répliqua Roz en s'asseyant. On est dans la tête de cette petite ?

— Logan m'a demandé de l'épouser.

Stella ne savait pas pourquoi elle avait dit cela. Elle n'avait pas prévu de le dire : c'était sorti tout seul.

— La vache ! s'exclama Hayley.

Aussitôt, elle baissa la voix pour ne pas perturber Lily.

— Quand ? demanda-t-elle. Comment ? Où ? C'est génial ! Quelle grande nouvelle ! Raconte-nous tout.

— Il n'y a pas grand-chose à raconter. Il me l'a demandé hier.

— Après que je suis rentrée faire la sieste avec Lily ? Je savais bien que quelque chose se tramait.

— Je ne suis pas sûre qu'il ait prémédité son coup. Je crois que c'est arrivé parce qu'il était énervé que je souligne les raisons très logiques pour lesquelles nous ne devions pas précipiter les choses.

— Quelles raisons ? s'étonna Hayley.

— Le fait que vous ne vous connaissiez que depuis janvier, commença Roz en regardant Stella. Que vous, Stella, vous ayez deux enfants. Que vous ayez été mariés précédemment l'un et l'autre et que ces mariages ajoutent un certain poids à votre relation…

— Oui, fit Stella dans un soupir. Exactement.

— Mais quand on est sûr de ses sentiments, on est sûr, non ? intervint Hayley. Que ce soit au bout de cinq mois ou au bout de cinq ans. Et il est formidable avec tes enfants. Ils sont dingues de lui, tous les deux. Avoir été mariés avant vous permet de connaître les écueils d'une relation. Je ne comprends pas. Tu l'aimes, non ?

— Oui. Et je suis d'accord avec toi sur le reste aussi. Mais… mais c'est différent lorsqu'on est jeune et libre. On peut prendre plus de risques. Enfin, quand on n'est pas moi, on peut prendre plus de risques. Et s'il veut des enfants et pas moi ? Il faut que je réfléchisse à cela, que je sache si je suis prête à avoir un autre enfant à ce stade de ma vie, mais aussi si ceux que j'ai déjà vont être heureux avec lui, si cet environnement sera sécurisant à long terme. Kevin et moi avions une stratégie…

— Et les choses ne se sont pas passées comme prévu, dit Roz doucement. Se remarier n'est pas facile. J'ai attendu longtemps pour le faire et, à ce moment-là, j'ai pris une mauvaise décision. Mais je crois que si j'avais pu tomber amoureuse à votre âge d'un homme qui m'aurait rendue heureuse, qui aurait volontiers passé le samedi après-midi avec mes fils et qui m'aurait excitée au lit, je l'aurais épousé sans hésiter.

— Mais vous venez d'énumérer toutes les raisons pour lesquelles je devrais refuser, fit valoir Stella.

— Non. J'ai énuméré les raisons que vous, vous donneriez. Et que je comprends parfaitement, sachez-le, Stella. Cependant, nous savons l'une comme l'autre que l'amour est une chose extrêmement précieuse qui nous est trop souvent volée. Il vous est offert de nouveau. Vous avez de la chance.

Stella rêva de nouveau du jardin et du dahlia bleu. Il était couvert de gros boutons prêts à éclore. À son sommet, une fleur unique et superbe se balançait dans la brise légère. Son jardin n'était plus très ordonné. Il se déroulait au pied du dahlia en ravissantes vagues colorées.

Puis Logan fut à côté d'elle. Elle sentit ses mains chaudes et un peu rudes quand il l'attira contre lui. Sa bouche forte et sexy dévora la sienne. Au loin, elle entendait les rires des enfants et les aboiements du chien.

Elle était étendue dans l'herbe verte au fond du jardin, tous ses sens assaillis par les couleurs et les parfums, par cet homme.

Il faisait chaud. C'était si bon de s'aimer au soleil… Elle sentait les contours de son visage dans ses mains. Il n'était pas d'une beauté de prince charmant, il n'était pas parfait, mais il était l'homme qu'elle aimait. Elle frémit quand ils se mirent à bouger, peau contre peau, sa dureté contre sa douceur, ses angles contre ses courbes.

Comment pouvaient-ils être si bien ensemble alors qu'il existait entre eux tant de différences ?

Leurs corps s'unissaient, se fondaient l'un dans l'autre et dans le plaisir.

Elle resta allongée au soleil avec lui, dans l'herbe verte au fond du jardin, et entendit le roulement de tonnerre des battements de son propre cœur. Alors, elle connut le bonheur absolu.

Au même moment, les boutons du dahlia s'ouvrirent. Il y en avait tant ! Trop. Il faisait de l'ombre aux autres plantes. Il prenait toute la place. Le jardin était un vrai fouillis, maintenant, cela sautait aux yeux. Le dahlia bleu était trop agressif, trop prolifique.

— Il est très bien là où il est. C'est un autre plan, c'est tout.

Mais avant qu'elle ait pu répondre à Logan, une autre voix dure et froide résonna dans son esprit.

C'est son plan, pas le tien. Sa volonté, pas la tienne. Coupe-le avant qu'il recouvre tout.

Non, ce n'était pas son plan. Bien sûr que ce n'était pas son plan. Elle avait conçu ce jardin comme un coin charmant et tranquille.

Elle se retrouva avec une pelle à la main et se mit à creuser.

C'est ça. Arrache-le. Creuse.

L'air était glacé, maintenant, comme en hiver. Stella frissonna en enfonçant la pelle dans le sol.

Logan avait disparu. Elle était seule dans le jardin avec l'Épouse Harper, qui restait là dans sa robe blanche, les cheveux emmêlés, à hocher la tête. Elle la fixait de son regard fou.

— Je ne veux pas être seule. Je ne veux pas renoncer à lui, dit Stella.

Creuse ! Dépêche-toi ! Tu veux souffrir, être empoisonnée ? Contaminer tes enfants ? Dépêche-toi ! Il va tout gâcher, tout tuer si tu le gardes.

Elle allait le déterrer. Cela valait mieux. Elle le replanterait ailleurs, voilà tout, songea-t-elle.

Mais lorsqu'elle le souleva en prenant bien soin de ne pas abîmer les racines, les fleurs noircirent et le dahlia bleu se flétrit, avant de tomber en poussière entre ses mains.

S'occuper était le meilleur moyen de ne pas broyer du noir. Et Stella n'avait pas de mal à s'occuper, entre la fin de l'année scolaire, le début des ventes de plantes vivaces à la jardinerie et l'absence de sa meilleure vendeuse qui était en congé maternité.

Elle n'avait pas le temps de décortiquer des rêves étranges et troublants, ni de se tracasser pour un homme qui s'était volatilisé après l'avoir demandée en mariage. Elle dirigeait une entreprise, elle s'occupait de sa famille et elle cherchait à identifier un fantôme.

Après avoir vendu les trois derniers lauriers, elle s'attaqua à la réorganisation de la zone des arbustes.

— Tu ne devrais pas être en train de classer des papiers plutôt que des camélias ? entendit-elle la voix de Logan demander.

Elle se redressa. Elle savait qu'elle était en nage, qu'il y avait de la terre sur son pantalon et que ses cheveux frisaient désespérément sous la casquette de base-ball dont elle s'était coiffée. Cependant, elle lui fit face avec aplomb.

— Une partie de mon rôle de directrice consiste à m'assurer que nos produits sont bien présentés. Qu'est-ce que tu veux ?

— J'ai un nouveau chantier, annonça-t-il en agitant une liasse de papiers. Je viens chercher les fournitures.

— Très bien. Tu n'auras qu'à poser le bon de commande sur mon bureau.

— Je n'irai pas plus loin, déclara-t-il en lui fourrant les papiers dans la main. L'équipe est déjà en train de charger. Je vais prendre cet érable du Japon et cinq lauriers-roses bien rustiques.

Il se mit à empiler les arbres sur le chariot qu'il avait apporté.

— Très bien, fit-elle entre ses dents.

Agacée, elle regarda le devis et relut deux fois le nom du client.

— C'est mon père.

— Mmm.

— Tu plantes des lauriers pour mon père ? Qu'est-ce que c'est que cette histoire ?

— Je fais mon travail. On réaménage le patio. Ta belle-mère parle déjà d'acheter de nouveaux meubles, ainsi qu'une fontaine. J'ai comme l'impression qu'une femme ne peut pas voir un espace vide sans avoir envie d'acheter quelque chose pour le meubler. Ton père et elle en parlaient encore quand je suis parti l'autre soir.

— Tu... Mais qu'est-ce que tu fichais là-bas ?

— J'ai mangé de la tarte au citron. Bon, j'y vais. Il ne faut pas que je traîne, si je veux avoir le temps de rentrer chez moi me changer avant ce dîner avec le professeur Machin Chose. À plus, Stella.

— Attends. Attends un peu. Tu as demandé à ta mère de m'appeler. Comme ça, sans prévenir.

— Ce n'est pas « sans prévenir », puisque tu voulais que nous rencontrions nos familles respectives. La mienne habite à trois mille kilomètres, alors un coup de fil m'a paru plus simple.

— Je voudrais bien que tu m'expliques... tout ça, dit-elle en brandissant les papiers.

— Je sais. Tu veux toujours qu'on t'explique tout.

Il s'interrompit, le temps de glisser la main dans ses cheveux et de lui voler un baiser.

— Si avec ça, tu ne comprends pas, c'est que je m'y prends vraiment mal. À tout à l'heure.

— Et là-dessus, il est parti en me laissant plantée là comme une idiote.

Des heures plus tard, Stella, qui était en train de changer Lily pendant que Hayley se préparait pour le dîner, fulminait encore.

— Tu as dit qu'il fallait que vous fassiez connaissance avec la famille de l'autre, lui rappela Hayley. Maintenant, tu as parlé à sa mère et il a parlé à ton père.

— Je sais ce que j'ai dit, mais il a débarqué là-bas sans crier gare et il ne m'a pas prévenue non plus que sa mère allait m'appeler. Il démarre au quart de tour. Il m'énerve, conclut-elle en prenant Lily dans ses bras pour lui faire un câlin.

— Ça me manque de ne plus être énervée de cette façon, confia Hayley en se regardant de profil dans le miroir et en soupirant devant le petit ventre qui lui restait encore de sa grossesse. Les livres avaient beau dire le contraire, j'avais l'impression que tout allait redevenir comme avant dès que Lily serait née.

— Rien n'est plus jamais comme avant quand on a un bébé. Mais tu es jeune et active. Tu retrouveras ta ligne, affirma Stella.

— Je l'espère.

Hayley prit ses boucles d'oreilles préférées tandis que Stella embrassait Lily dans le cou.

— Stella, fit-elle solennellement, je vais te dire quelque chose parce que tu es ma meilleure amie et que je t'aime.

— Oh, ma chérie...

— C'est vrai. La semaine dernière, quand Logan a apporté sa poupée à Lily et que les garçons et toi l'avez rejoint, tu sais de quoi vous aviez l'air ?

— Non.

— D'une famille. Je crois que, malgré tout ce qui peut te trotter dans la tête, ton cœur le sait. Et c'est ainsi que cela va se terminer.

— Tu es bien jeune pour jouer les vieux sages.

— Ce ne sont pas les années qui comptent, c'est l'expérience, répliqua Hayley en mettant un linge sur son épaule. Viens là, ma chérie. Je vais t'emmener dire bonsoir aux invités avant que tu t'endormes. On y va ? demanda-t-elle à Stella.

Elles descendirent l'escalier après que Stella eut pris les garçons au passage et retrouvèrent Roz dans l'entrée.

— Oh !, mais que vous êtes beaux, tous les cinq ! s'exclama cette dernière.

— On a dû mettre des nouvelles chemises, se plaignit Luke.

— Mais elles vous vont si bien ! Est-ce que ces deux élégants jeunes gens veulent bien m'escorter ? demanda-t-elle en les prenant tous les deux par la main. Il va y avoir de l'orage, ajouta-t-elle en regardant par la fenêtre. Tiens, voilà notre docteur Carnegie. Pile à l'heure. Mais qu'est-ce que c'est que cette voiture ? On dirait une boîte rouge rouillée montée sur roulettes.

— Waouh ! s'écria Hayley, qui regarda par la fenêtre à l'instant où Mitch sortait de sa voiture. Quel canon !

— Enfin, Hayley, il a l'âge d'être votre père.

— Quel que soit son âge, répliqua la jeune femme en souriant à Roz, un canon reste un canon.

Avec un sourire amusé, Roz alla accueillir son premier invité.

Il lui avait apporté une bouteille de bon vin blanc, ce qu'elle apprécia, mais choisit de l'eau minérale quand elle lui offrit quelque chose à boire. Sans doute un homme qui conduisait une voiture plus vieille que lui tenait-il à garder tous ses réflexes. Il s'extasia sur le bébé juste comme il fallait et serra la main aux garçons avec le plus grand sérieux.

Elle apprécia son tact quand il se mit à faire la conversation et ne lui demanda pas de lui en dire plus long sur les raisons pour lesquelles elle souhaitait l'engager.

Quand Logan arriva, ils étaient tous relativement à l'aise.

— Je crois que nous n'allons pas attendre Harper, déclara Roz en se levant. Il est toujours en retard, et il lui arrive même de ne pas venir du tout.

— Moi aussi, j'ai un fils, confia Mitch. Je sais ce que je sais.

— Oh, j'ignorais que vous aviez des enfants.

— Un seul. Un fils de vingt ans, Josh. Il va à l'université ici. Vous avez une maison vraiment magnifique, madame.

— Roz, je vous en prie. Merci. C'est l'un de mes grands amours. Et en voici un autre, ajouta-t-elle quand Harper arriva de la cuisine.

— Excusez-moi, je suis en retard. J'ai failli oublier. Salut, Logan. Stella. Salut, les gars.

Il embrassa sa mère, avant de se tourner vers Hayley.

— Salut. Où est Lily ?

— Elle dort.

— Mitch, voici mon retardataire de fils, Harper. Harper, le docteur Carnegie.

— Excusez-moi encore. J'espère que je ne vous ai pas trop fait attendre.

— Pas du tout, assura Mitch en lui serrant la main. Ravi de faire votre connaissance.

— Passons à table, si vous voulez bien. On dirait que David s'est surpassé.

Le centre de table était une coupe ovale qui contenait un arrangement de fleurs d'été. Des bougies blanches étaient allumées dans les chandeliers d'argent posés sur la desserte. David avait choisi de la vaisselle blanche et du linge de table jaune pâle et vert pour un couvert d'une élégance décontractée. L'entrée, une salade de homard, était déjà joliment disposée dans chaque assiette. David entra avec le vin.

— Qui se laissera tenter par ce délicieux Pinot Grigio ? s'enquit-il.

Roz remarqua que Mitch s'en tenait à l'eau.

— Vous savez, dit Harper tandis qu'ils passaient au plat principal, du porc farci, j'ai l'impression de vous connaître. Cela fait un moment que j'essaie de me rappeler où nous nous sommes vus... fit-il en plissant les yeux. Vous n'enseigniez pas à l'université de Memphis à l'époque où j'y faisais mes études, si ?

— Peut-être, mais je ne me souviens pas de vous avoir eu comme élève.

— Non. De toute façon, je ne pense pas que ce soit ça. J'ai peut-être assisté à une de vos conférences... Non, attendez ! Ça y est, j'y suis. Josh Carnegie. Avant des Memphis Tigers.

— C'est mon fils.

— Il vous ressemble énormément. Sacré joueur. J'étais au match contre la Caroline du Sud au printemps dernier, quand il a marqué trente-huit points. Il est vraiment fort.

— À qui le dites-vous, répondit Mitch en souriant et en passant un doigt sur le bleu qui s'estompait sur sa mâchoire.

La conversation se porta sur le basket et s'anima suffisamment pour permettre à Logan de se pencher vers Stella.

— Ton père m'a dit de te dire qu'il avait hâte de te voir avec les garçons dimanche. Je vous emmènerai, parce que, moi aussi, je suis invité à manger.

— Ah, oui ?

— Ton père m'aime bien, expliqua-t-il en lui prenant la main pour l'embrasser rapidement. Les lauriers, ça crée des liens.

Elle n'essaya pas de se retenir de sourire.

— Tu as su toucher son point sensible.

— Ses points sensibles. Toi, les enfants et le jardin. Alors, tu m'as fait cette liste ?

— On dirait que tu arrives très bien à cocher les éléments sans me consulter, répliqua-t-elle.

— Jolene trouve que nous devrions être traditionnels et nous marier en juin.

Laissant Stella bouche bée, il se tourna vers ses fils pour parler bandes dessinées.

Pendant qu'ils mangeaient le dessert, les pleurs de Lily retentirent dans le baby-phone.

— Excusez-moi, dit Hayley. Je redescends dès que je l'aurai nourrie et rendormie.

— Je crois que c'est l'heure d'aller au lit, les garçons, annonça Stella en se levant. Il y a école demain, ajouta-t-elle pour couper court aux protestations.

— Ça craint d'aller au lit avant qu'il fasse nuit, se plaignit Gavin.

— Je sais. Il y a beaucoup de choses qui craignent, dans la vie. Qu'est-ce qu'on dit ?

Il poussa un long soupir.

— Merci pour ce dîner qui était vraiment très bon. Maintenant, il faut que nous allions nous coucher à cause de cette école débile.

— Ce n'est pas trop mal, estima Stella.

— Bonne nuit. J'ai surtout aimé les frites, dit Luke à David.

— Tu veux un coup de main ? proposa Logan.

— Non, répondit Stella, avant de se retourner sur le pas de la porte et de le regarder un instant. Merci, ajouta-t-elle.

Elle commençait le rituel du coucher des garçons quand l'orage se mit à gronder. Parker alla se cacher sous le lit de Luke. Lorsqu'elle coucha ses fils, de grosses gouttes de pluie s'écrasaient sur les carreaux.

— Parker est une poule mouillée, déclara Luke en enfonçant la tête dans son oreiller. Il peut dormir avec moi cette nuit ?

— D'accord, mais rien que cette nuit, pour qu'il n'ait pas peur.

Elle fit sortir le chien tremblant de sous le lit, le caressa et le souleva pour le poser à côté de Luke.

— C'est mieux comme ça ?

— Oui. Maman ? demanda-t-il en cessant de caresser le chien et en échangeant un long regard avec son frère.

— Quoi ? Qu'est-ce que vous tramez, tous les deux ?

— Demande-lui, toi, chuchota Luke.

— Non, non. Toi.

— Toi.

— Me demander quoi ? Si vous avez dépensé tout votre argent de poche pour acheter des BD, je...

— Est-ce que tu vas te marier avec Logan ? bredouilla Gavin très vite.

— Est-ce que... D'où sortez-vous une idée pareille ?

— On a entendu Roz et Hayley parler de la façon dont il te l'a demandé, expliqua Luke en bâillant. Alors, vous allez vous marier ?

Elle s'assit sur le lit de Gavin avant de répondre.

— J'y ai réfléchi. Mais jamais je ne prendrais une décision aussi importante sans vous en parler à tous les deux. Cela va nous faire beaucoup de questions à nous poser. Beaucoup de choses à nous dire.

— Il est gentil et il joue avec nous, alors ça va si tu te maries avec lui.

Le résumé de Luke la fit rire.

— Le mariage est une chose très importante, reprit-elle. Une très grande promesse.

— On irait habiter chez lui ? demanda Luke.

— Oui, j'imagine que oui si...

— Ça nous plaît, là-bas. Et j'aime bien quand il me tient par les pieds la tête en bas. Et il a enlevé l'écharde de mon doigt ; ça ne m'a presque pas fait mal. Et ensuite, il m'a fait un bisou exactement comme il faut.

— C'est vrai ? murmura-t-elle.

— Ce serait notre beau-père, conclut Gavin en traçant de lents cercles du bout du doigt sur son drap. Comme mamie Jo est notre belle-mamie. Elle nous aime.

— Oh, oui. Elle vous aime énormément.

— Alors, on s'est dit qu'on voulait bien avoir un beau-père si c'est Logan.

— Je vois que vous y avez beaucoup réfléchi, parvint-elle à répondre. Alors, je vais y réfléchir encore. Peut-être que nous pourrons en reparler demain, suggéra-t-elle en déposant un baiser sur la joue de Gavin.

— Logan a dit que papa veillerait toujours sur nous.

— Oui, fit-elle, les larmes aux yeux. C'est vrai, mon bébé.

Elle le serra fort dans ses bras, puis en fit autant avec Luke.

— Bonne nuit, mes chéris. Je redescends.

Elle repassa d'abord par sa chambre pour reprendre son souffle et se calmer. C'étaient de vrais trésors, songea-t-elle en pressant le bout des doigts sur ses yeux et en songeant à Kevin, le trésor qu'elle avait perdu.

Logan a dit que papa veillerait toujours sur nous.

Un homme qui savait cela, qui l'acceptait et qui disait ces mots à un petit garçon était lui aussi un trésor.

Oui, il avait changé ses plans. Il avait planté un beau dahlia bleu au milieu de son jardin bien tranquille. Et elle n'allait pas l'arracher.

— Je vais l'épouser ! dit-elle tout haut en riant de joie.

Elle entendit chanter par-dessus le coup de tonnerre suivant. Instinctivement, elle se rendit dans la salle de bains pour regarder dans la chambre des enfants. L'Épouse Harper était là, plus fantomatique que jamais dans sa robe blanche, avec ses cheveux d'or terne. Debout entre les deux lits, elle chantait d'une voix douce et calme, tout en regardant Stella de ses yeux fous.

Un filet de sueur coula dans le dos de Stella. Elle voulut s'avancer, mais fut repoussée en arrière par un courant d'air glacial.

— Non !

Elle courut de nouveau en avant et eut l'impression de se heurter à un mur.

— Non ! cria-t-elle en frappant des poings. Tu ne me sépareras pas de mes enfants !

Elle se jeta encore et encore contre la paroi invisible et glacée en hurlant, tandis que ses enfants continuaient à dormir paisiblement.

— Espèce de garce ! Ne les touchez pas !

Elle se rua hors de sa chambre en courant et ignora Hayley qui se précipitait à sa rencontre, ignora le bruit de pas dans l'escalier. Elle ne pensait qu'à une chose : il fallait qu'elle atteigne ses enfants, qu'elle franchisse cet écran glacé pour rejoindre ses fils.

En courant, elle voulut entrer par la porte ouverte de la chambre des enfants, mais fut rejetée contre le mur opposé.

— Qu'est-ce qui se passe, nom d'un chien ? demanda Logan en l'écartant pour se précipiter dans la chambre.

— Elle refuse de me laisser entrer.

Désespérée, elle tapa des poings contre le froid jusqu'à avoir les mains meurtries et insensibles.

— Elle a mes bébés ! Aide-moi…

Logan donna un coup d'épaule dans l'ouverture de la porte, sans succès.

— C'est pire que de l'acier, maugréa-t-il.

Il recommença, aidé de David et Harper.

Derrière eux, Mitch regardait la silhouette fantomatique qui luisait maintenant d'une lumière blanche.

— Grands dieux ! articula-t-il.

— Il doit y avoir une autre voie, une autre porte, dit Roz en le prenant par le bras pour l'entraîner dans le couloir.

— Cela s'est déjà produit auparavant ? demanda-t-il.

— Non. Mon Dieu, Hayley, tenez le bébé à l'écart.

Éperdue, les mains douloureuses d'avoir tant frappé, Stella se mit à courir. Il fallait trouver une autre approche, se répétait-elle. La force ne servait à rien. Elle pourrait toujours cogner, crier, menacer, ce mur de glace ne céderait pas.

Oh ! Seigneur... ses bébés.

Il fallait qu'elle raisonne l'Épouse Harper. Oui, elle allait essayer de la raisonner, de supplier, de promettre. Elle ouvrit les portes-fenêtres et se précipita sur la terrasse, sous la pluie.

— Vous ne pouvez pas les avoir ! lança-t-elle, criant pour se faire entendre malgré le tonnerre. Ce sont mes enfants. Ils sont toute ma vie.

Elle s'agenouilla, malade de peur. Elle voyait ses fils qui dormaient toujours, parfaitement calmes, et la lumière blanche et crue qui rayonnait de la femme entre eux.

Elle songea à son rêve, se rappela ce dont les garçons et elle avaient parlé juste avant qu'elle entende la berceuse.

— Ce que je fais ne vous regarde pas, déclara-t-elle d'une voix aussi ferme que possible. Ce sont mes enfants, et je fais ce qu'il y a de mieux pour eux. Vous n'êtes pas leur mère.

La lumière sembla faiblir et, lorsque la silhouette lui fit face, ce fut plus du chagrin que de la folie qu'elle lut dans son regard.

— Ils ne sont pas à vous, poursuivit-elle. Ils ont besoin de moi. Ils ont besoin de leur mère.

Elle tendit ses deux mains écorchées.

— Vous voulez que je saigne pour eux ? Je le ferai. Je le fais.

À genoux, elle plaqua les paumes sur la paroi froide tandis que la pluie ruisselait sur elle.

— Ils sont à moi, et je suis prête à tout sacrifier pour leur bien, pour qu'ils soient heureux. Je suis désolée pour vous, quoi qu'il vous soit arrivé, qui que vous ayez perdu. Je suis vraiment désolée. Mais vous ne pouvez pas me prendre mes enfants. Vous ne pouvez pas me prendre à mes enfants.

Elle appuya de nouveau contre le mur invisible et, cette fois, sa main passa à travers le froid devenu comme de l'eau glacée. Sans hésiter, elle se jeta dans la chambre.

De l'autre côté de la femme, elle voyait Logan qui s'acharnait toujours pour entrer. Elle ne l'entendait pas, mais elle lisait l'angoisse sur son visage, elle voyait que ses mains saignaient.

— Il les aime, assura-t-elle. Il n'en a peut-être réellement pris conscience que ce soir, mais il les aime. Il les protégera. Il sera un père pour eux, et mes fils méritent d'en avoir un. D'en avoir un comme lui. C'est mon choix, notre choix. N'essayez plus jamais de me séparer de mes fils.

Des larmes coulaient maintenant sur le visage du fantôme, qui flottait vers la porte-fenêtre. Stella posa une main tremblante sur la tête de Gavin, puis sur celle de Luke. Ils allaient bien, constata-t-elle alors que ses jambes se mettaient à trembler. Ils étaient en sécurité, au chaud.

— Je veux vous aider, dit-elle fermement, en croisant de nouveau ce regard désespéré. Nous voulons tous vous aider. Si c'est ce que vous souhaitez aussi, donnez-nous un indice. Votre nom, au moins. Dites-moi comment vous vous appelez.

L'Épouse Harper commença à s'évanouir. Mais avant de disparaître, elle leva une main et l'approcha de la vitre. Et Stella découvrit un mot sur la paroi ruisselante de pluie et de larmes. Un seul mot.

Amelia

Lorsque Logan parvint enfin à entrer dans la chambre, Stella se retourna en posant un doigt sur ses lèvres.

— Chut, fit-elle. Il ne faut pas les réveiller.

Puis elle se blottit contre lui et se mit à sangloter.

Épilogue

— Amelia, répéta Stella en frissonnant malgré les vêtements secs qu'elle avait enfilés et le cognac que Roz avait insisté pour lui servir. C'est son nom. Je l'ai vu écrit sur la vitre juste avant qu'elle disparaisse. Elle ne comptait pas leur faire de mal. Elle était furieuse contre moi et elle voulait les protéger de moi. Elle n'a pas toute sa tête.

— Ça va ? demanda Logan, accroupi devant elle. Tu es sûre ?

Elle hocha la tête en guise de réponse, mais but une autre gorgée de cognac.

— Il va me falloir un peu de temps pour m'en remettre tout à fait, mais oui, ça va.

— Je n'ai jamais eu aussi peur de ma vie, avoua Hayley en regardant en direction de l'escalier. Tu es certaine que les enfants ne risquent rien ?

— Elle ne leur ferait jamais de mal, affirma Stella en posant une main rassurante sur celle de Hayley. Quelque chose lui a brisé le cœur et fait perdre la tête, je crois. Mais les enfants sont sa seule joie.

— Vous me pardonnerez si je vous dis que je trouve cela absolument fascinant – et complètement fou ? dit Mitch en faisant les cent pas dans le salon. Si je ne l'avais pas vu de mes yeux…

Il secoua la tête avant de reprendre :

— Il va me falloir toutes les données, tous les documents que vous pourrez réunir.

Il s'arrêta et regarda Roz.

— Je ne peux pas trouver d'explication logique à ce phénomène, avoua-t-il. Je l'ai vu, mais je suis incapable de l'expliquer. Il y avait une... disons une entité, faute de mieux, dans cette chambre. Chambre dans laquelle on ne pouvait plus entrer.

Il se massa distraitement l'épaule à l'endroit où il avait heurté le mur invisible.

— Mais elle était à l'intérieur, conclut-il.

— Nous n'avions pas prévu de vous faire assister à un tel spectacle lors de votre première visite, déclara Roz en lui resservant du café.

— Vous prenez cela avec beaucoup de calme, observa Mitch.

— Eh bien, de nous tous, c'est moi qui vis ici depuis le plus longtemps, expliqua-t-elle.

— Et alors ?

— C'est ma maison, répondit-elle avec une lueur guerrière dans le regard, malgré son air fatigué et sa pâleur. La présence du fantôme n'y change rien : je suis ici chez moi. Cependant, je dois reconnaître que ce qui s'est passé ce soir m'a remuée, admit-elle après avoir bu elle aussi une gorgée de cognac. Cela nous a tous remués. Je n'avais jamais rien vu de tel se produire.

— Il faut absolument que je finisse le livre sur lequel je travaille actuellement, dit Mitch. Mais ensuite, j'aurai besoin de savoir tout ce que vous avez vu. Vous tous.

— Très bien. Nous verrons comment organiser cela.

— Stella devrait aller s'allonger, intervint Logan.

— Non, ça va. Je t'assure.

Stella jeta un coup d'œil au baby-phone et écouta un instant la douce mélopée.

— J'ai l'impression que ce qui s'est passé ce soir a changé quelque chose. En elle et en moi. Les rêves, le dahlia bleu…

— Le dahlia bleu ? répéta Mitch.

Mais elle secoua la tête.

— Je vous en parlerai quand je me sentirai un peu plus calme. Mais je pense que je ne ferai plus ces rêves. Je pense qu'elle ne touchera pas au dahlia, qu'elle le laissera pousser parce que j'ai réussi à communiquer avec elle. De mère à mère.

— Mes enfants ont été élevés dans cette maison, rappela Roz. Elle n'a jamais cherché à m'en séparer.

— Vous n'avez pas décidé de vous remarier alors que vos enfants étaient encore petits, répondit Stella, qui vit Logan plisser les yeux.

— Tu n'as pas brûlé quelques étapes, là ? demanda-t-il.

— Rien d'essentiel, apparemment, assura-t-elle avec un sourire las. Quant à l'Épouse Harper, peut-être que son mari l'a abandonnée ou qu'elle est tombée enceinte d'un amant qui l'a laissée tomber ou… Je ne sais pas. Je n'ai pas les idées très claires.

— Nous non plus, déclara Roz en se levant. Et vous avez beau dire que vous vous sentez bien, vous êtes toute pâle. Je vais vous aider à monter et à vous coucher.

Elle secoua la tête quand Logan tenta de protester.

— Reste aussi longtemps que tu veux. Tu es le bienvenu. Harper ?

— Oui.

Comprenant qu'elle le rappelait à son rôle de maître de maison, Harper se leva.

— Quelqu'un veut boire quelque chose ? proposa-t-il.

Comme elle se sentait encore un peu chancelante, Stella laissa Roz l'accompagner.

— C'est vrai que je suis fatiguée, reconnut-elle, mais vous n'êtes pas obligée de monter avec moi...

— Après un tel choc, vous méritez que l'on vous dorlote un peu. Je suis sûre que Logan aurait été ravi de le faire mais, ce soir, il me semble qu'il vous faut plutôt l'aide d'une femme. Allez, déshabillez-vous, lui ordonna-t-elle tout en ouvrant le lit.

Stella obéit, puis traversa la salle de bains pour jeter un dernier coup d'œil à ses enfants endormis.

— J'ai eu si peur... si peur de ne plus pouvoir atteindre mes fils...

— Vous vous êtes montrée plus forte qu'elle. Vous avez toujours été plus forte, affirma Roz.

— Rien ne m'a jamais atteinte aussi profondément. Pas même...

Elle revint dans la chambre et se glissa dans son lit avant de préciser :

— Le soir où Kevin est mort, je ne pouvais rien faire. Je ne pouvais pas aller le retrouver, le ramener, empêcher ce qui était déjà arrivé.

— Alors que ce soir, vous pouviez faire quelque chose. Et vous l'avez fait. Les femmes – les femmes comme nous, en tout cas – font ce qu'elles ont à faire. Maintenant, je veux que vous vous reposiez. Je passerai voir si vous allez bien, vous et les garçons, en montant me coucher. Voulez-vous que je laisse la lumière allumée ?

— Non, merci. Ça va aller.

— Nous sommes tous en bas.

Restée seule dans le noir, Stella soupira. Immobile, aux aguets, elle attendit en tendant l'oreille. Mais elle n'entendit rien que son propre souffle.

Pour ce soir, pour ce soir au moins, c'était fini.

Dès qu'elle ferma les yeux, elle sombra dans le sommeil.

Un sommeil sans rêves.

Elle s'attendait que Logan passe à la jardinerie le lendemain, mais il n'en fit rien. Dans ce cas, il viendrait à la maison après le dîner, supposa-t-elle. Il ne vint pas.

Il n'appela pas non plus.

Sans doute avait-il besoin de souffler un peu après la soirée de la veille. Il devait vouloir se tenir un peu à l'écart d'elle, de la maison, des drames en tout genre. Et comment le lui reprocher ?

Il s'était blessé les mains, ses mains fortes et dures. Il les avait mises en sang à force d'essayer d'atteindre ses fils puis de l'atteindre, elle. Elle savait tout ce qu'elle avait besoin de savoir sur lui, sur cet homme qu'elle s'était mise à aimer et à respecter.

Elle en savait suffisamment pour lui confier ce qu'elle avait de plus cher au monde. Et elle l'aimait assez pour attendre qu'il vienne à elle.

Lorsque les enfants furent couchés, alors que la lune commençait à se lever, elle entendit le crissement des pneus de son pick-up dans les graviers de l'allée de Harper House.

Cette fois, elle n'hésita pas. Elle courut l'accueillir à la porte.

— Je suis contente que tu sois là, dit-elle en se jetant à son cou et en se serrant contre lui. Si contente. Il faut que nous parlions.

— Viens d'abord avec moi. J'ai quelque chose pour toi dans la voiture.

— Ça ne peut pas attendre ? demanda-t-elle en s'écartant de lui. J'aimerais vraiment que nous nous asseyions et que nous tirions un certain nombre de choses au clair. Je n'ai pas dû te paraître très cohérente, hier soir.

— Si, tout à fait…

Pour régler le problème, il la prit par la main et l'entraîna dehors.

— ... puisque, après m'avoir fait la peur de ma vie, tu as dit que tu allais m'épouser, acheva-t-il. Je n'ai pas eu l'occasion d'aller jusqu'au bout de cette conversation sur le moment, vu les circonstances, mais j'ai quelque chose à te donner avant que tu m'assommes de paroles.

— Tu n'as peut-être pas envie d'entendre que je t'aime...

— Si. Je peux même m'arrêter un instant pour t'écouter le dire.

Sur ce, il la souleva de terre et valsa avec elle jusqu'au pick-up.

— Tu comptes organiser ma vie, Stella ?

— Je vais au moins essayer. Et toi, tu vas désorganiser la mienne ?

— Sans aucun doute.

Il la laissa redescendre jusqu'à ce qu'elle ait les lèvres au niveau des siennes.

— Il y a eu un sacré orage, hier soir, fit-elle en posant la joue contre la sienne. Dans tous les sens du terme. Mais c'est fini, maintenant.

— Pour cette fois. Mais il y en aura d'autres.

Il lui prit les deux mains et les embrassa avant de la contempler à la lueur du clair de lune.

— Je t'aime, Stella. Je veux te rendre heureuse même si je t'exaspère. Et les garçons... Hier soir, quand je l'ai vue dans la chambre avec eux, quand je me suis rendu compte que je ne pouvais pas les atteindre...

— Je sais.

Cette fois, ce fut elle qui porta les mains meurtries de Logan à ses lèvres pour les couvrir de baisers.

— Un jour, quand ils seront plus grands, ils se rendront pleinement compte de la chance qu'ils ont eue d'avoir deux hommes aussi formidables pour pères, murmura-t-elle. Alors, pourquoi m'as-tu entraînée ici ?

— J'ai eu une idée quand j'ai commencé à tomber amoureux de toi… commença-t-il.

— Quand était-ce ?

— En allant à Graceland.

— Eh bien, tu ne perds pas de temps, toi.

— C'est là que tu m'as parlé du rêve que tu avais fait.

— Le jardin, se rappela-t-elle, le cœur battant. Le dahlia bleu.

— Plus tard, quand tu m'as dit que tu l'avais refait et tu me l'as raconté, cela m'a fait réfléchir. Alors, ajouta-t-il en sortant un petit pot contenant une plante greffée du coffre, j'ai demandé à Harper de travailler là-dessus.

— Un dahlia, murmura-t-elle. Un dahlia bleu.

— Il est pratiquement certain que ses fleurs seront bleues quand il arrivera à maturité. Ce garçon a du génie.

— J'ai voulu le déterrer, Logan, avoua-t-elle, les larmes aux yeux, la gorge nouée. Elle n'arrêtait pas de me pousser à le faire, et j'avais l'impression qu'elle avait raison. Il avait beau être magnifique, je ne l'avais pas mis là, ce n'était pas ce que j'avais prévu. Mais quand je l'ai déraciné, il est mort. J'ai été si stupide…

— Eh bien, tu n'auras qu'à mettre celui-ci à la place. Nous le planterons ensemble, toi et moi, et tous les quatre, nous créerons un jardin autour de lui. Ça te va ?

— Ça me va à merveille, assura-t-elle en prenant son visage entre ses mains.

— Tant mieux, parce que Harper a travaillé comme un savant fou pour obtenir un vrai bleu profond. Enfin, on verra bien quand il fleurira.

— Tu as raison, répondit-elle en levant les yeux vers lui. On verra bien.

— Il m'a laissé lui donner un nom, ajouta-t-il. Alors, j'ai choisi Rêve de Stella.

Cette fois, elle crut que son cœur allait exploser dans sa poitrine.

— Je me suis trompée sur toi, Logan. En fin de compte, tu es parfait.

Elle cala le pot au creux de son bras comme un enfant, un nouveau-né fragile et chéri. Puis elle prit la main de Logan et enlaça ses doigts aux siens pour qu'ils puissent marcher ensemble dans le jardin baigné par le clair de lune.

Dans la maison habitée par le parfum des fleurs, une autre femme marchait. Elle pleurait.

Du même auteur aux Éditions J'ai lu

Les illusionnistes (n° 3608)
Un secret trop précieux (n° 3932)
Ennemies (n° 4080)
L'impossible mensonge (n° 4275)
Meurtres au Montana (n° 4374)
Question de choix (n° 5053)
La rivale (n° 5438)
Ce soir et à jamais (n° 5532)
Comme une ombre dans la nuit (n° 6224)
La villa (n° 6449)
Par une nuit sans mémoire (n° 6640)
La fortune des Sullivan (n° 6664)
Bayou (n° 7394)
Un dangereux secret (n° 7808)
Les diamants du passé (n° 8058)
Coup de cœur (n° 8332)
Douce revanche (n° 8638)
Les feux de la vengeance (n° 8822)
Le refuge de l'ange (n° 9067)
Si tu m'abandonnes (n° 9136)
La maison aux souvenirs (n° 9497)
Les collines de la chance (n° 9595)
Si je te retrouvais (n° 9966)
Un cœur en flammes (n° 10363)
Une femme dans la tourmente (n° 10381)
Maléfice (n° 10399)
L'ultime refuge (n° 10464)
Et vos péchés seront pardonnés (n° 10579)

Lieutenant Eve Dallas

Lieutenant Eve Dallas (n° 4428)
Crimes pour l'exemple (n° 4454)
Au bénéfice du crime (n° 4481)
Crimes en cascade (n° 4711)
Cérémonie du crime (n° 4756)
Au cœur du crime (n° 4918)
Les bijoux du crime (n° 5981)
Conspiration du crime (n° 6027)
Candidat au crime (n° 6855)
Témoin du crime (n° 7323)
La loi du crime (n° 7334)
Au nom du crime (n° 7393)
Fascination du crime (n° 7575)
Réunion du crime (n° 7606)
Pureté du crime (n° 7797)
Portrait du crime (n° 7953)
Imitation du crime (n° 8024)
Division du crime (n° 8128)
Visions du crime (n° 8172)
Sauvée du crime (n° 8259)
Aux sources du crime (n° 8441)
Souvenir du crime (n° 8471)
Naissance du crime (n° 8583)
Candeur du crime (n° 8685)
L'art du crime (n° 8871)
Scandale du crime (n° 9037)
L'autel du crime (n° 9183)
Promesses du crime (n° 9370)
Filiation du crime (n° 9496)
Fantaisie du crime (n° 9703)
Addiction au crime (n° 9853)
Perfidie du crime (n° 10096)
Crimes de New York à Dallas (n° 10271)
Célébrité du crime (n° 10489)

Les trois sœurs

Maggie la rebelle (n° 4102)
Douce Brianna (n° 4147)
Shannon apprivoisée (n° 4371)

Trois rêves

Orgueilleuse Margo (n° 4560)
Kate l'indomptable (n° 4584)
La blessure de Laura (n° 4585)

Les frères Quinn

Dans l'océan de tes yeux (n° 5106)
Sables mouvants (n° 5215)
À l'abri des tempêtes (n° 5306)
Les rivages de l'amour (n° 6444)

Magie irlandaise

Les joyaux du soleil (n° 6144)
Les larmes de la lune (n° 6232)
Le cœur de la mer (n° 6357)

L'île des trois sœurs

Nell (n° 6533)
Ripley (n° 6654)
Mia (n° 8693)

Les trois clés

La quête de Malory (n° 7535)
La quête de Dana (n° 7617)
La quête de Zoé (n° 7855)

Le secret des fleurs

Le dahlia bleu (n° 8388)
La rose noire (n° 8389)
Le lys pourpre (n° 8390)

Le cercle blanc

La croix de Morrigan (n° 8905)
La danse des dieux (n° 8980)
La vallée du silence (n° 9014)

Le cycle des sept

Le serment (n° 9211)
Le rituel (n° 9270)
La Pierre Païenne (n° 9317)

Quatre saisons de fiançailles

Rêves en blanc (n° 10095)
Rêves en bleu (n° 10173)
Rêves en rose (n° 10211)
Rêves dorés (n° 10296)

En grand format

L'hôtel des souvenirs

Un parfum de chèvrefeuille
Comme par magie
Sous le charme

Intégrales

Les frères Quinn
Les trois sœurs

8388

Composition
NORD COMPO

Achevé d'imprimer en Espagne (Barcelone)
par BLACK PRINT CPI
le 5 janvier 2014.

Dépôt légal janvier 2014.
EAN 9782290081785
OTP L21EPLN01559N001

ÉDITIONS J'AI LU
87, quai Panhard-et-Levassor, 75013 Paris

Diffusion France et étranger : Flammarion